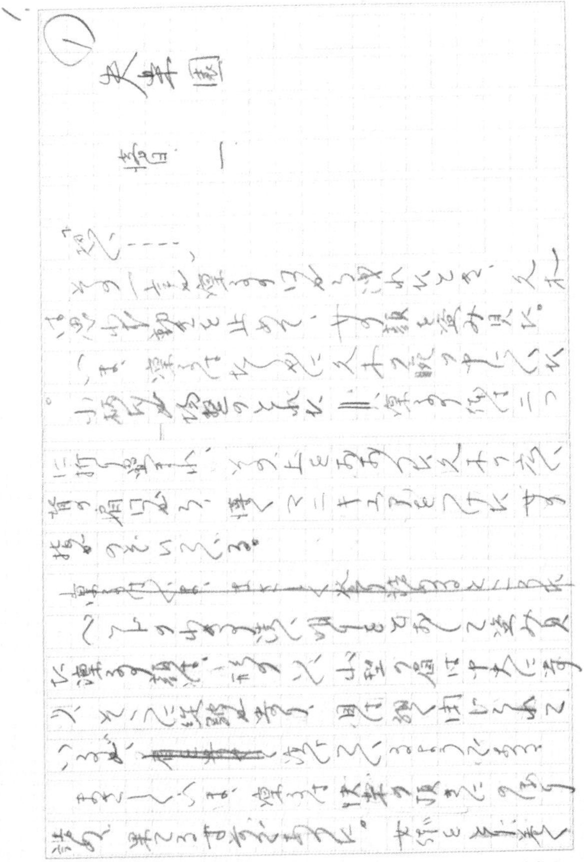

渡边淳一手稿

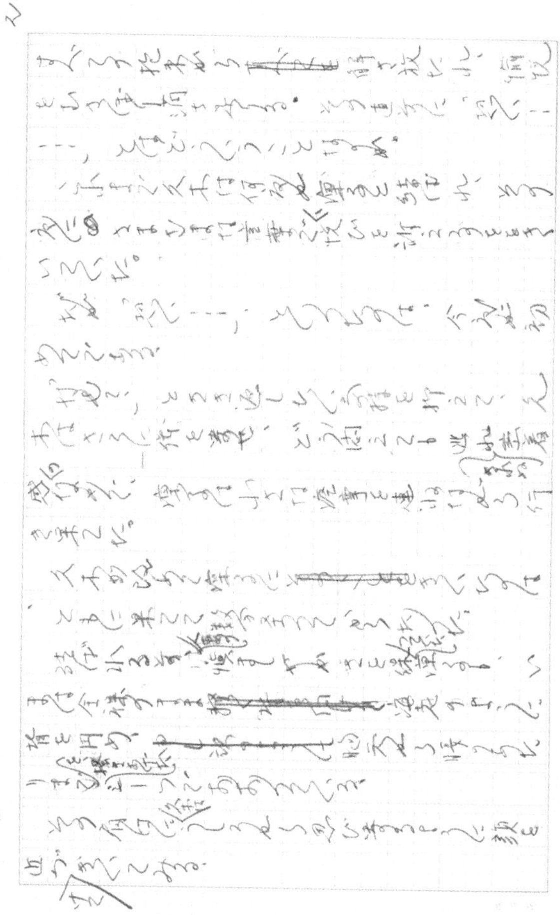

渡边淳一手稿

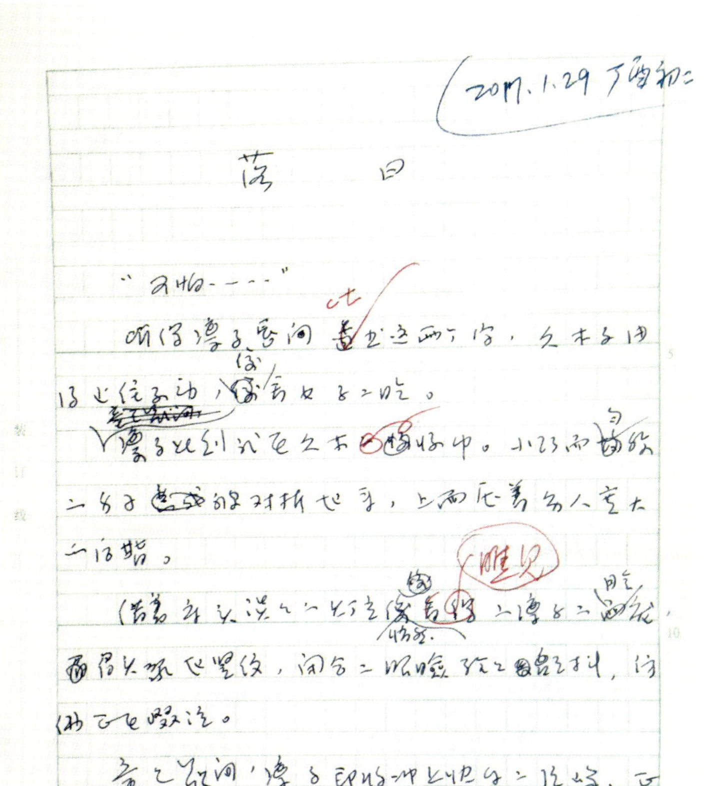

林少华手稿

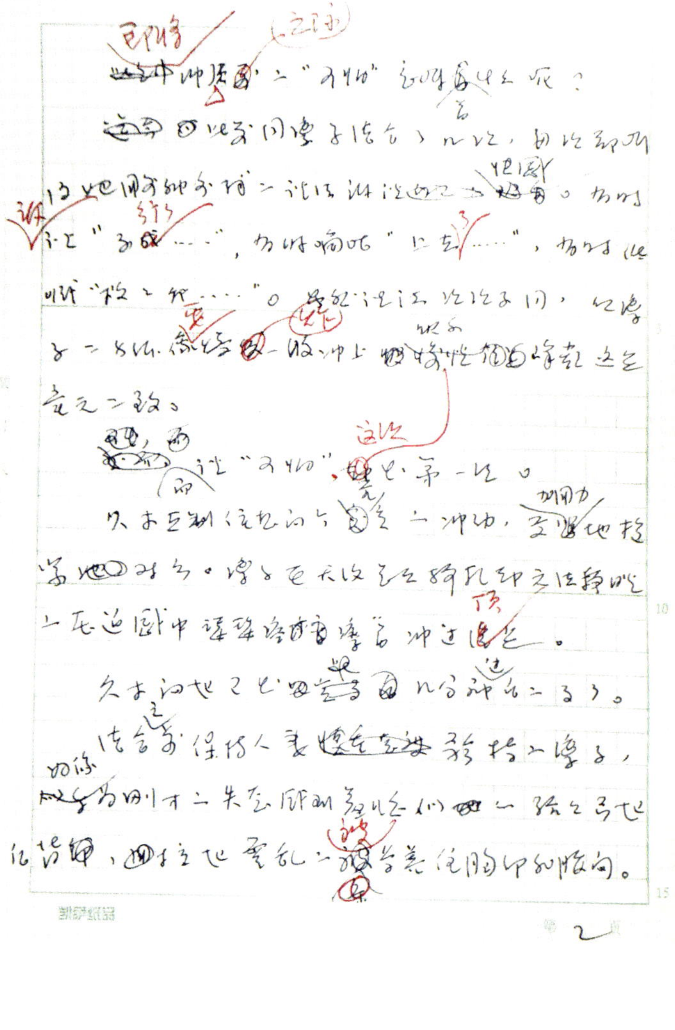

林少华手稿

落日

秋空

鬼缚

良宵

しつらくえん

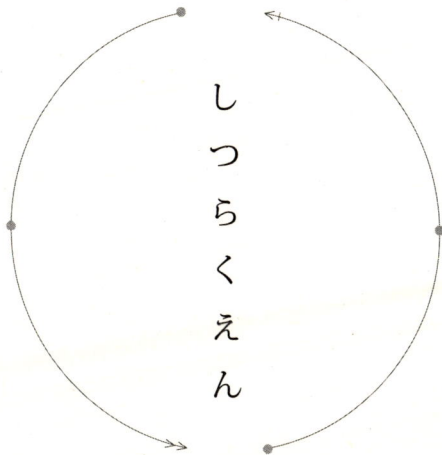

失乐园

插图珍藏版

[日] 渡边淳一 著
林少华 译

青岛出版集团
青岛出版社

失乐园：所失何乐，所得何乐

日本当代作家中，其作品多年来在我国持续畅销的，至少可以举出两位。一位是村上春树，一位是渡边淳一。前者最畅销的自然首推《挪威的森林》，后者则非《失乐园》莫属。耐人寻味的是，这两部作品以至这两位作家基本不具有可比性。仅以恋爱和性来说，前者主要写婚前恋或婚前性关系，主角多是熟悉爵士乐等西方文化的所谓"后现代"青年男女；后者主要写婚外恋或婚外性关系，男主角多是年纪较大的中下层公司职员，即所谓"老不正经"，女主角则多是有夫之妇，即所谓"红杏出墙"。这就决定了渡边淳一笔下的恋情永远离开了花前月下阳光海滩的开放性浪漫，而更多地表现他们尴尬的处境、瑟缩的身影、灰色的心态、夜半的叹息。它是畸形的，又未尝不是自然的；是猥琐的，又未尝不是真诚的；是见不得人的，又那样刻骨铭心。

这本《失乐园》,一开始便是五十四岁的男主人公久木和三十七岁的女主人公凛子的做爱场面。各有家庭的两人是几个月前相识的。当时久木刚从一家大出版社出版部长位子上下来,凛子正在一家报社属下的文化中心临时讲授书法中的楷书。久木欣赏凛子高雅脱俗的气质和美貌,凛子则为久木某种不无抑郁的孩子气所动心。经过频繁的交往,两人终于一起走进酒店,种种性爱场面随之连篇累牍。后来,久木妻子几次催他在离婚书上签字,出版社在出示一封恶语中伤的密告信的同时通知久木将被调往下属的一家分社。凛子的丈夫则以偏不离婚作为对她的惩罚,进而母亲宣布同她断绝母女关系。最后,两人一起悠然走向人生最后一站——在轻井泽凛子父亲留下的别墅里相拥服毒自杀。在"写给大家"的遗书中写道:"请原谅我们最后的任性,请把两人葬在一起!只此一个心愿。"

应该说,婚外恋是难以驾驭的题材。总体倾向的偏差,难免获误导之讥;个别场面的渲染,又有色情之虞。写出新意尤为不易。渡边淳一毕竟是这方面的高手,处理起来驾轻就熟,游刃有余。爱与性爱,性与人性,色与好色,历史性与当下性,娱乐性与严肃性,大众通俗性与文学高雅性……时而欲擒故纵,时而悬崖勒马,时而淋漓酣畅,时而低回流连,笔法疾弛有致,浓淡相宜。读来丝丝入扣,步步惊心,十分引人入胜。

读罢掩卷,我不由得追问自己:这部小说何以名之为《失乐园》,所失何乐?英国诗人弥尔顿的长诗《失乐园》中,亚当和夏娃由于偷食禁果而失去了伊甸园这个乐园。那么三百多年后的这部作为长篇小说的《失乐园》呢?细读之下,不难看出主人公久木生活在相当阴险龌龊的环境中。难以预料又无可抗拒的人事变动,同事间客气与微笑掩盖下的勾心斗角冷嘲热讽,使得他活得十分压抑、被动和无奈。没有敢于贯彻的意志,没有发自肺腑的欢笑,没有爱,没有被爱。一句话,没有了本真生命。而凛子的丈夫——一位风度翩翩的大学医学教授无意理解和尊重她的爱好、感觉和价值观,也就是说并不爱她,她也不爱他。凛子是在一场无爱婚姻然而又是众人眼里的理想婚姻中苟活。或许惟其如此,她才对久木身上隐约流露的孩子气产生特殊兴趣。不妨说,《失乐园》所失之乐乃是本真生命之乐。其主题乃是对本真生命的一种温情脉脉而又咄咄逼人的叩问与探寻。然而必须说,其所借助的婚外恋这一形式乃是一颗不折不扣的禁果,一颗可能人人想摘而又不敢摘的禁果。毕竟,人之所以为人,情愿也罢不情愿也罢,都必须受制于责任、义务、伦理道德以至法律、体制、意识形态等种种样样的约束。任何社会留给个人"任性"的空间都是有限的。尤其在男女关系这个敏感地带,任何试图颠覆公认的社会规范和世俗价值观而一味追求本真生命存在状态的努力,都注定以悲剧告终。勇气固然可嘉,但行为不可取。这或许也可称为人之所以为人的宿命。

与此同时,小说还曲尽其妙地传递和诠释了日本人、日本文化中的樱花情结。书中说"或许再没有比樱花更幸福的花了"。

所以幸福，除了初春盛开时的云蒸霞蔚美不胜收，更在于樱花“凋零之际的毅然决然”，即勇于将生命中止于辉煌而非老丑阶段的勇敢与悲怆。男女主人公所以宁愿去死，一个主要原因是久木不愿意忍受降职减薪调离的尴尬，凛子则一再明言现在正是她最漂亮最幸福的时候，“我年轻时就梦想在人生最幸福的时候死去”。说起来，凛子也许是不少男子的梦中情人：外表如楷书一般端庄秀美中规中矩甚至如其名字一样凛然难犯，床上则丰腴冶艳极尽放荡之能事。赶紧抓住这样的女性来浇灌焦渴的人生进而两相陪伴在生命的巅峰戛然而止，给世人留下一抹辉煌后的寂寥与惋惜，未尝不可视为日本男性的人生樱花情结！小说就是在这样的审美意象中给人以由身入心的深度抚慰，撩拨着人们潜意识中的本真因子。

不容否认，渡边作品大部分属于“恋爱小说”，其中性爱场面堪称一个明显特色。究其原因，一是同渡边对男女之爱的认识有关。渡边淳一的女儿渡边直子在今春东亚版权交易会期间通过视频谈渡边文学时表示，她父亲所以专注于恋爱小说，是因为“人们最喜欢恋爱小说，人们的感情最能在恋爱小说中表现出来”。而恋爱当中性是很难回避的。二是——我猜想——渡边大概想为男女心中难以实现的隐秘情思和欲望提供一个虚拟出口，一个想像空间。毕竟，“食、色，性也”，这是奈何不得的事。

对了，上面说的本真因子也好本真生命也好，若用日本女作家小池真理子的说法，大约就是“爱”。《失乐园》最初是以报纸连载小说发表的，发表之初即引起读者的巨大反响。作为单行本出版发行不久，又引起前所未有的“失乐园热”。一部作品如此摇撼一个时代并催生一种社会现象，在日本是极为少见的。这是为什么呢？小池真理子认为原因“可能在于这部作品对于‘爱是什么’这一抽象设问给出一个明快的解答”。也正因如此，“这部作品才对生活在现代社会中的人们日趋迟钝麻痹的感性再次造成了强烈冲击”。她在为角川文库版《失乐园》撰写的解说文章最后部分这样写道：

> “爱应该指向生，而不应以死终结”——无需说，这样的想法至今仍是主流。所受教育始终告诉我们要超越宗教差异、民族性差异而极力克制负面指向性活下去……可是从文学角度说来，那岂不是过于理所当然、过于枯燥无味了吗？
>
> 指向死的爱也是完完全全的爱。渡边先生力图描写指向死的爱并实际写出了超越时代的名作，对此我有一种快感，心情豁然开朗。
>
> 渡边淳一先生想必是一位能够毫不含糊地由衷热爱生命热爱人生、能够在此基础上直率肯定心间荫翳和反世俗恋情的作家。对于他放声讴歌的久木与凛子悲壮的相爱始末，我一丝一毫也不觉得凄惨。相反，无论读多少遍都能沉浸在仿佛置身于桃花源的愉悦之

中，其原因恐怕就在这里。

看来，女性读起来可能理解更为深刻，并且怀有更多的共鸣。实际上书中的殉情也明显是由凛子主导的。

最后说几句我和我的翻译。回想起来，差不多二十年前在广州暨南大学任教的时候就有出版社找我译《失乐园》了，并且许以相当优惠的稿酬。实不相瞒，对于当时经济上捉襟见肘的我来说，那分明是个不算小的诱惑。但思考再三，我婉言谢绝了。主要原因是当时不比现在，即使对于文学作品中的性，整个社会也还是持相对保守的态度。反映在我身上，我就执拗地设想如果自己教的男生女生看了我译的《失乐园》，那么上课当中他们会以怎样的眼神注视像模像样站在讲台上的我呢？何况那时候我的年纪也没这么大，脸皮也没这么厚，胆子也没这么壮……

星移斗转，寒尽暑来，倏忽二十载过去。我的生活工作地点也由珠江之畔的广州变为黄海之滨的青岛。不料这本书的翻译再次落到我的头上。当年的顾虑虽然没有照样复现，却也没有彻底烟消云散。“想让我来个晚节不保不成？”——我对青岛出版社这么说也不纯属开玩笑。但归终，由于青岛出版集团董事长孟鸣飞先生对所谓林译的分外青睐，加之责任编辑杨成舜编审的一再“怂恿”，最后我情愿冒着“晚节不保”的风险答应重译《失乐园》。

我的重译并不意味着对原有译作的否定。恕我老生常谈，翻译如弹钢琴，同一支曲子也一个人弹一个样。甚至日常生活中的炒鸡蛋也不例外，同样的鸡蛋，炒出来也一个厨师一个味儿。一句话，我译出来的只能是“林家铺子”的《失乐园》。何况，在《失乐园》译事上我是后来者，理应对披荆斩棘的先行者致以敬意和谢意。如果硬要我说拙译的特色，那么或许可以说在进一步传达原作的文学性方面付出了小心翼翼的努力。但究竟如何，那当然要由读者打分——能打多少分呢？我惴惴然等待着。

林少华

二○一七年五月十七日于窥海斋

时青岛蔷薇似锦槐花飘香

目录

落日

らくじつ

“可怕……”

听得凛子唇间吐出这两个字，久木不由得止住不动，偷看女子的脸。

凛子此刻就在久木怀中。小巧而匀称的身子被对折起来，上面压着男人宽大的身躯。

借着床头淡淡的灯光悄然瞧见的凛子的脸庞，眉头皱起竖纹，闭合的眼睑轻轻颤抖，仿佛正在啜泣。

毫无疑问，凛子即将冲上快乐的顶峰，正处于最后关头。女方的身心从所有束缚中解放出来，在贪欢求乐中不断冲顶。

即将冲顶之际的“可怕”意味着什么呢？

此前同凛子结合了几次，每次都听得她用各种各样的说法诉说快感。有时诉说“不行了……”，有时嘀咕“上去了……”，有时低喊“救救我……”。虽然说法次次不同，但凛子的身体像要爆炸一般冲上快乐峰巅这点毫无二致。

而说“可怕”，这次是第一次。

久木克制住想问个究竟的冲动，更加用力地抱紧对方。凛子在无论怎么挣扎都无法挣脱的压迫感中瑟瑟痉挛着冲过顶点。

久木问起已是几分钟过后的事了。

结合之前保持人妻矜持的凛子，好像为刚才的失态感到羞愧似的轻轻弓起后背，拉起零乱的被单盖住胸部和腰间。

久木把下颚贴在凛子浑圆的肩头，从后面小声说道：

“刚才你说可怕……”

或许呼出的气碰到耳根了，凛子身体倏然抖一下，没有应声。

“可怕？什么意思？”久木又问。

凛子以性事满足后多少有些倦怠的语声悄声低语：

“怎么说呢？就好像浑身上下的血液要倒流喷出去似的……”

那是作为男人的久木无从想像的感觉。

“不过不坏的吧？”

“那当然是的，不过不光是这个……”

“讲给我听听！”久木刨根问底。

凛子转念似的略一停顿。

“忘乎所以的冲刺当中，觉得所有皮肤都簌簌起了鸡皮疙瘩，子宫像太阳似的发热膨胀，快感从那里漫向全身……”

久木听了，觉得如此变化多端的女人身体真是奇异，进而嫉妒起来。

“就这儿……”久木一边小声说着，一边把手轻轻放在大约子宫所在的位置。

“尽管你还没有到达那里，但由于插得太深太厉害了，感觉上就好像一直捅到头顶，情愿凭你做什么，什么都行……”

仍然闭目合眼的凛子说到这里，猛然扑了过来。久木紧紧抱住她余热未退的身子，切实觉得今天凛子的感觉又深了一步。

完事之后两人总是不约而同地相拥入睡。近来两人的样子，多是女子轻轻歪向一边，脑袋放在仰卧的男人左侧胸口，下半身紧密地贴在一起，双腿交叉。

此刻两人也是如此躺着。片刻，男人的右手慢慢伸向女子的肩摩挲她的背。凛子像是忘了刚才的放肆，彻底安静下来，以小狗样的温顺态度闭着眼睛，受用由颈而背的爱抚。

凛子的皮肤光滑柔润。久木这么一夸，凛子低声应道：

“这可是和你在一起之后才这样的哟！”

也许心满意足的性爱行为改善了女性体内的血液循环，促进了荷尔蒙分泌，滋润了皮肤。听得是因了自己的作用，久木感到很满足，更加反复爱抚不止。后来渐渐觉得累了，手指动作迟滞起来。凛子也在完美结合后的充实感和释然感中缓缓闭起眼睛。

不用说，睡眠时采取的是双方最为惬意的姿势。不过醒来后，凛子的头每每持续压着久木的胳膊，压麻了的时候也是有的。还有的时候两人上半身离开而只是下半身缠在一起——现在也是这样躺着，至于最后变成怎样的姿势，那无从预料。

但不管怎样，男女双方都已习惯了性事后肌肤若即若离这种恰到好处地相伴而卧的床上倦怠感，茫无头绪，欲理还乱。

久木的脑袋在这种状态下还清醒着，目光悄然转向窗帘拉合的窗口。

估计快六点了，该是太阳缓缓画着弧线落向海岸线那边的时分。

两人来到镰仓这家酒店，是在昨天傍晚。

星期五。久木三点多钟走出位于九段的出版社，在东京站同凛子会合，然后乘横须贺线在镰仓下车。

酒店坐落在七里滨沿岸一座山丘上。夏日里到处都是年轻人的喧闹的滨海大道，也许进入九月的关系，车也少了，搭出租车不出二十分钟就到了。

久木所以选择这家酒店同凛子幽会，是因为从东京不出一个小时就能离开大城市，相当于做了一次短途旅行。而且从房间就能看见海，可以充分享受镰仓这座古城的幽静。进一步说来，正因为酒店还新，所以熟客不多，不至于被人发现。

问题是，就算久木这么想，两人在一起也未必不给人看见。虽说久木任职的现代书房因其是出版社而对男女之事较为宽容，但若同妻子以外的女性来酒店之事被人知道了，那也还是有害无利。

如果可能，最好尽可能避免那种麻烦，不被他人指脊梁骨。实际上久木也在外遇方面一直这么小心翼翼。

可是近来，尤其在认识凛子之后，久木开始松懈下来，不再那么处心积虑地避人耳目了。

成为起因的，还是在于遇上了凛子这位最理想的女性——久木转而认为，若是为了和她相会，那么多少冒些风险也是奈何不得的。而进一步使得他将错就错的，是一年前被解除一直担任的部长职务，转为调查室这个闲职。

自不待言，对久木来说，一年前的人事变动是很大的打击。老实说，那以前久木也和一般人同样希望置身于公司中枢一步步爬上去。实际上在一年前五十三岁时也被周围人议论将成为下届董事的候补，自己也那样暗暗期待。

岂料别说晋升，就连出版部长的位子也丢了，被打发到了无论谁看都是闲职的调查室。作为幕后原因，一是两年前社长换届，二是社内不妨称为社长亲信的新势力抬头——而他认识的却没有跟上去。不过毕竟变动已成定局，再这个那个说原因也无济于事。

相比之下，久木了然于心的更是下面这点：既然至此失去了成为董事的机会，那么两年后就五十五岁了，成为董事更是无从谈起。就算有变动，也无非转到更保守的岗位，或者被派去分社。

从这么想的一瞬间开始，久木看到了新的东西。

往下别那么孜孜以求了，自由自在地活下去好了！再怎么拼死拼活，一生也还是一生。换个角度看，迄今视为宝贵的东西不那么宝贵了。相反，过去没太看重的东西仿佛陡然变得宝贵起来。

被解除部长职务之后，头衔固然是“编辑委员”，但实际上几乎没有像样的事可做。调查室的工作，不外乎搜集各种资料，时而从中汇集类似特辑的东西提供给适合的杂志。这虽是主要工作，但并没有何时截止这一明确期限。

诚然，迄今为止，他对妻子之外的其他女性抱有过好感，悄悄出轨的也曾有过，但每每不了了之，没有畅快淋漓之感。

松原凛子出现在久木面前，恰恰就在那个时候。

一如恋情的出现总是突如其来，久木遇见凛子也完全出于偶然。

转到调查室过了三个月的去年年底，在报社文化中心工作的名叫衣川的朋友求他过去演讲。内容是“文章的写法”讲座，有近三十名听讲生——希望他在那里讲讲文章。

久木算不上真正的作者，只是在出版社做书罢了。于是他拒绝说自己讲不来。衣川劝他别想得那么郑重其事，随便讲一下过去读各种人的文章把它们编成书的体会即可。进而说道“你现在不是闲着吗？”——衣川这句话打动了他。

看来，衣川所以找他，目的不仅仅是求他演讲，而且出于想多少鼓励一下转为闲职的久木的心情。

说起来，久木同衣川在大学时代是同届，一起从文学部毕业后，衣川去了报社，久木去了出版社。工作单位虽然不同，但时不时见面交杯换盏。六年前，久木当上出版部长，衣川像追赶他似的当了文化部长，不料三年前突如其来地被派去都[①]内的文化中心。至于那次变动对于衣川是好是坏，久木不太清楚。不过从他“我也快出局了”的说法来看，恐怕还是对本部情有不舍的。不管怎样，在“出局”这个意义上，衣川是老资格。似乎惟其如此，才对久木放心不下，向他打招呼。

意识到这点，久木乖乖应允下来，在约定那天的夜里跑去文化中心。在那里讲了一个半小时，然后同衣川吃饭。席间有一位女性。衣川介绍说是教书法的讲师，那正是凛子。

假如那时没有答应衣川，或者他没有领来凛子入席，那么两人就不会见面，就不会发生眼下这非同一般的关系。

每当想到同凛子的相见，久木无不感到恋情的不可思议或恋情的宿命性。

从衣川介绍凛子相见的那一瞬间，久木就觉出某种类似亢奋的激动。

坦率说来，久木此前也并非没有同妻子以外的女性发生关系。年轻时自不消说，即使人到中年后也有相好的女性。其中一人说喜欢久木傻乎乎的地方。还有一人说久木同年纪不相符的愣头青样儿让她动心。久木从未觉得自己傻乎乎也不曾觉得自己愣头青，因而心想夸奖得甚是奇妙。不过自那以来，他感觉自己接近女性的方式未尝没有那样的地方。

而同凛子交往起来，觉得自己岂止愣头愣脑，甚至有一种自己都为之困惑的一厢情愿。

不说别的，不过由于衣川的介绍见了一次面，却在一个星期后就凭接得的名片而自行打电话过去。

这以前也不是不对女性感兴趣，但如此主动出击还是头一遭。久木自己都对自己感到吃惊，但一旦开跑就停不住脚。

自那以来，天天打电话幽会。而两人切切实实结合在一起，则是今年春天的事。

不出最初预感，凛子是富于吸引力的女性。事后久木再次思考自己被她身上什么地方迷住了。

长相并没有多么漂亮。但身段苗条，楚楚动人，个头不高而匀称，一身套裙，有一种人妻特有的优雅。三十七岁，看上去比实际年龄年轻。不过更吸引久木的，是凛子有书法爱好，擅长楷书并且来教楷书，尽管为期短暂。

从见面之初，凛子就具有宛如楷书的端庄和非凡的气质。而那样的凛子渐渐表现出温柔和亲切，某一天以身相许，随后步步崩溃，直至溃不成军。

在身为男性的久木看来，其崩溃的过程是那般惹人怜爱，美不胜收。

每次性事过后的两人都继续肌肤相亲，因此各自的动静能即刻传导给对方。

现在也是如此。久木把头歪向拉合窗帘的窗口的一瞬间，凛子左手就似乎怯怯地扑在他胸口。久木轻按那只手，看一眼床头柜的闹钟：六时十分。

"太阳可能差不多落下去了。"

从落地窗可以望见七里滨和江之岛，夕阳想必已落入其前方。昨天两人到达的时候，正值金乌西坠之时，熊熊燃烧的太阳开始落入通往江之岛的大桥一端的丘陵。

"不看看？"

久木对凛子说着，从床上坐起，披上掉在地板上的睡衣拉开窗帘。

刹那间，耀眼的阳光斜着泻入房间，从地板到床头，照得明晃晃的。

"赶上了……"

夕阳此刻正位于同江之岛相对的山丘上，一面把天空的下半部分染成朱红色，一面缓缓下沉。

"来看啊！"

"从这里也能看见的嘛！"

赤身裸体的凛子大概对突如其来的光亮感到困惑，依然用被单盖住全身，只把身子转向窗口。

"比昨天的又红又大。"

拉开整个窗帘后，久木折身上床，和凛子并排躺下。

夏天刚刚结束的现在，仍含有热量的雾霭荡漾在天地之间，落日看上去迷蒙蒙胀鼓鼓的。而在圆球底端接触山丘的那一瞬间陡然萎缩，变成血团般红彤彤的玉石。

"看见这样的夕阳，还是头一次。"

久木一边听着，一边想起凛子说的子宫像太阳那句话。

此时，莫非凛子燃烧的身体也像消失在晚空的落日沉静下来？

如此想着，久木从凛子后面贴了上去，一只手抚摸她的下部。

太阳留下红艳艳的光芒消失在山丘的那边。随后，天空迫不及待地变成紫色，夜色笼罩四周。太阳一旦落下，夜即迅速来访，原先金灿灿的海面转眼被涂成墨色，远方江之岛的轮廓连同海边的灯光浮现出来。

昨晚来酒店后久木才知道江之岛上有灯塔，那上面发射的一缕细细长长的光带隐约掠过仍有些微夕晖的天空。

“天黑下来了！”

听得凛子喃喃自语，久木一边点头一边觉得凛子可能想起了家，一时屏住呼吸。

听衣川说，凛子的丈夫大约是东京一所大学的医学部教授。年龄比凛子大十岁，也就是四十七八。

“优点就是认真。”凛子一次半开玩笑地说过。不过久木通过熟人得知她丈夫个头很高，一表人才。

凛子有那样的丈夫，为什么还和自己这样的男人亲热呢？

这点相当费解。不过他没有问凛子。一来问也问不出如实的回答，二来就算问明白了也解决不了什么。

相比之下，幽会的此时此刻对久木才是重要的。

至少两人在一起时他想彻底撇开双方的家，完全陶醉于两人世界。

尽管他一直这么期待，但眼望晚空的凛子的侧脸，无疑有阴影出现。

昨天下午开始同凛子在一起，今天是第二天。今晚再这么住一宿，那么将连续两晚夜不归宿。

不用说，凛子是一开始就应该有思想准备的，但在眼望晚空的时间里蓦然想起了自己的家，不是吗？

久木像要确认对方心曲似的把手轻轻贴在她左侧乳房下面。

凛子的乳房没有多大，但圆圆的，有实实在在的手感。久木把鼓胀的乳房攥在手里，一边体味绵柔的温煦一边左思右想。

此刻眼望忽一下子夜幕落下的天空的凛子，脑袋里掠过的会是什么呢？

“差不多该起来了吧？”

两人仍在床上远望沉入大海的落日。

“请拉上窗帘！”

久木顺从地拉合拉帘。凛子仍用被单捂着胸部，寻找散落在床沿的内衣裤。

“好像昼夜颠倒了……”

回想起来，搭出租车从七里滨围着江之岛兜风，返回酒店时是三点。

而后直到太阳西斜，两人一直在床上。

久木为这样的自己多少有些吃惊，走去相邻的房间，从电冰箱里拿出啤酒喝。

如此看了一会儿暮色上来的海面，凛子冲罢淋浴折回。她已经穿上白连衣裙，头发也用白头绳束在脑后。

“晚饭，出去吃？”

昨晚是在酒店二楼能望见海的餐厅里吃的。

“不是讲好在那里吃的吗？”

正巧大堂经理前来寒暄，遂告以今晚也要住。对方说已经准备好了从附近采来的鲍鱼。

“那么，就还去那里吧！”

大概由于性事后的倦慵，看样子凛子懒得离开酒店。

“今晚说不定一醉方休！”

听得久木这么说，凛子微微一笑，脸上刚才的阴影好像早已不翼而飞。

久木再次打电话预约。之后同凛子一起走到二楼餐厅。

星期六晚上，全家出动的好像很多。大堂经理把两人领到预留的靠窗座位。两人呈V字形坐在方形桌子的一侧，注视正面的窗口。

“已经什么都看不见了啊！”

白天到傍晚，前方可以看见海。但入夜的现在到处漆黑一片，惟独窗旁的大松树若隐若现。

“我们倒是照出来了。”

夜晚的窗扇成了幽暗的镜面，照出桌旁坐着的两人。身后的顾客和经理也闪现出来，仿佛窗扇里面也有一个餐厅。

久木一边看着窗玻璃里的餐厅，一边扫视里面有没有认识的人。

刚才是给男侍应生从门口领来尽头席位的，没时间左顾右盼，只管微微低头从桌间穿过。那种步法，如果说没有对和女性同行的愧疚感，那可是说谎。

时至此刻，就算两人在一起的场面被人撞见也管不了那么多了——虽说已这样打定主意，但仍然放心不下。莫非是镰仓这个地方的关系？

假如是在东京哪家宾馆，即使被人瞧见，而只要说是商量工作或单纯会友，也能够蒙混过去。但在镰仓的酒店里夜晚一起吃饭，那么就算被看成亲密关系也奈何不得。再说，湘南[2]一带原本就有亲朋故友，很难保证不碰见他们。

久木心中很少见地交错着自信与自馁。最后他这样讲给自己听：稍微有点儿事要办，就顺便和早已相识的女子一起吃饭。这么说即可保无事。于是转念收回视线，见凛子正得体地挺正身子凝视夜晚的窗口。那镇定自若的侧脸隐含坚毅和冷静：哪怕给谁看见也岿然不动。

饭前葡萄酒侍应生走来，询问想喝的东西。久木要了些微带水果味儿的白葡萄酒，吃着作为饭前小菜的熏鱼。这时间里，昨晚那位经理用大盘端来从附近海中采来的鲍鱼。

“清蒸的，用黄油炒的，两种吃法都试试吧！”

由于新鲜，先切片吃似也无妨。不过还是交给厨师好了。

正面的夜间窗口，依然照有餐厅内景，足可看清相邻席间一个个客人的面孔。

“没有哪个是熟人？”久木喝了一口葡萄酒问凛子，“离横滨近……”

凛子的娘家很早就是横滨的家具进口商，大学也在横滨，这一带理应有不少熟人。但凛子头也不回地随口应道：

“一个也不会有的吧！”

凛子从第一次进酒店时就不露怯，这一态度今晚来餐厅也没有变化。

“刚才太阳西沉时看你多少有些孤单的样子，就以为你想家来着。”

“你是说我？”

“毕竟两天都不在……”

凛子手握酒杯淡淡笑道：“担心的，是猫。”

“猫？”

“出门时有点无精打采，以为怎么的了呢！”

没有小孩的凛子养猫这点久木是知道的。不过听得她看着暮色苍茫的天空想起来的竟然是猫，不免有些泄气。

而下一瞬间，一个喂猫男人的形象浮现在久木的脑海。

现在凛子的丈夫在没有妻子的家里和猫一起过？

实话实说，久木对凛子的丈夫和家庭固然怀有兴致，但到了真要询问的关头，却又踌躇不前。心里无论如何都想知道，却又觉得知道过多未免让人害怕。

但现在听离家两天的凛子说担心的是猫，不由得再次为她的丈夫放心不下。

“你说的猫，喂食怎么办呢？”

“猫食大体放在那里了，我想问题不大。”

那么，她丈夫吃什么呢？倒是放心不下，可问到那个地步会不会问过头了？至少，作为两人进餐时的话题怕不够合适。

葡萄酒侍应生补斟完葡萄酒，男侍者配合默契地端来做好的鲍鱼。牛排烤得恰到好处，轻度烧制的鲍鱼加有瓯橘切片。

久木本来就尤其喜欢法国菜巧用食材的清淡。凛子在这点上也似乎一样。

“恕不客气。”

性事过后，凛子好像饿了，开朗地说了一句就吃了起来。其用刀方式总是那么精准好看。

“好味道！”

进餐当中凛子只顾进餐，毫不做作。目睹这样的凛子，久木的脑袋不觉返回刚刚过去的床上场景。

这种事倒是很难诉诸语言，不过“好味道”的恰恰是凛子本身。那种柔柔收紧的美妙感触，乃是美味中的美味。

凛子则全然不知晓男人在想这个，只管吃鲍鱼。受其影响，久木也把蒸鲍鱼夹进口中。

吃完九点刚过。喝掉了一白一红两瓶葡萄酒。

凛子本来就不很能喝，从脸颊到胸部都微微泛红，而性事的余韵又加深了醉意。或许因此之故，眼角也显得懒洋洋的。久木也比往常醉得快些，但不想马上休息。

走去餐厅，觑了一眼大厅尽头的酒吧，发现里面人多杂乱，于是作罢折回房间。

“去外面看看好吗？”

听凛子这么说，久木打开通向外面的门。原来房前就是庭院。前行十米就是林木，眼前横陈着夜幕下的大海。

“一股海礁石味儿！”

好像多少起风了，凛子蓬松的头发随风摇颤。她挺胸呼吸。久木也随之做了个深呼吸。海面更加近了。

“江之岛到处是光……”

如凛子所说，街灯和车灯照出来的滨海大道勾勒着舒缓的弧线抵达轻轻起伏的岬角。从那里伸向海面的江之岛因了海岸的光照而如军舰一般浮现出来。大约山顶中央的灯塔光芒，随着夜色加深而增加光度，从太阳落下的山丘尖锐地穿过黑暗的海面。

“畅快……”

久木靠近迎风而立的凛子。但由于一只手拿着酒杯，无法拥抱，只好手拿酒杯贴过脸去接吻。

晓得两人在海礁清香中接吻的，只有灯塔的光芒。

“拿喝的东西来，加冰威士忌可以的？”

“噢，还是白兰地吧！”

海风吹拂的庭院一角摆着白色桌椅，仿佛在召唤两人。走出餐厅时固然觉得醉了，但给这夜间海风一吹，好像还能喝。“看得见海的私人酒吧”——如凛子所说，除了夜空眨闪的星星和浮在海面的灯塔光芒，没有什么能偷偷挤进两人之间。

在这隐秘的酒吧斜举酒杯，恍惚觉得惟独这个角落疏离现实，浮游于梦幻世界。

“不想再动，就这样好了！”

作为凛子的真实意图，不知是想两人就这么任海风吹拂，还是不愿意返回东京。久木进一步问道：

“那么，一直留在这里？”

“你也肯留下的吧？”

“若是有你的话……”

说到这里，两人径自仰望夜空。少顷，凛子悄声自语：

“可那很难吧！”

那意味着什么呢？久木一头雾水，开始再次思考自己的家庭。

久木现在来这酒店这点，谁也不知道。昨天离开公司时对调查室的女职员说“我早点儿回去”，对妻子则只说“有东西要查，去京都两天”。妻没再问。若有必要，往公司打电话即可知晓自己的去处。

独生女儿已经结婚，家里只剩夫妻两人。妻子热衷于熟人介绍的瓷器公司营销顾问的工作，比久木晚归也屡见不鲜。虽说是夫妻，但交谈也只限于事务性的，两人一起吃饭或外出旅行也从未有过。

尽管如此，久木从未考虑过和妻子分手。虽说厌倦了现实，激情也全然感觉不出，但到了这个年龄，所谓夫妇就是这么回事——对此他自有自己的理解。

至少在认识凛子之前是这么理解的，相信这并无不可。

久木就这样思考着自己的家和妻子，但海上吹来的夜风将这思绪带去远方的天空。随之而来的，是对凛子家的牵挂。

“刚才你说担心猫，可是夫君呢？”

在人多的餐厅不好刨根问底,但这浩瀚的夜空足以壮胆。

“两天都不在家,不要紧的?”

“以前也有不在家的时候。”凛子像讲给星星听似的依然仰望夜空,“由于书法工作,时不时跟老师往地方上去,加上要办展览会什么的。”

“那么说,这次也用同样的理由……”

“不不,这次说要见朋友。”

“见两天?”

“好朋友在逗子,又是周末。对吧?”

用这名堂就能蒙混丈夫?就算蒙混过去,万一有急事家里打电话过来怎么办?

“告诉那位朋友你在这里来着?”

“大致讲好了,反正不要紧的!”

不要紧什么呢?久木不解其意。凛子以果断的口吻补上一句:

“那个人,根本不会找的。人家热爱工作。”

凛子的丈夫因是医学部教授,或许更倾向于闷在研究室不动。可是就算那样,也过于疏忽大意了吧?

“对你,从不怀疑?”

“你是在关心我?”

“毕竟给夫君知道了不妙……”

“知道了,你伤脑筋?”

久木朝夜空大大吐了口气,咀嚼凛子刚才的话。

女方在追问男人:和你关系如此之深,要是被我丈夫知道了你是不是伤脑筋?表面上像是追问,实际上未尝不可视为女方在表明决心:丈夫知道也无所谓。

“夫君知道我们的事了?”

“那、知不知道呢……”

“没特别说什么？”

“说倒是没说……”

久木刚要放下心来，凛子随即像说别人事似的说道：

“或者知道也不是没有可能……”

“不过没直接问吧？”

“不是不问，可能是不想知道……”

忽然，海上吹来的风加大了，惟独最后的“知道……”二字拖着尾音消失在夜空的远方。

久木一边追随风的去向一边思索。

所谓不想知道，指的莫非是怕知道？即使对妻子有外遇有所觉察，也不情愿作为现实目睹。知道得有失体面，还不如不知道的好——该是这个意思不成？

久木脑际再次现出身穿白大褂的医师形象。无论地位还是外表都无从挑剔。莫如说是为许多人憧憬的近乎标杆的人物——这样的人怀疑妻子在外面偷情却又沉默不语。

假如这是真的，那么就是说丈夫是因为爱妻子才不追问，还是说佯作不知而冷冷注视妻子一再重复的出轨？如此思索时间里，醉意从久木脑袋迅速退去，取而代之的是一对奇特的夫妻形象。

“奇怪吧，我们……”

听得凛子这么说，久木刚要点头却未点下去。

如果说不相爱的夫妻奇怪，那么这样的夫妻岂非满世界都是？

“奇怪的不单你们，和和美美的夫妻哪里都不存在！”

“果真？”

“全都有奇怪的地方，而又全都在装模作样。”

“若装不下去可怎么办？”

仰望夜空的凛子的侧脸，在房间透出的灯光照射下，仅左半边白莹莹浮现出来。久木一边看着那黑白分明的侧脸，一边体味投给自己的更新的课题。

凛子分明在问如果妻子在丈夫面前装不下去了该怎么办。那意味着现在已然陷入无法弥合的地步，还是意味着那一事态迫在眉睫了呢？无论是哪个，都像是在寻求久木回答。

“那么，他对你……”

不知何故，此时此地很难将凛子的丈夫称为“夫君”，而只能以不相关的第三人称“他”来称呼。

“他不找你求欢？”

言毕，久木这才得知原来这是自己最想问的。

凛子以思索的神情沉默有顷。而后朝着夜空小声说道：

“不求的啊……”

“一概？”

“因我总是拒绝。”

“那、他就肯忍着？”

“忍着不忍着我不知道，毕竟不行的事就是不行嘛！”

说得似乎事不关己的凛子的侧脸，看上去隐隐含有女性的洁癖和坚毅，仿佛在说讨厌的就是讨厌。

恋情总会在哪里遭遇关卡。

相识之初，情投意合，很快一气呵成，融为一体，顺利得就连两个当事人都难以置信。激情燃烧得就好像世间一切都无所畏惧。可是不久就会遭遇困惑：在以为登峰造极的一瞬间就有深涧倏然挡住去路。两人贪欢作乐，以为置身于性爱花园之时，即是得知前面有荆棘丛生的荒野之日，当即神情肃然。

此刻，久木和凛子似已经过初期的春风得意，而来到一个关卡。能否跨越过去，完全取决于两人的激情。

像以往那样每个月见面几次，不时相约外出旅行过夜——倘若满足于这个程度的幽会，那么就无需跨越关卡。而若意犹未尽，势必更频繁地见面和要更强烈将对方据为己有。如果这么朝思暮想，就要多少冒一些风险跨进一步，就要有跨越深涧的勇气。

自不待言，所谓勇气，即是双双不顾家庭而一味我行我素的意志。只要意志坚定了，就能更加自由自在、淋漓酣畅地无限享受二人时光。

可是理所当然，其背后需付出巨大牺牲。无需说，凛子将招致丈夫的、久木将招致妻子的猜疑，发生争吵。发展下去，甚至导致家庭解体——在什么地方适可而止、在什么程度上满足两人的愿望，这方面的权衡比较是最大的问题。

现在，假定凛子的家庭如她所说，那么就可能不折不扣到了即将分崩离析的地步。如果妻子不接受丈夫的需求，没有了性关系，那么为什么结婚、为什么持续是夫妻就不得而知。当然，就性关系这点来说，久木同妻子也几乎没有。在这个意义上，说久木的家庭同样正在崩溃也未尝不可。

不过，同久木相比，凛子更难堪的是对方求欢时而必须拒绝的妻子立场。这同自己不主动即相安无事之间，似乎存在男女的性差别。

在来自海面的夜风的吹拂下，久木觉得自己现在多少想得开了。

事至如今，再顾忌也来不及了。他打算当机立断，问凛子往后的打算。

"他、可知道你为什么拒绝?"

"我想大概是知道的。"

久木脑海中再次浮现出学究型凛子丈夫的形象。虽说一次也没见过,但那张脸上想必总是架着眼镜,端端正正。

不知何故,尽管那个男人是自己实实在在的情敌,然而久木并不怎么憎恨。眼下,自己爱着凛子这位人妻,那个男人被人睡了老婆,戴上了绿帽子。不知是其立场的可怜博得了自己的同情,还是被妻子拒绝也默默忍耐那种求稳姿态使得自己失去了对抗意识。

不管怎样,久木现在都处于比那个男人优越的位置是毫无疑问的。

但是,既然处于优越位置,就必须相应负起责任。

"很理解你的尴尬处境。"久木心里觉得对不住凛子,"想到这点,我也尴尬起来。"

"不过你不要紧的。男人怎么都能应付的对吧?"

"说能应付就能应付,可应付不来的时候也是有的。"

"我、怕是要完了。"

"完了?"

凛子朝着夜空缓缓点头:

"我已打定主意:什么时候完了都无所谓!"

"那怎么成……"

"女人这东西,并不那么灵巧的啊!"

凛子任凭夜风吹拂,轻轻闭起眼睛。目睹她那副俨然殉教者的面容,大凡男人心中都要涌起对于女人的怜爱。久木情不自禁地搂过凛子就势接吻,一边抚摸被海潮风打湿的凛子的秀发,一边折回房间。回过神时,两人已重新躺在床上。分不清谁引诱谁、谁被谁引诱。

谈论各自的家庭且越谈越深入的时间里，渐渐觉得不堪忍受，束手无策，心急胸闷，而逃来的地方即是床上，如此而已。

久木突然变成狂暴的野兽，一把扯开凛子的前胸，脱掉她的衣服，拉掉内裤。面对这场疾风骤雨，凛子尽管低声“啊啊”不止，但实际上像迎合男人动作一样主动脱去内衣。

此刻，凛子似乎渴望被他紧紧抱住。

两人气喘吁吁，连完全脱光都好像等不得似的死死搂在一起。肌肤与肌肤之间，别说凛子丈夫，甚至灯塔的光照、夜风和房间的空气都休想介入。搂得是那么紧，双方的骨骼都险些嵌进肉里，贪婪地吮吸嘴唇。

也许都醉了的关系，很快弓满潮满，凛子迅速冲顶。久木确认后停止动作。

知晓床上急风暴雨的，只有枕旁若有若无的台灯光亮。

刚才突然化为野兽的两人的肉体，在相互贪婪地吞食后的现在宛如温顺的宠物彻底安静下来，轻轻交叉着肢体躺着不动。

醉意，加上燃烧的余温，凛子的身体仍热乎乎的。久木一边以整个身子感受其余热，一边想起“body talk[③]”那个说法。

此时此刻，两人恰恰在以身体相互诉说。

语言终究是诉说不尽的。越用嘴巴说越语无伦次，越莫名其妙。每当如此走投无路之时，就只能用身体相互诉说。烽火四起，短兵相接，偃旗息鼓——于是一切迎刃而解。

作为证据，现在两人都像忘了刚才的问题严重性而躺在恬适的倦怠感之中。即使现实问题一个也没解决，也还是能以身体与身体的相互倾诉而相知相许。

得知女方满足，男人自然心怀释然，有了自信。

“可好？”

已经无需发问。想到刚刚过去的凛子表现，心里一清二楚，但他还是想问一声。凛子像要避开久木的期待似的，一声不响地把额头轻轻擦在久木胸口——回答肯定是“yes”，但毕竟羞于出口。也可能含有那种抵抗意向。

问题是，女人越是抵抗，男人越是想听个明白。

“喜欢我的？”

这也不言自明。背叛丈夫跑出家门，不可能出于讨厌。男人明知故问。

“喜欢？”久木再次问道。

这回凛子淡淡回答：

“讨厌！”

久木不由得紧紧盯视。凛子斩钉截铁：

“我、这样子真让我难受。”

“这样子……？”

“和你上床呀！”

凛子想要说什么呢？一时很难理解。只听得凛子喃喃自语：

“做这种事，我自己不再是自己了，我讨厌这个。为这种事失去理性，不争气啊！”

所谓失去理性，反过来说，岂不就是心满意足尽情尽兴？久木战战兢兢地问：

“不过，总会好起来的……”

“像是落在你手里了。”

“不，落的是我。”

“反正，把我弄成这个样子的，是坏家伙！”

“那可是对方的责任哟！”

“我的？”

"你太好味道了嘛！"

被说成了蛋糕，凛子好像困惑起来。

"如果不是好味道，不至于这么入迷。"

"可我是头一回。"

"什么头一回？"

"突然成了这样子……"

看枕边闹钟，十一点过了。凛子另当别论，久木即使被挑战也没有应战气力了，却又舍不得睡去，想再身体挨着身体享受两人世界。这样想着，久木再次打探：

"到底喜欢的？"

"所以不是说了吗——讨厌！"

凛子仍不肯在嘴巴上服软。

"那、为什么成了这样子……"

"是指我这么容易让你得手？"

凛子说得明显带有自虐意味，久木略略打趣：

"没想到这么出色的女人会许身于我。"

"你也出色嘛！"

"瞎说！老实讲，没有自信。"

"呃，像是没有自信的样子才好玩的啊！"

认识凛子时，正值久木被公司从第一线转去闲职之时。

"你那个年纪的男人，都很嚣张是吧？拿出名片，说自己是常务董事、是什么什么部长，在公司多么了不起多么有权有势，尽说这些。可你对那些绝口不提……"

"想提，问题是没有值得一提的。"

"那些对女人怎么都无所谓的。相比之下，还是亲切些有气氛些……"

“气氛？”

“是啊，看上去你总好像有些疲惫、落寞。”

气氛倒也罢了，当时心力交瘁确是事实。

“你说了吧？往下清闲了，想查阅一下留在昭和史上的女性们。说得蛮有意思，而且……”

“而且？”

“而且是高手！”凛子目视虚空，轻松道出大胆的话来。

久木以往从没给女性夸过“高手”。诚然，同几个女性交往过，感觉上也都让她们满足，但从不曾认为自己技巧上多么高明。

实际上那也不是能从男性角度自己说的话，只能听任女方评价。何况那是一个女性知道若干男人后才晓得的事。

但不管怎样，被女性说是“高手”感觉不坏。而且是眼下自己最上心的凛子说的，就更加有了自信。话虽这么说，可是真能为之欢欣鼓舞不成？

“那、不是开玩笑，是真的？”

“当然真的！这种事，说谎也没用的吧？”

夸奖之下，久木进一步半开玩笑：

“那么说，合格喽？”

“合格！”凛子即刻回答，“不过，你可是久经沙场吧？”

“那也不是……”

“无所谓，用不着隐瞒。反正我感觉好就是了。”

也许两人一起过到第二天的关系，凛子好像整个放松下来。

“刚才你说这样子是头一回，以前呢？”

“指什么？”凛子明知故问。

“和他的性事。”

“多少有感觉是有过的，不过没这么厉害。”

“那、以前没怎么……”

“所以不是说你是坏家伙吗？教人家这个……”

“那是因为你有素质。”

“这算素质？”

一本正经地询问的凛子看上去突然幼稚起来。久木从背后抓住凛子一对乳房。

对于男人，再没有让自己最爱的女子觉悟性的快乐更开心、更自豪的事了。起初像花蕾一样稚嫩顽固的肢体，逐渐解除紧张，增加柔软度，不久如一大朵花盛开怒放——得以参与一个女子的开花过程，那分明是自身这一存在被深深植入女性体内的证明。至少男人会如此深信不疑并因此踌躇满志：没有白活！

现在凛子恰恰断言是他调教的。不是别人，正是久木这个男人使得凛子身上潜在的快感苏醒过来。这无非是说迄今为止她不知道如此程度的快乐。进而言之，等于坦白她同丈夫之间没有过那样的快感。

“太好了……”久木再次在凛子耳畔低语，“这样也就忘不掉我了。”

久木现在还觉得自己正把楔子插入凛子体内。凛子再挣扎也休想逃掉——粗大坚挺的楔子由腰间一直捅到她的脑顶。

“不放你逃掉！”

“话是那么说，可要是真不逃掉，你怎么办？”

久木一时语塞。

凛子穷追猛打：

“不觉得可怕？”

久木重新想起太阳落山前凛子在床上嘀咕“可怕”的事来。那时说的是性事的无以自拔。而现在说的似乎是现实状况。

"这么闹下去，我们是要入地狱的哟！"

"地狱？"

"你怎样我不知道，我可是百分之百入地狱。"说到这里，凛子一把抱住久木，"拉住我，紧紧抓住……"

看样子，凛子意犹未尽，身心正在剧烈冲撞。

"不怕、不怕的！"

久木一边安抚，一边再次思考男女性感的差异。

较之雌性，雄性本质上性快感淡薄。较之沉浸于自身的快乐，更是通过让对方达到高潮和确认其过程而感到满足和释然。尤其到久木这个年龄，像年轻人那样粗暴求欢的心情变得淡了。较之被动，莫如说在让对方快乐冲顶的能动方面更能得到作为男人的存在价值。似乎有女性对通过让对方舒坦而获得满足这点表示怀疑。可是，如果事先就把自己定位于主导一方，那么也有相应的方法使自己稳稳获取快感。

例如凛子那样的女子，起初矜持谨慎，楷书般一丝不苟，随后从种种样样的束缚中解放出来，得知快乐，愈燃愈烈。进而作为一个成熟女性而变得自由奔放，最后深深沉溺于淫荡世界之中。那无疑是女性身体土崩瓦解的过程，同时又是回归其体内潜在本性的姿态。对于男人，再没有比目睹那种蜕变更富于刺激、更欢欣鼓舞的了。

倘若一一看清其前后始末，就能以身体直接感知那一实态——感知女性身体是怎样的存在，其中隐藏着什么和有怎样的变化。

只是，作为观察者、旁观者所能得到的快慰自有其局限性。哪怕再以性的开发者、观察者自诩，而一旦以两个身体融为一体，性这东西也还是不可能仅由一方承受、仅由一方发动。即使是由男方处心积虑促成的，女方也仍会有所感觉，欲火中烧，一发不可遏止。果真如此，男方在其煽动下一路跟踪追击。及至蓦然回神，男女都已整个浸入无间地狱般的性爱深渊。

虽说通往性爱快乐的路径不同，但既然双方觉得难分难舍，那么也不可能仅仅一方堕入地狱。

久木一边抚摸紧紧贴上来的凛子的后背，一边回味刚刚听得的“入地狱”说法。

不错，再这样寻欢作乐，两人难保不会陷入无可挽回的绝境。凛子称之为地狱，她的意思似乎是说应该在此止步以求生路。

可是明确说来，久木并不像凛子那样认为现在的快乐是罪恶。不错，有妻之夫同有夫之妻相爱是可能有违道德、有悖伦理。而另一方面，相爱的两人相互需求为什么就是恶呢？

常识和伦理之类，由于时代的推移，迟早会发生变化。相爱之人的结合乃是普遍的绝对大义。为了守护这宝贵的大义无需畏首畏尾——久木这样说服自己，并深以为然。

问题是，哪怕久木再怎么自负，而若凛子不认同，两人的爱也无以为继。就算男方再不在乎，而若女方胆怯，也很难进一步爱下去。

“入地狱什么的，绝不至于。”久木摸着凛子因几次冲顶而艳润有加的滚圆的臀部说道，“毕竟没干什么坏事。”

“不，干了。”

身为人妻，加之毕业于基督教系统的大学，凛子的负罪意识或许因此而分外深重。

“可我们是这么相爱！”

“那也是不可以的。”

到了这个地步，再讲道理也很难让她认同。现在，男人也只能跟在口称“入地狱”的女人后面，别无选择。

“那，一起入地狱好了！”

再这么寻欢作乐，的确有可能入地狱。可另一方面，也并未得到禁欲就能进入天国的保证。既然这样，那么索性彻底贪欢作乐再入地狱好了！久木打定主意。

①都：东京都。

②湘南：日本从神奈川县南部三浦半岛逗子至小田原的相模湾海岸一带之称。

③ body talk：肢体语言。

秋空

しゅうてん

窗口对面有一座大楼，只有从窗口看见的这半面在阳光下熠熠生辉。三天前有过一场台风。漫长的夏天随着那场台风而完全远去，凉爽宜人的大好秋日继之而来。

久木从早上开始看报。看完第四份，背靠椅子，目光转去满是秋光的窗口。差不多上午十一点了，但房间一片寂静，惟独座位靠近门口的那位女性敲打电子文字处理机的声音急切切响个不止。

现在久木所在的调查室位于六楼电梯右边走廊的尽头。房间中央相对排列着六张桌子。其前面的空间放有一套简单的待客沙发。

久木每天上午十点来到这个房间。

眼下，调查室有四名男性和一名兼任秘书的女性。表面上，男性中比久木大三岁的铃木负责编社史，大一岁的横山负责统计整理社内资料，小一岁的村松负责新辞典的开发，但并没有必须何时做到何种程度的明确期限。在这点上，久木的昭和史编纂也是同样，尚未具体启动。总之，都是从社内第一线下来的所谓“窗边族”，上班也不埋头苦干，莫如说时间多得难以打发。

久木最初不习惯房间优哉游哉的气氛，反倒觉得心神不定。半年过后，大体习惯了，对周围的眼神也不再那么介意。

久木现在也是这样，来到后也不急着工作。看罢每天必看的报纸，吸完一支烟，目光转向窗口。阳光沐浴下的大楼的另一边，有两片仿佛毛刷勾勒出来的云絮斜着掠过。再往前是水井形状的天线。观望阒无声息的天空时间里，久木脑海闪出凛子白皙的肌肤，冲顶时急不可耐的语声随之传来。

在这般安谧晴朗的秋光中想女性裸体的，肯定只有自己一人。

说痛快些，久木没有什么工作，莫如说闲得难受。假如像以前的职位要求的那样，整天都被会议、商讨、文件整理等等追着赶着，就不大可能如此频繁地想起凛子。

望了一阵子秋空飘浮的白云，久木霍然站起。旁边三个同事或者看书，或者盯着电脑显示屏，没人对久木的动静感兴趣。

大致环视一遍后，久木走出房间，穿过电梯门前，打开通往楼梯的门扇立定。

刚才久木望着秋日天空盘算的，是给凛子打电话的事。平日这个时候，凛子应该一个人在家。

久木关上楼梯和走廊之间的门，楼梯转角只他一个人了，随即掏出手机。让人啼笑皆非的是，当部长因为有忙不完的工作而持有的手机，如今在同凛子秘密通话时派上了用场。

久木拉出短天线，按下号码。凛子马上接起。

“知道了，是我。”凛子似乎已经预料到久木要打电话来，即刻应道。

久木再次确认周围没有人后，对着通话孔压低嗓音：

“突然想听你的声音。”

“现在是在社里吧？”

“是在社里，但在想你的时间里，心情变得莫名其妙起来……”

“怎么个莫名其妙？”

“由白云感到你的身子……”

“少说那种话，这可还是上午！”

“想要你了。”

“别想入非非！”

“再去镰仓可好？”

两人去镰仓住酒店，已经过去了半个月。

从镰仓回来，久木最担心的是凛子的家庭。妻子在外边连住两宿，丈夫会怎么想呢？久木放心不下，分别第二天就给凛子打去电话问怎么样。凛子只回答没事儿，没什么特殊反应。

如果真如她说什么事也没有的话，就意味着那是个匪夷所思的家庭。不知是丈夫过于老实厚道，还是凛子八面玲珑，总之没有发展成严重问题这点让久木暂且放下心来。

可是，若再次出去住酒店，凛子的家事到底让他介意。

“这个星期四，镰仓有薪能[1]演出。”

听说每年秋天镰仓大塔宫都举行薪能演出，但久木从未去看过。

“若是方便，我就订票。要看到很晚，最好住下。”

“想去啊！”

听凛子说得十分轻松，久木反问：

“不要紧的？”

“不清楚。不过想去。”

这次凛子的回答也够爽快。意思似乎是说抛家出门不是好坏的问题，而是因为想去所以去。

“那么，我马上订票。”

“要等三天呢！”如此说罢，凛子似乎觉得说过头了，“不过忍耐就是。你也在忍耐吧？”

无需说，久木根本不会在家里同妻子亲热，于是径自朝电话点头应允。不料凛子以不无气恼的语气说道：

“把我弄成这样子的，是你！都是你不好！”

打完电话折回房间，当秘书的女职员告诉他刚才有位叫衣川的男士打来电话。朋友中叫衣川的只有一个，必是三鹰文化中心的所长无疑。久木这回没用手机，直接从房间打过去。幸好衣川就在中心，说今天傍晚有事要去城中心，想见见，好久没见了。

久木约他六点在银座一家小餐馆见面，挂断电话。

房间依然懒懒散散，负责社史编纂的铃木百无聊赖地打了个大大的哈欠，四人期待已久似的相互对视。

“好天气啊！不冷不热，正适合打高尔夫。”

铃木说得大家一齐点头。不过久木近来没有去打高尔夫球。

当部长时每星期都去一次，而闲下来后次数反而少了。工作方面的高尔夫少了当然是个原因，但最主要的，是因为没做什么了不得的工作，打高尔夫也快乐不起来。休闲这东西，还是忙里偷闲才有意思。当然也有人像铃木这样利用闲下来的机会享受高尔夫。

“虽说闲下来了，但落得情绪消沉是不可取的哟！”

铃木如此劝说久木。他不知久木同凛子打得火热。

较之高尔夫，还是热恋更能让人返老还童。久木心里想道，但这不能说给别人听。

如此闲聊之间中午到了，大家迫不及待地走出房间。大部分人去地下室的职工食堂。久木大多去相距四五分钟路的荞面馆。那里也有职工去，有时会碰见过去在同一部门工作的年轻同事。那种时候，久木觉得尴尬，对方想必也一样。

看样子对方很难向降职的上司打招呼，起初往往以目示意。最近久木这方面也多少放松下来，主动问对方怎么样的时候也是有的。

夜晚，久木在银座的数寄屋街一家小餐馆见了衣川。以前衣川也来过这里，但最近翻新了，这让他显得有些困惑。

“焕然一新，以为是另一家。”

面积大小相差无几，但原先黑幽幽发光的吧台和桌子变成了全新的白原木色，椅子也增加了，情形大有不同。

“是不是太亮了点儿？”

老顾客怀念以前的店堂风情，但年轻顾客大概认为这样更好——老伯笑嘻嘻不予赞同。

“越改越糟嘛，这！”

能让人谈笑风生地吃吃喝喝，也是这家餐馆的一个优点。

两人点了老伯推荐的条石鲷生鱼片和陶瓶炖菜。先用啤酒干杯。

“好久没在银座喝酒了！”

“没多少钱，让我来好了，还欠着你的。”

“也罢，今天可得让我喝个够！”

久木本打算说在文化中心拿了演讲酬金，结果却像是说凛子。

“对了，怎么样，楷书那位？”

听得这突然一问，久木紧忙灌了口啤酒。

“还见面的吧？”

“啊，时不时……”

“不过，没想到你下手那么快。心里叫苦之时，已经迟了一步！”

凛子原本是衣川介绍的女性。也是因为这个，同凛子要好两个月左右就对他——只对他——坦言两人正在交往。

“上次来中心——有些时日不来了——奇妙地有了情色意味。”

大概凛子担任的楷书课程已经结束，而改请别的书法讲师。

“不过要适可而止才好。要是让那样的人动了真心，那可是犯罪哟！”

听衣川的说法，简直等于说把完全不谙世事的纯情人妻弄得魂不守舍，把她拖进了异常世界。

想那么说的心情当然不是不能理解，但那么说来，很可能意味着女性一开始就对男人言听计从而没有自己的意志。那乍看上去似乎是怜香惜玉，但实际和视之为没有意志的偶人是同一回事。

老实说，就同凛子交往的情况来看，并非久木单方面引诱，将不情愿的她死活拉进偷情世界。

鱼有情水有心，男女之恋这东西，若不是相互吸引是很难成立的。

倒也不是刻意辩解，当久木接近凛子的时候，凛子也应该在寻求什么。即便不是爱啦男性啦那种直白的东西，也还是怀有某种渴望满足的什么，毫无疑问。

这点不难察觉：见面之初的一段时间里，凛子一概不谈家庭，而当话题自然而然转到那方面时，凛子就小声说在家也不开心……

往下的进展，的确是男方积极，但女方也随后跟了上来。现阶段两人同样激情澎湃。或许莫如说在看得开这点上，女方表现得更明显。

自不待言，衣川不晓得个中详情。

久木拿起新上来的一壶酒，边给衣川斟酒边问：

"她可说了什么？"

"没有。和另一位讲师一块儿来的，不可能深谈，但看上去好像有什么心事。"

"心事？"

"也许我神经过敏的关系，感觉上好像很纠结。不过，反倒有姿色了。"

久木的心情陡然沉了下来：衣川也以这样的目光看凛子！

久木像要回避似的改变话题，问起他工作上的事。

听衣川说，近来文化中心遍地开花，竞争剧烈。所幸衣川那里是早就成立的，勉强维持得下去。而若竞争变本加厉，就要从根本上改变经营方式。今天出来，就是为了同本部商量这件事。

"总之现在做什么都不容易。相比之下，还是你轻松快活。"

"哪有的事……"

闲职诚然有闲职的不快，但说出来就成牢骚。如此沉默之间，衣川叹了口气说："公司这种地方，忙忙碌碌也好，优哉游哉也好，薪水都差不到哪儿去！"

的确如此。同以前相比，久木减少的也只是职务津贴，而总额并没减多少。

"不过，可不是我愿意清闲的。"

"那我知道。工作上我也该适可而止了，同喜欢的女性堕入情网才是正理。"

"喂喂,那使不得的!"

"男人所以辛辛苦苦干个没完,归根结底还不是为了抓个好女人据为己有!这是自然界的通理。雄性拼命觅食,打倒对手,最后要得到的无非是雌性的身子和爱情。你死我活争斗不止,就是渴望这个。"

久木担心被周围客人听见。而衣川只管说个不停:

"倒不是因为受了你的刺激,可近来实在是想这个想得不得了——想跟好上天的女性来一场罗曼蒂克式的恋爱。都这把年纪了,说来可笑!"

"不,相反,正因为这把年纪了才这样。"

"反正我觉得这样子下去,好像没等把最好的东西搞到手人生就落幕了。"

总的说来,衣川过去一直是个一门心思工作的人。即使在社会部期间,也只是大谈特谈时事政治和社会问题,几乎不谈花边新闻。在身在出版社的久木眼里,多少是个不会变通的硬汉形象。惟其如此,现在听他说想来一场恋爱,甚至觉得像遇上了另一个人。

带来如此变化的,是文化中心那种和众多女性打交道的职场呢,还是如他自己说的年龄的关系?

"可是,我怕是不行啊!"

主动宣称想来一场恋爱的衣川,却一下子说出不争气的话。

"恋爱首先要有非同一般的能量和勇气,是吧?"

这点久木已有切身体验。

"总之工薪社会是不好混的。你被冷遇了还好。我呢,实话实说,还没到那个地步。精英固然谈不上,但多少还算在线。以现在的身份闹出桃色新闻,不知要给人说出什么来。毕竟如今的日本社会，就像个嫉妒和诋毁的大酱缸！”

“是啊，越是精英，越是不得自由。”

“再说，首先需要的是金钱和时间吧？没有金钱就没有宽松的心情。”说到这里，衣川换上不无轻率的口气，“你有钱还好。”

“谈不上有钱。”

虽然矢口否认，但眼下久木的处境，和同龄伙伴相比，说不定多少得天独厚。在款额上年收入接近两千万日元[②]，从父母手里继承的房子在世田谷[③]。一个女儿已经出嫁，妻子又在瓷器公司有临时性工作，自己得以自由支配为数不少的零花钱。

当然，同凛子恋爱，花一些钱也在所不惜。正这么想着，衣川给自己斟酒。酒盅是薄薄的白瓷，斟进的酒看上去呈琥珀色。

拿在手里注视的时间里，久木脑际闪出凛子白皙的肢体。

现在她在做什么呢？这时，衣川好像看透他心思，低声说：

“羡慕你啊，那么精力充沛！”

语气多少带有嘲讽意味，久木察觉指的是做爱。

“见一次做一次的吧？”

这无需回答。沉默之间，衣川继续下文：

“窝囊啊，近来我那方面彻底没戏。”

“在家里？”

“没有，早就没有了。你呢？”

听对方一口否定，久木也摇摇头表示认同。

“是那么回事吧！到了这个年纪，老婆就成了老友，那方面上不来情绪。”

“那么，在外边……”

“心思是有，但不像你那么顺利。首先是没有那样的女性。就算有，老实说，也没多大自信。”

“分对象。”

“对象合适也不成。像你不屈不挠倒也罢了，可像我这样老是休战，就难以为继。”

“不屈不挠，说过头了。”

“反正，也许年龄的关系，近来没那码事也过得去。心想就那么回事儿，也就不怎么当回事儿了。”

“说话别老气横秋！”

“那东西像是一种毛病，没有了，没有也好，没有了更让人省心。问题是长此以往，雄性也就不成其雄性了。”

说到这里，衣川把酒一口喝干。

“还是你好啊！是吧？”

今晚的衣川和平时多少有所不同。不知是工作太劳累了，还是因为没有说这种话的合适对象，总是就男女之事喋喋不休。

老实说，久木觉得时候差不多了。但衣川又要了一壶酒，换上试探性的语调：

“对了，她的先生怎么样啊？理当知道和你交往的事吧？”

“这个不清楚……”

“不负责任的家伙！”衣川又呷了口酒，“他马上就杀奔公司的哟，质问你要把我的 wife[4]怎么样！知道他是医生吧？”

“一开始你就告诉我了。”

“医生在那方面应该是高手才对，看来并不是的。意外胆小怕事，知道 wife 和人私通也佯作不知，大气不敢出。说不定那方面不怎么灵便。”

“喂喂，算了算了！”

“呃，精英分子往往都意外那个德行。就算偏差值[5]好，那方面也不及格。”

“是不是呢……”

“不过，迟早他也还是要觉察到的哟！那一来可就不是能善罢甘休的。”衣川威胁似的说罢，补充一句，“所以，和那样的人还是止于‘轻恋爱’[6]为好。”

“‘轻恋爱’？”

“就是轻度恋爱，和轻音乐同样，不加重。”

也许要发泄自己没有艳遇的不满，衣川似乎对久木同凛子夫妻这个话题津津乐道。

“说不定他也旗鼓相当。”

“指什么？”

“她的确有外遇了，可他也可能在外边有一手。就是说，双方明知对方有外遇而又满不在乎地保持婚姻生活。”

久木像要打断交谈似的看一眼手表，叫人算账。

如此下去，自己只能成为衣川的下酒菜。

同衣川见面喝酒的第三天，久木在新桥站同凛子碰头去镰仓。

正值傍晚交通高峰，以为电车很挤，结果两人还是得以在新型一等车厢并排坐了下来。

周围几乎全是从镰仓来东京上班的人，大多到了一定年纪，似乎都有了一官半职。幸好没有熟面孔。一男一女单独坐着的，唯独久木和凛子两个。久木心想，在这种场合给社里的同事瞧见了可是不好办。而身穿葡萄酒色套裙、胸口蓬蓬松松扎着围巾的凛子却贴着久木低语：

“高兴啊，能再次和你一块儿去。”

本以为说的是两人一起去看薪能表演，不料凛子说起别的来：

“上次说了吧？那位做工业设计的朋友、名叫逸见的女士……”

“就是你高中时代的朋友、美国留学回来的那位吧？”

“她和一家有名的上市公司的老总交往来着，可最近分手了。”

“给对方的太太知道了？”

“不。朋友说对方戒心极强。好像一起去过京都甚至香港，但座位总是分开的。例如坐新干线的时候，一个九号车、一个十号车，车厢都是分开的。去海外都故意错开一个航班。结果，好不容易坐一回的头等舱也没意思，还不如一起坐经济舱。”

“大概怕写真杂志什么的找麻烦吧？”

“那倒是的。可问题是去哪儿都要分开你不认为太孤单了？那一来，为什么旅行岂不就莫名其妙了？她虽然喜欢他，但是说自己受够了那种难受滋味……”

“分手了？”

“一星期前见的面，说绝不再爱那样的人！”

凛子朋友说的完全理解，但那位老总的心情也并非不能理解。

不错，上次去镰仓时也好这次也好，久木都和凛子相邻而坐。

无需说，坐的当中，带女伴这点不是不让他有所顾忌，却又觉得毕竟是去镰仓，就算给谁看见了，只要说是熟人同席，也还是可以搪塞过去。当然背后也并非没有将计就计这样的念头：反正已经出局，处境再恶化也不可能了。

不过，即使久木，若是乘新干线去京都或乘飞机去海外，恐怕也还是要慎重些考虑。像上市公司老总那样换车厢或故意换航班倒不至于，但就算并坐，可能也还是要始终装作素不相识。

麻烦也没办法，毕竟日本社会对男女关系过度敏感。或者不妨说是过度干涉。工作失误倒还好说，而若外面有了相好——仅仅这一点可能被降职或在人事上被作为负面因素提出来。这样，心平气和地恋爱就无从谈起。总之，如今从媒体到企业内部，全都在拼命搜刮所谓性丑闻，以致男人们只顾注意周围目光，萎缩不堪。表面上似乎一本正经，其实由于欲望受到扭曲性压抑，风流倜傥自由奔放的活力早已失去，惟独中伤和嫉妒四处蔓延的阴险社会正在形成。

眼下经济界呼吁松绑，但更需要松绑的说不定是男女之间。如此漫无边际地思索之间，凛子右手已放在久木左手中。

“不过我是高兴啊，能给你领着想去哪里就去哪里。”这么说罢，凛子手攥得更紧了，“我喜欢你的这种地方。”

被所爱女性说喜欢自然感觉不坏，问题在这众目睽睽的电车厢里手拉手未免过火了。久木悄悄把手抽回，再次感叹凛子的胆大。

电车到达镰仓傍晚七点刚过。当即从站前搭出租车往大塔宫赶去。院内深处已经搭好了临时舞台。

久木递出入场券请工作人员带路。由于经过舞台，就弯腰在人群中穿过，坐在舞台右侧靠前的席位。演出的节目像是狂言[⑦]《清水》。书童太郎不愿意去打水，于是扮鬼吓唬主人——戏正演到这个地方。

虽说是秋天，但秋意还不深。时有微风悄然钻过院外繁茂的林木吹来，舞台两侧的燃烧的篝火愈发衬托出四周夜色之浓。夜色中鬼又出现了，但主人已看出其实是书童太郎，不再惊慌。最后书童拉掉魔鬼面具仓皇逃窜。

狂言很容易看懂。凛子微笑着再次碰久木的手。这回是在夜幕下，久木也回握一下。凛子凑过脸小声说道：

“今天也是那个房间吧？”

估计是说半个月前眼望落日嬉戏的房间。

“想必是的……”

“今晚装鬼玩可好？”

“男的装鬼？”

“就那样吓唬我……”

久木正为回答犹豫，舞台上又开始表演了。

这回演的是能乐剧，像是《鸬鹚渔夫》。首先出场的是行脚僧，求村民让自己投宿一晚。和狂言不同，舞台上动作少。久木边看边回想凛子刚才那句话。

近来，凛子在做爱当中开始对不无异常的东西怀有兴趣。话虽这么说，也还算不上变态——若在正常行为中加一点嗜虐因素，就有分外淫乱的表现。

说不定看鬼面具当中想起那个来了。久木偷看一眼，见凛子的侧脸被篝火照得红彤彤的。

薪能演完，九点过了。原先照射舞台的灯光熄了。随着篝火燃尽，周围陡然被深重的黑暗封锁起来。

久木像要逃离那片凄寂似的上路拦了一辆出租车赶往小町街一家小餐馆。那是以前家住藤泽的编辑介绍的地方，里见淳[8]和小林秀雄[9]等家住镰仓的文人们时常来此做客。进门有竖长的柜台，里面甚至有铺榻榻米的房间。看来这家餐馆到底最适合情投意合的同伴们饮酒作乐。

久木这次来已时隔三年了，但老板记得他。两人得以当即拿啤酒干杯。

上次也是这样，保持食材原味的质朴味道令人经久难忘。而且和女性单独来也没有违和感——能让人无拘无束，这点再好不过。

久木点了清炖海胆和据说是在附近捕捞的镰仓虾生切片和烤鲷鱼头。

也许因为今晚能住下而放下心来，凛子只喝了一口啤酒便换上清酒。

“薪能过去是只借篝火光表演的吧？”凛子问。

的确，刚才两人看的，除了篝火还有普通照明。

“镰仓的薪能，已经差不多持续四十届了。但过去武士们看的很可能和现在的不同。那时候没有现在这样的电灯。京都的大字送祖灵火也一样，要熄掉街灯霓虹灯，在整座城市一片漆黑当中，只让山上燃起通红通红的火焰。目睹那样的场景，感觉是那般华丽、庄严，大家肯定不由自主地双手合十。如果薪能也在舞台四周配上水池什么的，只借着随风摇曳的篝火和照在池水中的火光来看，感觉上说不定远比现在扑朔迷离如梦如幻。”

“鬼想必也比刚才看的要可怕得多、让人毛骨悚然吧？”

久木一边点头，一边想起凛子小声说的今晚想被鬼折磨的话来。

薪能看完后才吃饭，注意到时十点都过了。久木委托叫车，付款出门。

也许一直在亮堂堂的餐馆里的关系，出门后突然有群山环绕的黑暗压来，加上绿色植被的气息，始知身处镰仓。刚才因薪能表演而一片喧嚣的大塔宫那边，现在也已黑魆魆静悄悄的。

从小町街餐馆去酒店的路上，因是夜间，路面空空荡荡，十分钟刚过就到了。

在前台登记拿钥匙。不出所料，正是上次的房间。进去看见里间大床，凛子马上贴上身来，久木一把抱起栽倒在床上。

“总算可以两人单独了！”

电车厢、薪能，以及餐馆，总是有人，现在终于获得解放，看样子凛子心里踏实下来。

“有点儿醉了……”

“醉了好。”

“为什么？”

“你好放荡啊！”

久木搂过面带怨气的凛子，一边接吻一边解开上衣扣，手放在裙子拉链上。

“关灯……”

久木顺从地伸出一只手，调低床头柜灯盏的光度。然后脱去她的上衣，除掉裙子，进而分开短袖衫的前襟。脸刚凑近乳房，凛子当即摇头：

“等等，冲一下淋浴。”

“就这样好了……”

“不成，汗津津的。”

“不碍事！”

现在的久木，莫如说更想要、想勉强觉得害羞时的凛子。男人意识中有轻度施虐的嗜好，而一边阻拦一边接受的女人方面则有轻度受虐倾向。久木遂其所愿，右手稳稳搂住凛子的上半身，另一只手去拉裤袜。

“不成啊……”

凛子再度阻拦。但到了这个地步，早已无济于事。

具有伸缩性的丝质连裤袜连同三角裤一下子滑落下来，浑圆柔软的屁股当即蹦出。往下只要完全拉下，等于毫无障碍。

事到现在，凛子也像死心塌地了。

“人家本来说不成的……”

得知雌性开始甘拜下风，雄性愈发大举进攻。久木一拉长筒袜下端，凛子像配合似的曲膝递上脚尖。

到了这个时候，女人早已落入男人掌中。不，用长远眼光看，应该说男人落入女人掌中亦未可知。

被脱得一丝不挂的凛子不胜羞赧似的一下子扑上身来。久木一边感受她滑溜溜热乎乎的肢体，一边在凛子耳畔宣布：

"今晚得好好折腾你！"

"不，那不行！"

"你不是说装鬼折腾你吗？"

凛子仍然老大不情愿地左右摇头：

"我、最近有些不正常啊！"

那不单是凛子，自己也同样。久木在淡淡的黑暗中点头。

当了魔鬼的男人首先要做的，是把女人搞到手。

久木搂过全身赤裸的凛子，左手稳稳抓住她的肩，两腿从其腰部往下夹住，右手放在后背轻轻爱抚。

由于从长久的束缚中解脱出来，凛子似乎漂浮在心荡神迷的快感中。但得以陶醉只限于短暂的此刻。

渐渐现出魔鬼本性的男人，不可能让女人总是沉浸在舒心惬意的温水中。

久木左手抓住女人的上半身，右手从凛子的脖颈伸向后背，又从腰部往下伸到臀部。而且速度缓慢，指尖以若即若离的轻柔顺着脊背缓缓下移。

越是被不动声色地轻轻触摸，女人的感觉越是得到充分打磨，变得敏感起来。

男人的指尖爱抚反复数次之后，手指再次从女人肢体的腰部抵达臀部沟裂。这时，凛子忍无可忍似的叫了起来：

“住手……”

看来，刚才的舒心惬意陡然变成了酥痒和痛切感。

但是，男人不可能因这一声叫喊就鸣金收兵。往下不再是心爱的男人，而是作为变成魔鬼的男人君临女人之上。

久木更加用力地抱住正在拼命挣脱的凛子，反复进行脊背爱抚。

一度被唤醒酥痒感的女人肢体不可能再退回去。男人不顾她狠命扭动力图挣脱的上半身，径自驱动手指。

最后发出悲鸣的，是在指尖爱抚由脊背触及侧腹之时。

“不行了……”凛子叫道，进而气喘吁吁地呼救，“救救我……”

凛子似乎这才认识到拥抱自己的男人是魔鬼。

由于爱抚引起的连续酥痒感，凛子挣扎呼唤不止。问题是魔鬼毫不理会。凛子一再苦苦哀求，嘤嘤啜泣，才好歹被解放出来。她大大喘了口气，摊开四肢，而后突然攥起拳头捶打久木的胸口：

“不像话太不像话！”

本以为是轻轻爱抚，不料觉察到时，全身所有神经都被痒痒搔起，变成了吊悬般的拷打。

可是，再责怪已来不及了。让对方变成魔鬼的是凛子，久木不过言听计从罢了。自己请求并如愿以偿，反而抱怨是没有道理的。

“不像话……”

凛子再次嘟囔一句，猛然转身盖上被单。仿佛在说再不靠近你这种坏心眼男人。可另一方面，赤身裸体躺在床上是无处可逃的。

将女人肢体穷追猛打一番而心中大悦的魔鬼卷土重来，从背后越凑越近，对着呼吸好歹趋于平稳的女人耳边窃窃私语：

“折腾还远远没完哟！”

凛子顿时缩起脖子。但久木不管不顾地从背后双手抓住她的胸,指尖轻轻围着乳头划动。

“不行不行……”

凛子想要合拢胸部,但乳头已经像睁眼醒来似的拔地而起。久木无比怜爱地在其尖端重复手指爱抚。之后悄然递上嘴唇。

“干什么啊……”凛子问道。

其实不用问,下一步不言而喻。

久木径自低头钻进被单,嘴唇噙住右手摩挲的乳头。

近来久木对待女性的方式和以前大有不同。

三四十岁前,只是一味考虑强力出击。但四十过后气力一点点减弱,变得温柔起来。而年过半百的现在,莫如说已经临阵有余,较之暴风骤雨,更多时候是稳扎稳打步步为营。当然,背后也有不再具备一举攻城的体力这个原因。同时也是因为知道后者更容易为女性接受。

不是说一路狂风暴雨就好。两相比较,还是和风细雨为上。时而以甚至让人心焦意躁的稳重向前推进。不妨说,知晓并能实际做到这一点整整花了二十年时间。

此刻,久木口含凛子胀鼓鼓的乳头,一只手触动其胯间微微喘息的花蕾。虽说用嘴唇捂着,但触及乳头的仅是舌尖。伸向花蕾的手也只是以指尖保持似碰非碰的轻柔,几乎无需强度。越是轻柔,女性的感觉越是能被打磨到极致。

女性们常说喜欢温柔的人,可以说那意味着那个人动作轻柔——温柔是接触女性时的武器。

看上去凛子已经切切实实感受到那种温柔,融入从中涌出的奇妙之感。

觉察到这点,久木进而用舌头裹住乳头,花蕾上的指尖像毛刷那样轻轻描摩。凛子大概受不住了，不断扭动上半身。

“跟你说……”

久木知道她的喃喃自语既是焦躁，又是渴求。久木仍未出击。又以那种温柔的感触挑逗了一会儿，等待女方苦苦哀求。

“讨厌……”

凛子似乎已到达迫切的顶点。往下等不上一分钟，就会爆炸冲顶。到了这最后临界点，凛子终于求饶：

“快……”

听起来，那是哀求，是撒娇，又可视为哭泣。女人正在体内沸腾的感觉中痛苦翻滚、急不可耐，显出垂死挣扎的面相。

“快快……”

凛子再次哀求，主动靠上肢体。久木对此心知肚明。他此刻等待的，是凛子哀求的话语。

“快给我！”凛子直言不讳。

只要听得这一声，男人就会倏然冰释，乐不可支地进入滚烫的肢体之中。

还要逼近一步，还想听那语声。

性快乐本来淡泊的男人们，较之行为本身，感兴趣的更是与此相关的种种反应。那是心爱女性燃烧的姿态、声音和表情。那些像万花筒一样变幻着冲向终点。知晓和体味到这点，男人才会身心两方面得到满足。

这种做爱方式，举例说，很像一种商业策略——把没有什么实质内容的商品饰以五光十色的附加值兜售出去。仅以单纯的快乐而言，男人比不过女人。性方面尚未被开发的女性另当别论，而若是盈盈成熟的女性，其感受之强之深，远非男人可比。为了转化这种不利条件，男人势必以附加值分庭抗礼。

“求你了……”

凛子似已达到忍耐极限。但仍要对其肢体施以更残酷的拷问。

“求我什么？”

男人此刻固然让对方迫不及待而处于优越地位，而一旦接受女方的要求与之结为一体，男人从那一瞬间就开始成为女方的牺牲品，成为被徒然榨取、吮吸的存在。正因知晓这一点，男人才在最初处于优越地位阶段极尽所能地让对方急不可耐，说是虚张声势也未尝不可。

持续焦躁不堪的女方肢体已如火球一般熊熊燃烧。无论浑圆的双肩还是丰满的胸部都已沁出汗来。不仅如此，毛丛的深处如泉眼一样湿润。在其接纳准备已经充分得不能再充分之时，男人这才缓慢而又仿佛带着些许困惑、犹豫不决地插了进去。

这方面也是以前的久木所缺少的。年轻时一看对方应允了，当即怒涛狂卷一般扑上身去。没有时间窥看对方的表现，只顾以自己的感觉发动攻势，很快偃旗息鼓。总而言之，当时惟有勇猛可取。至于女方是否得到满足，自己无从确认。其实别说满足，心生怨气的女性都可能有的，尽管不曾明确问过。

幸也罢不幸也罢，久木如今已不具有横冲直闯奋不顾身的年轻活力。

另一方面，正因为不再具有凶猛和剽悍的体力，才能够在交合时悠然、温存地迎合对方。现在，久木获得了与年龄相伴而来的余裕这个武器，同几乎燃烧过度的凛子实实在在结合在一起。

况且，全面看来，这种结合方式也得益于通过年龄获取的智慧。

年轻时候，即使结合也要从上面粗暴地大动干戈，单方面如愿以偿。而现在，久木以从凛子的右侧紧挨紧靠的姿势与之合为一体，即所谓侧卧位。这样更容易在持续爱抚其隐秘处的过程中自然而然地获取快感，而且能以自己的步调持续进攻。同时能以闲下来的手触摸其胸部，也能不时触摸花蕾，进而欣赏女性美丽的肢体动态。

久木近来更中意的，是使侧卧当中的女性腰部明显向上突起。采取这个姿势，男人的器具自然可以精确地刺激女性隐秘处前面最敏感的部位。

现在，凛子恰恰被攻其要塞，一边流露轻微的语声，一边冲向快乐的顶峰。

对于实现最后冲顶的瞬间，久木大体可以事先明确感知。这是因为伴随语声和肢体的扭曲方式，花蕊深处也会出现微妙变化。原本柔软温暖的花园燃烧着增加吸裹度，紧紧擒住男人不放。当进一步攀高冲顶之时，包拢男人的软壁全面波浪迭起，急切切痉挛不止。

凛子即将冲顶。

“不行了……”

尽管心情上尽量克制，但身体大约已开始冲刺。或者因得知身体开始冲刺而至少想用语言克制亦未可知。

一旦开跑的身体，根本控制不住。

火筒一般热辣辣燃烧的花蕊不断急促痉挛着冲向终点，女人内部化为天鹅绒挂毯，紧紧缠住男人的阳具。而那恰恰是男人欢愉的瞬间。男人为了获取这一瞬间而讨好女人，举止得体，出手大方。花费大量时间、财力、体力服侍女人，无他，就是为了共享冲顶这一时刻。

不过，久木在这里也竭尽全力克制自己。

也许有人眼睁睁地看着这好不容易到手的快乐在眼皮底下溜

走，为之惊愕不已。其实，把心爱女性燃烧冲顶的过程看个仔细，有时候要比自行沉入快乐漩涡更能激起男人的优越感和充实感。

年轻时生龙活虎的冲击力诚然不能复得，但另一方面，多少掌握了自我控制和冷静操作的技术。这是失去激烈和勇猛的补偿，未尝不能以成果称之。

此时此刻，久木不折不扣以这项成果让凛子单方面冲顶，自己的器具仍稳稳当当处于女方花蕊深处，气息尚存。

事关性爱，似乎并非只要年轻即可。男人的亢奋本来就和大脑密切相关，乃是极为精神性的东西。正因如此，倘若怯阵、不安和丧失自信，事情就不可能顺利。

年轻时就算有体力，但有时也还是缺少某种精神性自信。

这方面久木本身也有体验。刚入社那阵子，曾和一个年长五岁的女性交往过。她是新剧的预备演员，在新宿一家酒吧做工。不过以前好像同一个即使在演艺界也被称为花花公子的编导有过关系。倒是已经分开了，但每次和她到了最后节点，那个男人就在久木脑海中闪现出来。

尴尬的是，男人容易成为面子或意气的俘虏。较之和女性做爱本身，更希望被女方夸奖自己比她以前的男人手段高明。

岂料，越是这么期待这么争取，越是心烦意乱、不战自退。

常言说“男人更脆弱”，指的就是这种地方。比之半生不熟的年轻气盛，对女性怀有的宽释感和自信远为重要和有效。

久木接触那位女性时也不例外，由于心情太焦躁了，以致关键的器具不听使唤，无法进入状态。也就是说，年轻的身体落败于想像中的花花公子。

不过当时那位女性的反应，现在回想起来也觉得可圈可点——她一边对为萎缩焦急的久木说“没关系的哟！”，一边温柔相待，直到久木恢复自信。

假如她当时满脸失望或冷言挖苦，久木年纪轻轻就可能失去自信，为性自卑所折磨。

在这点上，男人也是由女人制作的，或者说是培育的也未尝不可。

现在久木让凛子熊熊燃烧的原动力，追根溯源，也可以说是女性们培育的结果。

同女性一起冲顶固然好，但把女性冲上绝顶的过程看个究竟并实际感受一番也并不坏。前者是自行堕入性感漩涡的欢愉，后者是将心爱女性送入快乐花园、使之充分满足那种作为引领者的喜悦。

何况，由于尚未一泻而出，所以还保有再次将女性诱入花园的余力。

自不待言，凛子无由知晓男人的那种微妙的内面，只顾沉浸在冲顶的余韵之中，兀自赤裸着卧床不动。

作为女性姿态，再没有比高潮过后的样子更放肆、更鲜活的了。紧张、矜持、抵触意志，尽皆荡然无存，而仅仅以追逐欢愉余韵、仿佛全身轻度麻醉的状态静静躺着。不可能有比这更放松更放肆的姿势了。目睹其这样的表现，男人重新涌起对女方无限怜爱之情。

出示如此放肆的肢体，无非是信赖自己、将一切交给自己的证据。在这样的证据面前，没有哪个男人不心生怜爱。

久木再次想起似的反手搭在凛子肩头，轻搂过来。

仿佛处于轻度麻醉状态的女体毫不反抗地自行贴近，整个委身于久木。

由于高潮退后的微波细浪，凛子的身体仍有些汗津津热乎乎的。久木紧紧搂在怀里，再次爱抚着后背问道：

“可好？”

尽管明知故问，但男人还是想通过语言确认一下。

凛子乖乖点头。久木又问了一句：

“怎么样？”

凛子一副佯作不知的样子，似乎在说那种话怎么能轻易出口。久木心怀不满，再次把手放在其隐秘处。凛子微微扭动腰肢。

“别动……”

凛子想要拨开胯间的手。但在久木手指一再爱抚的时间里，凛子身体似乎重新燃起。

高潮过后本来看上去彻底瘫痪，没想到女人体力恢复得这么快。

就在刚才还像被打上海边的海藻一样随波逐流，然而此刻早已恢复生机，似在寻求下一步的快乐。

大可断言，男人的性有其限度，女人的性则近乎无限。无需翻阅数学公理也明白，以有限对抗无限绝无胜算。

所幸，久木尚未泻出。刚才抗拒汹涌的诱惑，在千钧一发之际按兵未动，余威尚可勉强应对二次需求。

面对重燃战火的女体，久木再度奋然出阵。不过需要稍微改变战术，避免故伎重演。

这回久木从凛子背后偷袭过来，手放在其胸部摩挲乳头。

或许冲顶一次令其更加敏感了，一点点刺激就让凛子浑身扭动，即刻做出反应。

“把手给我！”

凛子好像一时不解其意。久木抓住她回头的一瞬间把她左手拉到身后，又把右手拉了过来。

“要干什么？”

“手碍事的嘛……”

刚才每次触摸乳房，凛子都发痒似的双手护着胸部。有必要将碍事的手处置妥当。

在后面抓住凛子双手后，久木用床头的浴衣腰带绑了起来。

“别乱来！”

凛子似乎终于明白了久木的意图，赶紧撤手。不料已经被久木绕到身后，在手腕那里绑成十字花。

“那怎么成……”

凛子厌恶似的揉搓双手，但绑紧的腰带不可能松解。

被实实在在绑了手，凛子突然显出不安。她愈发对搓手腕，扭动上半身，急于挣脱束缚。可是，越挣扎被单越乱，全裸的肢体暴露无遗。

“快解开……”

凛子明知不可能轻易解开却又哀求不止。成为魔鬼的男人丝毫不予理睬。岂止不理睬，还告诉女方要采取更严酷的措施。

“还是打开灯吧？”

凛子随即转过脸，断然摇头。

“别、别别……”

此刻男人正处于压倒性优势，可以对女人强行为所欲为。千载一遇的良机，机不可失。

接下去，魔鬼男人从浴室拿出毛巾放在女方额头。

“又干什么？”

吓破胆的凛子对一切都做出敏感反应。久木作为绝对强者对女方如实相告：

“蒙眼。”

“不不……”

凛子剧烈反抗，但久木不管三七二十一勒紧毛巾，转眼间将凛子逼入黑暗之中。

“我害怕……”

凛子发出近乎悲鸣的语声，但一旦勒紧就不可能放松。魔鬼对仍在挣扎的凛子郑重地发出最后通牒：

“再不老实就开灯！”

“救救我……”

凛子转而用几乎听不见的声音哀求。但魔鬼满不在乎地按下开关。刹那间，从聚光灯到台灯一齐大放光明。

中间有一张大床，床上几近中央位置扔着一个全身赤裸的女人。

女人被蒙上双眼，手被倒绑，全然反抗不得。尽管如此，还是像要掩饰羞耻似的弓身躺着。高耸的双峰从圆润的肩头探出，收敛的腰肢前端赫然突起白半球般银灿灿的屁股。

女人的身体乃是不可思议的活物。

目睹美丽的身体，理所当然产生美感。而若加上某种形式的装束，就会有更新的美相映生辉。例如，让裸体多少着以三角裤和长筒袜什么的，仅仅表明遮掩意向，女人味儿就会陡然增加，撩拨男人们的心。

现在加在全裸的凛子身上的，惟独一根细带和一条毛巾。而在与美无缘的细带和毛巾拘束、绑紧身体的一瞬间，凛子全身当即散发出妩媚与妖艳，令男人头晕目眩。

单纯的裸体并未达到这个程度，而仅仅施以束手蒙目这一限制，为什么就变得这般富于刺激性？难道是因为其中潜伏着让观者想像和激起其妄想的毒素般的东西？

女人全裸着被反绑双手、甚至蒙上眼睛扔在那里。这一形体让男人们浮想联翩——从女人的美想到女人的可怜,从悲剧性背影想到其羞得发颤的内心。男人们于是亢奋于是发情。

在这种摧毁性魅力面前,即使魔鬼也只能乖乖就范。

在注视的时间里,久木的身体由内而外阵阵发热,而后在冲动的驱使下栽倒在床,一把搂过凛子。

毫无疑问,这是冷酷的魔鬼施刑者放弃了自己的职责而堕落成一介好色浪子的瞬间。

尽管如此,魔鬼仍未丧失统治者的地位。作为证据,他把被绑起来的呈“弓”字形躺着的女人那圆鼓鼓的屁股猛地向后支起,前后左右观赏其淫荡华美的身姿。

与此同时,他没有忘记用语言百般调戏,在女人耳边悄声告以屁股的丰满和乳头的红润。

“这里也满是蜜糖!”

那地方居然被比作水果!女人想塞上耳朵却又塞不得,恨不得马上两相结合。但男人迟迟不肯下手。

男人败给女人的最大原因,可能是忍耐力不够。若再忍耐片刻,即可筑就绝对优势地位。然而忍耐不了,就会不由自主地纵马出阵。

久木此刻恰恰处于这道临界线。

好不容易绑起凛子尽情欣赏和用语言戏弄之间,抵抗不住体内喷涌的欲望,歪倒在圆滚滚翘起的臀部后面。

尽管仍对观赏恋恋不舍,但终于管控不了自己的欲望,决意入侵已经彻底鼓胀泛红的花园。

凛子顿时发出轻微的呻吟,胸部后仰。可是,大约很快获取了切实擒得男人的质感,开始缓缓自行摇动腰肢。

从后面交合，即所谓后背位——这种体位，无疑可以刺激女方前面最敏感的部位。而且，女方越是反转上半身，越是结合得恰到好处。

最初自然是男方深深贯通，但随后略略放缓。较之插入，莫如更倾向于拉出。如此一边留意一边反复不止。而且，由于手持反绑绳索的绳结，简直像驭马一样前后拉拽。

也许因为被蒙上眼睛而使得凛子的注意力更集中的关系，起始不无羞赧地对疾弛有致的反复刺激加以配合，不久便自行动了起来，最后成了一匹烈马，径自一路狂奔。

这么着，男人被女人煽动着、扰乱着、刺激着，很快忘了自己的主导地位，在女人身上一泻而出。

在寡廉鲜耻这点上，男女是一路货色。不，正因迄今被逼到羞耻的极限，因此一旦幡然醒悟，女方表现得更加彻底，毫不犹豫地弃羞耻心于不顾。

起始是由男人侵入，而最后意识到时，原来被榨取的总是男方，死尸一般倒在床沿。

如此这般，从仿佛所有生命灭绝后的岑寂中最先出声的是凛子。

"解开……"

久木这才察觉凛子的双手仍被绑在背后。至于蒙眼毛巾，也许因为她做爱当中胡乱挣扎，已经掉了。

久木重新绕到凛子背后，解开绑她手腕的腰带。

凛子顿时用双手砰砰捶打久木，从面部打到胸口。

"坏蛋坏蛋，坏透了……"

看样子是在为反绑手气恼。久木任其捶打。不久等她怒气消了，试着问道：

“不过蛮好的吧？”

凛子没有回答，叹了口气。那微微的颤动通过丰满的乳房传来久木胸口。

“一开始你说折腾你来着。”

“但没想到你会当真。”

“下次给你来个更厉害的。”

“何苦那么胡来？”

“喜欢的嘛！”

凛子额头一下子顶在久木胸口。少顷，以这样的姿势嘟囔一句：

“我近来有点不正常啊！”

“什么意思？”

“给你那么胡来都觉得好……”

“比平时好？”

“被蒙眼睛被绑手，没了自由——光这么一想都觉得兴奋……”

“受虐狂？”

“不过，让我受罪可不愿意。”

“别怕，我是爱你的。”

即使表面上像是施虐，但根底里的是爱情。就算有时候心血来潮施虐受虐，而只要根底有爱，就不能说是异常。换个说法，如果没有爱，施虐受虐都不会发生。

“大家都那样？”

“不，因为不像我们这样相爱。”虽然没有看过别人的性事，但久木深信不疑，“只你我两个。”

一起如醉如痴，一起肆无忌惮，两人的距离才会进一步拉近。

理所当然，这种心情也含有娇宠和豁达：两人毕竟是能如此放肆的关系。

此刻，久木基本仰卧，凛子稍微侧身，头枕在久木肩头。

如此时间里，久木像突然想起似的开口道：

"问也可以的？"

"问什么？"

大约是性事过后的关系，凛子的声音有些含糊。

"就是、就是你和他……"

久木总是很难把凛子的丈夫称为夫君。

"也做这样的事？"

"说的什么呀？"凛子的语声忽然清晰起来，"不是说过很久都什么也没有的吗？"

"那么以前呢？"

凛子大概不想回答，默不作声。久木尽管觉得有些过分介入，但还是控制不住：

"没这么舒服过？"

"没有……"凛子兴味索然地低声应道。

久木再次想像那位作为优秀医师的凛子丈夫。那样的男性居然不曾让妻子满足，这很难让人相信。

"怎么回事呢……"

"他那人对这种事没什么兴致的。"

"可他很优秀，对吧？"

"那个和这个是两码事的吧？"

久木至今仍对凛子丈夫是医学部教授这点耿耿于怀。不过，那同性问题或许真的毫无关联。

不错，现实当中有地位有经济能力的男人处于优越地位，有权有势。那从外表上也看得出来，所以大家也都大致认可和理解。

不过，此外还要加上一点：对于男人，性方面的优越地位同样很重要，也怀有相应的执著。当然，其最后的区分点从外观上是很难看明白的，不过是每个人自作多情而已。若要勉强确认，询问与之有关系的女性是最合适的。问题是未必给予明确回答。

归根结底，疑心生暗鬼，往下只能付诸想像。

而凛子刚才清楚回答了。何处如何如何固然不具体，但久木在她丈夫之上这点似乎毋庸置疑。

“那就好……”

看近来凛子的态度，某种程度上也觉察得出。而实际听她这么表明，更觉心怀释然。

“起始以为不行来着……”

“为什么？”

是的，正式问起来很难回答。老实说，听得凛子丈夫的情况时，觉得自己没有获胜希望。社会地位自不必说，经济上也似乎不是对手。况且人家年轻。归终明知无法抗衡却又挥师进击，一是被凛子吸引住了，二是横下心孤注一掷：不行再说不行的！

不料回头一看，这种孤注一掷意外奏效。

现在，地位和经济实力或许较凛子丈夫相形见绌，但在性这点上，自己占了上风。地位和金钱得天独厚而老婆给人家睡了的丈夫，地位和经济实力屈居下位而睡了别人老婆的男人——哪个更好很难马上判定。不过眼下的久木对后者心满意足。

话说回来，性这东西可真是莫名其妙啊，久木深有感触。

男人和女人做的事，不能认为有多大区别。即使从双方身体结构来看，也是雄性侵入雌性体内，在花瓣拥裹中一泻而出。这一过程别无例外。

然而，如此单一的行为中有种种样样的好恶，有形形色色的反应，正可谓千差万别。说是同一组，却没有相同的组合方式。

大概，越是高等动物，性的变化就越是复杂多样。假定其顶点是人类，那么出现各种各样的取向差异自是理所当然。

例如，两人单独在一起时，由交谈而互通心曲，稍后由接吻而脱衣上床——之前的过程自不消说，之后共度时光的方式和分手方式，也是十个男人有十种做法，十个女人有十样喜好。

如此综合考虑起来，性这东西或许真的就是文化。

男人和女人，每个人从出生到成长，再从家庭教育到学历修养，进而从经验到感性，所有一切都在性爱场景中赤裸裸表现出来。更伤脑筋的是，性涉及的，不是看书或上学就能明白的那一种类。当然，看关于性的书，能多少明白男女的身体构造和功能。但书本知识同现实之间有很大的阻隔。

性所涉及的，还是只能在实际体验中通过各自的感性来感觉和理解。说痛快些，惟独这个，哪怕再毕业于名牌大学，再是偏差值高的人，不明白的人也还是不明白。相反，就算没好好上过学，明白的人也还是明白。

在这点上，再没有比性更民主、更没有阶级差别的了。

如此漫无边际地思索之间，凛子低声问：

“在想什么呢？”

“没想什么，只是庆幸碰上你这样的人……”

简单说罢，久木搂过凛子，再次沉入她那无限温柔和丰饶的肉体，堕入梦乡。

①薪能：原为日本古典祭神能剧（能剧：日本一种传统舞台艺术，亦称能、能乐）。近年各地夏夜在野外燃起篝火演出的古典能剧亦以此称之。

②两千万日元：一万日元相当于六百元人民币（二〇一七年一月）。下同。

③世田谷：东京的一个区。

④ wife：英语。妻子，太太，老婆。

⑤偏差值：个人能力偏离特定集体平均值的数值。以五十或一百为集体标准值。

⑥'轻恋爱'：原文为"ケイレンアイ"。

⑦狂言：亦称能狂言。日本传统滑稽剧，以台词为主。

⑧里见淳：1888—1983，日本小说家。

⑨小林秀雄：1902—1983，日本文艺评论家。

良宵

りょうや

十月最后一个星期六，久木闷在家里一个劲儿看电视。说是看，却也没有非看不可的什么。在看一个星期来社会动向特辑和高尔夫节目的时间里，意识到时，已是下午三点。

久木突然想起似的从电视机前离开，走进自己房间，开始做外出准备。

以前都是妻子帮忙，而最近几乎都是久木一个人做。披上条纹夹克，穿上褐色长裤，系上领带，拎起已经准备好的高尔夫包，折回客厅。妻子在餐桌上用计算机。差不多快迎来年终岁首时节了，像是计算配套瓷器的价格。

"那，我出去了。"久木打招呼。

妻这才注意到似的摘下老花镜回头。

“先参加一个晚会，然后去箱根仙石原一家旅馆住下。明天打高尔夫。”

久木直接走去门厅。妻子迟几步起身送他。

“六点要在银座商量事情，我也要晚些回家。”

久木对这么说的妻子点点头，拎着高尔夫包出门。

说实话，今天往下是要去见凛子。拿出高尔夫包，是为了给一夜旅行打掩护。

不过，久木刚才告诉妻子的，也不全是谎话。

今天傍晚赤坂一家酒店有颁奖晚会也好，今晚住仙石原一家酒店也好都是实话。只是，举办颁奖典礼的是凛子参与的书法协会，去仙石原是和凛子两人同行。

总体上并无不当，隐瞒的仅仅是有同行者。无需说，这是跟妻子玩虚的。问题是，实话实说也并不好。冷却多年的夫妻关系，适当虚晃一枪，换个想法，未尝不是一种体贴。

从世田谷樱新町久木家到举行颁奖晚会的赤坂那家酒店，搭出租车差不多要一个小时。

久木一边自己开车一边想刚刚道别的妻子。

说清楚些，妻子没有提得出的缺点。年龄比久木小六岁，四十八。或许因是圆脸，看上去比年龄年轻。刚出去工作的时候，高兴地说有男职员说她看上去至少比年龄小五岁，未必纯属虚言。

长相虽然一般，但性格开朗，家务也好独生女的养育也好都做得无可挑剔。况且，同十年前去世的久木母亲相处得也不错。以综合分计，可能在七八十分。不过，这种稳妥和让人放心之处，有时因过于缺少刺激而成了负面因素。

坦率地讲，这十年来久木和妻子不曾有性关系。也是因为在那以前也不是频繁相求，所以形式上属于自然消失。较之女性，感觉上如今更近乎生活伴侣。

久木社里的同事甚至有人搬出奇妙的理由:"工作与性爱不拿回家。"久木和妻的关系也与此相近。

这类说法也许出于男人的自私和任性。不过对一起生活二十多年无所不知的妻子说"来点激情",那也是勉为其难。也有人说得足够俏皮:朝夕相处这么长时间,与其说是妻子,莫如说是近亲更合适。从实际感受来说,是不可以同近亲发生性关系的。

不管怎样,结婚过了二十五年,不可能再有罗曼蒂克式感情和热血沸腾的冲动产生。说起两人之间的可取之处,除了稳定没有别的。换个说法,或取稳定,或取激情,非此即彼。求取两全其美,那很可能是非同一般的贪心不足。

固然不能说是因为这个,但现在的久木的确是在追求后者并深陷其中。

虽是星期六傍晚,但路上意外拥挤。出门时本以为有些过早,而看这情形,赶五点的会,时间似乎并不充裕。穿过尤其车来人往的涩谷沿青山大道赶往赤坂当中,久木一路看着副驾驶席上的高尔夫用挎包苦笑。

以前也和凛子有过几次过夜旅行,但每次都是从出版社直奔目的地。说白了,还是那样来得痛快。可今天是休息日,难以出门,再三考虑的结果,决定说出去同朋友住一晚上打高尔夫。

如此告诉妻子是昨天晚上。妻子脸上没怎么显出怀疑,今天临走时也一如往常。

妻子还没觉察,久木心想。另一方面,又觉得妻子可能一切都已心知肚明。

妻子本来就很少有妒火中烧或怒形于色的表现。总是那么悠然自得，或者说总是保持自己的步调。内心如何另当别论，至少在久木眼里是这样。

说是利用对方的好意也好什么也好，反正这以前一再拈花惹草是事实。但观察妻子始终淡定的态度，并非不觉得妻子已经看透一切：无需说三道四，丈夫总会回心转意的。

可是——自己说是不大合适——单单这次有所不同。久木本人已经相当动了真心，然而妻子依然显得悠然自得。这是怎么回事呢？

也可以认为是近来热衷于瓷器公司顾问工作的关系。但作为可能性，莫非有了相好的男人什么的？不至于，毕竟妻子快五十了，不可能有男人向她花言巧语。可是想到自己年龄更大，也不可能一概否定。

假如妻子有了外遇，心里到底不是滋味。可是以现在久木的立场，根本没有责怪的权力。

车到酒店时为四点五十分，距颁奖典礼开始只有十分钟。久木把车停在停车场，走去二楼会场。入口已经有书法家和大约相关的人聚集了。

久木从那些人中间穿过，来到会务台前写下姓名。这时，凛子早已等待似的走近前来。

今天的凛子身穿浅紫色配饰花纹和服，扎白色刺绣腰带，头发向上拢起，用珍珠发饰固定。凑近一看，和服胸部绘有小朵菊花，越往下底色越浓，接近裙裾那里有柑橘花盛开怒放。

正看得出神，凛子惊讶地问：

“怎么？”

“啊，太漂亮了！”

西式套裙与和服，使得凛子与以前的印象截然有别。穿套裙时显得聪颖，天真可爱；穿和服时端庄高雅，落落大方，纯然一位光彩照人的人妻。

“怎么等也不来，担心来着！”

“路上车多。”

久木直接跟凛子进入会场，坐在中间偏后的位置。

“那，您在这儿等着！”

“你坐哪里？”

“前排。完了隔壁房间有简单的晚餐会，请您出席。”

久木点头。凛子一边向他展示描有双叶扇面的鼓形腰带结，一边移去前排座位。

此次书法展上凛子好像要获鼓励奖，作品将在美术馆展出，在半张榻榻米大小的纸上写有“慎始敬终”四字。

“开始需慎重，终了要怀有敬意。”久木念道。

“凡事都必须是这个样子吧！”凛子解说一句。

的确是这样。在男人久木看来，未免太正规太拘谨了——本想这样说出口，但想到那是支撑凛子这位女子的一根支柱，于是点了下头。

另有大奖和优秀奖。鼓励奖在其下，这次似有三人入选。

“颁奖典礼，务请光临！”——自己是在凛子劝说下来的。但她丈夫不会来吗？这点很让久木放心不下。不过很难认为她会把两个男人找来同一会场。

典礼如约从下午五点开始。

包括书法家和相关人士在内，几近二百人出席。首先由作为主办方的报社、书法家代表上台致辞。久木这才得知，此会是有传统的，已经以全国规模举办了差不多三十届。

主办方致辞后进入颁奖程序。从最优秀奖开始依序念名，分别上台领奖状和奖品。从甚有书法家派头、像模像样身穿和服礼装的上年纪的男士到妙龄女士，陆续登台领奖，每次都沐浴着与会者的热烈掌声。

凛子的因是鼓励奖，所以稍微迟些和同获此奖的两位并列站在一起。一位是五十上下的男士，一位是年纪更大的女士。夹在两人中间，正当女性盛年的凛子更加显得顾盼生辉。

被分别叫名字上前领奖，凛子是第二个接过奖状。

会场顿时响起掌声，好像比谁的掌声都大。

注视凛子恭恭敬敬低头领奖，久木不由得产生自得的心情。

即使在获奖者当中，与会者也似乎大多对凛子投以特别的视线。凛子由于紧张而脸色约略发青，但是同浅紫色和服十分谐调，奢华之中隐含不无妖艳的拘谨。

女性们不知如何，而男性们肯定看着台上的凛子想入非非，从其外观想到脱去和服的美丽诱人的裸体。

然而，他们之中无人知道凛子的实像。知道凛子胸部如何丰满和藏有怎样的花蕊，以及两人单独时如何放荡的，只有自己一人。

这种优越感，也许和将美貌女演员、艺伎据为妻子、情人的男人们那隐秘快感别无二致。

凛子不晓得久木在咀嚼如此情念，再次沐浴着热烈掌声走下台来。接下去是评审员讲评。颁奖典礼随之结束。

往下预定在隔壁大厅举行庆贺晚餐会，众人开始离席移动。

久木正犹豫是不是出席之间，凛子走来说：

“一小会儿总可以的吧？”

“不会花很长时间？”

“三四十分钟就可溜走的。”

“那么，只参加开头部分，然后在一楼咖啡角等你。”

凛子点头，重新折去书法家同伙那边。

晚餐会场，人比颁奖典礼的还多，好像有三百来位。这里也有主办方的致辞，随后由一位俨然名家的老先生提议干杯，开始转入个人交谈。

久木在靠近入口的桌旁喝着啤酒环视会场。凛子坐在距主桌较近的位置，同一位年长男性交谈。

名家另当别论，一般书法家则似乎以女性占绝对多数。凛子的容貌即使在那里边也格外显眼。个头不很高，也不多么花枝招展，但低调中自有女人最佳年龄段的妩媚鼓涌而出。

出席者也都好像感觉到了，凛子周围聚集了很多男性，个个笑容可掬地向她搭讪。

这以前久木并不知道，原来凛子在书法界中很可能是年轻明星。正这么想着看着，身后有人拍肩膀：

“到底来了？”

回头一看，衣川站在那里。

“啊，叫我来一会儿的。”

“我也打算缺席，但工作提前一点儿结束了，就来看看……”说到这里，衣川视线移向大厅里边，“看着她被别人讨好，感觉也不坏的吧？”

在这种地方碰见衣川，固然不大好同凛子退场，但因为正一个人百无聊赖，作为交谈对象倒正合适。

“没想到书法协会有这么多女性。”

“绘画也多，但更多的还是书法。说是问题倒也是问题……”

“不过花花绿绿也蛮好嘛！”

“的确花花绿绿。不过你也看到了，大先生还是男性独领风骚。那里老老少少聚集着形形色色的女性们，会发生什么问题？理所当然，会对年轻漂亮的女性网开一面。”说到这里，衣川慌忙摆摆手，“不，并不是说她是那样的。但是，弟子里边有漂亮女性，难免要温柔些亲切些对待。这与其说是偏心，莫如说类似男人的本能。”

竟有这样的事？久木点头。衣川更加压低嗓音：

“弟子里边，有的说是样本而写和先生同样的字，结果入选了。”

“那就是所谓各有流派或圈子了？”

“有的有的。流派掌门人厉害的，弟子就有便宜占，否则就要吃亏。”

“和传统舞蹈、插花那方面差不了多少？”

“噢，大同小异。”

可能以前在报社的关系，衣川看上去对书法世界也够熟悉。

“不过，展览会上展出的书法，可有谁买？”

“除了特有名的先生和上了报纸的极小一部分先生的作品，几乎都由弟子买下了。”

“弟子买下又怎么着？”

“为了表现对先生的忠诚度嘛！”

想到凛子活在那样的世界里，久木突然同情起来，同时觉得她高大起来。

大厅里边的凛子，似乎觉察到了交谈中的久木和衣川两人。

衣川也好像觉察到了，轻轻扬手，凛子走了过来。

衣川笑道：

“今天好漂亮！一进场就最抢眼球！”

衣川平时经常叹息自己脸皮薄不敢对女性献殷勤，可惟独今天例外。

“他给我讲书法界的内幕来着……”久木改换话题。

凛子看样子有些介意：

“怎么个内幕？”

“啊，跟你无关。”

衣川摇头的那一瞬间，一个新闻记者模样的中年男子朝凛子递出名片，摄影师从后面凑上来，闪光灯连连闪烁。

又不是最优秀奖，却受到不亚于明星的待遇——莫非因为凛子的美貌？

久木闪开一步观看。衣川问：

“今天往下？”

久木一时语塞，刚嘟囔“呃，有点儿……”，衣川似乎当即有所察觉：

“别勉强，今晚两人慢慢举杯庆贺为好。”衣川显示善解人意的一面。而后问道：“今天她家里那位怕是没来吧？”

久木对这点也放心不下，再次打量会场。

“不过你也够大胆的，万一她先生出现在这里如何是好？”

话虽那么说，可自己只是对方希望来才来的——久木欲言又止。

“大胆的，或者是她？”衣川挖苦一句，“不至于围绕美女来个短兵相接吧？”

衣川独自津津乐道，但也因为久木不应和而觉得自讨无趣，又待了十来分钟后，告辞离开。

久木再次落得形影相吊。感觉上，晚餐会正渐入佳境。

凛子重新在主桌近旁同出席者谈笑风生，或跟同伴们留影。

久木一边以目跟踪，一边回想衣川刚才说的“大胆”。

听他的口气，似乎在挖苦不是丈夫的男人赶场出席晚餐会。可是，本来就没听说凛子丈夫要来。就算来了，毕竟同凛子丈夫素不相识，也很难设想会发生什么麻烦。

久木这么对自己说着，继续喝啤酒。确认晚餐会开始已过去三十多分钟，然后走出会场，下到一楼大厅，走到约定碰头的休憩场所左侧的咖啡角，坐在里侧靠墙的位置点了一杯咖啡。

大概星期日晚上的关系，四周有不少参加婚宴的男女。

片刻，咖啡端来。再次看表，时过六点半。

看这情形，赶到箱根差不多得九点。

久木一边这么想着，一边像要掩饰闲着无事的尴尬似的看了一会儿手册。当点燃第二支烟的时候，大厅另一端凛子出现了。

同一位年长女性相互寒暄后，提着大纸袋朝这边走来。

“让你久等了，走吧！”

可能因为在意周围的目光，凛子似乎想尽快离开。

两人直接穿过大厅走去地下停车场。上了车，凛子才好像放下心来，恢复平日舒缓的表情。

“这个那个转来转去，抱歉！”

“哪里，见识了另一个世界，蛮开心的。”久木边发动汽车引擎边问，“直奔箱根可好？”

“本来还有二次会[1]，今天从一开始就讲好不参加，没事儿。”

“这身打扮可以的？”

凛子仍一身与会和服。

“替换衣服带着呢，到了那边再换。”

车开出酒店停车场，很快笼罩在赤坂的霓虹灯光中。

“今天你非常出彩。你在男人中有人气，看得一清二楚。”

“哪有那回事儿！”

凛子羞赧似的把脸转往车窗那边，掏出小化妆盒。

“好多人都约你了吧？”

“再约我也总跟大家在一起。”

“可是，先生啦上头的人啦，好像大多是男性。”

“先生都个个老朽不堪了。再说也没有人像你这样死乞白赖。”

“男人可是不好说的。”

“人家全是绅士，放心好了！”

车朝霞关匝道开去，从那里上首都高速公路。久木边看前方闪烁的灯光边说：

“衣川说我们够大胆的。”

“为什么？”

“说万一你夫君在场怎么办？”

“他不来的。”

“今晚去哪里了？”

“不是要去哪里，说不来就是不来。”凛子说得毅然决然，毫不迟疑。

车从霞关显示灯那里开上高速，从涩谷往用贺驶去。前方同东名高速相接，往御殿场方向是一条直线。

久木踩下加速踏板，继续追问：

“今天有颁奖典礼知道的吧？”

久木在这里也还是省略夫君这个称呼。

“知道也和他无关。”凛子目视车灯四射的前方回答。

“没说要参加？”

“基本不主动说什么……”

“那，今天往下呢？”

"我说约好和会上的人一起出去……"

"可今天夜不归宿的吧？心里不生疑？"

"生疑也不一定。"

这意外说法使得手握方向盘的久木反问：

"不在乎？"

"不是说不在乎，而是说他不是刨根问底的人。"

久木仍对两人的关系有些不解。

"不过是有怀疑的吧？"

"他那人自尊心很强，不想知道不快的事。如果查出真相，可能就下不来台了。"

"若是对你放心不下……"

"男人也是什么类型的人都有的吧？既有什么都想知道的人，又有他那样更害怕失去自尊或受伤害的人。"

"可是，长此以往……"

"是啊，他不好受，我也不好受。"

凛子的眼神仿佛依然遥望远方。

虽是星期六晚上，但下行高速公路意外空旷。

车经用贺匝道进入东名高速。路面变为三车道后继续提速。与此同时，大都市的灯光迅速远离，静悄悄的公寓和黑魆魆的树林在车窗外忽而闪出忽而消失。

凛子夫妻的事，眼下久木再想也无济于事。说到底，夺走人家妻子的肇事者本人担忧对方的丈夫这件事本身就不自然。

久木转变心情，重提书法话题：

"拿起毛笔对着纸，到底会心静下来？"

"就算心里七上八下，在研墨的时间里也会消解。等到拿起毛笔，已经完全能够平心静气了。”

久木还没见过凛子写字的样子。无论研墨的姿势还是握笔临纸的姿势，都让他觉得凛然难犯，非比寻常。

“那么说，写的人的性格会显现出来喽？”

“那当然，不是说书如其人吗？”

的确，写字端正的人，性格也好像端正。

“热恋的时候呢？”

“常有人说字就美艳。”

“这次作品呢？”

“遗憾的是，不怎么美艳，是吧？我尽可能克制自己，不让那种意味出现。”

“那能做到？”

“若是只一个字或像这次这样只四个字，那是很难看出来的。”

不错，这次凛子写的“慎始敬终”四个字。

“艳不艳我不明白，不过感觉上相当舒展，雍容大度。”

“你这么说，让人高兴啊！”

“不过，真想让你写‘慎始乱终’来着。”

“那、什么意思？”

“起始谨慎，后来淫乱。”

“别瞎说！”

凛子瞪视久木。不过夜晚的凛子，恰恰是从起初的谨慎开始变为无法想像的淫乱的。为了追求那种难以置信的蜕变，车在夜幕下的东名高速上风驰电掣。

车到仙石原的酒店是八点半。以为差不多要九点到，结果路上车少，比预料的提前了。

当即在前台办入住手续。之后两人被领进三楼最里头的房间。

久木以前来打高尔夫时住过这家酒店，白天从阳台上应该可以把仙石原的平野和高尔夫球场尽收眼底。

凛子想马上换衣服，但时间晚了，决定直接去吃晚饭。

餐厅在一楼。外面已经涂满夜色，但透过宽大的窗口可以看见游泳池。水底的灯光使得水面蓝莹莹闪现出来。

"好像一个童话国度！"

也许凛子从颁奖典礼开始一直紧张的关系，离开大都市似乎终于让她放松下来。

在这得以宽释的地方再次用啤酒干杯。饭在晚餐会上多少吃了一些，就点了清淡菜式。

"不知为什么，到了这里，觉得就好像天下太平了似的。"

如凛子所说，进入箱根那座山，顿时产生与世隔绝般的轻松感——莫非双双怀有偷情的自卑使然？

在芦湖捕获的硬头鳟、浇酸奶油的什锦冷盘上来后，两人再次用红葡萄酒连连干杯。干完杯，久木想起刚才的书法来。

"作品署名'翠玉'——大概是雅号吧——那东西是自己琢磨出来的？"

"当然也有人自己取。不过，我这个是先生赐给的。"

"松原翠玉，好名字！还是很想你用这个名字写一幅美艳些的。"

"好，下次写一首谁的恋歌！"

"不亦寂寞乎，柔肌热血君不顾，讲道忘我中。这个如何？"

听得久木朗诵与谢野晶子[2]的和歌[3]，凛子不由得苦笑：分明是符合久木口味的和歌。

久木还吟出战后不久同寺山修司[4]一起登上歌坛而三十一岁即离开人世的中城富美子[5]的和歌：

“汤勺猫头鹰，连同鲜花与爱情，我的女人哟！”

吟罢问道女人的妖艳是不是呼之欲出，凛子当即点头：

“确有那样的感觉。”

吃饭吃得晚，吃完已经过了十一点。

由于持续紧张，凛子显得有些疲惫。

从餐厅径直返回房间。关上门，这才涌起两人单独相处的实感。久木自然抱过凛子。想必凛子也盼望这一瞬间，乖乖凑过身体，和他接吻。

山间酒店在夜气中安安静静，惟独凛子轻仰上肢时的衣着的窸窣声掠过耳畔。接罢较长的吻，凛子理一下凌乱的头发，走近窗边。

这里也同样，玻璃窗直落地板，宽宽大大。前面的阳台放着一张白色茶几和两把椅子。

“出去看看好吗？”

估计凛子想吹夜风，打开阳台门走到外面。久木跟了出来。

“到底有些凉啊！”

夜间生成的风吹过秋天的高原。

“好大的月亮……”

久木听了，抬头一看，大体接近满月的月亮挂在中天，熠熠生辉。

从房间只能看见一团漆黑的阳台前方，广阔的原野和高尔夫球场的一部分沐浴着月华浮现出来，其前方矗立着俨然屏风的外轮山。想必空气清澄的关系，月亮比在城里看见的大得多亮得多。

“看见这么大的月亮，不觉得胸口怦怦直跳？”凛子仰望月亮悄声低语，“怎么说呢？给月光这么照下来，觉得就好像浑身上下都透亮了似的。”

“那么，今晚就在月光中剥光可好？”

“你动不动就想那种事！”

凛子缩缩脖子。而久木脑海被倏然涌起的淫念占得满满的。

“冷起来了！”

凛子嘀咕着从阳台折回房间。恰到好处的温度使得夜间的凉气重新沁入体内。

久木看着月亮一时想入非非。但凛子看样子想先脱去和服淋浴。

久木决定等她，就先换上浴衣上床躺着。这时凛子关掉门前的灯。

房间陡然夜色四合，惟独月光照射的窗台镀了一层白光。

久木正看着静寂的月光出神，凛子似乎开始脱衣服。

在床左侧靠近浴室的墙角微微弓身。

腰带随着窸窸窣窣的丝绸摩擦声掉了下来，继而抽下几条细绳，腰间打褶的和服部分随之脱落。

起始以为模模糊糊的月光也随着眼睛习惯而有了一定的亮度。凛子在那光亮中看上去仿佛脸朝后披着斗篷。

古代高贵的妇女外出时头上是披着薄衣的，而此刻凛子看上去所以那样，大约是因为和服仍在肩上搭着就弯腰脱内裤。

一般是先脱和服，再脱长衬衫，接着一件件脱掉内衣。可是凛子即便在已经相互以身相许的相好男人面前也背过身体罩着和服往下脱。

久木所以被凛子吸引，就是因为她具有这种恭谨和不一般的品位。

不一会儿大概脱完了，披着斗篷般的背影消失在浴室里面。

凛子似乎是走进浴室后才全裸的。

久木一口口闻着凛子脱掉的和服的余香,在皎洁的月光中思来想去。

中规中矩谨小慎微的女人放荡起来才让人动心。而若一开始就放荡的女人哪怕再放荡,也了无情趣。

不知是不是知晓男人心,浴室中隐约传来凛子淋浴的声响。

片刻,久木熄掉所有照明,为凛子从浴室出来做准备。这表面上是为配合凛子,其实久木自有其算计：房间温度调到可以随时全裸的温度,拉开两扇窗的窗帘,让柔和而透明的月光倾泻进来。

一切准备就绪,只等美丽猎物出场。

然而不知何故,从浴室出来的凛子站在门前不动,没有靠近的动静。

搞什么呢？久木感到费解。刚欠起上身,凛子问道：

“为什么拉开窗帘？”

这种事无需说明。久木沉默之间,凛子走近窗口要拉合窗帘。

那一瞬间,窗口泻下的月光中闪出凛子的形体。

刚出浴的裸体用白长衫裹着。或许腰带过长,约略垂在前面。多少后仰的脖颈上,脑后挽起的秀发形成淡淡的剪影。

久木顿时看得呆了,下床走近窗边抓起凛子的手。

“刚才不是说在月光中把你脱光的吗？”

“那怎么成……”

久木并不理会,抓着凛子的手拉到床上。

看样子凛子很顾虑窗口月光,但被紧搂着仰面放在床上后,便像想通了似的安静下来。

“这就在月光下解剖。”

“别乱来！怪吓人的。”

“乖些，放心！就当一切献给月亮好了，老实别动。”

久木宣告完毕，首先解开长衫腰带，拉了下来。然后双手静静分开凛子的领口，继而剥开乳房隐约可见的胸襟。

不知是久木的宣告见效了，还是在过于澄澈的月光下失去了抵抗力，凛子只管仰卧，并无反抗的表示。

实在太顺从了，久木反倒为之困惑。他从长衫的领口到胸襟都打了开来，最后分开衫裾。

凛子陡然扭了一下下肢。但已然一丝不挂，无从逃脱。

久木以俨然盗贼的认真态度，从即刻断念般安静下来的女体上剥去衣着。早已无力反抗的女人任凭盗贼在月光下暴露自己的裸体。

尽管如此，凛子还是歪歪脑袋避开窗口月光，紧紧闭目合眼。从上半身到下半身几乎整个仰卧，单单两手遮掩似的在胯间合拢。

凛子皮肤本来就白，加上沐浴月光，除了部分荫翳，全身宛如白蜡豁然现出。

“美丽……”

就连冷酷的行刑者，目睹这般完美的肢体，也难免心旌摇颤。何况久木这样匆忙上阵的行刑者更不可能战胜这美丽的诱惑。

原本打算劈头盖脑地扑上整个剥光的女体，而在看得忘乎所以的时间里，就生了不忍之心，决定再这么欣赏片刻。

年轻时只知道横征暴敛，而在上了年纪的现在，莫如说更对“目侵”之乐有了执著。说是“视奸”也好什么也好，反正开始用视线像月光一样在白花花的女体上往来扫描，险些渗到里边去。

即使不被触摸任何部位，凛子也还是感觉出了男人淫荡的目光反复舔着全身。未几，她好像不堪忍受了，背对月光，收缩肢体。久木双手制止，对凛子耳语：

“月光的惩罚。”

青白的女体正是献给月光的供品。

但是，清澄的月光入侵女体，是需要相应品位的。一味横冲直闯不可取，而要向含羞带涩犹豫不定的女体伸出温柔的手——还是撩拨淫荡感觉的刑罚更为合适。

作为开端，男人由胸而腰反复施以温情脉脉的爱抚，同时偶尔意外用指尖做出蜻蜓点水的姿势，除掉女人遮在胯间的手。

在那一瞬间，女人想要反抗，但在变本加厉的强力面前，只好放弃阵地，撤回手来。

没有任何遮拦的女体毫不设防地暴露在月光之下，惟有胯间的毛丛格外泛着黑色。

令人惊奇的是，从白色肌肤出现黑色荫翳的刹那间开始，原来的纯净便荡然无存，而生发出逼人的色情感。

男人看了，再也无法忍受单纯的目视之乐，转而用一只手触摸胸部的隆起，另一只手分开毛丛，指尖探至其深处潜藏的花蕾。

一再反复的爱抚，使得凛子的花蕾已经苏醒得恰到好处，柔软的花园同时涌满爱液。

如此进行下去，势必故伎重演。今晚要多少另辟蹊径才行。

确认花园充分湿润之后，男人抓起女人的右手，引导其缓缓伸向毛丛。

女人的指尖陡然停止，显得惊慌失措，像碰到可怕的东西似的瑟瑟拉回。

但是男人不听，只管让女人的手指触摸自己的花蕾，命令其微微蠕动。

如此反复数次，凛子忍受不了似的小声嘟囔：

“不不，不嘛……”

不管凛子说什么，今晚都要把女体潜在的淫欲彻底告知凛子本人。

“就那样继续……”

“不要……”

蠕动再次止住之时，久木即刻代替凛子，只用指尖攻击其敏感可爱的一点。

男人的指尖以一定的频率左右轻轻摆动，女人的花蕾随之湿润、膨胀，濒临决堤边缘。

凛子径自气喘吁吁、扭动肢体。最后背过脸去，好像比往常更为轻易地迎来高潮。

凛子仅靠手指即可冲高，是今年才开始有的事。

久木等冲高后的轻微痉挛平复下来问道：

“舒服？”

“讨厌！那不正常啊！”

久木想问的是轻易冲高的缘由，而凛子说的似乎是自行触摸私处的惊异。

“那么，往后就时不时自己……”

“瞧你说的……”凛子左右摇头。而后撒娇似的窃窃私语：“还是你来好！”

久木再次搂过凛子，抓着她的右手说：

“川端康成有一本名叫《雪国》的小说吧？家住东京的岛村那个男人去见雪国越后汤泽的艺伎驹子……”

“‘穿出隧道，就是雪国了’[6]，是吧？”

凛子似乎记得小说开头部分。

“书中男的说只有这手指记得许久没见的驹子，驹子害羞地轻轻咬住男方的手指。”

“在电影上看过。”

“那手指、是哪个手指呢？”久木一边说着，一边对着月光看凛子的右手。

纤细柔软的手指是那么白嫩和优美，很难认为刚才摸过火热的私处。

“小说中说是食指。舞台上扮演驹子的女演员咬的，也定是食指。”

“你是说那不对的？”

“如果触摸那里，应该是这个吧？”久木握住凛子的中指，使之潜入凛子的毛丛，“还是这个手指温柔，好使。”

“那么说，川端先生错了？”

“不大清楚。可还是这支……”

久木直接让中指在花蕾上轻轻嬉戏。凛子随即悄声低语：

“别，别再！”

久木径自把手指触在花蕾上，一种不可思议的念头俘虏了自己。

《雪国》那本小说写的，是昭和十年[7]前后的事。那时到现在，不，从遥远的万叶[8]时期开始，男女之间反复做的可能也是同样的事。

所有男女都以初生时的状态相互在肌肤之亲中追求对方的私处。

此刻，久木把中指轻轻置于凛子小巧的花蕾。用食指的男人、用无名指的男人说不定也是有的。所用手指虽然不同，但毫无疑问，男人都在拼命取悦女人，女人都在尽力配合。

人类在几千年时间里始终重复同一行为、拼命做同一件事——想到这点，久木就觉得现在做这种事的自己同几千年前的人们一脉相承。

“这种事……”久木边说边触摸重新湿润的凛子花园，“大家都是自然而然学得的。”

“不过，并不一样。”

的确，再没有比性更具普遍性而实际又有个人秘密色彩的了。

虽说无论几千年前的古人还是现代的今人都周而复始做同样的事，但细看之下，做法千差万别，感觉方式和满足方式也各不相同。

恐怕惟独这块天地无所谓进步退步，不至于科学文明发达的现代人灵巧而古代人就笨拙。每一个人都从自身体验和感受中慢慢学习，尝试自己认准的行为，结果一喜一忧。

毫无疑问，只有这里科学文明介入不得，而属于有血有肉的男女相互裸体接触方可知晓的止于一代的智慧和文化。

“那怕是吧！”久木心里嘟囔一句，进入温暖湿润的凛子里边。

长时间的手指爱抚，加上切切实实的拥抱，凛子转眼沸腾起来。

刚才还在月光下保持矜持的肢体也成了一根直挺挺的火柱，眉毛拧成一条直线，以哭相冲上绝顶。

久木喜欢凛子冲顶时的表情。看上去既像哭，又像恼，还像撒娇。这无可言状千变万化的表情中，似乎隐藏着女人无限的情欲和妖冶。

这里也不例外，性事过后到来的是难以置信的静默。久木把身子贴上凛子仍有余热的肢体，凛子小声道：

“这回又不一样……”

凛子羞涩地伏下脸去。看这样子，说的大约是刚才冲顶瞬间的感觉。

“每一次都不一样的。”

“步步深化？”

凛子点了下头。而后喃喃自语：

“我、怕是不正常啊……”

“没有的事！”

就算女性感觉不一般，那也无需羞赧。不仅无需羞赧，而且是作为一名合格女性的成熟与丰饶的象征。

久木忽然来了兴致，依序触摸过高潮刚过的花蕊和花蕾。

“这边和这边，不一样的？”

“不一样。那边深、有力……”凛子轻轻合眼，诉说花蕊的感觉，“怎么说呢？就好像被一直捅到脑瓜顶似的……”

听她说也没用，那是男人根本无从想像的世界。

久木继续触摸花蕾。

“这边浅些、敏感些……”

没准接近男人的局部感觉。

“不过，像刚才那样穷追猛打，就好像过电一样酥麻麻的，太残酷了！”

听的时间里，久木渐渐有了妒意。

感觉如此变幻莫测的女人身体到底是怎么回事呢？

这以前自己想方设法让凛子有感觉、有快乐，但那段时间里说不定在女人体内培育出了不可理喻的魔性。

同女人身体相比，男人的身体显得过于平板和单纯。女人有花蕾、花蕊，以及乳房等好几处敏感部位，而男人只有胯间一处。

感觉方式也是如此。男人像涨潮一样攀高，一旦泻出即告终止，几乎没有尾声可言。相比之下，女人的感觉如凛子所说，有时浅而敏锐，过电一般酥麻麻妙不可言；有时深而有力，感觉如直击头顶，堪称丰富多彩。

两相比较，一开始就无法对阵。如果将男人的性快感作为一，女人则是其两倍、三倍，有时可能接近十倍。

“女的更贪婪……”

久木半是挖苦半是羡慕地说罢，凛子轻轻摇头：

“一开始并不是那样的！”

的确，相识之初，凛子还战战兢兢，快感反应也弱。

但一来二去之间，凛子逐渐觉醒，变得积极主动。在那之前久木作为指导者甚至怀有君临其上的优越感。

然而回过神来，凛子已独自披挂上阵，满足她成了久木现在理所当然的任务，漫说指导女人，反倒沦为不遗余力为其提供服务的角色。

“没以为你进步得这么快。”

“是你调教的哟！”

给女人这么说，固然是男人值得庆幸的福气，但另一方面，凛子之所以能如此盛开怒放，也不能否定凛子这一素材的出类拔萃。换句话说，哪怕再是养花名手，而若品种一般，也不可能使之成为美丽的花朵。

“因为你有才华的嘛！”

“这玩意儿竟是才华？”

“不大清楚。但不管怎么说，你这里足够出彩。”

久木这么说着，把手悄然放在仍余热未消的凛子的花园。

自己的私处受到夸奖，凛子显得困惑不解。

近来性感加深，使得她对此隐约有所感觉，但实际被对方触摸着夸奖，还是难免困惑。

但久木径自说道：

“堪称日本第一！”

“别寻我开心！”

“不是寻你开心，因为真好才说好。”

“不明白你的意思。”

久木只好斟酌词句加以说明：

“暖融融的，从四周紧紧吸附……”

“女人不都一样吗？”

“不，一人一个样。”

凛子还是显得茫然。

“女人本身也许不知道，其实各种各样，从你这么美妙的到不美妙的……”

“不过，也是因为男人不同的吧？”

“那当然也是个原因。问题是，对方好歹接纳了，自己乘兴而入，结果却不怎么快活，恨不得快快撤出——这种情形也是有的。”

凛子忍住笑道：

“男人这东西，是够任性的啊！”

“是不是呢……”

“毕竟是因为喜欢才追求的吧？”

“不过，发生关系前是不晓得的。”

“这种事，第一次听说。”

“因为男人们就算晓得也不能说给女性的嘛！”

见凛子沉思不语，久木一咬牙把话头转去平安朝[9]年间。

“《源氏物语》有六条御息所那位女子出现，她那里可能就不怎么好。”

“真的？”

转到调查室后，久木读书机会多了。

他打算迟早编一部昭和史，这诚然以现代史为中心，但有时也回头看以前看过的书。《源氏物语》也是其中一本——查阅留在昭和史的恋爱事件过程中想起源氏，回头看起来意外有趣。

这也是降职带来的好处。说起来倒是奇怪，年轻时看漏的东西有时能看出新名堂。六条御息所也是其中一人，一个引人入胜的女性。

“她不仅身份高，而且漂亮，有教养，情趣也好，是作为外表上无可挑剔的理想女性描写的。问题是关键部位却好像不怎么样。”

“还是不明白啊！”

“什么样的都有，比如收缩度不太好啦，滑溜溜的啦，不怎么热乎的啦……”

“那些、真有不成？”

“遗憾的是，尽管少而又少……”

“但能治好的吧？”凛子渐渐问得认真起来。

“如果一往情深的男性竭尽全力，女性也相应努力的话，那么或许会变好。可是，一来男人不可能那么尽力，二来有局限性。”

“不是喜欢那个女子的吗？”

“就算喜欢，如果不太好也会难以尽兴。一旦有别的女性，就跑去那边了。”

“男人到底任性啊！”

“那么我问，女人也不愿意跟性能力不好或者说差劲儿的男人做爱的吧？”

“是不愿意。”

“那不是一回事吗？男人这东西，跟那里不怎么好的人、迟钝的人做爱也是没情绪的。”

淡淡浮现在月光中的床上，男女两人躺着谈论性的奇妙。

《源氏物语》中有“雨夜品评”，这个可以说是“月夜品评”吧？不，两人都是全裸，该说是“裸体品评”才对。

久木一只手触摸着凛子胯间毛丛说道：

“六条御息所的悲剧在于地位高又嫉妒心强，但最大的问题恐怕还是在这里。”

“那种事书上写来着？”

“哪里，毕竟紫式部[10]是女性，没写得那么明白。或者莫如说写不出来。但从前后关系来看，有让人那么认为的地方。”

凛子一本正经地往久木那边看着倾听。

“源氏对这位女性一见钟情，百般花言巧语，总算如愿以偿共度一夜。问题是，好不容易交合了，而后却忽然生分起来，再往后竟然主动回避发生关系。”

“还是源氏冷淡的嘛！”

“不错，大多女性都好像那么认为。实际上女评论家什么的也几乎众口一词，责怪源氏薄情。”久木劝慰似的把手轻轻放在凛子背上，“六条御息所也抱怨源氏冷淡。妒火中烧之下，化为怨灵附在源氏正妻葵上和源氏疼爱的夕颜身上。结果两人都因怨灵附体而丢了性命。”

“这人执念太厉害了啊！”

“表面上谨小慎微娴静优雅，但属于一条路跑到黑那一类型。一旦怨恨，就恨得彻头彻尾。”

“不过，归根结底，是因为源氏对女人冷淡的吧？”

“那的确是的。可站在源氏角度看，也有为难之处。再怎么着也是男人，跟那里不怎么样的女性做爱没办法快乐。然而女方紧追不舍：为什么不爱我？”

“女人觉察不到男人那样看自己的嘛！”

六条御息所之所以失去源氏的爱，就是因为她的私处缺乏吸引力——凛子好像对这点难以释怀。

“假如给男人说那里不好，肯定一蹶不振。”

“那种话，男人就是撕了嘴巴也不至于说的。源氏也一样，虽然对六条御息所不满，但什么也没说，并且时不时送去温情脉脉的诗歌和书信，她去伊势时还跑去相会。”

“不是讨厌的吗？”

“问题是女方爱慕他，无法采取太冷淡的态度。即使有那种不满，表面上也还是要抬举女性，关心备至。那大约就是平安贵族的温厚和优雅。”

“可源氏还是被女性说三道四，怪可怜的。”

“他以他的方式付出了努力，可惜他的体贴没得到理解。”

“不过那也难怪。那种半生不熟的体贴，女人觉察不到的吧？既然讨厌，就不该采取招致误解的态度。”

“可是，假定源氏有过一两次关系就再也不理不睬了，那么会怎么样呢？很可能受到强烈谴责，说他冷酷无情。”

凛子沉默有顷。而后转念说道：

“说是那里不好——有没有不问男人也能知道这点的方法呢？”

“问题恐怕还是像源氏那样，只发生一两次关系就再也不去找了。”

“出现那种情况就意味着那里不行了？”

“倒也不是说绝对不行。但最好恐怕还是认为做爱这点上不合拍为好。”

在月光下谈论男女私处并不合适。本来，如此皎洁澄澈的月华，似乎说些高尚的东西才是道理。可是细想之下，对于人，再没有比性这个问题更重要、更带根本性的了。

“这种话，过去几乎没在男女之间交谈过，以致在相互不被理解当中过一辈子。”久木说。

凛子也直率地点头。

“再问一点可以吗？”凛子进一步问，“不少恋人或夫妻，一开始很着迷，但中途不知是不是清醒过来，就不怎么相求了，是吧？那种情况下也还是那里有问题吗？”

“那不同，那大概只是腻了，不是那里不好。”

“那么，那和六条御息所那种情况，怎么区分才好呢？”

凛子的提问越来越逼近核心。

“刚才也讲了，就六条御息所来说，只发生了一两次关系，之后尽管有几次机会，但源氏方面都不主动相求。而一般恋人或夫妻，是在发生好多次关系以致有些腻烦了男方才不再相求的，所以性质完全不同。”

“总之，持续几次之后是可以的，是吧？”

“当然。如果那么说起来，势必等于说一般家庭主妇全都那里不好。”

凛子一度显出理解的神情，却又提出新的问题：

“为什么男人会腻烦呢？”

“那又是另一个问题。”

“常说男人们在家里对妻子是不怎么当回事的。是不太想教呢，还是不上心呢？究竟怎么回事？”

在凛子尖锐的提问面前，久木逐渐变得只有招架之功。

“问怎么回事也是说不好的。妻子平时本来近在身边，如果再三再四相求个没完，男人的身体会吃不消的——估计因为担心这个而半开玩笑搪塞的吧！”

关于性，和凛子深入说到这个地步是头一次。把男人的真心话如此全盘推出，总觉得好像被看到了底牌，多少有些难为情。不过这或许也是因为双方俱已相许才无话不谈的。

久木这么说给自己听的时间里，凛子又琢磨出了新疑问：

“欧洲王室那边，听说皇太子结婚前就跟年长的贵夫人交往，是吧？”

从源氏物语一下子转到外国王室，久木困惑起来。

“而且，婚后也一直同贵夫人保持关系。皇太子妃说就好像三人结婚似的。那是怎么回事呢？”

“怎么回事？”

“这么说对贵夫人是不大好，可是，无论从年轻还是从外表上，都是皇太子妃居上吧？可为什么偏偏不和那位贵夫人分手呢？”

“这又是个难回答的问题。深层里边，恐怕还是有性问题介入的吧！”

“那么出色的皇太子妃还不行？”

“不至于不行。或许对皇太子来说，还是有贵夫人在身边精神上才能释然，而且性爱上也有吸引力，所以难分难舍也说不定。”

“不过，年纪大得多，在别人眼里也不怎么样啊！”

“喂喂，且慢且慢！”久木把手轻轻搭在凛子肩头，“性爱这东西，和年龄、外表没多大关系。既有人到了贵夫人那样的年龄也有魅力，又有人年轻漂亮而没有魅力。总之，再没有比性爱更隐私、更不为外人得知的了。正因如此，实际上才离奇古怪、才莫名其妙、才别有情趣。”

“别有情趣？”

“喏，如果说女性全都由年轻漂亮的胜出，那是没什么意思的吧？为了避免事情这个样子，神明就在男女之间打入一个从性爱角度难以发现的有威力的东西。”

久木想差不多就此结束“月夜品评”，开始休息。可是凛子还好像有不释怀的地方。

“听你这么说，觉得像是女方吃亏。男人方面是没有这样问题的吧？”

“哪里哪里，男人也活活要命。跟女人那种结构上的问题固然有所不同，但阳痿啦早泄啦苦恼多着哩！而这个尤其受精神因素影响，所以更难弄。”

“怎样才能治好呢？”

“还是要有自信才行。女方给予鼓励最重要。问题是，即便女性，哪怕看上去再风流倜傥的男性而若做爱缺乏情调或笨手笨脚，那也是开心不起来的吧？”

“那是的。”凛子痛快认可。

“和女性同样，男人在性爱上听得对方抱怨也最受伤害。”

“有说那种话的女性吗？”

“即使不当面说出口，但从做爱后的态度上总可看得出来。况且，女人这东西，吵起架来大体是出言无忌的吧？”

“给谁说过？”

“托你的福，基本没有。”

“完全没有吧？”凛子不无奚落地说罢，“听你说的时间里，明白了男女都是很不容易的。”

“精神上肉体上都一拍即合的搭档恐怕为数不多。”

“我们没问题，是不？见面一两次都收不住。”

“那还用说，你全日本第一嘛！”

凛子突然贴上身来。久木在月光中紧紧搂着柔软滑润的身子，堕入迟来的睡眠。

这天夜里，天快亮时久木做了个梦。

奇异的是，一片芒草丛生的原野上，站着一个男子望着这边。倒不是因为问过谁，但那男子应该是凛子的丈夫。凛子也相距不远，但她像素不相识似的在原野中间朝宽阔道路那边走去，只留下久木和那男子隔着芒草穗面面相觑。

留在记忆中的至此为止。那男子的表情也不知什么时候消失去了哪里，只有仿佛被看穿一切的冰冷感触留在脑海中。

从梦中醒来，久木马上看床的那边：凛子仍在微微弓背睡着。

睡前本应是全裸的，却不知何时起来的，凛子身穿睡衣，领口也合在一起。

看床头闹钟：五点半。大概天快亮了，遮掩阳台门的厚帘底端那里隐约泛白。

久木一边注视开始变白的窗口，一边回想刚做的梦。

作为最初的场景看见的白色芒草穗，想必是因为来酒店路上见到的仙石原芒草荒野印象强烈的缘故。至于凛子的丈夫，因为总是挂在心里，梦见也情有可原。但毕竟没有见过，表情也好轮廓也好都无从把握。

可是，凛子像要把两人分开似的拐去一边，说奇妙也够奇妙。

漫无边际追忆完梦境，久木起身拉开阳台窗帘。只见外面大雾弥天，惟独外轮山的山顶一带如淡淡的水墨画一般若隐若现。

到天明似乎还有点儿时间，但笼罩原野的雾霭好像已迅速开始移动。

久木重重沉入睡眠，再睁眼时七点半都过了，窗帘下透进的晨光明显增加了强度。

凛子仍酣睡未醒。于是他独自下床，从窗帘的缝隙往外看：晴朗的秋空下，外轮山连绵的山顶近在眼前。

但是，山腰往下仍雾霭迷蒙，化为白色的椭圆体矗立在半空中——不难得知，这一带是群山环绕的盆地。

上次来这酒店也是秋天。原野随着晨雾的消散显露出来，高尔夫球场的一部分在意犹未尽的薄雾中开始现形，起始洞附近已出现几个人影。

看着看着，久木想起离家时说的今天在箱根打高尔夫的话来。

妻子相信久木的话吗？一瞬间久木觉得对不起妻子，赶紧像要驱逐那一念头似的拉合窗帘。这当口儿，凛子有了动静，似乎醒来了。

“你已经起来了？”

“啊，刚睁开眼睛。”

久木想起稍往前一会儿梦见凛子丈夫的事，但只字未提，回身上床。

“再躺一会儿吧。”

晴朗秋空下的高尔夫诚然不坏，但比不过凛子柔润温馨的肌肤。

手径自往睡衣带上一搭，凛子低声道：

“要怎么着……”

早已无需回答，久木很想沉溺于早晨的性事中。

“还早的嘛！”

话虽这么说，一夜幽会的时间显然已所剩无多。

久木像被时间追赶一样往睡衣领口探出的乳峰凑上嘴唇，双手揽过下肢。

窗外晨雾开始散去，而两人仍日以继夜。

黎明时分梦中见了凛子丈夫，但长相没怎么记得。

事情虽然没有告诉凛子，但那种冷冰冰的不快感似乎反倒使久木亢奋起来。

久木在屏蔽晨光的床上变本加厉地攻击凛子，使其在即将冲顶又未冲顶的地带往来徘徊。即使凛子一再发出“快、快啊”的哀求声，也还是让她悬在半空。

凛子当然无由得知这种冷冰冰的欲擒故纵是黎明做梦的结果。

终于泻出之后，凛子嘀咕一声“好坏！”那仿佛气恼的表情甚是惹人怜爱，于是再次搂过。两人又睡了过去。

这次也好像是彻底满潮冲顶的女方睡得更深，久木醒来时凛子还在睡。

时间已经九点半。窗帘边角挤进的天光更加势不可挡，窗外鸟鸣啁啾。想必外面晨雾散尽晴空万里，高尔夫球手正在追赶白球。对比那些健康的人们，久木仍在床上享受凛子的体温。

惟独自己一人沉浸在不知是怠惰还是淫荡的不道德世界这点，甚至让现在的久木反倒产生一种快感。

紧贴紧靠的时间里，凛子歪了歪脖子，眼睛随之慢慢睁开。

“又睡过去了！”

“毕竟闹腾得太厉害了。”

“少说那种事……”

凛子像要捂久木嘴唇似的伸出手去。然后看一眼枕旁闹钟：

“不得了，十点岂不都过了！”

作为今天的安排，打算一起去看秋天的芦湖什么的，下午返回东京。放荡不羁的时间也似乎临近尾声。

“起来吧！”在凛子的再次催促下，久木从正在抓弄的乳房上移开手，翻身下床。

房间仍拉着窗帘，处于后续夜间之中。凛子一下床，马上进浴室淋浴。

这时间里，久木打开电视开关——两人沉溺于性事的过程中，人世间好像并没有什么变化。

未几，凛子走出浴室面对镜子。久木见了，交替泡进浴缸。虽然差不多整个晚上都同凛子肌肤相亲，但气味似乎并未沁入。久木喜爱凛子肌肤素淡没有异味这点。

稍泡片刻走出浴室一看，窗帘已经大敞四开，凛子在窗旁梳妆台前撩起头发。

久木想要触摸那白皙柔和的颈项，对着镜中的凛子说：

“好女人……”

“不好意思啊，遇上你，化妆也好化了！”

“做了那种事，也许荷尔蒙的分泌活跃起来。这里也滑溜溜的。”

久木轻碰凛子的臀部。凛子慌忙挪了一下：

“别别，头发要崩溃的。”

“崩溃就崩溃！”久木从后面轻吻凛子的脖子，“性满足了，女人越来越光彩照人，男人越来越萎靡不振。”

“没那回事！”

“有！这是雌性和雄性与生俱来的宿命，最后雄性被雌性吃掉。”

大约感觉“宿命”这个说法滑稽，凛子在镜中边笑边说：

“我可怜的雄性君，快穿衣服吧！”

在凛子命令下，久木磨磨蹭蹭脱去睡衣，开始换衣服。

在酒店餐厅吃完不知是早餐还是午餐的二人餐，两人走出酒店。多少有些凉，但不冷。扑面而来的是秋日晴空。两人先去湖尻，从那里乘游船周游芦湖。

星期天，相当拥挤。中途在箱根园下来，从那里坐缆车登上驹岳一看，整个箱根山脉、富士山以至骏河湾，正可谓尽收眼底。

从海拔一千三百米的山顶开始绵延的山体被如霞似锦的红叶装点着映在湛蓝的湖面，湖光山色一并红叶蒸腾。

两人尽情领略高原秋景，沐浴清风，然后坐缆车下来，返回湖尻时已是午后四点。

若回东京，再不出山，路上车就多了。

“怎么办？”

问也问不出明确答案。看这样子，凛子大概还恋恋不舍。

“晚也不怕的？”久木又问。

见凛子点头，久木决定再在箱根逗留一会儿。

“在驹岳旁边有家饭店能看见芦湖。”

穿过重新开始拥挤的路，爬上山道，来到饭店。虽然高度不及驹岳的一半，但离得近，可以俯视芦湖。

在这里吃罢多少有些提前的晚餐，回头一看，笼罩外轮山的晚空已满天红霞。

山高，日落时间早。夕晖从已经黑下来的云间流泻下来，划过山体，落在湖面。

“若能直接留在这里就好了。”

凛子没有回答，但似乎微微点了下头。于是久木断然试探：

“再住一晚？”

凛子眼望暮云四合的湖面，轻轻点头：

“可以啊……”

坦率地说，久木固然提议了，但不是真心，而是以为对方拒绝才轻松相邀的。

“真的可以？”

“你不要紧的？”

反问之下，久木一时语塞。

不错，想住不是不可以住，但为此必须同妻子联系。一来理由还没考虑，二来明天还有社里的事。幸好是闲职，没有要紧的事，但再迟也要在十点前赶到社里。

更让人放心不下的是凛子家里。

就算有书法会结束后跟大家外出那个借口，但两个晚上都不回家也不要紧的？再说明天是星期一，凛子的丈夫也该上班。

“我这方面总有办法可想，可你那边……”

久木把“不是有夫君吗”这句话咽了下去打量凛子。凛子依然望着被落日余晖染红的天空轻声说道：

“你若是可以就可以的。”

太阳落了下去，山峦环绕下的湖陡然失去亮光，湖面黑魆魆沉了下去。

久木一面看着幽暗凄清的湖面，一面回想黎明梦见的凛子丈夫的脸庞。

时间已经逝去，轮廓也已依稀莫辨，惟独那时冰冷冷的印象仍挥之不去。

莫非凛子明知自己和丈夫之间要出问题也执意留下来不成？

“真的可以？”久木再次叮问。

较之担心凛子，莫如说是扪心自问：自己有可能要对有家难回的凛子负责。

凛子只管眼望暮色苍茫的群山，一动不动。

得知凛子已决定再住一晚，久木走去酒店入口的公共电话那里，给上午还在住的旅馆打电话。

幸巧是星期日晚上，酒店空，得以订了昨晚那个房间。

之后犹豫着往家里打电话。妻子没有接起，遂用留言电话告以外出。久木暗自庆幸，告以“同伴劝我再住一晚上，回不去了。还住今天这家酒店”旋即挂断。

家里姑且安顿妥当，问题是凛子方面。

返回饭店，告诉凛子房间订好了。随后问：

“不打个电话？”

凛子略加思索似的眼望虚空，欠身离席。不出几分钟就折了回来。

“他、不要紧？”久木不安地问。

“不清楚啊！”凛子低声应道，似乎事不关己。

“明天不是星期一吗？你若是勉强，回去也可以的哟！”

“你想回去？”

再次反问之下，久木慌忙摇头：

“怕你为难啊！”

“我这方面嘛，车到山前必有路。”

凛子的说法有些孤注一掷。但本人既然说可以，再多想也没必要。

“那么，今晚就两人一直黏着好了！”

凛子既已如此破釜沉舟，男人怎么可能临阵逃脱！无论结果如何，只要和凛子在一起就无所畏惧。

“走吧……”久木顿时情绪高涨，拉起凛子的手悄声低语，“谢谢！”

较之针对决定留下的凛子，莫如说是对给自己以勇气的凛子表示感谢更为合适。

两人共同决定再住一晚，重返酒店。

重新折回临近中午才退房的酒店，感觉总好像不自然。但服务台的人若无其事地将两人领往和昨天同样的房间。

周围已经黑了。男侍者开门开灯：同昨晚一模一样的床和桌椅等在那里。

男侍者放下行李离开后，两人也直挺挺站在房间中间未动。而在四目相视的一瞬间，不约而同地凑上来一把搂在一起。

并没有特别说什么。

然而，久木和凛子比息息相通还要息息相通。

“你终于不回去了，嗯？”

“你也肯再陪我一晚，嗯？”

尽管没有说出口，但紧紧挨在一起的身体的质感分明在这样相互诉说。

久木更加用力地将凛子搂在怀里，一边求吻凛子嘴唇一边在心里低语：

“被夫君责问也心甘情愿，是吧？”

凛子一边回吻一边反问：

“太太生气也心甘情愿，是吧？”

两人再次摩擦嘴唇，更紧地搂在一起。两人互相回答：

“妻子说什么都无所谓！”

“我也是，丈夫说什么任他说去！”

放开嘴唇，扳过凛子的脑袋，脸颊蹭着脸颊。久木此刻认识到：两人此刻越过了一条线。

本来，哪怕再相爱也不想越过的。说起来，两人现已越过最后一道防线。

到了这个地步，就再也无法返回了。由此往前，两人有可能在枪林弹雨的最前线直接中弹倒下。

“是可以的吧……”

久木再次出声确认，而凛子的脸颊已给泪水打湿。

至于这突如其来的眼泪，是因为担忧决定连续两天夜不归宿产生的纠葛，还是想到如此横下一条心的自己而心情激动的结果，无论哪一种，现在再问流泪的缘由也已毫无意义。

久木用手揩拭凛子给泪水打湿的脸颊，而后站在凛子前面脱她的外衣，打开衬衫前襟。

外衣和衬衫掉在闭目站着的凛子脚下。接下去裙子哗然脱落。但凛子宛如偶人一动不动。

昨晚青白的月光从阳台悄然爬上床沿。不过今晚云层较厚，阳台周围也一片漆黑。

很快，凛子只剩下乳罩和三角裤。这时，久木自己也脱了，抱起凛子的裸体直接抱到床上。

床的大小也好弹性也好都一如昨晚。两人雪崩似的躺在上面，更紧更紧地搂抱。就势胸贴胸、腰挨腰、四肢交叉。这时间里，凛子的体温徐徐传给久木。与此同时，一直占据脑海的家里的事、妻子的事、工作的事统统不翼而飞。

此刻，久木如醉如痴地体味和融入凛子身体的温煦。如此时间里，久木产生一种错觉，仿佛自己被缓缓吸入漫无边际的空间。

那是某种孤独感，也是堕落感。

在这里做这种事，势必身败名裂。如此下去，出版社也将抛弃自己，落得无可挽回的下场。这么想着，久木在心田一角嘀咕使不得使不得，而实际上又同堕落的感觉一拍即合，整个身心陶醉在堕落的惬意中。

“危险……”

这两个字眼划过久木的脑际，但未能发出声音。两人再次落入尽情贪欢作乐的花园中。

①二次会：日本习惯，接在晚宴、正餐后面的第二次聚饮。

②与谢野晶子：1878—1942，日本女歌人、诗人。

③和歌：亦称歌、短歌。日本传统诗歌形式，由五句三十一字（音）构成。

④寺山修司：1935—1983，日本剧作家、导演、歌人。

⑤中城富美子：1922—1954，日本女歌人，诗人。

⑥“穿出隧道，就是雪国了”：《雪国》开篇第一句。准确说来是“穿出两县之间长长的隧道，就是雪国了”。

⑦昭和十年：一九三五年。

⑧万叶：《万叶集》，日本第一部和歌总集，大约撰于公元七五六年。

⑨平安朝：亦称平安时代，日本定都平安京（现京都市）时期，公元794—1192。

⑩紫式部：约973—1014，日本古典文学名著《源氏物语》的作者。

短日

たんじつ

进入十二月也一连都是温暖天气。

当然，早晚摄氏五六度还是相当冷的，但白天天朗气清，柔和的阳光在街头流光溢彩。中午外出吃饭的工薪族里边，好像有人步行到千鸟渊和皇居那边，享受晒太阳的快乐。

所谓小阳春，指的正是这样的天气。久木想起《徒然草》[①]中的一节。

“十月小阳春”——从兼好法师这样的表述看来，想必初冬佳日连连在中世就已广为人知。

不过，《徒然草》记载的十月是阴历，相当于如今的十一月初。

尽管如此，小阳春也是蛮可爱的名称。相对于本来的阳春要短暂而虚幻，故而称为小阳春——对于季节怀有怜爱之心，不愧是和自然打成一片的古人。

现代人继承的仅仅是其语言。从当时来看，季节恐怕也多少错位。按理，进入十二月即是公认的“肃杀”季节，然而仍有小阳春持续不断，莫非日本也变得暖和了？

久木一边完全徒然地任凭思绪漫游，一边穿过晴好的正午街面来到约定的咖啡馆。水口吾郎已经先到了，正在等他。

“吃过了？”

“啊，还没有。不过不急。”久木同水口面对面坐下，点了咖啡。

“特意找你出来，抱歉！”

水口比久木大一岁，但同期入社，历经月刊总编等职而成了董事，即所谓同期中的佼佼者，但今天显得有些郁郁寡欢。

“什么事？”久木问。

水口点燃一支烟，狠狠吸了一口说：

“是这么回事，明年开始我去 MALON 社。”

MALON 社是现代书房的分社，位于和总社分开的神田一座大楼。

新社长上任之后，人事开始有种种样样的变动。但水口当董事的时间不长，同现在的社长关系也似乎不坏，所以这是意外变动。

“这、社长直接跟你说的？”

“昨天给叫去社长室，说天野君体弱多病，人手不够，一定要我过去。”

天野是 MALON 社的社长，该比水口大两三岁，但听说有糖尿病，常不上班。

“那么，是当那里的社长？”

“社长大体由天野继续，当副社长。”

“可迟早是社长的吧？”

“那不清楚。就算在那里当了社长，也不过那么回事。”

MALON 社主要出版总社不出的实用书籍，共二十人左右，经营情况似乎不怎么理想。对于将来想经由总社的常务董事坐上专务董事交椅的水口，那个程度的社长想必让他不够称心如意。

“那么，可接受了？”

“也不是有了什么失误，怎么能轻易接受？是吧？”水口焦躁地吸了口烟，“我说请让我想想看。但社长肚子里，好像早就打定了主意。”

“夏去并不秋来。果真？”

“什么呀，那是？”

“啊，《徒然草》‘十月小阳春’里的。说不是夏天完了秋天才来，而是夏日当中就已出现秋天的动向了。”

“果然……”

“自然也好人事也好，看上去好像某一天突然生变，其实背后早就开始动了，只是没觉察到罢了。是这样的吧？”

久木解释的时间里，蓦然想起凛子和自己的事。

两人的关系，假定现在是盛夏，那么在现在这一现实中已经埋下秋季伏笔了。果真如此，往下莫非一路下滑？

水口不知道久木在考虑相恋的女性，愤愤不平地咂了下舌头：

“不过，工薪族这东西真是一文不值。人家一旦心想不要这家伙了，就被扔废纸一样扔掉。”

“也并不是扔掉嘛！即使 MALON 社，换个做法，也可能时来运转。”久木安抚道。

水口断然摇头：

“事到如今，再玩命也可想而知。这一来，你被转到调查室的心情就感同身受了。”

“喂喂，别在莫名其妙的当口儿提起我来哟！”

“既然成了这样子，就和你一起玩好了！”

从入社开始，水口就顺着精英路线一路高歌猛进。作为综合杂志的总编固然有才能，而同时又兼具作为管理者的能力。总之精明强干，口才又好，一刻也安静不下来。想不到这灵活机敏之处，可能反倒让新社长心存芥蒂。

同他相比，久木因为一直在文艺园地耕作，因此总的说来，更多时候是深度介入作品和作者。当然，若说不指望在社里获取地位，那是说谎。但与此同时，沉浸在文艺世界中也并不讨厌。换个说法，久木身上有匠人气质，纵然一辈子当编辑也能心安理得。

“得多少见习见习你的活法了。”水口的说法虽然诚恳实在，但毕竟是精干之人，很难认为他会乖乖退下阵去，“差不多所有人去了子公司都会小心翼翼老老实实，可我做不到。”

水口诚然气势雄壮，不过男人换了岗位，有人干劲倍增，有人元气大伤。

“你还早呢，要好好表现才行！”

“那么，也找个女人什么的表现表现？”

水口或许出于开玩笑，但久木对这种说法颇为抵触。

说到底，水口似乎把恋情视为工作激素或生活染色剂而何乐不为，但对当下的久木而言，那是远为沉重而深刻的东西。

想到同凛子的恋情，久木心中，较之欢愉，有时泛起的更是痛切甚至窒息之感。

“不过你还好，去了调查室也完全没变，照样优哉游哉，反倒像更精神了。”

自不待言，水口没有觉察出久木现在的苦衷。

"这种事可是头一遭啊,除了你无人可聊。"

"最好别想得太严重。"

在被解除部长时久木也相当苦恼,问题是再苦恼也于事无补。往下的活法,取决于在哪里获得契机来调整这种心态。

"还会帮我拿拿主意?"

"当然,如果我可以的话。"

该说的说完了,水口显得多少平静下来。接着又谈了两三件社里的事,然后分手。

久木一个人在附近的荞面馆吃罢午饭回到社里不大工夫,衣川来了电话。

"怎么样,那以后没变化?"

同衣川是在凛子书法晚餐会上见的面,差不多一个月了。

"变化倒也谈不上有。你呢?"

"一如既往,穷忙个没完。"

衣川说的穷忙,大概是指文化中心的经营。他感叹近来讲座数量增加了,而学员却未相应增加。而后突然话锋一转:"对了,你不想换个单位?"

意思一下子没琢磨过来,踌躇之间,衣川介绍说:

"我以前在的地方,往后好像要加强一下出版部门,文艺那块也想扩大扩大。"

衣川以前在的是大报社,无需说,报纸是主体,其他部门属于填空补缺性质。出版也是其一,从一般出版社角度看,人单力薄是无法否认的。

"从今往后,报社只办报社是很难的,出版上面也要动真格的才行。袖珍本系列将来好像也要着手做。"

"不过,现在才起步怕是晚啦!"

“所以想到你——你来应该干得来！”

听衣川的说法，似乎是问他能不能转去他以前在的报社出版局。

同期入社中的一人定下去子公司的时候，有人要自己换单位，真是不可思议的巧合。想着，久木询问：

“怎么对我这样的人……”

“这么往下说可以的？”

衣川似乎为电话直接打来社里这点有所介意。但房间里只有铃木一个同事，给他听见了也没什么麻烦。

“倒也不碍事……”

衣川大约放下心来，进一步详加说明：

“说起来，现在做出版局长的宫田这个人，是高我两年级的学兄。上次见他提起你来，他让我打探一下。”

“事情是求之不得，但过于突然啊！”

“当然不是要你马上回答。就算敲定了，反正也是来年四月的事，不用急。不过局长相当积极，还说如果可能想见见你。”

“一直做出版来着？”

“不，原来在社会部。人非常能干，差不多什么都做得来。”

身处闲职，这样的提议自是值得感谢，但毕竟不是简单的事，很难马上答复。

“倒是好意，不过得让我想想。”

“那是自然。”说罢，衣川忽然压低嗓音，“对了，她怎么样了？”

衣川所说的“她”，肯定是凛子。

“还那样……”

几乎天天和凛子通电话，不过这段时间没怎么见面。

尤其在箱根连住两晚之后，凛子或许不易出门了，见面也是一到九点就急着回家。

凛子只说再忍忍吧，不多解释。想必同丈夫之间有什么冲突。

久木心里正在为此七上八下，衣川不无秘密意味的口吻自然引起他的警觉。

“你是说……”久木主动催促。

衣川停了一会儿说道：

“她不至于离家出走的吧？”

“何苦那么做……”

“啊，倒也没有了不得的情由，实话跟你说，三天前她特意来中心找我。”

久木昨天也和凛子通话来着，类似的事什么也没说。

“一开始好像难以启齿，但仔细听来，是希望让她一直做中心的讲师。”

“可那不是她自己决定的吧？”

凛子本来是作为自己师父的代理只在讲楷书的时候被派来中心当临时讲师的。原来的讲师相当于凛子的老师，所以没有那个人的许可，是很难继续当下去的。

“她的老师说由她替代来着？”

“没那么说过，所以我想是她自作主张。”说到这里，衣川以约略揶揄的口气说，“从她口里你什么也没听到？”

“没有，倒是没有听说……”

“依她的说法，是想真真正正从事书法创作，但也可能缺钱。”

“钱？”

“想持续当讲师，应该是这个意思的吧？”

从表面分析的确是那么回事。但很难认为凛子经济上有困难。况且，若真有困难，也该对自己说才是。

“只为那个？”

“不大清楚。毕竟特意来求我的，我就猜想她打算离家独立。”

完全是晴天霹雳。刚才的刚才久木都根本没料到凛子会离家。不仅如此，就连她想继续到中心工作的想法都没听过。

“那么，中心的工作能继续下去？”

“当然。讲师是我这边聘请的，因此，只要由中心请她一个人，就不至于不能。”

“问题是，不取得大先生的理解，怕不大合适的吧？”

“那方面的情况我也不清不楚。不过，作为她，可是下了狠心的吧？”

“那是什么意思？”

“这么说或许不好，她给我的感觉是：一旦下定决心，就义无反顾，一做到底。”

尽管不情愿由衣川说到这个程度，但凛子确实有一旦认定就穷追不舍的骇人之处。

不管怎样，如此重大事项为什么没对自己说呢？真意让人难以琢磨。沉默之间，衣川以试探的语调问：

“你到底不知道的？”

事到现在向衣川隐瞒也没有用。久木老实承认。

“近来和她处得不顺利？”

“不，那不是的。”

像以前那样出去住一两个晚上固然没有，但一个星期还是见面一两次的。只是，由于凛子时间有限，每次见面都争分夺秒地贪欢片刻，往往来不及品味余韵就分别了。

“你俩之间的事，我无意多嘴多舌……”衣川停顿一下，“如果她横竖都想那样，就依了她也是可以的。只是，我觉得还是要先和你通个气为好。”

“哪里，得谢谢你告诉我。”

“和她好好商量商量！”如此说罢，衣川像忽然想起似的接上一句，“感觉上她好像非常纠结。”

久木听了，不知何故，脑海里一下子闪出凛子冲顶时眉头紧锁、显得苦闷不堪的表情。于是手握听筒闭上眼睛。

和衣川通完电话，久木恨不得马上同凛子联系，但毕竟很难从社里的办公室把电话打过去。

他一边吸烟，一边考虑即将和凛子谈的内容。

首先最想问的，是她为什么想当文化中心的常任讲师。衣川说可能缺钱。果真出于那么单纯的原因不成？衣川还进一步说凛子样子很纠结，没准有离家的可能。

不管怎样，这么要紧的事为什么没先跟自己说呢？

这点务必问个水落石出。可前提还是得见面。

久木翻开手册：随着进入十二月，忘年会、晚会多了，今晚和明天日程也已排满。

但是，只要凛子情况允许，即使晚会缺席，也想见面从她本人嘴里听个究竟。

梳理好自己的心情，久木熄掉烟，拿起手机走出办公室。

打电话的地方照例是通往电梯前面楼梯的转角平台。看好这里一个人也没有之后，按动凛子家号码。

下午两点半。这个时间，只要没事要办，凛子理应在家。

偏低的铃声持续响了两三次。大约响到第五次的时候，传来接电话的声响。以为凛子接起而要回应的一瞬间，传来的是别的语声：

“喂、喂喂……”

刹那间，久木不由自主地从嘴边挪开手机，屏息敛气。

百分之百男人的语声。

“喂、喂喂……”

男人的语声从手机听孔深处再度传来，久木逃离似的切断电话。

凛子没有孩子，只夫妻两人住——那语声莫不是凛子丈夫?

听起来年龄有四十六七，但声音有张力，意外年轻。

问题是，为什么这个时间在家呢?

听说好像是医学部教授。平日白天怎么会在家呢? 不可思议。

说不定是因为什么急事回来的，或者感冒在家休息也不一定。

但听那语声，并不像是感冒。那么到底是家里出什么事了?

总之，从铃响好几次才有男性接起这点来看，凛子或者不在家，或者在家也因为什么不能接电话。

思来想去，久木愈发忐忑不安，种种场景联翩浮上脑海。

说不定两人在家吵起来了?

原因是凛子的外遇? 是近来不在家? 总之在丈夫追问过程中发生口角，最后妻子嘤嘤啜泣，没办法接电话，结果丈夫替她接起。

然而，打电话的关键人物没有回音，一声不响挂断了事。于是丈夫更加生疑，严厉斥责妻子。

正因为早有预感，久木的想像不知不觉朝糟糕方向一发不可遏止。

他无论如何都想联系凛子。但想到她丈夫再次接起，就没了打电话的心绪。

“且慢……”

久木为了让自己镇定下来而这样自言自语。但他没心思直接折回办公室，就去地下职工食堂要了杯咖啡。

午餐时间已过，人影寥寥无几，其中相识的职员向久木轻轻低一下头离去。

看见午后一段时间久木独自怅怅地喝咖啡，他们会不会议论说那个人现在闲来无事？

久木一瞬间冒出这样无聊的念头，但脑袋很快再次给凛子占满。

差不多三十分钟过去了。这回打电话凛子没准接起。假如仍是她丈夫接，一听声即挂断就是。久木这么拿定主意离开食堂，重新潜入楼梯转角平台，按下电话号码。

这回做好随时可以挂断的准备，耳贴手机：和上回同样的呼叫声响个不停。

上回是响到第五次时传来仿佛她丈夫的语声。而现在响过六次也没人接。七次、八次，响到第十次的时候，久木暂且关掉。就那样等了一分钟，然后再次呼叫。这回等到第十次也还是没有回音。

那以后凛子的丈夫出去了，还是凛子也不在家？

久木半是释然半是失望地靠着楼梯墙壁沉思。

凛子究竟去哪里了呢？

老实说，迄今为止，一直以为自己想跟凛子说话时随时都能联系上。

可是转念一想，维系凛子和自己的只是一条电话线。一旦断了，对方情况当即无由得知。例如凛子就这么病了或下落不明了，只要本人不联系，自己就无从查找。

原本以为两人的纽带绝对结实，难道就这样说断就断了？偷情关系就这样不堪一击？

想到这里，久木比以往任何时候都渴望见到凛子，想凛子。

但是，再怎么着急上火，自己也束手无策。再等等吧，等到傍晚或夜间再打电话。若不然，就只好等待对方打来自己的手机。

久木心里空落落地回到办公室，面对已经读开头的资料。

最近，为了编写昭和史，搜集了以昭和初期[2]至昭和十年代的社会风俗为中心的资料。读起来有不少东西妙趣横生。特别是进入昭和十年代之后，随着言论思想受到镇压，类似二·二六事件[3]那样的血腥事件多了起来。与此同时，男女殉情事件也开始增多。

阿部定案件即其一例。当时有个叫石田吉藏的男人在东京中野区经营一家餐馆。被住在餐馆里的女伙计阿部定用腰带勒死，下腹部被剜掉，作为闻所未闻的离奇案件引起社会轰动。

久木所关心的，除了案件内容，更是对这杀人案的判决：检方量刑十年，法院判决六年。又因其服刑期间是模范囚犯而被赦，实际服刑五年就出狱了。

这温情判决的背后原因，似乎是法官没有将此案看作单纯的杀人案，而认定为两人相恋之深造成的性爱极端殉情，或者说是爱到顶点后的歇斯底里。

当时正值二·二六事件过去不久，军部得势，整个日本都走向战争——在这黯淡世相之中，为什么对这种同军国主义了不相干的情痴事件做出宽大处置呢？

现在久木怀有兴趣的就是个中缘由。连同律师的辩护词，当时平民百姓对案件的反应等等也搜集了，准备以不同以往的另一视角逼视昭和那个年代。

久木的意图以种种形式不断膨胀。至于能否完成和何时完成，眼下还无法预测。

总之状况是，阅读资料当中想起凛子，想完凛子再读资料。及至回过神来，已是午后五时，冬天日短，已见暮色上来。

编辑现场的工作时间没有几时至几时的明确规定。如果上班途中采访和取稿什么的，就要偏午时分才到社。而若下班后想校对完毕，通宵达旦加班的时候也是有的。说白了，上班时间有而若无。较之待在社里的时间，工作内容更被看重。

而像久木所在的偏离编辑现场的部门，大多上午十点左右来，下午六点前后回去。

不过今晚有调查室的忘年会，所以下午五点一过，大家就一齐放下工作准备外出。

久木把正在读的资料归纳放回书架，和同事横山一起走出出版社。

地点是新桥的中国风味餐馆。两人从出版社一起上了出租车。随着银座的临近，拥堵越来越厉害。

随着进入十二月街上热闹起来。大小餐馆也都家家顾客盈门。不过这并不意味着景气真正恢复了，而恐怕是因为很多顾客为经济长期停滞感到焦虑，出来吃吃喝喝想忘掉黯淡的去年。

两人比预定时间提前一点点赶到作为会场的中国风味餐馆，走到二楼小房间。其他同事还没到，于是折回楼下门旁的公共电话这里，试着往凛子家打电话。

时近六点，如果去附近购物，应该回来了。

可是，考虑到她丈夫又一次接电话时的情形，就把听筒从嘴边略略拉开。不料只有铃声响个不停，没有接电话的动静，只好在连续响到第十次时暂且挂断。重拨，但还是没有回音。

看来，凛子自不用说，她丈夫也好像没回来。

到底去哪里了呢？不至于两人外出旅行吧？

在公共电话旁伫立思索的时间里,别的同事出现了。于是久木放弃电话,返回忘年会房间。

调查室在形式上属于总务部,要参加总务部的忘年会。但两年前室里开始自行其是。

话虽这么说,但包括当秘书的女性在内,也才五个人——小型忘年会,会费每人八千日元。

室长铃木首先立起。“今年即将一曲终了,诸位辛苦了!”常规性寒暄之后,用这样一句结尾,“来年也请发掘各自的工作,以崭新的心情努力奋斗!”

久木参加这个忘年会是第一次。说起来统称调查室,但因做的事各不相同,所以这个说法也可理解。

随后往每个杯里倒满啤酒,干杯,开始动筷。

起初,话题集中在社内的人事、各部门最近发生的事情等上面。接下去一步步转到私事。也有人就人事上的不公絮叨不止。

不久,随着酒劲儿上头,席间渐渐热闹起来。其中最有人气的,是调查室惟一的女秘书,算不上绝色美人,但性格好,于是话题围绕她展开。

也是因为她三十五岁又离过婚,就问她是否找到新男友了。结果,交谈转到各自喜好的女性。就连平日表情让人难以接近的铃木,谈到这个话题也来劲了,问她:“这里边谁最有女人缘?”

“出难题啊!”女秘书大体环视一圈,“先不说谁最有女人缘,要是说谁像是有那个她,怕是久木吧?”

“噢……”话音刚落,全体惊呼。

“没那回事嘛!”久木慌忙否定。

男人们半是嫉妒半是玩笑地朝其痛处戳来。

铃木首先发难:“有手机就让我觉得奇怪,到底不出所料!”横山接着出手："出门时肯定带着吧？"年纪小些的村松也不示弱："近来总是满面春风，是不是？"

久木拼命否定。而越否定，形势越糟。

不知不觉之间，话题从久木似乎有恋人发展到已有恋人无疑，开始盘问细节。

"我也该见习见习才是啊！"看样子同情恋无缘的铃木喃喃自语。

近来大约有了中意女性的横山打探幽会场所：

"还是去情爱酒店？"

"这年头儿，情爱酒店早已过时。领心爱的女性出去，不是城市酒店怕没面子吧？"

听铃木说得煞有介事，村松反问：

"不过，每次约会都住酒店，会不会是一笔大的开销？"

"只要她高兴，再贵也便宜！"说到这里，铃木目视久木那边，"此人自己有房子，独生女儿已经结婚，太太也好像在瓷器公司当顾问，钱那方面不成问题。"不愧是调查室主任，一切了如指掌。

"和我们这些背房贷的不同，人家宽裕着呢！"

"再喝一家钱包就空了——若是担心这个，怕是玩不尽兴的。"

"要想寻欢作乐，首先得有钱有闲！"

"在座的，时间倒是绰绰有余。"

横山插科打诨，一时热火朝天。

这当口儿，久木发觉手机响了。

跟同伴聚餐时总是关机，但今晚因对凛子放心不下，就开着藏进马甲胸袋里。响确实响了，可是当着大家的面很难接起。

久木慌忙起身，拎起电话响个不停的马甲走出房间。

眼前很快就是楼梯。走到楼梯跟前，终于接起电话。

“喂喂……”

听得语声的一瞬间，久木几乎流泪。或许手机的关系，掺杂着仿佛远处涛声的杂音，但无疑是凛子的语声。

“太好了……”不由得脱口而出，险些同来上菜的女性撞个满怀，久木急忙闪开，“在哪里呢？”

“横滨。”

“等等！”这里离房间近，静不下心，而且通道过窄。久木耳贴手机走下楼梯，站在门前稍大些的空地上，再次呼叫凛子。“喂喂……”

“是我！”

再次传来的语声让久木放下心来，对着手机急切切说道：

“一直在找你。往家里打电话，可你不在。”

“对不起。父亲突然去世了。”

“你父亲？”

“今早有电话来，急忙赶回娘家……”

听凛子说过，娘家在横滨，父亲经营家具进口公司。

“什么病？”

“像是心脏病发作。可昨天还健健康康的，今天一大早突然……”

久木全然不知道发生这么大的事，想像得完全不着边际。

“我什么都不知道……”久木不知如何表示哀悼，一时想不起词来，“要打起精神！”

“谢谢！”

“不过，听着声音还好。”

这也是现在的久木切切实实的感受。尽管意识到在她父亲去世之日这么说有失慎重，但还是说出口来：

“想见你啊！”

今天一整天，先听水口和衣川说东道西，继而受到穷追猛打，甚至听了凛子丈夫的声音。也许因为这个，即使现在同凛子联系上也还是心神不定。

“今天明天都行。”

“那不可能的！”

“那，什么时候？”

“下星期吧……”

今天是星期三，到下星期还有四五天。

“反正见面有事要说。”

“什么事？”

“现在电话里不好说。要在娘家待一段时间吧？”

“明天守灵，后天葬礼，结束之前肯定留在这里。我再和你联系。”

“等一下！”久木生怕凛子跑掉似的握紧手机。

“你那里的电话号码，能告诉我可好？”

“什么意思？”

“说不定有急事联系。”

凛子只好告以电话号码。久木写在手册上，然后若无其事地问：

“现在夫君也在那里？”

被忽然问起丈夫，似乎困窘的凛子停了停回答：

“那是的……”

“他也一起住下？”

“不，那个人回去。”

凛子语声干脆，使得久木多少放下心来，关上电话。

得知凛子反正平安无事，久木舒了口气。但这回凛子丈夫的事随之挂上心头。今天下午往凛子家打电话时接起的，肯定是她丈夫无疑。莫非听得急事而从学校返回正在换丧服，而后两人直接赶去凛子娘家？估计现在正和许多亲戚见面寒暄。身穿丧服的凛子想像起来都足够美丽，其旁边并立着同样身穿黑色丧服的眉清目秀的丈夫——想必会被说是正相般配的夫妻。

如此想着，久木再次意识到夫妻这种关系的确定性。

倘是正式夫妻，两人哪里都能够去，谁都能见。

然而，属于外遇或情人关系的男女，别说公开场合，即使私人性质的活动也很难参加。

以前，久木听一个处于情妇立场的女性叹道，一次也没和他去过公众场合。而察觉到时，久木和凛子目前也是同一处境。无论多么相爱，那也是偷偷摸摸的事，不可能两人一起出现在公众场合。

久木到现在才意识到处于非婚姻关系的男女的不确定性。不过在此抱怨也无济于事。

他像要调节心情似的把手机揣了起来，折回忘年会房间。

“和她联系上了，祝贺祝贺！”横山戏弄道。

久木再次否认：

“不是那么回事。是家里有点儿事……”

“不过，那抄起电话飞奔出去的背影，可是兴冲冲的哟！”

到了这个地步，争辩也没用。久木决意成为大家的下酒菜，一口喝光杯里新倒的绍兴酒。

忘年会收盘已经快九点了。接下去，铃木、横山和女秘书去卡拉 OK，久木唱歌不擅长，就和村松去银座一家酒吧。说是酒吧，其实只有个长条吧台，十个人就能坐满。

在这里两人都点了对水威士忌。起始谈的是工作上的事，谈着谈着，村松陡然想起似的问：

"对了，你现在果真有喜欢的人？"

因为问得太认真了，久木就老实点头。村松又问：

"跟对方当然要发生关系的了？"

"现在再说是柏拉图式恋爱，那也够滑稽的吧？"

"其实我也有个相处的女性，但近来那方面招架不住了。想必还是年龄的关系。你怎么样？"

这个问得再认真也很难回答 yes。村松大概也是因为借着酒意，继续追问：

"每次发生关系都顺利吗？"

"哪里，不能说每次。"

"我也想克制的，可是很难。因为是你，才直言相告：最近就算两人在一起了，也没有过去那种一捅到底的感觉。"

问的事固然相当露骨，但问法真诚，不让人生厌。

"不过，那东西并不是只要深就行。"

"真是那样的？"

"稍稍靠前一点也好像有敏感的地方……"

"我也那么想来着，但怎么都不能一拍即合。往女性腰下垫枕头也可以的吧？"

"那也行。或者侧身也可能容易些。"

自己并非是足以指教别人的老手，只是如实告以感觉。村松点头道：

"看来，我们是看成人片上只顾大举进攻的镜头看过头了。"

"相比之下，还是要有喜欢的心情才行。"

村松似有所悟，乖乖点头。

看来,男人们好像还是在为性而各自苦恼和思索不止。

久木突然对村松感到亲切起来,一再要威士忌,喝到十一点多才告别,往车站走去。

但是,或许因为好久没有这么深入地谈性了,一个人走路的时间里,想见凛子想得不得了。

依刚才凛子的说法,似乎一个星期都不能见面。等的时间过长。尽管心里认为在她父亲去世之日敲定约会日程实在有欠考虑,但还是想再听一次凛子的语声。

犹豫之间,久木看到路旁电话亭,就像被吸过去似的走了进去,按动刚才听得的横滨凛子娘家的号码。

这种事只能趁着醉意来做。

他一边这么说服自己,一边把听筒贴在耳朵上。一个年长的声音当即传来。

久木自报姓名,以恭谨的语气问:“松原凛子女士在吗?”对方可能以为自己是吊唁的客人,爽快应道:“这就去叫来。”少顷,凛子接起:

“喂喂……”

听得语声,久木顿时胸口发热。

“是我,听出来了?”

“你怎么好这样?”

看来,凛子对久木这么晚把电话打到娘家感到困惑不解。

“后来喝酒来着,喝着喝着,就特想见你,所以,尽管明知不合适……”久木在此一咬牙说道,“往下不能见面吗?”

“胡说,今天父亲……”

胡说这点,久木心知肚明。

“那么,明天?”

“明天守灵……”

“那之后也可以的，不能出来一下？如果可以，在横滨的酒店等你。”

凛子默然。久木得寸进尺：

“明天夜里再从酒店联系。一个小时或半个小时都没关系。”

为什么现在提这么自私的要求呢？久木自己也莫名其妙地对着听筒苦苦相求。

忘年会第二天，久木比往常晚到社里一个小时，但脑袋还是昏昏沉沉。

昨天忘年会后同村松两人单独喝的时候，并没有怎么喝醉。原因在于后来剩自己一个人时往凛子家打电话央求她见面来着——哪怕见一眼也好。

对于因父亲遽然去世而沉浸在悲痛之中的凛子，为什么会说那种胡话？自己都难以置信。果真是凛子同丈夫一起在娘家一事引起来的不成？后来自己又一个人到处喝，回到家半夜一点都过了。

毕竟这把年纪了，喝到后半夜一点，翌日工作难免吃不消。

久木一边反省，一边庆幸身在闲职。

不管怎样，久木在桌前坐下，眼睛刚落在资料上就停下来喝茶，而后又忽然想起似的面对桌子，不到二三十分钟又想休息。如此半工作半休息状态持续到傍晚，脑袋才好不容易清醒过来，涌起出动的气力。

虽然昨晚凛子没有明确可以见面，但既然自己表示要去横滨，那么就必须守约。

久木在出版社附近一家小餐馆吃罢简单的晚饭，去东京站赶往横滨。

住哪家酒店还没定，反正住容易找的地方就是。

左思右想，最后决定入住吃过一次饭的位于“海港未来”的高层酒店。

起初打算在酒吧间等待。转念一想，守灵结束怕要很晚，再说也想休息一下，就干脆开了房间。

被领进的是六十四层临海一侧，夜景在眼下铺陈开去，灯光相连的跨海大桥尽收眼底。

从这里到山手的凛子娘家，应该不会太远。

久木站在窗前，一边眼望几乎像要沸腾的灯光漩涡，一边想像自己拥抱从守灵席间溜出的凛子的情景。

凛子娘家守夜何时结束固然不晓得，不过更让他担忧的是凛子丈夫回家时间。

理所当然，丈夫不回去，凛子是出不了门的。

十点，久木一度拿起听筒。但一想为时尚早，就又放下。等到十一点，再次拿起听筒，按下凛子娘家号码。

守灵之夜呼人妻！

对做这种不道德的事，久木的确有负罪意识。但另一方面，又对自己的这种不道德行为不无陶醉之感。

应声接起的是男子，但不像是凛子丈夫的语声。

久木用比昨晚稳重的语气请其找来凛子。男子叮问：“是找府上千金吧？”

如此听来，莫不是在凛子父亲公司工作的人？正想着，凛子很快接起。

“是我啊，在横滨一家酒店。”

“真来了？”

“昨晚说来的嘛！在海港未来的酒店。”久木道出房间号，再次央求，“不能马上来吗？”

“怎么好那么急……”

“守灵结束了吧？他呢？”

“回去不大会儿。”

“那，不能来的？从那里来，应该没有多远。”

凛子若是不肯来，为什么开的房间就莫名其妙了。

“求你了，有事无论如何要说……”久木进一步苦求。

“也罢，就过去一下。不过，只是见一见的哟！”凛子回答。

“那是那是。”

凛子果真身穿丧服来，还是换穿别的衣服呢？不管怎样，见了都不能白白放回去。

久木坐在沙发上，边看电视边等凛子。

从位于横滨山手的凛子娘家到酒店，搭车十五六分钟即可赶到。当然要做做准备，所以一个小时怕是需要的。久木边想边把目光投向电视，但还是六神无主。就从微型酒吧里拿出白兰地，一口酒一口水交相喝着。快十二点时，夜间大型综合节目接近尾声。其他频道预告来年开始的新节目。

久木关掉电视，站在窗前观看夜景。今年完完全全是始于凛子终于凛子的一年！

回顾起来，春天同凛子结为一体，自那以来就好像正电与负电相互较量，或像饿虎扑食一般贪得无厌，一起燃烧，欲罢不能。

这一年正可谓久木一生中最为激情澎湃的一年，甚至觉得远远忘却的青春忽一下子卷土重来。

他又斟了一杯白兰地，从超过六十层的高度俯视夜幕下的街景。醉意愈发袭来,每一个闪烁的光点看上去都好像围着凛子旋转不休。

毫无疑问,凛子此刻正在高楼大厦之间穿行,驶过一闪一闪的红绿灯,走过酒店前台,正乘电梯急急上来。

久木这么坚信着期待着。就在额头贴在窗扇厚玻璃的一瞬间,门铃响了。

久木被弹出似的一跃而起,拉开门锁开门,同时欢呼:

"噢——"

眼前站着的,正是凛子!黑纺绸丧服扎着黑腰带,单手拿着上街的风衣,头发在脑后挽起,发下的细颈用纯白衣领紧紧围着。

"可算来了……"

久木不由自主地握住凛子的手,领进房间,再次低声说道:

"真的来了!"

久木张开双臂就势紧紧搂在怀里。凛子迎面跌倒一样伏在久木胸口。

此刻,凛子的父亲去世也好,正是守灵之夜也好,身着丧服也好,久木统统忘了,只顾贪婪地吮吸凛子嘴唇。

结束长长的接吻离开身体后,久木再次看着凛子的丧服出神:

"正相合适。"

"瞧你说的……"

说正适合穿悲伤时穿的衣服,或许说过分了。

"以为不能来了。"

"是你命令马上来的吧?"

凛子双手仍轻轻背在腰带后面,走到窗前,俯视夜间街景。

"这家酒店,头一次?"

"进房间是头一次。"

久木也同身穿丧服的凛子一起并立在窗前。

“一边看着灯火一边等你来着。”

久木想起刚才自己的样子，拉起凛子的手。

想必是在初冬深夜街头跑来的关系，凛子的手凉凉的。久木捂着她的手问：

“夫君、回去了？”

“回去了。”凛子的语气，像说别人似的冷漠。

“直到刚才还有点儿嫉妒来着。”

“何必……”

“毕竟夫妻，那是没有办法的事。可守灵时和葬礼上两人并立着一起跟那么多人寒暄，说不定给人说是美满夫妻——我这么想来想去。”

“所以很难受的。”

“难受？”

“因是夫妻，所以逃不掉的吧？刚才伯母还问‘你俩处得可好？’伯父淡淡地问‘孩子不再要了？’……”

“那是多管闲事吧！”

“知道我们关系不大融洽，都很担心的。”

“那么，万一知道你来这里，那可不得了！”

“那就不仅仅是不得了！”

从微微带有香火味的凛子肩头上方，可以望见夜晚街上的灯光。久木一瞬间产生一种置身于童话国度的错觉，要拉凛子上床。

“使不得！”

凛子当即摇头，双手掰开久木的胳膊。

“什么也不做，只是躺一下。”

“那一来，头发就变形了！”

久木再次拉住想要收回的凛子的手，在床沿坐下。

“那么，就一起坐在这里，只坐着就是。”

被抓住手腕的凛子无奈地坐下，手摸开始变形的头发。

“还是不能不回去？”

“当然回去！不是说好三十分钟的吗？”

从所坐床沿位置也能望见大海前方铺展的夜幕下的灯火。久木一边望着一边想起似的说：

“昨天衣川打来电话，说你去求他，你想当文化中心的常任讲师。”

“到底说来着？”凛子点头。似已有所预料。

“和衣川说之前为什么不对我说？”

“因为不想让你担心……”

“可是，能撇开你的老师去中心当常任吗？”

“如果那里肯聘，由我跟老师说去。”

“衣川还说你可能打算离开家。”

“如果能离开，想离开。”

凛子以不无严峻的表情凝视夜窗的某一点。

久木看着凛子的侧脸，右手放在凛子膝头。

“我也离开？”

“你不勉强也可以的。”

“不……”

“你做不到。”

“不至于。”

加重语气的同时，久木右手一把分开丧服裙裾，触摸白色长内衫。

凛子马上拨他的手，但久木不理会，让右手挤进双膝之间。

“真打算工作？”久木问道，嘴同手的动作无关，“那也是为了离家？”

“没有收入，一个人是活不下去的吧？”

“不让你那么辛苦。”

说着，久木的手往深处逼近。凛子似乎被吓慌了，赶紧并拢双膝。

想排除的力量同要入侵的力量像打交手一样相互纠缠不下。未几，排除的力量跟不上了，久木的指尖一下子触及凛子大腿根。

“就这样别动……”

此刻的久木，只确认凛子的体温即可。

看上去两人是并坐在床边观看窗外夜景，但细看之下，女人和服的前面已经裂开，男人的手指悄悄潜入丧服下闪出的内衫之间。

女人已经察觉一切，知道男人的手想干什么、寻求什么。明知现在这种场合这是太不道德和不可饶恕的淫乱行为，但看在对方战战兢兢却又不屈不挠的执著追求上面而默许了。

早已觉察到女方宽容的男人，任凭指尖在被允许的大腿空间里来来往往，而表面则装出若无其事的样子。

这一系列动作，分明是男人的战术、巧妙的圈套。女方尽管知道不可让他得逞，然而身体正缓慢而确确实实地湿润下去。

毫无疑问，女方的身体同她的心分离开来，开始自行其是。

这么着，男人的手像突然脱箍一样向前伸去，指尖触及柔软壁褶拥裹中的女人私处。

“啊……”女方低吟一声，身穿丧服的上半身弯了下去。

可是，一度触及的手指不可能撤离那般心爱的隐秘地带。

手指乘势进击，由起初的迟疑不决转而以无从想像的放肆全面遮蔽花园。下一瞬间，中指尖稳稳按住小巧而敏锐的花蕾。

久木不焦不躁稳扎稳打，凛子私处因之变得柔润起来。

如此这般，两人仿佛执行最高命令一齐脸朝正面窗口，目视前方。男人的指尖精确擒住女方的花蕾，在那上面柔柔地画着弧线，一再爱抚。

女方的花园已近乎过度地涌满爱液，手指更加进退自如，开始由花蕾转向柔唇、进而分开柔唇进入内侧，却又转念退出。

如此似进非进、似退非退随波逐流一般往来反复的时间里，女方大约不堪忍受了，随着一声嗫嚅，从上面按住男人的手：

"别别……"

男人的手指仍恋恋不舍地蠕动着，但很快死心塌地似的静止下来，转而像讨价还价一样对女方耳语：

"想要……"

女方没有回应。

男人再次耳语：

"一小会儿就行。"

听到这里，女方仿佛这才意识到事情的非同小可，慌忙摇头：

"不行，这种时候！"

"马上就完。"

"不行，得回去了。"女方不从。

男人轻描淡写地宣布：

"转过身去可好？"

女方似乎一下子不解其意。

久木对怔怔歪着脖子的凛子再次低语：

"转过身撩起裙裾，头发也不会变形。"

"不行不行……"

女方终于明白了男方意图，想要挣扎逃脱。男人抓住不放，像下达最后通牒似的命令：

“乖乖转过身去！”

其实久木并未策划到这个地步。

以前就听说过这种结合方式，也盼望体验一次，但因觉得勉强而作罢。换个说法，久木只是梦中空想，根本没以为会梦想成真。

那种梦想形态，此刻就在眼前展开。

身穿丧服的凛子双手拄床，低头弓腰。从前面看，就像趴在床上；绕到后面看，则双腿仍站着，仅膝部弯曲挨着床沿。

此即所谓四肢着地姿势，且和服下摆被大大撩到腰带上面。即使在淡淡的灯光中，和服的黑与内衫的白也形成鲜明对照。而这双重衣着的里面，探出白花花圆滚滚的双丘。

把一再反抗和拒绝的凛子连哄带骗逼到这个地步，久木大大屏住一口气。

这异乎寻常的妖艳场景，比作什么好呢？

大凡男人，谁都要梦见这壮观的色情画幅，想把女人身上那漂亮的和服从下端一把掀起。正因为这是每一个男人都怀有的阴暗、邪恶、残暴的愿望，所以女方极少被直言相告。此乃仅在男人或雄性之间作为传说性美妙代代言传的体位。

但是，这一色情姿态有时是必要的。

例如，得宠的艺伎们身穿黑色家徽和服头梳高岛田式发髻在一家家宴会厅表演时，很想利用短暂的间歇时间同相爱之人结合。对于争分夺秒且在保持形象不变的情况下做爱的需求，这是再合适不过的体位。

利用守灵之夜的短暂时间而又不弄乱衣着实现两人结合，只有采用这一形式。

此刻，为了接受久木，凛子化为美丽的孔雀展翅欲飞。

尽管觉得羞愧有抵触感，但不知不觉之间，凛子开始对不得不摆出的淫秽体位感到亢奋和燃烧起来。

理所当然，作为背景，不能否认在逐渐给予刺激而使之兴奋的同时一再重复的久木的赞美和动人台词产生了效果。

“厉害、漂亮、太好了……”男人的语声半是干渴半是沙哑，始终赞不绝口。

男也罢女也好，都对即将有鲜乎其类的粗野和淫靡从这壮观的美妙中产生出来这点心知肚明，甘愿堕入这淫猥世界。

男人再度以少年般的眼神注视被撩起的和服下面那白皙优雅的臀部，触摸其温馨滑润的肌肤，迫不及待地一举插了进去。

女方顿时近乎悲鸣地“啊”一声，身体随之前倾。男人迅速用双手扶住臀部，女方腰肢的位置在此稳定下来。

此时此刻，两人分明以野兽形式交合在一起。

不过，这很难认为是人之所为的煽情猥琐的形式，也正是男女们从人类生息于世之前即仍是动物时期继承下来的原始而又最为自然、最能诱发快感的体位。

一旦返回原来的野性形态，困窘也好羞赧也好惊悸也好，尽皆荡然无存。

知性、教养、道德、伦理——这些自人类出现在世界以来如残渣一般渗入全身的所有伪饰，统统抛弃一空，两人因此彻底化为雄性和雌性而痛苦挣扎，最后随着细若游丝般的咆哮而同归于尽。

旋即，交媾的雄性与雌性如同死尸相互重合着纹丝不动。

目睹这无限的静寂，不难看出那极尽所爱的终点飘浮着死的阴影。

两人久久沉入死的深渊。而后，男方从倦怠中欠起身体。与此同时，女方从快乐的漩涡缓缓睁眼醒来。

不过，较之泻出后迅速醒来的男方，女方仍沉浸在不绝如缕的余韵中迟迟不醒，以淫荡的姿态伏在床上一动不动。

凛子这时才似乎意识到自己所犯错误的严重性。

这点从她进入浴室后全然没有出来的动静即可得知。

五分钟过去，十分钟过去了，十几分钟过去后，门无声地开了，凛子终于现身。

想必深深懊悔不已的缘故，凛子双眼下视，脸色发青。但和服的领口和腰带都已整理妥当，头发也不显得零乱。

无论在谁眼里，她都只能是正在服丧的谦恭谨慎的人妻。

久木亦为其僵硬的表情所吸引。但见凛子默默走到沙发跟前，把叠放在沙发上的外出风衣拿在手上。

沉默之间，久木察觉凛子像要直接回去，慌忙问道：

“这就回去？”

凛子语声低得几乎无法听清。根据其似乎微微点头的动作，知她要回去。

由于自己强行诱使，对方深深陷入懊悔之中。这种情况下应如何打招呼，久木也不知晓。

两人就那样在门前相对。久木略略低头：

“对不起……”

变成野兽的男人现在返而为人，为自己做的寡廉鲜耻之事惊得目瞪口呆。

“是我不好，可我……”

久木吸了口气，继续道，“可我想要。”

久木坦言自己的心情，不说谎，不矫饰。

凛子缓缓摇头，语言斩钉截铁：“不好的是我！”

“那不是的。”

“这样的夜里做这种事，要受天谴。”

“如果那样……”久木再次搂住一身丧服的凛子，低声说道，“如有天谴，一起承受。”

任何爱，仅一个人都是无以成立的。既然如此，女人犯的罪孽也是男人的罪孽。

然而，凛子仿佛没有听见这甜言蜜语，自律似的重新整理好领口，以仍然苍白的面容打开门。

久木再次寻求甜美接吻的瞬间，但凛子一概拒绝似的走进走廊，头也不回地离去。

凛子的背影在酒店走廊里径自越走越远，很快消失在通往电梯的拐角。

久木一一看在眼里，然后关上门，折回床仰面躺倒。

刚才离去时，凛子一次也没回头——意思会不会是对于再不愿意想起的无耻行径的诀别？

久木边想边伸出手去。不料有个短铁丝样的东西碰到指尖。

奇怪！拿起一看，原来是固定凛子头发的发夹。

刚才凛子双手拄床接受久木——莫不是那时头的位置在这里来着？

久木回想那活生生的场景。房间在黯淡的夜色中一片岑寂，惟独掉在床上的发夹留下淫乱行为的余味。

久木一只手拿着那个发夹，推想离去的凛子。

凛子可能差不多到家了。她将向大家如何解释呢？

在酒店房间将近一个小时，加上路上往返，应该有一个半小时左右吧？想必她要说那时间去哪里做了什么。

衣着发式不乱，不至于被觉察出来。但女性当中说不定有人觉得蹊跷。

但不管怎样，不会有人想像她在守灵之夜以那种姿态做爱。

相比之下，问题更是凛子的态度。

据说为负罪意识而战栗的人会自然有所表现。所以，如果凛子战战兢兢，那么就会受到怀疑。但愿她镇定自若。可是想到她出门时僵硬苍白的表情，久木当即不安起来。

“不碍事的吧……”

惦念之间，再次油然涌起对凛子的怜爱，情不自禁地吻着手里的发夹。

①《徒然草》：日本古典文学名著，随笔集，成书于1331年，作者为吉田兼好，号兼好法师。

②昭和初期：一九二六年为昭和元年。

③二·二六事件：一九三六年二月二十六日，由旧日本陆军皇道派青年军官发动的未遂政变。

初会

しょかい

从除夕到正月[1]初二，久木少见地一直待在家里。

话虽这么说，但并不是同妻子两人度过的。所幸，独生女知佳和她的丈夫从年底就一起来了，交谈也很快意，正月过得还算热闹。

但初二女儿女婿回去后，家中顿时一片安静。

虽说夫妻间的交谈随着年龄的增长而越来越少，可是这安静意味着什么呢？

当然，若久木主动对妻子说话，情况或可好转，但现在的久木没有相应的心绪。自不待言，妻子也对此有所察觉，没什么心思拉近距离。

尽管如此，但初三下午久木还是和妻子出门进行初次拜神。

不过这也仅仅是出于年初的习惯罢了。

神社位于从自己家开车需十分钟左右的住宅地段的一角，来参拜的好像仅限于住在附近的居民。

久木和妻子并立一处，但祈祷的内容未必相同。

久木首先祈祷今年一年能平安健康地度过，然后祈祷同凛子的关系日益加深、地久天长。

在身旁合掌的妻子在祈祷什么呢？祈祷自身健康自不消说，往下祈祷的，是眼下做的工作一帆风顺，还是期待外孙出生呢？抑或怀有久木所不知晓的秘密不成？

接下去抽的签，妻子是大吉，久木是小吉。

妻子为抽得久违的大吉面带微笑。久木对小吉倒也没怎么介意。

反正感觉上是尽了对妻子的情分。回到家，准备再次出门。

“去一下常务董事那里。”

换上新西装，告知去上司那里拜年。但实际另有目的。

约定今天傍晚六点在横滨一家酒店见凛子——新年初次见面。

年底失去父亲的凛子，正月应当在横滨娘家过。娘家那边，似乎已由她的哥哥继承户主。但剩得一人的母亲看上去够孤单的，所以凛子过去。

在电话听得的一瞬间，久木想起凛子的丈夫。但凛子主动告知“当然就我一人”。

如此看来，凛子的丈夫回自己父母家去了？不管怎样，得知两人没在一起，久木心情多少轻松起来。

不过，对于久木正月尽早相见的约请，凛子则未轻易应允。

起初以“没时间”“忙”为理由推脱。而真正的缘由似乎是去年年底守灵时强要一事让她耿耿于怀。

“那次是我不好。”

久木再三道歉，总算得以约定初三夜晚在上次去过的“海港未来”的酒店大厅见面。

尽管如此，久木还是放心不下，本想初一再确认一次。不过她既然回应“知道了”，那么不可能不来。久木这么对自己说着，去常务董事家拜年也适可而止地告辞出来，在约定的六点之前赶到横滨的酒店。

毕竟时值正月，酒店大厅着一身和服的女性显而易见，洋溢着华丽喜庆的氛围。但终究正月已是第三天了，差不多要往回走的一家老小也好像有的。

新来的人和要回去的人交织在一起，大厅一片嘈杂。久木坐在靠边的沙发上，半看不看地看着入口。

快六点了，约好六点见面。

凛子将以怎样的打扮出现呢？

久木心神不定地把目光再次投往入口时，不断转动的旋转门外闪出一个穿和服的女子。

久木不由得立起。一看，凛子穿过旋转门走上前来。

今天的凛子身着白地和服，扎红豆色腰带，手上拿着毛皮披肩。随着脚步走近，得以看清和服胸部到裙摆之间点缀着梅花梅枝。

久木跑前几步：“新年好！”凛子也轻轻点头：“新年好！”

“和服，真是漂亮！”

凛子难为情似的伏下眼睛。去年年底守灵夜面色苍白离去时的憔悴已不复见。

“去上面吃饭吧！”

由于对横滨不太熟，久木一开始就在酒店餐厅预约了座位。

直接上到最顶层，在靠窗席位相对坐下。

仍是新年期间，全家出动的客人很多。但久木对周围的眼睛几乎不以为意。凛子也没有在乎的表现——两人或许早已习惯了，或者莫如说胆子大了。

久木自己选了菜式，用雪利干杯。之后重新同凛子面对面坐下。

“以为你可能不来呢！”

“为什么？”

“啊，总觉得……”

久木对守灵夜勉为其难那次难以释怀。但既然凛子这么问了，便再也无需担心。

“新年在娘家了？”

“守护妈妈了。”

这样，过年时凛子和丈夫两相分开似已无可怀疑。

“多少安顿下来了？”

“家那边倒还可以，只是母亲好像还有些寂寞。”

毕竟突然离世，凛子的母亲大概更难接受。

“那么，往下一直待在娘家？”

“我倒是没什么……”凛子轻松回答这个微妙的问题。

菜最先上来的是蒸牡蛎。多少带一点香槟味儿。

久木在常务董事家几乎没吃，重新举白葡萄酒干杯。

“那以来一年了。”

去年正月久木认识的凛子，但那时关系还不深。

以在文化中心见面为契机，偶尔见面吃饭，仅此而已。

由此看来，一年来两人的关系变化实在太大了。至少去年正月根本没想到会和凛子这么亲密。

“虽说同是一年，但一年各种各样。”

有留下鲜明记忆的一年，也有记不清做了什么而只是长了一岁的一年。在这点上，去年应是久木一生中最难忘的一年。

“等再暖和暖和，再去一次热海？”

去年和凛子结合，是去热海看海之后。

以前就想去看，偶尔问了凛子，结果凛子同意了，两人就尽兴欣赏了早春的梅花。之后返回东京，吃完饭在酒吧喝酒的时间里，不情愿放凛子回去，直接把她带到酒店。

不知是因为两人已单独见了几次，还是鸡尾酒醉意上头的关系，凛子尽管也有反抗表示，但还是接受了久木。

久木一面回忆当时凛子娇滴滴的样子，一面再次端详凛子。

“这和服，正合适！”

从左胸到腰带，梅花飞红点翠。比之樱花的盛开怒放，梅花的不事张扬而毅然凛然的气质，同凛子可谓相得益彰。

“去年年底做的，打算今年过年穿。”

看完梅花两人结为一体。以梅花和服前来赴约这点，尤其能撩拨年初男人的心。

凛子用汤匙慢慢啜着新上来的蔬菜蒜泥汤。端然正坐而臂肘约略外扩的喝汤姿势，真是有型有样，优美动人。

久木出神地看了一会儿，嘀咕道：

“感觉上，梅花比樱花适合你。”

“何以见得？”凛子停住拿汤匙的手。

“樱花固然好看，但过于华丽，煞有介事。相比之下，梅花安静内敛，没有强加于人的意味。”

“太老土？”

“不不，是有品位，超凡脱俗。”

“说起花来，过去是指梅花的吧？”

“奈良时期[2]之前，的确是指梅花。而进入平安时期以后，樱花开始大受追捧。可梅花不但可以赏花，枝也值得欣赏。”

凛子点头。眼睛移向和服下摆：

“这下面有立枝。只有枝，没花。”

“用画师的话说，‘樱画花，梅画枝’——最耐看的到底是凛然不屈的枝形。”说到这里，久木想起一首俳句来，“咏梅的，有一首俳句[3]很好。石田波乡[4]的：‘端正哟，雪中一枝梅，仰卧的死者。’”说罢，意识到凛子父亲刚刚去世，“不是说梅花像死者，而是说梅花有一种清冽或者庄严感，是吧？在这方面，樱花脆弱，感情用事。而梅花静谧，坚贞不屈——这样的氛围，甚至让人联想一个人的人生形态。”

“感觉能明白。”

“可是够奇异的。”

“怎么，发生什么了？”

“不，只是想起点儿什么……”

一瞬间闪出久木脑海的，是凛子迷乱的姿影。那是梅还是樱？若是梅，说不定近似上下剧颤的枝条。

久木像要赶走脑海倏然掠过的妖冶意象，开始用刀切开作为主菜的烤鸭，边切边问：

“怎么样，今年初次参拜？”

“服丧期间，没去。你呢？”凛子反问。

久木没说是和妻子一起去的。

“去了。签是小吉。”

“去年也是的吧？”

“记得够清楚的。”

一年前的正月，久木和凛子单独去了赤坂的日枝神社。因是正月初十，作为初次参拜有些过迟了。但一起在神前合掌、抽签，使得两人骤然增加了亲昵感也是事实。

“那，今年再不去了？”

“去倒是想去，但还是免了为好，我想。”

久木点了下头。然后若无其事地问：“夫君呢？”

“他不去。”

听凛子说得这么果断，久木停下拿刀的手。“同是服丧期间，但就翁婿来说，并不那么严格的吧？”

“不是因为这个。是因为那个人从不做无用功。”

“无用？”

“初次参拜啦抽签啦什么的，他认为纯属无聊。”

“毕竟是科学工作者……”

“想必。”

凛子的说法似乎颇不以为然。于是久木转换话题：

“横滨待到什么时候？”

“明天回去。”

“那么快……”久木本以为还待两三天，“夫君工作的大学还在放假吧？”

凛子微微摇头，以明快的声音说：

“可猫在等着我。”

凛子确实养了一只猫，像是喜马拉雅猫。不过听得回家是为了猫，久木又不明白起来：

“那么说，夫君也不在家？”

“初一好像回老家，初二大概在家。”

“那么一个人……”

“他那个人，不在自己书房里就心里发慌。在那里被书围着才幸福。”

“学者嘛！”

凛子没有应声。久木喝了口葡萄酒说：

“不过，夫君在家，猫不是不要紧的吗？”

“哪里，他对活物什么的概无兴致。”

“不是医生吗？”

“所以才不搭理猫什么的。去年莎莎尿不出尿，还去了一次医院呢！”

莎莎似乎是猫的爱称。

“结果他说，去医院也没什么用。还不是随便应付一下，治等于没治？赶快放掉算了！可领去医院看了看，多少还是好了些。这回他又说医疗费贵。”

“的确，可能因为猫狗没有保险，倒是特别贵。”久木表示认同。

凛子蹙起眉头说：

“可猫也痛苦的嘛！放掉不怪可怜的？”

“当然，猫也是家庭一员。”

“交给那个人照看，过几天没准拿去做动物实验。”

“何至于……”

“反正和我不是一个世界的人。”

专门上酒的服务生走来，给凛子和久木的杯子斟葡萄酒。

看酒斟满后将视线投向窗外：下面彻头彻尾是灯光的漩涡。每盏灯光的下面都住着人，都有一对男女在呼吸——想到这点，久木觉得颇有些费解和怵然。

理所当然，其中既有亲亲密密的伴侣，又有别别扭扭的组合。

凛子和丈夫大概就是其中别别扭扭的一对。

如此眼望灯光的时间里，有什么在久木心中渐渐清晰起来。

直截了当地说，凛子为什么和自己这样的人要好起来了呢？久木到现在仍有些不好明白。对丈夫多少有些厌了，想作为人妻寻求轻度刺激——莫不是出于这种心情出轨的？久木甚至这么推想。

然而，听现在的凛子的述说，似乎并非出于那种消闲解闷和轻薄浮躁的心情。虽然仅仅听了三言两语，但也还是得知凛子的丈夫似乎是个将年初拜神抽签之类活动一口斥之为无用的人。始终冷静、清醒，对猫狗一类宠物态度冷漠、毫无兴致，不想为理解爱猫的凛子付出努力。

这些，仅就听凛子所说而言，难免觉得鸡毛蒜皮不值一提，但对于当事者来说，则是相当沉重的。总之，那不是能用道理和逻辑所能了结的事。或者莫如说，毕竟事关感性和价值观，因此很难沟通，也不大可能轻易妥协。

据说凛子的丈夫一表人才，出类拔萃，年纪轻轻就当上了教授。但其潜在的性格和感觉方面，或许有同凛子合不来的地方。

果真如此，情况就可能是：对丈夫的不满或违和感，使得凛子的心情外求，以致出现向自己亲近的结果。

久木边看夜景边想之间，凛子也把身体轻靠窗边观望夜景。

久木忽然觉得刚才所思所想被凛子看穿了，遂从窗外收回视线。凛子也紧跟着收回。

“事情多种多样。”久木像总结刚才的交谈似的说了一句。

凛子微微点头：

“对不起，乱说一气……”

“哪里，知道了好。”

倒不是幸灾乐祸，但老实说，久木听得刚才的话，有的地方让他多少放心下来。

“反正，今天还是正月。”久木似要转换话题，举起葡萄酒杯跟凛子轻轻碰杯，“但愿今年好运！”

说罢再次碰杯。而后久木以郑重的语气问：

“今年将是怎样的一年呢？”

“我们？”

“今年想多见面，多一起旅行。”

凛子点了下头，仿佛说那是当然。久木见了，又说：

“想更长时间在一起。”说到这里，久木叮问，“真能做到？”

“能的。”答毕，凛子像是马上转意似的问，“可是，长此以往，会怎么样呢？”

“怎么样？”

“我们……”

坦率，尖锐，问得久木即刻语塞。不，若是适可而止的回答，并不至于语塞。问题是，对于现在的凛子，那种模棱两可的回答怕是行不通的。

男人要求更频繁、更长时间见面，女方答应下来，双方海誓山盟——倘在这个限度内，自然可以心神荡漾，陶醉在情恋之中。可是，一旦从中清醒过来考虑往下怎么样，严峻的现实便一下子横在眼前，令人张口结舌。

当然，也可能有人说好不容易陶醉其中，何必问到那个地步呢？

但那一看就是睡眼惺忪的浪漫主义者之见，实际上等于什么也没回答。换个说法，因为本来就没有明确的回答，所以不愿意正视将来。

然而，热恋中的女方不可能满足于那种模棱两可。尤其事关本质上需要做到非此即彼黑白分明的性，不上不下的回答更不容易得到理解。

两人就这样势不可遏地燃烧下去剧烈相爱下去，那么到底会怎么样呢?

相见和一起旅行的时间增加了，双双离家的日子增多了，那么结果?

两人是更牢固地结合在一起还是任凭目不忍视的惨象的到来? 抑或一起堕入十八层地狱?

至于选择哪一个，再盘问也没有用。男人不具有如此刨根问底的气力和勇气。于是转换话题:

"今天不回去也可以吧?"

"……"

"直接住在这里好了!"

对于凛子的提问，这不成其为任何回答。久木说服自己：反正共度一夜再想不迟。

主菜上完后，色拉和奶酪端了上来。以往每次快吃完时就担心下一步，变得心神不宁。但今晚已经敲定。

对于久木直接住下的提议，凛子虽然没有明确回答，但也没有说"NO"。心里似乎左右为难，但想住下的意愿也是有的。这种时候最好别再追问，单方面决定即可。

久木默默立起，从门口交款台那里打电话给前台，预订房间。

"套房，能看见海的。"

去年年底在这家酒店见面时凛子当天夜里就回去了，之后久木也退房离开，没能看见黎明时的大海。

虽说并非补偿，但今晚无论如何都想两人住到明天早上。

订完房间，久木返回座位报告：

“订了房间，住下。”

“那怎么行……”

“已经定了。”

这个时候凛子若是回去，久木就无地自容了。

“今年第一次。”久木悄然抓住桌面上凛子的手，“今晚也是和服，真好！”

大概想起了年底交合的情景，凛子害羞似的伏下脸去：

“不过再不能那样了。”

守灵夜时间有限，而今晚直到早上，时间绰绰有余。

“这就进房间吧！”

“还是非住下不可？”

“当然不放你回去。”

“今年也逃不掉，嗯？”

这好像是向男人确认，其实是自说自话。

饭后要了红茶和阿尔马尼亚克白兰地。凛子本想拒绝，但久木不理，让人斟了。

“一点点，不怕的。”

如实地说，凛子酒量不怎么行。不是说不能喝，而是喝一点就醉，即所谓立竿见影那一类型。对这样的女性，刚才要的白兰地相当见效。

但是，既然决定住下，往下就无需担心。喝完是去房间脱衣服，只要有此余力即可，接下去的事交给男人就是。

“对面可是千叶？”

凛子不知道久木在想那些，指着窗口远处问。眼下汹涌的光波前横亘一色漆黑的大海，再往前，隐约的灯光连成一条带子。

"太阳大概是从那边升起的。"

从横滨看去,千叶位于东边。

"今年第一次日出可看了?"

"遗憾,没看。"

"那,明天一块儿看!"

久木想像和凛子拥抱着迎接旭日的光景。

"从床上也应该看得见。"

"做那种事,要受天谴的哟!"

的确,躺着迎来那般清新的旭日是有些不恭,但其中又约略含有不道德的吸引力。

"差不多走吧!"

想着想着,久木开始春心浮动,催促凛子。凛子说等等,往收款台那边走去。

估计是往娘家打电话。或者打给东京家里?总之怕是解释今晚为什么回不去。

不大工夫凛子折回,表情不无黯淡。

"还是非住下不可?"

"当然!"久木斩钉截铁。

凛子略一沉吟:

"那么,早上五点回去可以吧?"

那一来,两人就看不成日出了。明日事明日考虑不迟。久木欠身立起。

想必凛子还在犹豫,迟一步跟进房间。男服务生放下钥匙离开。

久木看男服务生走了,一把搂过凛子。

"等得好苦……"

去年年底见是见了，但那只是不足一个小时兵荒马乱的幽会。惟其如此，今天一定要补偿回来。

久木一边接吻，一边手碰凛子的腰带。

听说要让和服女子就范，需首先解其腰带。倒也不是如法炮制，但一再拥抱之间，腰带自然开了，一端垂到地板。

凛子大约察觉了，说道“等等”，走去卧室，自行解下腰带。

事到现在，大可放心。往下不可能再提出“回去”。

久木舒了口气，坐在沙发上。凛子似把和服收进立柜，而后走进浴室。

如此确认好后，久木也换上睡袍。看表，不到九点。

凛子说明天早早回去。即使那样，时间也足够用。

久木重新打量房间：两间连在一起。外间是起居室，顺墙放着长沙发和茶几，窗前摆一张书桌。不过沙发后面的墙壁镶一面镜子，照得房间成了两个。同起居室相连的卧室放一张超大双人床，脚对着的一侧是大扇落地窗。现在是夜间，同前面灯光相连的海面看起来只是黑漆漆的空间。但随着黎明的到来，其前端应有太阳升起。

本来是想一起看日出才要的套间，而凛子等不到日出时分，可惜。久木只把卧室照明中的床头灯光调弱，起居室这边的，则留下镶镜墙壁的壁灯。

即将开始的床上戏，使得男人像少年一样兴奋不已，专心致志营造情调。

不久响起开门声，凛子大概从浴室里出来了。

以怎样的形象出现的呢？久木满怀期待地等着。一看，凛子身裹一件白色长内衫，系一条伊达窄腰带，头发向上拢起。

“到底喝过头了！”

想必淋浴时察觉自己比预想的醉得厉害，像是小心脚下似的走了过来。久木起身把她轻轻搂住。

“不要紧的！”

微醉，又刚刚出浴，反倒让凛子变得冶艳迷人。

久木扶着脚步踉跄的凛子的上半身往沙发旁的墙壁移动。

也许灯光有些刺眼，凛子侧脸伏在久木怀中，但好像没意识到自己的后背照在镜子里。

当然，久木也没有说，兀自欣赏凛子的背影。

撩起的头发下闪出纤弱的脖颈，往下是平缓的双肩、苗条的腰肢，再往下是丰满的臀部。虽然穿着白色长衫，但又薄又透明，肢体的轮廓清晰可见。

看着看着，一个邪念出现在久木脑海。

趁凛子醉倚怀中之机，久木先把一只手从长衫的前裾窸窸窣窣探了进去，继而绕到后腰。在那里确认一会儿体温，然后缓缓画着弧形爱抚。如此反复数次之间，衫裾徐徐上升，露出两腿的后膝、后面的大腿根。

长衫下好像什么也没穿。

得知这点，久木把长衫又往上一提，流线型的双腿上方隐约闪出圆滚滚的臀部的下端。久木的目光死死盯在夜光下从卷起的衫裾下现出的双丘。

但是，即使再醉，凛子也好像觉察出了背后的动静。

埋在久木怀中的凛子，似有所感地扬脸回头。旋即发觉久木的名堂，紧忙放下衫裾，但已经晚了。

挣脱男人双臂回头，凛子这才好像发觉背后有大镜子。

“不像话！”

腰肢刚才还被温情脉脉地抚摸，原来那是观赏臀部的男人策略！得知这点，女方的愤怒爆发了。

凛子玉洁冰清的十指直接朝久木脸上抓来。

“别……别别……”

刚才那偎依在自己怀中的肢体表现出无法想像的凶猛。久木一步步后退。退到起居室与卧室的分界处时，久木重整旗鼓，双手稳稳握住迎面袭来的凛子。

“卑鄙！狡猾……”

凛子的手仍在扑打。久木不由分说地抱起凛子抱到床上。

前半段女方咄咄逼人，男人由此转守为攻，扭转战局。

久木先把怀中的凛子抛到床上，看准女体随着软颤的弹性陷入床垫那一瞬间，劈头盖脸压在上面。

“放开……”

凛子仍在呼喊，但胜败已见分晓。女方因一开始就或被动或主动地喝了葡萄酒和白兰地，所以越扑腾越惹醉意上来，只落得徒然消耗体力。

“别闹了！”

久木在凛子耳边低语，仿佛通告抵抗也白费劲！他一把拉开伊达窄腰带，扒开前襟。

顿时，一对乳房从衣襟间豁然蹦出。凛子乳房虽不很大，但圆乎乎紧绷绷的。想必是一下子脱襟而出的关系，显得有些呆愣、困惑，而又平添娇美风情。

看到乳房暴露，凛子拼命合胸。但久木迅速按住她的手按回两侧。又要合拢，又被按回。反复几次后，凛子终于偃旗息鼓。

浑然不觉时被用镜子看了臀部，一时怒不可遏。但由于无济于事的手刨脚蹬加剧了醉意，早已四肢无力，只好束手就擒。

这对于弱女子固然有些残酷，但另一方面，莫如说凛子有可能暗暗期待这样的下场。

这点,从吃完饭仍然反问“还是非住下不可”以及提出一大早五点回去的表现上也不难得知。

虽然没有讲出口,但凛子对今晚的外出应该是很有抵触的。

在年终岁尾为父亲守灵之夜来酒店幽会并以淫乱姿态委身于人,而此刻又来面见做出那般罪孽深重勾当的男人!

说不定,凛子为那样的自己感到惊愕和羞愧。

而为了忘却罪孽深重的自己,办法只有耍酒疯,只有让自己身心疲惫不堪。

我是坚决拒绝了,但抵不住对方死乞白赖——必须制造这样的理由。

“今年初次!”久木对彻底没了抵抗表示的凛子耳语,“可知道这叫什么?”

“……”

“初征公主!”

一个有丈夫一个有妻子,而年初做爱的对象却是别人——两人对此既有负罪意识,又有背叛的快感。

而且,做爱前的纠结越深,做爱开始后的淫荡越激烈。

刚才还那般怒不可遏,而此刻凛子摇身一变,呻吟着、扭动着,披头散发一路冲顶。

在女体发情姿态的煽动下,久木拼命推迟最后瞬间的到来,同时进一步发起攻击。女方口称“不行了”,实则不知多少次冲上顶峰。其剧烈反应把女方吓住了,等待男人收矛敛戟,这才筋疲力尽似的沉入床垫。

尽管如此,不知是不是快感仍未终了,身体时不时急速颤抖几下,仿佛贪恋快感的尾声。

久木把汗津津的女体拥在怀里。看样子凛子感觉又深了一个层次，一时屏住呼吸。

但另一方面，每次见面都有更深邃更丰饶变化的女性身体是怎么回事呢？最初阶段为其绚丽多姿而心生感动，时而目瞪口呆。而现在已经超越了那个阶段，其汹涌势头甚至让久木为之不安和惧怵。

凛子也好像感觉到了那种不安。

"我想好了，今年再不要见面了。"

"那怎么行……"

"每次都是那么想的。可身体总是抢先出动……"

今晚得以见面，莫非也是托凛子身体的福？久木陷入莫可言喻的心境。

"本来心想这种事做不得的，可得收场了，结果却还是来了……"

凛子像是对久木说，实际上又像是对自己身上的另一个自己说。

"心里已打定主意不再见了，可终归坚持不住……"

维系男女的要素诚然多种多样，但其中肉体纽带说不定足以等同于甚至超越了精神纽带。若单单同女性维持性关系，那么仅身体吸引力足矣。这没有任何欠妥之处。

不过，如果想在身心两方面深化恋情，就要有精神因素跟上。

自不消说，凛子恐怕也是明知这点才这么说的。但久木还是多少不怀好意地问：

"以前不是这样子的？"

"不是……"

"那时跟夫君……"久木吞吞吐吐。

凛子态度一变：

“这种话，你听了不会不快？”

“不要紧。”

“当真？”凛子叮问，“我们也不是没有性爱关系，尽管偶尔一次。那与其说是心甘情愿，莫如说我觉得也就这么回事。而那时候你突然出现了。那以来我就变了。”

“结果和夫君一直……”

“不是说过没有的吗？”

“夫君能满足吗？”

“那不清楚。但我不接受，他也是没办法的吧？”

尽管认为再问有些失礼，但久木还是问道：

“夫君哪里……”

“哪里？那个人，声音也好肌肤也好，一句话很难说……”

“无论怎么相求？”

“女人的身体，生来就不是可以随便将就的。不可能像男人那样这个也行那个也行。”

的确，事关做爱，女人可能更为讲究。

“那么，夫君怎么办呢？”

“不知道的。”凛子轻描淡写，“都怪你，你教坏的！”

给凛子这么一说，久木无言以对。男女往一起凑，自然而然发生性需求，把所有责任都推到男人头上可不好办。

“我们是脾性相合啊！”

“大约从第二回开始吧，我就预感要出大问题了。”

“大问题？”

“怎么说呢？对了，就好像跳进了深得不得了的未知世界，触目惊心。”

幸也罢不幸也罢，男人没有实际觉出如此严重的变化。

“那么，这里也……”

久木悄悄触摸凛子的乳房。娇好的圆形一如往常，但触摸时的反应，这一年来似乎有了长足进步。

“女人的身体是要变的。”

“可没想到变成这个样子。”

“不好？”

“不好！喏，我本来什么都不知道的，是你把我弄成了这样子！”

“那意味着变好了嘛！”

“结果，就再也回不去了！”如此说罢，凛子按住久木玩弄自己乳房的手，“你得负起责任来才行！”

“什么责任？”

“如今，我的身体只和你才能满足，换一个人就满足不了了！”

凛子突然抓一下久木的手。久木不禁惊叫：

“痛！”

被女人突然来一句“只和你才能满足”，任何男人都要兴奋得胸口怦怦直跳，更加怜爱对方。但若进而让自己对变成这样子的身体负起责任，就一下子不知所措。

不言而喻，性爱是男女两个人构筑的东西，把责任推给一方可不好办。何况，久木本身也沉溺于同凛子之间的性快感。男人的性固然不至于像女人那样“只和你……”而仅限于一人，但现在热衷于同凛子的性事难以自拔则是千真万确的。

果真如此，莫非同罪？

久木刚想这么说，但转念一想，或许还是男人责任约略重些。

这也是因为，女人的性感似乎本来就是由男人触发、开掘出来的。换个说法，倘若男人不靠近不刺激，女人的性快感几乎不可能觉醒。与此相反，男人天生就有性快感自觉。少年时代，胯间的东西不明所以地蠢蠢而动，一碰就心荡神迷，自然而然晓得了手淫，伴随强烈的快感一泻而出。

在那一过程中，无需女性帮忙。而且，那种快乐同实际上接触女性所得欢愉相差无几。固然不能一概而论，但较之不小心接触麻麻烦烦的女性，一人独乐也并不坏。精神性东西另当别论，而若仅限于性快感，那就不属于因了女性的引导才觉醒的那类东西。

总之，男人的性从一开始就是独立的。相对而言，女人则是由适当的男人开发、启蒙而始得成为一个成熟女性。

从这方面考虑，凛子要求自己为其身体变成这样子负责，在一定程度上或许也是情有可原的。

久木不无夸张地摸着抓痛的手说：

"突然一把，好狠！"

"不狠！"凛子看也不往久木手那边看，"我只跟你才能满足，听得你好庆幸吧？心想活该！"

"谈不上什么庆幸，但高兴是高兴的。"

"我可是窝囊透了！这样子，等于成了被你操纵的偶人。"

"没那回事。"

"有、有的！长此以往，就成了你的奴隶！"如此说罢，凛子一跃而起，把指甲涂成淡粉色的手指戳在久木喉结上，"喂，你怎么样？你可是绝对非我不可？"

"那还用说！"

"不是说谎？"

说着，凛子双手卡住久木的喉结。

"不是，我真心发誓：你至高无上！"

"不许说谎！"

"不是说谎。"

一瞬间，十指紧紧卡住久木喉结。

"喂喂……"

起始以为是闹着玩，不料凛子不管不顾地越卡越紧。

毕竟是女人力气小，直接窒息诚然不至于，但相当有力。久木不由得咳嗽起来。

"放开嘛……"

"不放！"

"松开！"

用双手好歹把卡在喉结上的凛子的手掰开，但仍然咳了好几回。

"好狠心！那么胡来，真要没命的。"

"没命的好！"

久木把手小心放在自己喉结那里。因是手指按的，痕迹倒像没有，但压迫感仍挥之不去。

"吓我一跳……"

久木嘀咕着，慢慢摸着脖子四周吞了口唾液。如此几次反复之间，久木心中似乎泛起一股莫名其妙的感觉。

就在刚才，凛子说了声"窝囊透了"就朝脖子卡来。起初以为游戏，没想到对方动了真心，越卡越狠，以致自己生出不安，感觉仿佛将被直接领往一个遥远的世界。而同时掠过一种甘美感也是事实。

就那样被卡死固然害怕，却又有些自暴自弃，觉得索性就势人事不省也未尝不好。

这种心情到底是从哪里产生的呢？自己也不明所以。如此回想之间，凛子悄声低语：

“我、我是恨你的！”

“以前可是说喜欢的吧？”

“是说了。喜欢才恨。”说到这里，凛子换上郑重其事的语气，“去年年底，我是多么狼狈，你可知道？”

“守灵的时候？”

“那时候做那种事……”

“给家里人察觉了？”

“母亲好像觉得奇怪。不过任凭谁都不至于想到会出去做那种事。可我对不住父亲……”

听凛子这么说，久木也不好说什么。

“父亲那么疼爱我，而我却在守灵夜做那种事，我真是完了！为此我甘愿受罚，甘愿堕入地狱……”凛子背过身子，声音哽咽，“为什么做那种事情啊……”

“对不起，怪我。”

“你怎么都无所谓。问题是我实在不能相信那么做的自己……”

“你这么后悔，父亲也会原谅的。”时至现在，反正只能以口头安慰了，“没必要想得那么严重。不是很舒服的吗？”久木以不无戏谑的语气说道。

“别说了！做那么不要脸的事，还舒服……”

不错，那一瞬间凛子摇晃着圆滚滚的爱死人的屁股，发疯似的一跃冲顶。

“不过当时那么兴奋。”

“还说！”

女方越是羞赧，男人越是想欺侮。

“还递出屁股？”久木从背后低语。

也许呼出的气碰在脖子上，凛子往回一缩：

“少胡思乱想……”

“正在想。”

到了这个地步，早已如出一辙。

守灵夜居然做出那种事来，现在反省也为时已晚。

久木愈发产生施虐心态，牙齿轻咬凛子肩头：

“吃掉算了！”

“别胡来！”

久木从身后抱紧摇晃脑袋的凛子，双手搂过柔软丰满的臀部。凛子迎合似的把浑圆的臀部轻轻弓成“久”字递出。

尽管口头上拒绝重燃战火，但身体莫如说已开始挑逗。

久木的手轻轻抚摸柔润的肌肤。

“滑溜溜的。”

“讨厌……”

“溜滑溜滑，光摸也够舒服。”

“真的？”

凛子想必来了自信，臀部递得更近了。

刚才同凛子交合时久木拼死拼活克制自己。而现在似乎得到了回报：那东西再次增加硬度。

要满足凛子这样的女性，男人每次都泻是应付不来的。为了让女性彻底燃烧和心满意足，男人到最后关头也必须克制自己，一忍再忍。

男人当中，有人说跟女人在一起不必忍到那个地步——性爱目的本来就是寻欢作乐，不射精的性爱没有意义。

但久木不以为然。

倘若性爱仅仅为了生殖，自然另当别论。而现实中的性交是爱的表现，是快乐共享，又是两人创造的爱情文化。

这么想来，就不能仅以男性的逻辑一意孤行。

为了对欲火重燃的女人做出回应，久木的手指动了起来。

“别……”

凛子口头上固然反对，可贪婪的私处早已完全湿润。

所谓身不由己。一边心想不能这样，必须适可而止，一边在身体的诱惑下败下阵来，栽入淫荡的深渊。

也有人对这种行为严加指责。甚至有女性嘲讽说只要多少以理性来冷静对待，那么这一状态即可避免。

诚然言之有理。可问题是，人的行为并非全都受理性约束。

说到底，凛子也不是不具有相应的理性和冷静态度，然而现实中却溃不成军。明知不可而仍然负于身体诱惑——是自省力不够呢，还是凌驾其上的性快乐势不可挡？

此刻的凛子有可能是后者。

纵然置所有的懊悔和反省于不顾，也还是想在迫在眉睫的爱欲中燃烧殆尽。

理所当然，由此往前就不是逻辑地段。不是逻辑不是理性，而是肉体深处潜伏的本能醒来一路狂奔。

面对欲火燃烧到如此地步的女性，讲多少伦理多少常识都白费唇舌。

在洞悉一切而依然堕落的女性眼前，有一座对其说教之人无从感受的无比快乐的花园。惟独自己知道那天旋地转般的欢愉——从那么想的时候开始，那个女人就已将错就错，甚至怀有自己被作为新的性爱精英选中的自豪。

现在，凛子恰恰处于那种将错就错的情绪之中。然而她犹自梦呓似的喃喃有声：

“别别……”

这既像是良心的最后堡垒，又是堡垒陷落之时。

大凡胜负，较之已然负时，自认负时更为难以承受。

此刻，凛子自知心负于身而又予以认可——从这一瞬间开始，一切即被解放出来，腾空而起，飞向欢愉的花园。

性恋的刺激，一旦有所体验，就变得理所当然，进而寻求下一场刺激。

此时，久木也好凛子也好，都处于同样状态。

在守灵夜身穿丧服接受最为不堪最为羞耻的性爱之后，再做什么都已大体无足为奇了。

反抗固然反抗了，但凛子终归毅然递出臀部，久木倾其所有甜言蜜语百般挑逗，最后结为一体。

本来刚刚熄火，不，或许正因如此，凛子的身体才如干柴烈火般熊熊燃烧，最后低低发出长长的呻吟冲向高潮。

尽管极力克制，然而作为结果仍大胆冲刺。这种身心悖反之处让久木深为怜爱，使出浑身力气死死搂住。

性事过后女性最为不满的，是男方一结束就背过身去，甚至推开女方，仿佛说不再需要了。结合前那般花言巧语纠缠不放，不料刚一完事就如反掌一样冷若冰霜。这是何等无礼、何等自私？

女性们对这样的男人固然惊诧失望，但若晓得男人事后急速萎缩无力的男性生理就不难理解。正因为男人们没有如实告知这种悬殊的落差，所以女性们不予理解也是理所当然。

幸好久木这次也死活克制住了，得以保留些许余力。

这样，久木也就没有以背相对，再一次把凛子拥在怀里，等待其余波慢慢平复下来。

倒不是说有确凿证明，不过凛子之所以走近久木，原因很可能在于久木这种事后体贴。

等待平复的时间里，凛子很快像水塘中含苞欲放的睡莲忽一下子睁开眼睛，盯着久木喉结小声说道：

“又不同的。”

似乎在说刚才那回同这回冲高感觉不一样。

久木听着，又一次对女性身体惧怵起来。

有时觉得柔柔地暖暖地包拢男人一切的女体突然成了来历不明的怪物。

现在也大体如此。再三再四连连冲刺，而又各不相同。

“比上次好？”

“不如说比上次新。”凛子说。

但作为男人的久木不明白那是怎样的感觉。

看来，凛子似乎说的是女性最敏感的地方。

“嗳，你怎么知道的？”

“自觉不自觉地。”久木右手仍放在凛子毛丛上面，“往前一点那里吧？”

即使花蕊之中，也是前面尤为敏感。这点久木是知道的。但就凛子来说，那一地带似乎正在徐徐扩展。

“刚才多少往外抽了吧？那也让人受不了，太妙了……”

以往一味求深，而在得知前面也有敏感点以后，就在靠近入口处久久留连，时而轻轻拉出。

“你一进入，我就不知怎么好了，天崩地裂似的和你连在一起，感受你的存在，觉得无论发生什么都顾不得了……”

那具有暖融融软绵绵犹如吸盘的黏着力的隐秘处，莫非潜伏着无数快乐花蕾而一齐倒戈造反了不成？

“好成那样子如何是好？”

“不知道啊！”如此说罢，凛子自言自语似的嘟囔一句，“我、就这么死了也无所谓。”

是的，是有女性在性爱极点嘀咕“想死”。

不过，从实际上并没有女性因此而死这点来看，想必说的是快活到了宁可就势死掉的地步。抑或是一种期盼，盼望在欢愉的巅峰一死了之？总之那都是女性方面的感觉，男人不可能抵达。

久木本身虽说耽于同凛子的性爱，但一来从未有过就此死掉的念头，二来也不曾那般登峰造极。

但有一点，在和女方同时冲顶一泻而出之后，或可说是近乎死的感觉。

那一瞬间，伴随陡然袭来的失落感，全身无限萎缩下去。与此同时，对于现世的欲望也好执著也好尽皆失去，以为真可能直接气绝而死。

想到这里，在性快感的顶点出现死之幻觉，男女未必不同。

不过有一点不同：女性在渐次展开的无限快乐中想到死，男人则在射精的虚无中想到死。两相比较，无需说，女人的性远为丰富多彩。久木不由得产生轻微的妒意，问道：

“刚才你说就这么死了也无所谓，真无所谓？”

“无所谓。”凛子不假思索地果断回答。

“只那样是死不成的。”

“那，就卡脖子！”

“卡也无所谓？”

“无所谓！”凛子同样果断点头，“你不死？”

“死也可以……”久木想起上次被凛子卡脖子的情形，“问题是，卡脖子只能死一个。”

“还是要两个一起才好。”

“那么一起卡，你卡我，我卡你？”

凛子把额头悄然贴在久木胸口。在她那稍宽的前额轻轻吻完一口，久木像被赶来的睡魔拉走似的闭上眼睛。

夜里，久木做了个梦。

一只白手——不知是谁的手——伸来卡住自己的脖子。缓慢而又切切实实地加大力气。再卡下去肯定窒息而死。久木心想必须掰开那只手。而另一方面，就这样死掉算了那种自暴自弃的心情也并非没有。

睡前，跟凛子说了卡脖子，又说了死——莫非那些话仍留在脑袋里致使做了这样的梦？

这个缘由不难觉察，可那只白手是谁的手呢？

从昨晚情况来看，认为是凛子的手诚然妥当。可在梦中，凛子是在俨然大客厅那样的场所笑眯眯看着久木——由此看来，有可能是别的女人的手。不管怎样，梦中只有白色的手，而至关重要的手的拥有者却未出现。

更加不可思议的是，手为什么自行松开了呢？自己并没有强烈反抗，而呼吸却由于手的松开变得顺畅起来——这么着，会不会是凛子的手暂时卡在自己脖子上了？

久木突然害怕起来。回头一看，凛子正若无其事地睡着。

久木继续追索梦境残片，然而无济于事。看床头闹钟，是六点半。

忽然，久木想起凛子说要早早回去，就想叫醒她。而见她睡得正香，于是作罢。独自翻身下床，穿上白色睡袍走到窗前。

分开窗帘，一色漆黑的夜空下，隐隐泛白的狭窄空间如一条细带浮现出来。到天明似乎还有一点儿时间，但黎明很快到来。久木看明白后折身上床，手摸凛子肩头耳语：

“六点半了哟！”

凛子当即像要逃避声音似的转过脸。却又像打消了主意，把脸转了回去。

或许脑袋只醒一半，凛子仍闭目合眼。反问：

“什么呀……”

“已经六点半了……”

凛子这才睁开眼睛，再次反问：

“真的？”

“昨晚你说要早早回去来着。”

“那是那是……”这回自觉看了眼手表，“糟糕！”说罢撩起头发，“忘记调闹钟了！”

连续冲顶两次后睡得昏昏沉沉，忘记也情有可原。

“外面黑着吧？”

凛子不安地往窗口那边看去。

“多少开始亮了。”

“那好，回去。”

“啊，等等！”久木抓住慌忙起床的凛子的手，“现在回去也够反常的！”

“可我要趁天还黑着回去。亮了，要遇上左邻右舍的。”

的确，一大早身穿和服回去怕是够显眼的。

“可是，这就回去也晚了！”

日出大概在六点四五十分。就算马上抓紧准备，到家时也要亮了。

“干脆十点或十一点回去算了。”

“那怎么行！”

久木从背后抓住执意起床的凛子的肩头，把她拉了过来。

“不成不成……”

久木不理会凛子的反抗，掀开胸襟，拉住乳房。

“不要……”

“不怕的嘛！”

久木就势爱抚乳房。凛子仿佛受不住手指的动作，重新沉入床中。

久木暂且舒了口气，把遮挡窗口的窗帘左右拉开。

刚才出现在远方水平线的那条白色细带更加宽了。与此同时，中间部位开始红红地膨胀开来，让人预感太阳即将露面。

“天就要亮了。”

久木低声说着，一只手放在凛子私处。

“我得回去……”凛子虽然口中仍在嘀咕，但很快就像无法忍受手指的蠕动，一边让久木住手一边扑了过去。

开始泛白的天空，亮度正适合清晨做爱。

久木掀开被单，确认凛子私处充分湿润之后，把手贴在她腰下，从侧面缓缓进入。

凛子现在已经没了反抗的心绪，莫如说为接受久木而左右稍微张开腿。男人虽然躺在女人右侧，但看得见每次进入都使得女人乳房微微浮起，而抽回时又略略沉下。如此反复之间，凛子白花花起伏不已的上肢在窗口泻来的天光下慢慢清晰起来。

然而，开始燃烧的凛子早已忘了太阳即将升起，忘了天空越来越亮，积极主动地动了起来。

不久，想必日出时刻到了，窗扇的对面光闪闪红彤彤的。凛子像与之配合似的低语“不行了”，旋即挺起上肢叫道：

“给我……”

久木一瞬间困惑不解，随即得知那是要求男方也同时冲顶。

“喂，给我啊……”凛子再次呼叫。

与此同时，所有黏膜一切黏膜都紧紧裹住、吮吸男人的尖端，使得男人一再克制的东西一泻而出。

“噢……”

凛子像最后断气似的一声叫喊，伴随着急剧的小幅痉挛冲上顶峰。那就像是吸干男人一切的惬意叫声，是将仍要克制的男人打倒在地的胜利欢呼。

看样子，两人是与日出同时冲顶的。

性事之初开始泛白的窗口，此刻已被朝阳映红，一片辉煌。

久木似乎与初升的太阳相反，彻底筋疲力尽，此刻如同流木瘫倒在那里。

窗外应该早已开始一天的忙碌，而这座高层建筑的房间里阒无声息，全然没有忙碌的动静。只有一点，侧卧的久木的腿同凛子的膝部轻轻相碰，双方的体温和血液似乎正通过那里交流互汇。

如此沉浸在冲顶后的倦怠时间里，凛子缓缓凑近，贴过脸来低语：

“得到了……”

听得这爽快的说法，久木睁开眼睛。凛子吟吟笑道：

“你也上去了吧？”

“……”

“这次没能忍住吧？”

目视凛子挂满笑容的脸庞，久木再次领教了自己的失败。

从昨晚到今早，久木始终控制自己，失控的惟有这次。此前都是男方克制，女方一人冲顶——如此战术早已不再适用，反而招致女方的反击，被彻底报仇雪耻。

“真好！”凛子像在炫耀胜利，“这一来，你也不想动了吧？”

的确，即使喝令马上起床准备出门，久木也懒洋洋没心思起来。

“我也不回去了。”

说罢，凛子像小猫一样钻进久木怀中。

久木体味凛子身体柔和的温煦，再次意识到凛子变了。

固然没有讲出口来，但此刻凛子心中大约这样想道：

再不允许男人只让女人单独冲顶而由他后退一步旁观那自以为得计的冷静了！

凛子仿佛宣布自己将把被动的性转变为主动的性。

一起迎来高潮后，两人直接堕入梦乡。

久木再次醒来时，窗口天光更强了，床头闹钟指向九点半。清晨像配合日出似的同凛子交合，再次睡觉已时过七点——差不多睡了两个小时。

往下如何是好呢？久木正怔怔想着，凛子大概觉察出了动静，也睁开眼睛：

“现在几点？”

久木告以九点半。凛子目视窗口，口中嘀咕：

“糟糕！”

本来打算趁着黎明前的黑暗赶回，而太阳已经这么高了，当然很难回去。

“你怎么办？”

“是啊……”久木脑海中闪出自己的家。

昨晚说去常务董事家参加新年会，要晚些回家，并没说住在外面，即所谓擅自夜不归宿。不过，妻子不会因为一个晚上去向不明而大吵大闹。自己看透了这点才连个电话也没打。可是，想到今天这就回去辩解，心情不免沉重起来。

“还是得回去才行啊！”凛子像说给自己听似的翻身起床。

“留你住下，怪我不好。”

“不错，是你不好！”如此说罢，凛子一下子转过脸来，“不过可以了，很高兴能见上面。”

“家里不要紧？”

“不清楚。可你也够伤脑筋的吧？”

久木不置可否地点一下头，凛子以干脆利落的语气说：

“不但我，你也一起伤脑筋，那么饶恕你算了。”

“一起伤脑筋？”

“是啊，你也不容易回家的吧？既然彼此彼此，就能忍受。”

说罢，凛子下床走去浴室。

盛宴过后，总有空虚留下。

久木和凛子沉溺于一夜盛宴。惟其欢愉非同一般，相继袭来的空虚也就更为深重。尤其性事之后，除了得到满足的快感，任何东西都无由产生，只有懊悔绝尘而去。

何苦做这样的事呢？差不多该适可而止了。久木如此反省自己。多少让人欣慰的是，凛子也是同一感触，即有同案犯意识。

不过细想之下，那也是作为同案犯被逼入同样困境的证据。

单单女人或男人一方纠结，另一方以为事不关己而悠然自得的时期早已过去。

女方的苦恼即男方的苦恼，男方的苦恼即女方的苦恼。

久木正如此前思后想，凛子从浴室中出来了，开始穿衣服。

“热水放好了。”

久木听了，正要走去浴室，凛子边扎腰带边说：

“我拿定主意了，往下无论谁说什么，我都不在乎。”

听凛子突然这么说，久木反问：

“那可是指家人？”

“丈夫。”凛子毅然决然，“毕竟，不那样就见不成你的吧？所以，你也把家忘掉好了……”

既然女人破釜沉舟，男人就无法说“不”。

“从今往后，只琢磨见你。”

从年末到正月，男人勉强女人许许多多。女人接受了，男人从中得到满足。那时间里女人突飞猛进，掌握了将错就错这一强大武器。

“好吗？”

久木对凛子的叮问点了下头，深感新的一年将成为决定两人的爱何去何从的一年。

①正月：日本自一八六八年明治维新开始废除农历而改用公历，但相关说法仍保留下来。因此，这里的正月初二指公历一月二日，除夕指公历十二月三十一日。

②奈良时期：亦称奈良朝。日本定都于奈良的七一〇年至七九四年的八十余年，平安时期（平安朝）继之。

③俳句：日本传统诗歌形式，由十七字（音）构成。

④石田波乡：1913—1969，本名石田哲夫，日本俳人。

冬瀑

ふゆたき

年度变了，人事、世事都要发生般般样样的变化。即使久木和凛子之间，较之去年，也有明显变化。

其一就是凛子开始主动要求和久木见面。

当然，在此之前凛子对两人相见也并不消极。但形式上，引诱主要来自久木，凛子大多与之呼应。

可是，进入今年以来，凛子要求久木每天必打一次电话，几乎每次都明确提出见面要求。

由一向被动变为积极主动——从凛子原来谨慎的性格考虑，不妨说变化相当不小。

而且，这一变化分明同正月见面时“从今往后只琢磨见你”那个宣告密不可分。

事情的善恶另当别论，反正随着新年的开始，凛子在情爱方面也似乎决意勇往直前。

与此相应的另一变化是两人幽会的场所。

此前大多去城市酒店，或与此类似的东京周边酒店。

偶尔也曾去过所谓性爱酒店或钟点宾馆，但毕竟性事专门印象过于强烈，习惯不来。

如此这般，归终还是主要利用城市酒店。但一来不住而归有些可惜，二来深夜退房也不是多么光彩的事。何况，酒店里每次房间都不一样，让人静不下心。再说得更现实些，每次的酒店费用加起来也不是个小数。

还是索性租房子更能自由相见，也能省钱。

这么想着，久木就跟凛子说了。凛子当即赞成。

以前久木也不是没有考虑过拥有两人秘密房间这件事，所以没有说出口，是因为觉得深入到那个地步多少让人不安。

但凛子赞成后，久木也下了租房决心。

东找西找，地点最后定在涩谷——久木住在世田谷的樱新町，凛子住在吉祥寺，两人都容易在此相见。从车站走路不出十分钟。虽是一室一厅套间，但房租十五万①。

地点便利，自然偏贵。但同去酒店相比，也可说是便宜。

反正租房事定了下来，一月中旬合同也签了。两人随后到处物色新房间需要的种种东西。在转百货商店转超市时间里，久木觉得好像重返新婚岁月，兴冲冲乐不可支。凛子也似乎同样。床是重点。此外比如床单、窗帘以及餐具等等，一切都小心物色，购置齐全。

家具也运来后，房间终于有了生活气息。如此一来二去，两人在此初次幽会，已是一月末大寒之日了。

虽然日历上是最冷的时候，但白天温度在摄氏十度上下，并不太冷。况且房间有空调，煦暖如春。加上是在新房间里的幽会，两人格外亢奋。

完事后，凛子用事先买好的螃蟹、豆腐、青菜做了豆腐火锅。围着小餐桌吃着，两人觉得像是成了家的夫妻，对视微笑。

“我、是不是就这么住下去？”凛子开玩笑说。

久木点头道：

“那么，明天也回这里？”

“再去别的地方可不行哟！”

你一言我一语嬉戏之间，倏然四目相对，久木顿时狼狈起来。

这样一来，说不定真要留在这里脱身不得。本来一直梦想两人世界来着，然而一旦开始成为现实，总好像有个地方让人忐忑不安。

“白天我什么时候都可以的。”

“那么，我考虑一下就是。”

白天时间自由这点上，久木的处境很可能得天独厚。

本来，编辑工作并没有硬性规定早上几点到社傍晚几点回去。去作者那里取稿或需要采访等时候，往往上班途中顺便处理，所以有时要下午或快下班时才到社里。而且，从出版社走出后也时常赶去采访或商量事情。这方面，同营销或公关等工作相似，不必死死守在桌前不动。

就久木来说，虽说是编辑，但并不身处杂志编辑那样的第一线，而是在调查室，没有多少要外出办的事。但因是闲职，只要大致有个理由，出去也没多大问题。加上同病相怜——都有怀才不遇的共同感受，也就更容易相互庇护，容易外出。这点毫无疑问。

倒也不是有意利用这点，不过租得房子之后，久木下午短时离社次数确实多了。去哪里大体写在记事板上——只要写去“国会图书馆”找昭和史资料就万事大吉。

平日凛子也容易出门，就约在下午两三点在小套间见面。

钥匙两人都有。有时久木先来，有时凛子先到，见了就紧紧抱在一起。

自己溜出顺利，对方也不费周折。两人都有庆幸之心，接吻，直接在床上滚成一团。

在形式上，确是大白天幽会人妻的场面，而实际上无须顾虑谁，只管大大方方你来我往。其实久木诚然对此感到内疚，但同时又有某种快感——大家都忙工作时自己却连连幽会！

这种错综复杂的愉悦，凛子也不例外。口说“这样合适吗”，而实际上似乎陶醉在这种愧疚之中。

租得套间对于幽会倒是方便了，而新问题亦随之而来。

一个是为了白天在涩谷套间幽会而使得下午外出次数增加了。

理由基本写的是“国会图书馆”“采访”，但因为以前很少出去，也就分外显眼。尽管这样，周围人也没有谁说三道四。不过，当女秘书木下说“近来看样子好忙啊”之时，久木心头陡然一震。

“哪里……”嘴巴上自是否定了，可是从自己多少有些狼狈的情态上，想必她已然有所觉察。秘书原本要接自己不在时的电话，要解释为什么不在，而若给她抓住把柄可就不好办了。

后来久木就把白天见面限定为大约每星期一次。此外就在下班后赶来套间。几乎每次幽会都是凛子先来。有时她做饭，有时两人去附近吃。

如此这般，有时难免碰见公寓管理员。和久木大致同龄的管理员每次都投来怀疑的目光。

租房时担心公开名字不合适，就借用衣川名字，所以久木这个名字对方无从知晓。不过，不常住这点管理员也似乎一清二楚。还有，因有女性时不时出入，作为幽会场所使用这点，管理员也好像约略看出来了。

当然也没必要主动解释什么，只管沉默不语。只是，时而被叫“衣川先生”，叫得久木心惊肉跳。

尽管如此，同在酒店见面相比，还是愉快得多放松得多，但又有其他问题冒了出来。

每次——没有一次除外——和凛子两人闷在房间里都觉得坐立不安，很难直接出门回家。

久木心想，索性两人就这样住下去？想这样做，马上就能做到。可是不用说，这反而将两人逼入窘境。

实际上，两人在房间时，感觉上就像是夫妻或同居者一样。这从日常一举一动也能表现出来。

例如，凛子在房间里洗简单的东西时就把久木的手帕和袜子洗了，有时甚至准备好内裤。而这并不是久木相求使然。两人住下的翌日早晨，凛子说“穿这件吧”，于是换穿新的，仅此而已。

那一瞬间，久木也担心换内裤会不会被妻子发觉。但因是同一厂家的，就以为不要紧，没当回事。

这被说成麻木不仁也是奈何不得的。其实，这些日子同妻子处于一种冷战状态，相互间几乎不说有温度的话。

责任当然在久木方面。虽然心里觉得对不住妻子，但现实中已倾心于凛子——这种状态下很难亲切相待。

自不待言，妻子也对个中情由心有所觉，她也没心思拉近距离。

不妨说,比之冷战,更属于双方都已失去交战热情的冷漠状态。所以久木认为偶尔夜不归宿也不至于发生大的争吵。可是回家第二天久木刚要走到门口上班时,妻子的语声从身后袭来:

“玩倒也可以,不过请别做出太让别人笑话的事来!”

久木一时怔住了,回过头去。但妻子已经一声不响地消失在里面房间。

那指的是什么呢?说不定和凛子的事给她知道了。想问,可问得不妥,反倒可能惹出麻烦。

归终,那天就那样稀里糊涂地走出家门。但有一点是毫不含糊的事实:过了年后,和妻子的关系更加恶化了。

一如久木同妻子之间剑拔弩张,凛子同丈夫之间的裂痕也更深了。

其实凛子几乎没有直接谈过她和丈夫的不和。不过从凛子不经意的态度和话语中,还是可以明白大致情形,尽管只是推想。

例如两人住下时,若是以前,凛子因担心家里而悄悄给丈夫打电话。打给谁固然没明确问过,但从她慌忙挂断电话的样子不难得知。

然而最近即使临时决定住下,也没有往家里打电话的动静。反倒是久木放心不下,很想问她不给家里打电话可以吗。却又觉得没必要操心到这个程度,于是沉默不语。

可是久木到底有些放心不下。莫非凛子早就彻底想开而认为擅自留宿在外也无所谓了,还是已经事先说好以便可以随时夜不归宿呢?

这种变化,从租房后凛子偶然出口的话语中也可察觉。

例如两人隔桌吃晚饭当中,凛子深有感触地小声说:“饭还是两人吃才香啊！”

久木一边点头一边觉得难以释怀：凛子难道在家不和丈夫一起吃饭？遂问：“在家呢？”

“几乎一个人吃。那个人回家晚，再说我也不想一起吃。”

对这种俨然理直气壮的说法，久木反倒心生不安：

“可休息日总是有的吧？”

“那天我就装出有书法活动的样子，尽可能分开吃。死活都得一起吃的时候，就没什么食欲……”

这么说来，这段时间凛子是好像多少有些瘦了。

“我越来越闹不明白哪边是真正的家了。”

仅从凛子话语听来，她和丈夫的关系已经发展到了相当危险的地步。

既然两个家庭如此分崩离析，两人如此幽会不已，那么双双离婚正式走到一起或许更为自然。久木有时就这样认为并考虑下一步。可是真要实行，又很难当机立断。

其中一个原因是，就算凛子有那个心思，但把她的丈夫逼到那个地步也觉得有些残酷。夺了人家妻子，现在又同情她的丈夫，说起来是很奇怪，但久木的决心并未坚定到从一位认认真真而又似乎宽宏大量的丈夫手中夺取其妻的程度。

进一步说来，凛子本人是怎样的心情呢？不爱丈夫固然晓得，但真有勇气分手吗？就社会地位和收入来说，现在的丈夫似乎好过久木。到了关键时刻，相应的羁绊恐怕还是有的。

另一方面，一旦真要离婚，久木这边也难免产生种种样样的问题。

首先不释然的，在于分手理由是久木单方面造成的。

不错，眼下是同妻子处于冷战状态，但直到半年前还是世间普普通通的夫妻。再往前推，还曾是相当要好的夫妻。倘上溯至当初，那可是因为自由恋爱而结婚的一对。

这样的夫妻如此冷却，完全是因为凛子这个魅力女性出现在久木面前的结果，夫妻失和的原因统统在久木身上。

仅仅因为有了相好女性就把并无什么缺点的妻子甩掉，这合适吗？

伴随着这一迷惘的另一点不释然，是正月见女儿时女儿要他“对妈妈好一点儿”。至于是出于什么缘由说出那句话的，真意自是难以琢磨，或者女儿也有所觉察亦未可知。自己能置那样的女儿的心情于不顾而断然走到离婚那一步吗？

不管怎样，毕竟结婚二十多年了，不可能那么轻易分手。尽管如此，如果真想和凛子在一起，那也不是做不到。

关键是能否孤注一掷。在这点上，久木的心情还很难说已经尘埃落定。

涩谷租房过去一个月的二月十四日是凛子生日。

这天午后六时，久木走进涩谷站附近的花店，买了白玫瑰、郁金香和西洋兰花束。进房间一看，凛子已等在那里。

“生日快乐！”久木说着递出花束。

“好漂亮！”凛子闻了闻花香，然后递过一个带有红色礼品结的小包，“还你的礼哟！”

一看就知是情人节巧克力。只是里边还有一张卡片，上面横着写道：

“献给世界上最宝贵的你！”

内容只此一行，但柔美的字迹洋溢着凛子的柔情蜜意。

“想必很多人都送了你礼物……”

“你送的比谁都让我高兴。”

今天从调查室的木下小姐和以前在的出版部的女职员们等人手里也接过了巧克力，但都比不过凛子的。

“你的生日，怎么庆祝？”

“这不接得你的花儿了吗？完全可以了！”

上次见面问起生日礼物，凛子也表示不要，一再说今年租房子花了不少钱。

“不过总有什么想得到的吧？”

“我已经三十八了！”

看样子，同礼物相比，凛子更在意自己的年龄。

“无论多大年龄，生日总是生日……”久木进一步说。

凛子略一沉吟：

“那么，只说一个请求，可以的？”

“当然！”

“那么请带我去旅行一次，去谁也没有的地方。”

倒也是，在这大城市中的小密室里待起来，难免想偶尔逃往没有人的地方。

“去哪里呢？”

“北边冷地方也好啊！只你我两人看一整天雪怎么样？”

听凛子说的时间里，久木脑海浮现出雪中伫立的两人身影。

情人节接下去是周末星期六，久木和凛子一起赶往日光。

为了满足凛子两人看雪的愿望，久木查看去哪里合适。东北和北陆不仅太远，而且万一下大雪很可能回不来。还不巧有警报说北陆一带从周末开始有大雪。于是决定去离东京较近的日光的中禅寺湖。

已是十多年前的事了，久木去过一次隆冬时节的中禅寺湖，难忘雪山中一片静谧的湛蓝湖面。

很想在那般静谧的地方同凛子单独相守。

这么想着，决定前往。对于凛子，隆冬时节的中禅寺湖大概是第一次。

“日光去过一次，夏天快过去时去的。”

“那是什么时候？”

“很久很久了，还是高中生的时候。”

凛子高中时代是什么样子呢？是和现在同样凛然的美少女吧？久木暗自想像。

“当时坐小汽车坐到奥日光，路上很挤，一塌糊涂。”

“若是这个季节，几乎没有游客。”久木说。

凛子点头。又忽然想起似的问：

“明天回到东京大约什么时候？”

回程时间还没定。久木反问：

“急吗？”

“急倒也不急……”

“十一点左右从那里出发，直接下山坐电车，两三个小时就能回到，我想。”

凛子一瞬间现出思考的眼神。而没再问，微微点头。

从浅草到日光，快速电车差不多要两个小时。

下午一点从东京动身时晴空万里，途中开始有阴云上来，过得枥木，雪花飘了起来。

久木在毛衣外面穿了件夹克，夹克外面是黑色风衣，围着胭脂色围巾。凛子身穿黑色高领毛衣和裤角开口的同色长裤，披一件红葡萄酒色短风衣，戴一顶灰色帽子。两人坐在一起，较之夫妻，看上去还是更像情人——恐怕因为凛子毕竟显得时尚和娇艳。

外面大概多少有风，雪花斜着飘个不止。无论枯萎的农田、农舍房顶，还是其周围树木的枝梢，都积了雪，宛如白灰两色水墨画。

“感觉好像来到遥远的地方啊！”凛子眼望窗外嘀咕一句。的确，被雪包围起来，是让人深有感慨：两人居然跑得这么远！

三点过后，电车开到东武日光，从这里搭出租车去中禅寺湖。

路上，随着爬上弯弯曲曲的“伊吕波坂”，陡峭如削的山体迎面逼来，坡面仍然雪花飞舞。海拔越高，越觉寒冷。如此时间里，雪花变成了雪粒。

“湖周围也下雪？”久木问。

司机目视雨刷交错划动的前方回答：

“山上山下大不一样。”

据他介绍，以中禅寺湖前面的白根山为界，北边雪下得很大——雪是日本海带来的——而南边雪量少得出奇。

“啊，下也没什么大不了的。”司机说。

久木听了，点点头。他轻轻握住凛子的手，凛子也回握一下。

山体就好像要窥视这样的两人，再度从右侧压来。山叫男体山，其雄壮的山势确如其名。

眼望悬崖峭壁当中，或许山风吹走了雪云，车到山顶时雪也小了。晴空迫不及待地豁然闪出，阳光直射头顶。

时间不到四点，到黄昏好像还有些时间。

“总算晴了，看完瀑布再去旅馆吧！”

久木请司机开去华严瀑。

“说不定冻住的！”司机说。

冻瀑也应有冻瀑的乐趣。

要看高达九十六米的瀑布全貌，须乘电梯下落百米左右。再从那里穿过隧道，华严瀑即在眼前。

一如司机所说，位于正面极高顶端的宽十米的瀑口有无数冰柱相连，一部分白雪皑皑，一部分颜色铁青，形成巨大的冰块。

不过细看之下，在那冰块里面，瀑布依然活着，不断滴水，一部分顺岩而下，注入百米下面的瀑渊。

“冬天的瀑布，感觉好圣洁啊！”凛子双手插进风衣口袋，观望良久，而后指着右边岩体探出的支柱问，“那是什么呢？”

“大概叫救命栅栏吧——万一有人从上面掉下来也能获救。”

突起的支柱周围拉着扇形网状的东西。

“这里是有名的自杀场所。”

以前常有人顺着岩体爬去瀑口，从那里朝瀑渊一跃而下。因而设置了防护栅栏以免靠近。

“过去有个十八岁的高中生留下一句‘匪夷所思’，在这里跳下自杀了。”

“匪夷所思，指的可是人生？”

“至于是指人生、泛指人还是指自己，反正全都是不深思就不能理解的事——大概是这个意思吧？”

在冬瀑前点头的凛子侧脸，在夕晖下闪闪生辉。

看完华严瀑到酒店时已经四点半了。被领进的房间是和室，十张榻榻米大小的起居间连着休息室。宽大的阳台前就是中禅寺湖。

两人像被湖面吸引住了立在窗前不动。湖面即将迎来日落时分。

正面右侧，险峻的男体山的山麓逼临湖面，遮蔽杉树林和野地的积雪在斜阳下一片辉煌。同那山体相连的遥远的白根山余脉，以及往左绵延的山峦,全都白雪皑皑。冬天的中禅寺湖俨然被其拥抱起来,静悄悄了无声息。

漫说船影,湖面上连一个人影也见不到——一个寂静的世界,曾经的太古时期,想必就是这样子了。

“不得了……”

凛子情不自禁发出的语声,不是“美丽”不是“漂亮”,而是“不得了”。久木由衷赞同。

不错,这情景,只能说“不得了”。美丽中蕴含着静谧与庄严,令人不由得情愿俯首称臣。

两人便是如此一动不动地盯视湖面。即使这时间里,湖面也处于时刻变化之中。

刚才一片辉煌的雪山肌体渐次黯然。少顷,变成仅有黑白两色的单调世界。色彩发生转变的不但是沐浴夕晖的山坡,而且整个湖面也由仿佛被切断手后的苍白脸色变为湛蓝色,进而沉入灰色。惟独装点湖畔的积雪取而代之似的在暮色苍茫的天空下更加莹白起来。

此刻,湖面缓慢而确切无疑地被吞入黑暗之中。

注视之间,久木把手轻轻搭在凛子肩头。待她转过身来,开始静静地深深地吻她。

尽管认为在诸神潜伏的湖前接吻有不恭之嫌,但同时也有在诸神前发誓相爱的心愿。

之后,两人并坐在阳台椅子上。周围暮色愈来愈浓,冬日湖面也陷入黑暗之中。惟有剩下的一盏湖畔照明,把刚下过的雪照出圆圆一圈。

“过去,这一带禁止女人进入。”久木想起以前读过的一本书,“那时候女性要在半山腰折回去,男体山也上不了。”

“那可是出于女性污秽那一想法？”

“那样的想法也的确是有的。不过，想必还是对女人具有的魔力那样的东西感到害怕。”

“那么有魔力？”

“有也不一定。”

“我、你也怕？”凛子突然问。

久木缓缓点头。

凛子瞪了他一眼。

“那么，把你拽进去可好？”

“哪里？”

“湖底……”

凛子目光重新转向窗外。不大的雪斜着掠过幽暗的玻璃窗。

到底是高地，气候易变。说话时间并不长，而外面已由晴转雪。

“那座山也好湖也好，都在同样下雪，是吧？”

久木一边点头，心里一边反刍凛子刚才说的把自己拽进湖底那句话。现实中凛子是不可能把自己拽进湖里的，但凛子这个女子身上似乎潜伏着把男人哧溜溜拽进湖底那类似情念的什么。

“瀑布那里也下雪了？”凛子好像想起了来时看见的华严瀑，“死在那样的地方，毕竟太冷了。”

“不过死在雪中意外舒坦也可能。”久木讲起以前从一位北海道出身的朋友口中听来的话，“整个人趴在雪上，发现时也好像面容没改，还那么漂亮。”

“既然同是一死，还是漂亮着死好。”

如此说着聊着，久木觉得心情莫名其妙起来，于是离开夜晚的窗口，返回房间。

晚饭约的是六点半。两人决定赶在六点半前换浴衣洗澡。

房间里也有浴室，但凛子提议既然有温泉，那么去大浴场更好。于是久木和她下到一楼，沿着弯弯曲曲的走廊向前走去。

据带路的女服务员介绍，今晚人少，家庭浴场也可以用。但两人谢绝了，分别去了男界女界。

时近傍晚六点，平时正是人多时间。但现在一个人也没有。久木在宽宽大大的浴场里舒展四肢，体味奢华心境。之后折回房间。正看电视，凛子回来了。

女界好像也很空，凛子把头发向后挽起，脸颊脖颈微微泛红。

“露天浴场也去了。”

男界这边，浴池前端也有个小门，穿过去好像就是露天浴场。但因下雪，久木作罢。

“光脚在雪上走来着。”

久木想像凛子全裸着在雪中走动的身姿，一时心神荡漾。

“不过水热乎乎的，进去好舒服。四周雪花飞舞，身子却泡在温泉里，感觉很是不可思议。”

“那么，吃完饭我进去试试？”

“扬起脸来，雪花从黑暗的上空劈头盖脸地飞来，落在眉毛上融化了。”

正听凛子描述，女服务员来了，端来晚饭。

“冬天，没有特殊的东西……”

女服务员抱歉似的说。其实东西相当丰盛：各种下酒菜，接着是生鱼片、油炸品，什锦火锅里甚至有上好的鸭肉。

“有吩咐请按铃！”

女服务员离开后，只剩得两人。久木让凛子斟了热好的酒，终于觉得在冬日酒店中安顿下来。

在你给我斟我给你斟的对喝当中，醉意渐渐上头，心中大快。

以前两人在涩谷套间里这么吃过，但在这远离东京的冬日酒店吃起来，远游感慨，油然而生。

“来得好啊……”这次旅行是出于凛子的希望，算是代替生日礼物，“谢谢！”

称谢的凛子的眼角，已经醉得有些泛红，妩媚中闪着火焰般的光。

听得凛子郑重道谢，久木腼腆地站了起来，从冰箱中取出一瓶威士忌：

“去那边喝？”

久木移到阳台前的椅子上，给威士忌对了水。凛子用电话告知服务台已吃完，然后转来阳台：

“还在下啊！”

入夜后，想必风更大了，飞掠夜窗的雪斜向而去，房檐下已出现小小的雪堆。

“下个通宵才好！”

凛子自言自语地说罢，往杯里放入冰块。那一瞬间，丰满的胸部从前屈打开的浴衣领口中闪了出来。

久木恨不得往里伸进手去。不料开门声响了，年纪大些的女服务员进来说撤餐具。和一个年轻女子两人收拾好后，接着一名男子进来铺被褥。

这时间里，久木一边看窗外雪花，一边继续喝对水威士忌。酒店的人离去后，似乎等得着急的凛子小声说：

“总算就咱俩了！”

回头一看，和室里两床被褥已经铺好——中间离开一条小缝——枕边放一盏纸罩提灯。

酒店的人会怎么看自己和凛子呢？久木忽然有所顾虑。随即转念作罢，又喝了口威士忌。晚饭喝了啤酒、清酒[2]，又加上威士忌，好像有点儿醉了，但心情好得不得了。

心情这么好，肯定来自今晚住下的释然感。何况是来到远离东京的雪国，工作、家里都可以抛开，彻底放松。

“再喝一瓶？”

久木又从冰箱拿出一瓶。凛子担忧地抬头看他。

“不要紧？”

“噢，也许醉倒。”久木边说边往杯里倒威士忌，“那个、也许做不成了！”

凛子当即猜出其意：

“请便！我无所谓的哟！”

那像是愠怒的样子足够可爱。正要往杯里倒酒，久木赶紧用手制止。

凛子本来不怎么能喝，但在同久木交往的时间里，似乎知晓了微醉的妙处。

“去那边吧！”

久木刚才就为凛子一闪瞥见的胸部心猿意马，但面对面坐着是无法触摸的。于是自己拿起酒瓶酒杯走去和室角落的矮脚桌，招呼凛子坐来身旁。

看上去凛子没有意识到久木的意图。乖乖坐在久木身旁刚要往杯里放冰块，久木的手忽一下子滑进凛子胸部。

凛子顿时往后一躲。但乳房已被牢牢抓住不放。

“怎么这样？”

突如其来的粗暴使得凛子慌忙合起领口，而久木的手越探越深，两人没脱浴衣就拥作一团。久木以步步拖曳的形式将凛子移上被褥，饿狼扑食一般压上去接吻。

凛子对这突然袭击感到意外，尽管嘴被堵住，但仍然抗阻似的左一下右一下摇晃脑袋。而这只是一瞬之间，旋即浑身瘫痪。

看在眼里的久木当即合上房间同阳台之间的拉门空隙，关掉房间照明，相继打开纸罩提灯。

躺倒的凛子像要止住醉意上头一样闭起眼睛。

久木扒开已多少开裂的领口，悄然握紧白花花蹦出的乳房。

此刻，在雪中湖畔酒店中注视两人行动的只有枕边纸罩提灯。

这让久木放下心来，愈发放肆地剥开胸襟，盯视一对乳房。少顷，把脸颊贴在双峰之间。

也许有些喝过头了，久木想久久伏在女体柔软的胸部。

如此屏息敛气之间，仰卧的凛子悄声开口了：

“刚才把脸伏在雪里来着。”

想必在说饭前去露天浴场时的事。

“你说死在雪中的时候，最好伏着脸死，是吧？”

“那太冷吧？”

“那也不是的。脸伏在雪中，周围一点一点融化。抬起脸来倒是冷得厉害。”

“还是雪里边暖和？”

“当然！多少有些痛苦，但感觉上周围融化着扩展开去，心想如果就这么睡过去，肯定死掉。”

会不会在下雪时的露天浴池中做那种事呢？久木不安起来。支起上半身一看，凛子以梦游般的眼神凝视虚空。

久木时而弄不清凛子在想什么。

比如刚才，本以为她在露天浴池里欢欢喜喜，不料她却说把脸伏在雪里装死。

是做游戏当然是晓得的，但毕竟实际尝试了。这让久木费解和惧怵。

“何苦搞那名堂？”

“只是试试罢了。”

凛子稍微侧过身子，背对久木。久木也紧随着侧过身去，从后面隔着凛子腋窝摸她的乳房。

“好静啊！”凛子任凭久木摸着乳房低语。

在这雪夜湖畔，别说汽车声，连人的脚步声、说话声也一无所闻。侧耳细听，似乎可以听得下雪积雪的声响——便是这般安静。

“几点了？”

“还不到十点吧！”

城里，夜晚的喧嚣正入佳境。

“溜滑溜滑！”

久木再次把手从凛子胸部慢慢滑到小腹。

若是平时，势必从那里触摸私处求欢，但今晚或许因为醉了，没有了那份心绪，只想摸着柔润的肌肤直接睡去。

“活色生香！”久木摸着凛子圆滚滚的屁股说。

“我已经不那么年轻了哟！”凛子小声应道。

“才刚刚三十八吧？”

“所以已经是老太婆了嘛！”

“哪里，早着呢！”

“不不……”凛子略一摇头，以不无含糊的语声说，“我、到这个阶段可以了。”

“可以了？”

“活到这里可以了，再多不要。”

“就是说死了也行？”

“是的，我不那么贪心。”

箱根红叶

短日

初会

梦魇

冬瀑

中禅寺湖

窗雪

春阳

久木似乎在同凛子说话当中睡了过去。不知话是在哪里中断的,反正在醉后倦慵感的拖曳下闭上了眼睛。

往下过去多长时间了呢?喉咙渴得睁眼醒来时,纸罩提灯也已熄了,只有休息室微弱的灯光从栏杆透过一丝半缕。

昨晚久木睡着时纸灯还亮着。莫不是凛子后来独自起来关掉的?两人的位置当时应当紧挨紧靠,而现在约略离开,凛子正微微侧着身子酣睡。

久木伸手打开纸罩提灯。看枕旁闹钟:后半夜三点。还是深更半夜。但因昨晚是十点左右睡的,所以还是过去差不多五个小时。

大概是醉酒醒来的关系,喉咙干渴。久木爬起身,从冰箱拿出矿泉水倒进玻璃杯,边喝边走到阳台,拉开一点点窗帘。

外面还黑着。雪依然沸沸扬扬,连乌鸦巢都积了雪。

看着看着,久木想起凛子昨晚说的脸伏在雪里的话来。

为什么做那么傻里傻气的事呢?想起来了,那之前说过在雪中的死相漂亮。

继续喝着水看窗外下雪的时间里,久木脑袋清醒过来。

如此说来,后来入睡时,凛子说“已经是老太婆了”,还说“到这个阶段可以了”。

想到这里,久木突然回头往卧室那边看去。

凛子不至于在认真考虑死的事情吧?

久木总好像有一股不祥的预感。返回卧室,凛子仍稍微侧着身子沉睡。

久木凑上脸去。在纸灯下看,长长的睫毛闭合着,娇小好看的鼻梁在脸颊投下淡淡的阴影。

这般安详的睡脸，根本不会考虑死。

久木自己说服自己，拉合卧室同阳台之间的拉门，重新躺下。

一如睡前那样，久木从腋窝慢慢把手绕到前面抓住乳房，手指在乳头上轻轻划动。凛子发出耍小孩子气似的语声，上身弓得更圆了，像要逃避爱抚。

看来，凛子还没睡够。久木不再摩挲乳头，从后面贴着凛子柔软的肌肤，重新合起眼睛。

的的确确，再没有比人的肌肤更让人惬意的了。

当然也有好恶和脾性的问题，但男女只有在肌肤接触肌肤之时心情才能放松，焦躁也好忧虑也好惊悸也好才能统统淡去。

人世间生息的所有存在，只要肌肤相接，就不至于争斗。但在生活和工作的追逼之下，人类已经做不到这点了。首先，为了去公司上班就必须两相分开，与人见面时触碰也不合适。其次，自从有了道德、常识、伦理等麻麻烦烦的名堂以后，肌肤相接的时间急剧减少。

但幸运的是，自己此刻还能最大限度地接触凛子的肌肤。

久木的胸接触凛子的背，腹部和胯间接触她的腰和臀部。并且，两腿从膝部到脚腕弯成同样形状相互重合。不仅如此，双手还紧贴凛子的胸部和腹部。

给予这绝对性温煦和恬适的女体根本不可能变冷。

久木再次这样说服自己，重新堕入深夜的安睡之中。

再度醒来时，久木仿佛听得凛子的动静。似乎有人在自己尚未完全睡醒时招呼自己。睁眼一看，凛子坐在枕边。

“雪，好厉害的雪！”

听得久木扬脸一看，阳台前隐隐传来风的呼啸声。

“几点？”

“倒是才六点。”

久木四下打量一圈，翻身立起，走去阳台。窗帘仍裂开一点点缝。也许太阳出得晚，加上下雪，外面还黑着。一无所见的黑色窗玻璃上，雪斜打下来，如银箭一般穿过去消失不见。

“风雪交加！”说罢，久木想起动身时凛子问起返程时间，“不过，中午会平静下来吧？”

这样子，急也没用。久木重新躺下。

“不过来？”久木招呼凛子。

凛子合起领口，悄声进来。

久木确认她身体上的温煦。然后重新解开她的浴衣带，剥出胸部。

昨晚喝过量了，什么也没做，贴着凛子睡了过去。虽说不是为了补偿，但久木到底把手放在凛子私处，反复缓缓爱抚，等其湿润。

幸好，大约因为休整了一夜，那条物件也好像生猛起来。

不大工夫，凛子的花园湿润了。久木更紧地贴身上去。与此同时，风好像正在窥伺这一时机，厉声低吼着刮了过去。

突然，久木仿佛觉出了某种暴力冲动，一把掀开薄被。

“你这是怎么了……”

久木不理会凛子的惊讶，薅草一样剥去她的浴衣，剥得一丝不挂。

在风雪之中的冬日旅馆，一个女性浑身上下赤条条裸露出来。旅馆的人也好刮来的风也好都一无所知。

又一阵夹雪疾风低吼着掠过。

外面狂风暴雪，室内空调恰到好处，纸罩提灯从低处照出赤裸裸的凛子。

久木坐在丰盈白皙的裸体脚前，俯瞰一般看罢全身，缓缓扑了上去。先吻乳房。假如有人从隔扇空隙看见，没准以为被褥上一个男人在向全裸的女体叩头。

不错，久木此刻对制造出如此完美之物的创物主和慨然横陈的凛子怀有深深的谢忱和敬意。

久木就那样久久把脸伏在凛子胸部。而后错开脑袋位置，再一次吻她柔软的腹部，一直吻到下端淡淡的毛丛。

凛子刹那间随着一声轻叹扭动身子。久木这才恍然大悟似的抬起脸来。

吻在私处倒也不坏，但现在最想得到的是切切实实的嵌入感。

男方以熟练的手势拉过自己的枕头，准备垫在女方腰下。女方也早已明了这一做法，配合似的欠了欠腰。与此同时，约略张开的胯间和毛丛略略朝上突出。

在女体千姿百态的姿势中，再没有比这个更淫荡、更有挑逗性的了。

男方像受其煽动一样拉过女方腰身，轻轻抬起她的双腿，进而左右打开，缓缓插了进去。

刹那间，疾风再次发出低沉的呼啸一掠而去。男方的身体随之动了起来。

双方胯间紧紧贴合，前后缓慢移动。而此刻的秘诀是男方腰部要稍稍下沉。如此反复之间，女体因敏感处受到摩擦而逐渐挣扎扭动。

女方起初仿佛含娇带羞，不轻易表现自己。继而因花蕊被男方从下边开掘揉搓，可能实在忍受不住那种感觉了，女方微微张开圆润的嘴唇，逐渐气喘吁吁。

性事的开头固然五花八门，但最后总是以男方败于女方门下的形式告终。

这次也不例外。最初男方居高临下地扫视全裸的女体，气势汹汹地把膨胀起来的物件探了进去。而在结合、驱动、摇晃对方的时间里，自己也忍无可忍地一泻而出。那般能征善战之物随即折戟沉沙，形同一堆瓦砾塌落在女体上面。

这从女方看来，君临自己身上的男人等于顷刻间沦为尸体压上身来。

不管怎样，男人的躯体从这一瞬间化为一片褴褛，而女性肌肤变成光彩夺目的丝绸。

至于这一终结形式是不是还会使女方觉得男人可爱，那就取决于男人在此之前的效力方式以及予以接受的女方的满足程度了。

此刻，在这冬日酒店，心满意足的女方以包拢对方的姿势贴近完事后躺在自己身旁的男人，一只手缓缓抚摸男人的肩头。

不可思议的是，刚才性事前久木对凛子做的事，现在凛子正在对久木如法炮制。

由此看来，性爱盛宴已然结束，男女处境颠倒过来，女方泛舟于丰饶之海，男方则猥琐不堪，昏昏沉沉，同死去无异。

然而，久木从濒死之地上重振旗鼓。他知道，如此闭目合眼之间，惬意的睡眠就要到来。果真那样，很可能把好不容易得到满足的女性置于孤独之中而不顾。

即使人困马乏，也要拼出余力搂过女体，使之温润如初。

理所当然，这并不意味会有新的亢奋和快感从中产生。

只是，求欢过程结束后还要肌肤相亲，在恬适中共同拉下帷幕。

久木为了完成这一使命，再次把凛子收在怀中，让她枕在自己胸口，在风雪肆虐的清晨昏然入睡。

此后不知过了多久，久木从早晨性事后的回头觉中醒来。一翻身，凛子也随之睁开眼睛。

“几点了？”

久木看枕边闹钟，告诉她九点多了。

两人还没心思起来，仍在睡意中躺着不动。阳台前又响起风低声掠过的声响。

“还在下吧？”

久木点头。之后隔了一小会儿翻身立起打开阳台窗帘。但见茫茫雪幕扑窗而来。

昨晚下起的雪天亮后也不示弱，莫如说仿佛变本加厉。黎明一片漆黑的玻璃窗现在固然恢复了光亮，但由于风雪交加，前面景观几乎全然不见，惟独阳台下突起的房檐黑乎乎隐约可见。

“能不能停呢？”

凛子也起来了，忧心忡忡地往外看着。

黎明时分久木也一边看雪一边以为中午会停下来，但并非很有把握。

正在看大雪弥天的窗口，昨晚年纪大些的女服务员来了：

“二位睡醒了？”

说好十点送早餐。看样子是做准备来了。

“好厉害的雪啊！”凛子仍双手揣在怀里，打招呼说。

女服务员边拉阳台窗帘边说：

“这种情况很少有的。因为下雪，今早报纸也好像没来。”

“路不通了？”

“路很陡，怕是很难上来。”

久木想起“伊吕波坂”弯弯曲曲的陡峭坡路。

“想十一点下山……”

“老板正在跟山下联系，请稍等等。”

女服务员点头离去。凛子不安地用手指蹭着雪花扑打的窗玻璃。久木看了，这才意识到两人被困在了雪天里的中禅寺湖。

说到底，之所以决定来日光，无非是因为离东京较近，交通也便利。当然，毕竟是冬季日光，对相应的寒冷是做了思想准备的，可万万没想到会大雪封山。

惴惴然看电视天气预报，报道说强低压自北陆一带进入北关东，一整天都有暴风雪。

这时间里男服务员也来拾掇被褥，女服务员泡茶端来，开始准备早餐。只要待在房间不动，空调暖融融的自是舒舒服服。但向外跨出一步，暴风雪就好像凶得让人睁不开眼。

“这种天气，一年顶多碰上一次。”女服务员满怀歉意似的说。即便这样说也晴不了。

“车轮缚上铁链怕也不成吧？”

“路面到处是阵风刮出的雪堆，车好像动弹不得。”

的确，如此暴风雪中，从弯曲陡峭的“伊吕波坂”往下开车实非易事。

久木不再多想了，开始吃饭。但凛子似很在意回程的时间。

“几点才能到东京？”

“如果可以，三点之前……”

若想三点回到东京，一小时后必须动身。

“是不是有什么事？”

凛子好像不好回答，久木便不再问了。可是看这情形，按时回去相当困难。

吃完饭再看电视时，老板前来解释，说眼下中禅寺湖和下面的日光交通彻底中断，要两人在房间里休息。

“开通可有眉目？”

“这个，雪不停是动不了的，说不定要等到傍晚。”

久木听了，回头一看，凛子以约略发青的脸色垂下头去。

上午十一点了，雪仍无止息迹象。

细看之下，雪成了细细的米粒雪，很难认为多么密集，但由于风大，被吹成一团一团的，地上这里一堆那里一堆。

“怕是不大可能了。”

凛子希望三点回到东京，这早已近乎无望。

“打个电话吧！”

如此说罢，久木猜想自己在旁边不好打，就起身走去一楼大浴池。

从服务台前经过时，见已经做好出发准备的七八个客人正往外望着，看样子谁都在为下雪回不去而焦急。

在一个人也没有的浴池洗完回来，凛子正坐在休息间镜前，用小手指摸着眼角。

“怎么样？”久木放心不下电话结果。

“回绝了。”

“回绝什么？”

“本来要参加侄女婚礼的。”

“侄女？你的？”

“不，那个人的。”

那个人？那么就是凛子丈夫的哥哥或姐姐的女儿。无论是哪个，那么重要的聚会不参加都是个问题。

“几点开始？”

“婚礼五点开始。我原本打算只参加婚礼后的婚宴……”

时近正午。往下就算路通了，下到日光再回到东京也差不多四点。考虑到还要加上回家换衣服时间，不可能来得及。

“知道你来了这里？”

“说是说了……”

“不要紧？”问罢，久木自行改口否定，“不不……”

侄女婚礼之日和别的男人来温泉困在风雪中赶不回去。到了这种事态，作为夫妻不要紧是不可能的。

这事再不能碰了。如此到了午后，雪依然没完没了。

往下就算停了也还要除雪，通车得等到四五点。

即使及时下山坐上电车，回到东京也已八九点——往好里说是这个时间，而若做最坏打算，今晚就很可能回不去。

凛子固然狼狈，但果真那样，自己也不好办。

对家里说今天白天回去，但没说去日光，而说去京都查阅关于昭和史的史料。所以很难说因下雪回不去。退一步，就算妻子那边勉强蒙混过去，也还有明天星期一上午十点的会议。若想不耽误开会，势必要早早动身。

但情况更严重的是凛子那边。

不参加侄女婚礼，又加住一晚，且住在哪里也没明确就夜不归宿——结果会怎样呢？惟其早就同丈夫关系变冷，这下子不可能善罢甘休。

如此焦虑着过了三点，有咖啡端来房间。女服务员离去后久木试探：

“万一回不去怎么办？”

凛子不回答，用咖啡匙慢慢搅拌咖啡。

"雪迟早总要停下,但弄不好,恐怕还要住一晚上。"

"你呢?"

"当然能回去再好不过。回不去也没办法。"

"我也可以了。"

"可你……"

久木说到这里,凛子静静抬起脸来:

"毕竟回不去了的吧?"

这么一说,久木哑口无言。见久木点头,凛子自言自语地说:

"我、已经不在乎了!"

午后过了四点,雪像是多少见小了。暮色则代之拥了上来,依稀可辨的中禅寺湖也一片苍茫。

久木正站在阳台上观望,老板进来告知:往下入夜路面结冰,开通就更困难了。所以,房费免收,希望今晚也住下。

无所谓好坏,这个状态只能住下。听得其他客人也已转念应允,久木也无奈地点了下头。

凛子也在旁边听见了,想必主意已定,口说"洗澡去",走出房间。

剩得一人,久木一边望着雪中惟一闪亮的湖畔灯盏,一边回想去年秋天在箱根连住的两个夜晚。

那时不像今天这样不能回去,而是两人决定不回去。也正因是以两人意志留下来的,也就分外有一种明知冒险而冒险的紧张感,同时乐在其中。

然而,当下处境是因了大自然的威力而欲归不得,全然没了那种快乐和游戏感。岂止如此,一种沉甸甸的压迫感倒是袭上心头。

个中原因,明显在于几个月来两人所处环境有了变化。

说到底,去箱根那时候,心里还有余裕或安全感,尚可乐观地认为即使连住两晚，各自的家庭也不要紧。就算一再出轨，也能以出轨本身了事。但现在情况不同了。理由如何且不论，而若今夜不归，势必面对决定性事态。

久木一度离开阳台，转到矮脚桌前吸烟。吸烟当中，想起决定再住一晚时凛子说的“已经不在乎了”那句话。

不在乎的是回家打算呢，还是同丈夫的关系呢？虽在两可之间，但似乎近乎后者。

莫不是今晚凛子已决意分手？果真如此，自己也必须做出相应决断。

久木望着逐渐被夜色涂黑的窗口，切切实实感觉出两人已被逼上绝路。

夜晚再次来临。一起泡温泉、吃饭。过程一如昨晚，但心情截然不同。坦率地说，昨晚刚来酒店时，无论从阳台上望见的中禅寺湖还是一楼大浴池抑或与之相连的露天浴池，全都那么新奇。但现在已全然没有那种雀跃之感。相比之下，此时两人的心情好像有些自暴自弃，或者莫如说类似将错就错的黯淡心境。

事已至此，再纠结也无济于事——久木这么说服自己，凛子也似乎同样。

晚饭开始后，大约是想尽快忘掉不悦，两人喝酒速度加快。尤其凛子，主动要来略带甜味的冷酒，一饮而尽。

与此同时，东京那边婚宴已经开席，凛子的丈夫一边看着妻子不在的席位一边强压怒火。亲属们则费解地打量着。

这样的场景，仅仅一想都让久木脑袋发热。于是愈发喝酒以求解脱。

晚饭六点多开始的，到了快吃完的八点左右，凛子眼角发红，脸颊也泛起红晕。

看样子已醉得相当厉害。忽然,凛子晃晃悠悠站起身来:

“我说,再把脸伏在雪里可好?”想必指的是昨晚在露天浴池把脸埋在雪里的事。可她脚步已经不稳。

“你也一起去吧!”

凛子说着就要往走廊走去。

久木慌忙拦住:

“醉了,危险!”

“一死了之!死无所谓危险不危险吧?”

甩开被久木拉着的手仍要走去的凛子,头发凌乱,两眼发直,显出一种异样的冶艳。

“喂,你也一起来!”

“等等!”

久木两手按住凛子肩头,让她坐下。

“心情好得不得了,为什么拦我……”凛子仍在抱怨。

久木不理她,打电话给服务台请其撤去餐具并铺被。

凛子就算能喝,也顶多三四两酒量。何况浴后用玻璃杯喝了好几杯,不醉才怪。

“叫你去,你怎么不去?”

凛子似乎还不放弃以脸伏雪的念头。久木不由分说地让人铺被。

女服务员在的时候,凛子到底老实待在房间角落不动。对方刚一离开,就再次摇晃着立起。

“别胡来!”

阻拦的久木同要走的凛子你推我搡之间,脚没站稳,一下子同时跌倒。正好倒在被褥边上,久木在下,凛子在上整个把他压住。

凛子欠起上身，摆出骑马姿势。

驭马者当然是凛子，当马的是仰面躺倒的久木。

凛子一瞬间以炫耀胜利的表情向下看着。下一瞬间活像发现猎物的母豹两眼放光，双手放在久木脖子上。

“干什么……”

久木以为开玩笑。但也许借助酒力，手意外有力。

“喂、喂喂……”

久木本想令其住手，却没能出声。憋得透不过气，连连咳嗽。

岂料，凛子手指非但没有放松，反而更加用力。倏然，久木产生窒息之感。往上一看，凛子眼睛如燃烧的火焰。

打算干什么呢？久木琢磨不透凛子的本意，当即害怕起来，掰开掐在脖子上的手。

久木剧烈咳嗽几次，总算大口喘过气来。

“以为活不成了。”久木嘟囔。

“是的，是想弄死你。”凛子冷冷说罢，仍以骑马姿势下令，“听着，就这么给我！”

女方在上，男人从下面支撑。曾以这样的体位交合了几次。

不过，哪一次都是由久木要求而凛子犹豫着顺从的。

毕竟这一形式使得女方身上的一切都暴露出来，女方觉得难堪。但一而再再而三之间，凛子也似乎多少觉得好玩起来。

和男人同样，女人大概也并不讨厌淫猥姿态。

尽管如此，凛子大大方方主动相求也还是让久木觉得稀罕。

想必是喝醉的关系，或者偶尔“骑马”之间想起亦未可知。又或者得知反正回不去了而陡然变得放肆起来？

久木让凛子在自己身上重新坐好，由上而下看着凛子整个肢体，握住自己那个物件。

凛子到底闭起眼睛，听命后仰，双手像掩护乳房那样轻贴胸部。久木把她的手也左右拨开，使之一览无余。而后用手分开毛丛下部，徐徐侵入。

刹那间，凛子随着一声轻叹扭动肢体。久木兀自长驱直入。“啊——”凛子发出仿佛足以沁入肺腑的深深的长长的呻吟。

现在，男人的所有一切都被吞入女方体内，毫无疑问。

女方从这一位置将上半身慢慢后仰。达到极限时，转而徐徐前倾。如此反复数次之后，大约捕捉到了快乐点，动作一气加剧。

久木从下面把双手轻轻搭在凛子腰间，以无上幸福的感觉注视她渐渐泛起红晕的脸庞、摇颤的乳房，以及处于阴影中的小腹凹处。

不久，凛子更加头发凌乱，凌乱头发下的脸庞出现痉挛，仿佛即将哭出。

毫无疑问，凛子正在冲顶。就在久木这么想的一瞬间，凛子的两手从左右两边如黑色的双翼伸了过来，卡住久木的脖子。

此前久木从未用过如此冲顶方式。男人仰面而卧，女方骑在上面迎来高潮，这倒也不算多么稀奇。问题是与此同时女方卡住男人脖子——到了这个地步，可能就已经偏离常轨，近乎变态了。

实际上那一瞬间久木也以为会就势气绝，意识都模糊起来。

假如再持续一分钟甚至几十秒，都有可能一命呜呼。

刹那间久木仿佛隐约窥见了死亡世界。旋即，意识伴随着剧烈的咳嗽恢复过来，这才实实在在觉得自己还活着。

久木察觉近乎全裸的凛子趴在身边是在那之后。这么说来，自己看见凛子甩着头发叫着什么瘫痪下去来着。虽然现在记不起凛子叫的是什么，但两人不约而同冲顶这点可以断定。

久木一边追索渐渐恢复的记忆，一边缓缓挪动四肢。手、腿、膝盖都能动。如此看来应该没有异常。接着看纸罩提灯，想起这里是能望见中禅寺湖的酒店的一个房间。正想着，凛子一面朝这边转身一边贴了上来。

"好厉害……"

这一说法，往常指的是性爱当中凛子的失态。现在则是久木本身的体验。

"险些死掉！"

听得久木的语声，凛子随之点头：

"知道我说的'可怕'是怎么回事了吧？"

确实，冲顶时凛子是下意识说过"可怕"，那是怎样的感觉呢？久木再次追索刚从自己身上通过的肉体记忆。蓦地，他想起另一件事来：

"吉藏说过同样的话。"

"谁？那是……"

"被阿部定勒死的男人。"

久木脑海缓缓浮出在昭和史书上读得的阿部定和一个男人的身影。

凛子似乎对久木说的怀有兴致，以带有性事后倦慵感的语声再次问道：

"阿部定那个人做那种怪事……"

"倒也不是怪事。"

"还不怪？不是把男人的那里切掉了吗？"

凛子好像只记得案件的猎奇性部分。但对于仔细查阅昭和史存留案件的久木来说，那似乎更是发生在两个深深相爱男女之间的极富人性的案件。

"传说中她被误解了，这个那个的。"久木把纸罩提灯推开一点，在更加昏暗的被褥上小声说道，“不错，她是把男人那个东西切掉了，但那是在勒死之后。”

“女的把男的勒死了？”

“那以前也好像在做爱当中好几次勒过他的脖子，像你刚才那样。”

凛子慌忙摇头，一下子扑在他身上：

“我可是喜欢你才勒的哟！顶顶喜欢你的，所以觉得好像哪里可恨……”

“她也是喜欢他的，喜欢得不得了。不想交给任何人，就不由自主地勒他的脖子。”

“可那么做不是要死人的吗？”

“是的，所以死了。”

久木摸着刚才被凛子卡过的脖子四周：

“我也差点儿没命。”

“不不，以前不也是半开玩笑地卡过你脖子吗？想起那次来了，就稍微试了试。”

“一开始她也是开玩笑的。一边做爱一边时不时互相卡脖子取乐。”

“用手卡的？”

“那时是用细绳勒的。用力一勒，男的那东西就一挺，感觉很妙。”

“嗳……”凛子悄悄把腿搭在久木身上，“你怎么样？被卡脖子感觉美妙？”

的确，刚卡时是不好受。但接下去，就好像觉得怎么都无所谓了，自暴自弃似的。

“是不好受，但忍耐一会儿，舒服起来也不一定。”

“到底是的嘛！”凛子嘀咕一句，随即换上撒娇语调，“下次也卡我试试！”

“卡你的脖子？”

“我要上去时你知道的吧？在那时……”

久木听了，手轻轻放在凛子脖颈上。细，双手一合，整个拢在指间。就势一卡，凛子闭起眼睛。

那种顺从感惹人怜爱。再一卡，就碰上喉软骨，觉出颈动脉的律动。不管不顾地再使劲卡，凛子下颚慢慢翘起，旋即一阵剧烈咳嗽，久木急忙松手。

凛子又咳了几次，呼吸平稳下来时说道：“害怕是害怕，不过好像能理解。”凛子以梦游般的眼神说，“那人是用细带勒的吧？细带更不好受啊！”

“案件发生前一晚上两人也互勒脖子嬉闹来着。因过于用力，男的差点儿死掉。结果脖子有细带勒痕，脸红肿起来。女的又是冷敷，又买卡尔莫都林[③]镇静剂给他喝，总算没什么事了。那天很晚的时候，喝药喝得迷迷糊糊的男的小声嘀咕：‘今晚你怕又要勒我的脖子。不过，勒了就别撒手，勒到最后好了！中间撒手反倒难受的。’”

“可勒死不就一切都完了？”

“大概是想一切都完了吧！”

“那怎么会是因为喜欢？”

“想必是不想把男的交给任何人。”

倏然，阳台外响起阵风掠过的声响，纸罩提灯微微摇晃一下。外面雪应该不下了，而风更大了。

凛子大概也听见了风声，略一停顿问道：

“那、那个叫阿部定的人是做什么的？”

“被勒死的男的叫石田吉藏，在东京中野开一家名叫‘吉田屋’的餐馆，阿部定在店里做女佣来着。”

“那么，在那里才认识的？”

“年龄嘛，阿部定三十一岁，吉藏大十一岁，四十二。好像吉藏梳着鲻鱼脊发髻，非常英俊俏皮，一表人才。阿部定呢，十七八岁就当艺伎了，可能早熟，皮肤白嫩，别有姿色。”

久木读得关于阿部定的资料虽是半年前的事，但去年年底有机会再次看到当时的报纸，所以大致记得。

“那么，怕是她引诱的吧？”

“先打招呼应该还是男的。不过她肯定也迷上他了。”

“那个男的，可有太太？”

“当然有，一个精明强干的老板娘。但男的好像对阿部定一见钟情。”

“可是，在餐馆里两人很难单独相处的吧？”

“所以两人一起离开，在旅馆或酒馆④住来住去。”

凛子边听边觉得好像说的是自己和久木两人。

“做那种事，没被太太发现吗？”

“当然瞒不住的。所以不想回来，一连在外面住好几天，案发前已经在荒川一家酒馆连住一个星期了。”

“一个星期都没回去？”

“可能想回也回不去了，错过了回去的时机。”久木说到这里，阳台外又一阵风呼啸而过。

连续留宿在外而错过回家时机的阿部定和吉藏的心情，对于久木和凛子可谓感同身受。

“就是说不是谁单方面引诱的了？”

“当然，因为双方都不愿分开才拖拖拉拉一连住下去的。对她来说，马上回去，就等于把心爱的男人交回他的太太。”

“我也是！”

被凛子突然捏了一下臂肘，久木不由得抽回胳膊。

“女人的心情，一个样！”

听得凛子意外果断的说法，久木多少有些惊慌，像是以吉藏的心情自我辩解似的应道：

“估计他也没心思回去。”

凛子似有所悟：

“那么就像是双双殉情，是吧？”

“的确，弄死吉藏后，阿部定是打算自杀的。”

“不过，切那里是先切的吧？”

久木一边点头，一边回想从当时报纸上读得的报道。

“发现时他的尸体不仅有细带勒在脖子上，男人的那个东西也被从根上切了下来。而且，被单上用鲜红的血写着相当大的楷体字：‘只有定吉’。还有，男人左大腿根上也写了‘只定吉两人’。左臂上的‘定’字是用刀刃刻的，渗着血迹。”

“可怕……”凛子一下子扑在久木胸口。

“勒死大概是在后半夜两点。第二天早上只阿部定一人离开酒店。偏午时分女佣发现死尸，失声惊叫。不过从‘只有定吉’字样来看，不难得知阿部定吉藏的身份——我想她一开始就没打算逃跑。”

“那、切掉的东西呢？”

“小心包在纸里，又用男人的六尺兜裆布裹起来缠在自己腰间——时刻带在身上来着。”

这让久木也觉得心里不是滋味，就往一起靠了靠。意识到时，凛子的手正轻轻握着自己那个物件。

什么时候成了这个样子呢？两人面对面靠在一起，握住也没什么不自然。但毕竟正说到那东西被割掉了，久木难免怵然。

他轻轻后撤，但凛子仍牢牢抓住不放，身子随之缩进被单里面。

什么意思呢？久木正觉得纳闷儿，结果久木的阳具碰上凛子的嘴唇。而下一瞬间，尖端即被包拢在热辣辣的呼气中。

"喂喂……"

以前凛子也曾时不时羞涩地凑上嘴唇，但含得这么深还是第一次。

久木在仿佛直冲脑顶的快感中扭动身体。凛子挪开嘴唇，握着变硬的东西问：

"切的只是这里？"

久木一时语塞，只摇了下头。凛子又问：

"不单单这里吧？"

"那里和袋袋……"

"这里吧？"凛子这回轻轻碰着阴囊，"带这东西去哪儿来着？"

"她想寻死，就在东京城到处乱窜。但没死成。三天后住在品川一家酒店时被捕。当时的报纸作为世纪性猎奇案件报道，标题相当哗众取宠，例如'嗜血魔性的化身'啦、'变态性爱'啦、'花样杀人'啦，等等。"

"是有点儿过分。"

"一开始的确是煽情写法，后来阿部定的本意渐渐得到理解，写法也多少带有了好意，如'爱欲极致'啦、'但求同死'啦，等等。被捕时阿部定实际上也带有三封遗书。一封是写给自己杀害的吉藏的，写的是：'我最喜欢的你死了，终于成为我的了，我也马上跟去。'"

“那种心情，能理解的。”

“此外身上有一张去大阪的夜行列车票。在东京没有死成，想必打算在以前去过的生驹山上自杀。”

凛子的好奇心似乎愈发被激发出来，开始问阿部定本人：

“那么，被捕之后怎么样了？”

“老实说，她大概如释重负。刑警询问时，她马上就坦白了，说自己是你们找的阿部定。审讯时也没有不好意思，如实做了回答。因此，半年后开庭审判时，检察官最初量刑十年，实际判了六年。”

“轻刑？”

“作为杀人犯是非常轻的。服刑后因是模范囚犯，又减刑一年。实际服刑五年后得以释放出狱。”

凛子好像感到释然，点了点头。

“这年二月，年轻军官发动所谓二·二六事件，杀害了斋藤内大臣等三名重臣，震撼了整个社会。后来由支那事变[5]到太平洋战争，日本进入军国主义时期。”

“那种时候发生了这样的案件！”

“大家都听到了战争临近的脚步声，正是心情黯淡的时候，因而更被这同战争完全相反的一心追求自己爱情的阿部定的人生模式吸引住了，称之为‘颓废到底的纯爱’，把她呼作‘世道匡正大明神’，开始好意看待她。”

“那么，舆论帮助她了？”

“那当然作用很大。不过，主动为她做辩护的律师的能言善辩也好像起了效果。”

“怎么说的？”

“这么说的：‘阿部和吉藏两人由衷爱着对方。而且是具有几万人未必出现一对的肉体适合性的鲜乎其有的组合。故而肉欲难以割忍，乃是爱到极致而燃烧一尽的行为。所以不应以一般杀人论处。’这一辩护使得全场沸腾。”

“几万人一对的适合性……”

“总之就是性方面正相合适的意思吧！”

凛子默然。片刻，轻轻贴上下半身：

“我们呢？”

“当然属于几万人一对。”

“真的？”

“所以才这样总在一起嘛！”

无需说，爱少不了精神性联系。但与此同时，肉体方面的一拍即合也是重要的。有时候，即使比不上精神性联系，也还是会为肉体性魅力所吸引而难分难舍。

“可是，那不是一开始就能明白的吧？”

“光从外表上很难判断。”

“跟合不来的在一起是不幸的啊！”凛子的嘀咕大约是发泄对丈夫的不满，“那种时候，大家可都怎么办呢？”

“就算多少心有不满也忍耐的人估计是会有的。也可能有人以为婚姻就那么回事。”

“那还是不知道好吧？”

“话倒也不能那么说……”

“我是不幸的啊！被你教了不该知道的东西。”

“喂喂……”风云突变，久木慌了。

凛子只管说下去：

“这种事跟谁都说不出口的吧？”

的确，由于性方面得不到满足而关系不融洽的夫妻即使有，也很难讲给别人听。就算讲了，也可能仅仅被人视为不够克制或天生水性杨花，根本得不到解决。

“性方面合拍的夫妻让人羡慕啊！那样就什么都不用纠结了，是吧？可是，碰巧我和别人合拍了……”

在这点上久木也一样，对凛子的纠结感同身受。

“不过，一般是很难合拍的。而既然碰上了合拍的人，那不也蛮好嘛！”

眼下只能这么相互说服了。

看闹钟，十一点都过了。

话题始料未及地转到阿部定身上，好像过去了很长时间。

外面风仍好像很大，但雪停了，看样子明天可以返回东京了。回程时间虽还没定，但要十时赶到公司，就必须起得相当早。

差不多得睡了，久木轻轻翻了个身。不料凛子从背后贴了上来，伸手触摸胯间。

久木把自己的手静静放在她的手上，哄劝似的说：

“该睡了，睡吧！”

“只是摸摸可以的吧？”

讲阿部定之前已经剧烈交合过，久木再无应战的潜力。

久木就那样任由凛子触摸。未几，凛子似乎难为情地问：

“那个叫吉藏的人，莫不是很有两手？”

久木一瞬间觉得自己被用来比较，但还是按照书上读得的答道：

“阿部定本人是这样说的：他精通房中术。不但精力充沛，而且总是久久控制自己，让女人快活很长很长时间。在以往知道的男人里边，他绝对无人可比。”

“割掉那里也是因为这个？”

“刑警问她为什么割掉时，她回答：‘因为那是我最爱的宝贝东西。就那么好端端留着，老板娘为他擦洗遗体的时候肯定要碰上。我不想让任何人碰。而且，就算他的身体留在旅馆，而只要我把那个带走，感觉上也好像总跟吉藏在一起，不觉得孤单。”

“人真是坦率啊！”

“关于在床单上用血写的‘只定吉两人’，她说‘杀了他，觉得这回他完全成自己的了。我想让大家知道这点，就从两人姓名中各挑一个字写了’。”

“这可刊登在哪里了？”

“刑警的审讯书写得一清二楚。”

“想看看啊！”

“好，下次回去拿给你看。”

说到这里，久木任由凛子握着自己的那个东西，静静闭上眼睛。

半夜，久木梦见了阿部定。

大约是从日光回来了。久木乘电车回到浅草后，阿部定站在通向仲见世的小路上朝这边望着。虽然年纪看上去不小了，但皮肤白皙，分外美艳。久木正看得出神，她忽然消失在人群中不见了。

凛子也好像同样梦见了阿部定。因为听说有个女子像她，一时围得人山人海。凛子上前细看，被警察赶了回来。

两人同时梦见同一个人固然稀奇，不过久木觉得在浅草的人群中看见她并非没有根据。这是因为，记得战后不久自己从一位老编辑口中听说他看见阿部定在浅草附近开了一家小餐馆。据他介绍，虽说多少上了年纪，但风韵犹存，面容姣好，精明强干。遗憾的是此事逐渐传播开来，她受不住大家好奇的目光，很快没了身影，下落不明了。

“若是活着，大约多大年纪了呢？”凛子问。

昭和十一年[6]那年三十一岁，应该九十上下了吧。

“那么，还活着也说不定啊！”凛子说。

从编纂昭和史这方面来说，本想见上一面问问，但久木又觉得不做到那个程度也未尝不可。

“本人不愿意抛头露面，没必要强拉硬拽。再说她的心情在刑警审讯书上已经表达得很充分了。”

讲到这里，久木不再讲阿部定了，翻身爬起，仍只穿着睡袍拉开阳台窗帘。眼前的中禅寺湖在早晨的阳光下熠熠生辉。昨天下了一整天的雪了无踪影，此刻只见皑皑积雪反射着阳光，晃得几乎睁不开眼睛。

“看啊！”

昨晚知晓回不去后，一再和凛子做爱，又陷在阿部定和吉藏那黏黏糊糊的故事中难以自拔，这使得美丽的自然风景看上去宛如另一世界。

两人正忘情地看着，昨晚那位女服务员进来告知：

“早上好！路已经不要紧了。”

昨晚对道路不通是那般忧心忡忡，无论如何都想回去。然而一旦听说道路通了，这回又好像懒得回去了。不仅如此，反倒认为若是路总也不通回不去该有多好。

这种此一时彼一时的心情动摇，原因肯定在于从告诉自己这就回去之时即袭上身来的现实郁闷。

回到东京后会议那边怎么办？参加，还是不参加下午才去？另外，对妻子怎么辩解才好？返回后的麻烦，凛子有过之而无不及。她要向丈夫如何解释缺席婚宴甚至夜不归宿？

互相明知这种郁闷而又避而不提，无非是因为两人深知事情的严重性。

纠结之间，最后吃早饭已经八点过了。九点离开旅馆，搭出租车到山下的车站下来换乘电车。这样，到东京差不多要中午。

会议当然赶不上了。于是久木上电车前给社里打电话，告以感冒缺席。而对妻子还迟迟没联系。凛子也一样，早上开始就没有往家里打电话的动静。

反正十一点半到了浅草，但很难马上告别，就进附近一家荞面馆吃了午饭，出来时十二点多了。

若直接去社里，就算只上午没上班。是直接去还是不去？久木在大城市的嘈杂中举棋不定。

“怎么办……”

“你呢？”凛子反问。

久木从凛子的表情看出她心里发慌，忍不住说道：

“那么，去涩谷？”

往下去两人世界，继续拖延不归，情况势必更糟。

久木明知这点而又问“可以的？”凛子正中下怀似的点了下头。

两人直接上了出租车。久木轻握凛子的手悄声低语：

“这一来，就和阿部定吉藏一个样了。”

两人都清楚回到小套间后下一步做什么。

浅草到涩谷不出一个小时就到了。两人相拥而入。

虽然算不上出远门，但旅行归来的释然和轻度疲劳，使得两人就势倒在床上。马上求欢的意欲固然没有，可是在熟悉的床上肌肤相亲的时间里心情变得舒坦起来，一起酣然入睡。

不知哪一方先醒来睁眼一看，已是午后三时。晚上时间还不到，但拉合窗帘的房间一片昏暗。紧挨紧靠的时间里再次生出情欲。话虽这么说，但并没有像昨晚那样势如干柴烈火。久木有意无意触摸凛子私处轻轻爱抚，凛子随之亢奋，抓着久木那个物件依依不舍。如此一来二去，都忍耐不住了，随即融为一体。

社里的事也好，家里的事也好，早已忘个精光。或者莫如说为了忘光才不遗余力地沉溺于性的快乐。不知何时，又睡了过去。

及至再次醒来，已经时过晚间六点，外面已然黑尽。凛子用现有的东西做了简单的晚饭，一起喝了啤酒。

两人一边看电视一边不时交谈。而对最要紧的回家一事却只字未提。吃完饭，又不约而同地挨在一起。

倒也没有积极相求，只是在时不时相互触摸和欣赏对方反应当中嬉闹不止，完全没了白天黑夜的分别。与此同时，“再不回家……”这样的念头不时闪过久木的脑海。

十点很快到了。久木觉出尿意去了卫生间，折回时问道：

“怎么办？”

只此短短一句，凛子当即察觉是问回家时怎么办。

“你呢？”

午间在浅草的问答重复过来。

“倒是想一直待下去，问题是不能不回去吧？”久木应道。

时至现在，久木不想处于主动催促的立场。

对于在爱的极致中难以自拔的两人来说，再没有比分别更难受更寂寞的了。

此刻，凛子以不无苍白的脸色梳理头发。哪怕再淋浴化妆，同男人过夜的性事遗韵也不可能消失。这点久木也同样，即使穿上外衣，性事过后的倦慵仍如沉渣留在身上。

终于准备完毕。凛子在黑色高领毛衣外面套上红葡萄酒色短风衣，戴上灰色帽子。

突然,久木双手搂过凛子。

再不必说什么了,久木只管死死搂着凛子祈愿。

纵使凛子的丈夫发怒,狠狠骂她甚至打她,也希望她平安无事,惟愿跨越这些再次相见。

对久木的祈愿,凛子也好像觉察到了。

“我走了……”

凛子一狠心似的喃喃有声。而下一瞬间,就像突然感到害怕背过脸去,眼里沁出泪水。

想必还是不安。久木掏出手帕,为凛子揩去眼泪。

“有什么事打电话来！今晚一直不睡。”

一旦回家,久木也有难题等着。一向比较宽容的妻子,今晚恐怕也要大发脾气,吵得天翻地覆。但久木打定主意:无论如何也要履行同凛子的约定。

“再怎么样也不能让你为难……”

或许这句话让凛子多少镇定下来。两人对视一下,相互点头走出房间。

已经过了十点,公寓走廊鸦雀无声。门外放有一个纸壳箱。两人从箱旁走过,乘电梯下到一楼门厅,走到外面。

搭同一辆出租车,难免再次难分难舍。于是叫了两辆出租车,车来时互相握手。

“记住了?”

久木让凛子先上车。等车尾灯远去之后,久木终于意识到,一次奢华、倦怠的长时间性爱盛宴此刻终于曲终人散,随即闭上眼睛。

①十五万：十五万日元。

② 清酒：具有代表性的日本酒，大米酿制，无色透明，酒精含量十五度左右。

③卡尔莫都林：商标名。溴米那制剂，用于催眠、镇静。

④酒馆：日语为“待合室”“待合茶室”，可以召艺伎嬉戏留宿的酒馆。

⑤支那事变：我国称“七七事变”。

⑥昭和十一年：一九三六年。

春阴

しゅんいん

季节变更的节点，在人事上也带来了种种变化。尤其在由冬入春的过渡期间，万物在野外蓄势待发，对人身心的影响也就分外明显。

从二月中旬到三月之间，实际上久木身边也发生了几件意想不到的事。

其中一例是，和久木同年入社而年龄比他大一岁、本来被视为社内精英的水口因肺癌住院了。

因正值去年年底突然从总社转入 MALON 分社而情绪多少有些低落之时，可谓双重打击。所幸发现及时，马上做了手术，病情似乎暂且稳定下来。

久木本想前去探视，但因为水口家人希望往后推一些时间，所以还没有去。

水口的发病，到底是体力被春天的精气吸走的结果不成？而由病倒在从总社出局这一转折点来看，人事变动的影响恐怕也是有的。

当然，这并不是得病的直接起因。不过，考虑到不少人都是在由于失去原有职位而失去工作以至人生热情的时候得病的，所以很难认为二者没有关系。

不管怎样，同代人病倒了总是让人不安：自己也差不多那个年纪了！

好在久木眼下还不至于那么糟。只是，同凛子的关系已经到了进退维谷的地步。

奇异的是，男女关系与其说是随着时间推移而慢慢加深的，莫如说是以某一件事为契机而阶段性深化的。例如就久木和凛子两人来说，一起去镰仓，继而去箱根，又在凛子为父守灵之夜勉强在酒店幽会——每次如此大胆和欺左瞒右的幽会，都使两人的关系深入一步。而使得两人之间的纽带变得更有力的契机，无疑是二月中旬一起去中禅寺湖滞留未归那次旅行。

问题是，未参加侄女婚礼又连续两天夜不归宿——这样的人妻不可能得到世人的原谅。

假如回家后被丈夫厉声斥责大吵一架怎么办？

久木为此忧心忡忡彻夜未眠。不料两天后在涩谷套间见面时，凛子却显得很精神。

不过，这终究是表象，实际上已经怒涛翻卷。

据凛子述说，那天夜里十一点多回到家后，丈夫还没睡。凛子告以回来了也没应声，兀自继续看书。

凛子当即觉察丈夫的怒火非同寻常。但她还是就暴风雪致使自己未能回来参加婚宴道歉。但丈夫还是一言不发。凛子只好去二楼换衣服——就在转身的一瞬间,“等等……”,丈夫的语声朝她后背捅来。

“你做的事,全都知道。”

凛子愕然回头。丈夫断然说道:

“对象也好地点也好,统统知道!”

听凛子说到这里,老实说,对于久木简直是晴天霹雳。

根据凛子和衣川此前断断续续说的情况,凛子的丈夫是四十六七岁的医学部教授。修长的身材,英俊的相貌,外表无可挑剔。只是,似乎有优秀男人常见的冷淡和自以为是之处,对处理男女私情和为人处世不太擅长。

这样的男人难道会连妻子的上床对象都查清楚了?久木难以置信。凛子淡淡告诉他:

“甚至你的名字叫久木祥一郎也一清二楚。”

“为什么连这个都……”

“那个人,嫉妒心其实很强……”

就算那样,连自己妻子上床对象的姓名都打探出来也并非易事。

“跟踪我们了,还是雇侦探了?”

“即使不那样做,想知道也还是能知道的。你不是有信来的吗?再说我的手册上也时不时写过你的名字和出版社什么的。”

“他看见了?”

“当然是藏起来不让他看见的。可起初那阵子还不怎么在意,最近才觉得好像给他看见了。”

“你不是总在家的吗?”

“那是的。不过年底离家有些日子……”

去年年底凛子父亲去世后，凛子回横滨娘家的时候多了起来。莫非她的丈夫是在那期间把妻子的事查得水落石出的？

“况且，旅馆的名字这次也说了吧？住一晚倒也罢了，结果住了两晚。说不定打电话到服务台这个那个问了许多。”

的确，一来那个暴风雪之夜客人有限，二来毕竟紧急时刻，旅馆应对外部的询问也比较随意。

“他真那么说了？”

“这种事，说谎也没什么用吧？”

久木感到一阵怵然，就好像此前一直以为是不谙世事的老实人那样的人，现在突然凶相毕露扑上身来。

“那么，他是怎么说的？”

“想玩随你怎么玩好了！你这种肮脏淫荡的女人……”

久木觉得似乎说的是自己，默不作声。凛子叹了口气说：

“‘恨你，但不分手’，他说。”

久木一时不明白凛子说的意思，不明白借凛子之口表达的凛子丈夫的心情。

假如憎恶妻子，那么岂不应在痛骂一顿之后早早分手才是？为什么还一如既往维系夫妻关系呢？

“不明白……”久木嘟囔道。

“我也不明白。不过，他是在用这个来报复。”凛子也点头道。

“报复？报复你？”

“可恶，不可原谅，所以不离婚，想用婚姻这个框框永远把我困在里面……”

居然有这样的报复方式？久木半是惊愕，半是认可。但还是不明白。

“男人一般都是要怒骂、殴打什么的吧？”

“那个人不会那么做的。”

“那么说，不管你怎么在外面玩都一声不吭视而不见？”

“与其说视而不见，不如说想关在家里冷冷看着。况且，就算他视而不见，我到处寻欢作乐也会给周围人说三道四的吧？母亲、哥哥就不用说了，他那边的父母和亲戚们也……只要不离婚，妻子就是妻子。”

这么说来，凛子丈夫考虑的报复用意也不是不能明白。

“可到了那个地步，住在同一屋檐下又有什么意思呢？你没心思为他做家务，他也很难在家里吃饭的吧？”

“这点不要紧的。他父母家在中野，这以前也常在母亲那里吃饭。而且学校里有他自己的房间。何况家里也是卧室分开的。”

“那、什么时候开始的？”

“有一年多了。”

说起一年前，正是久木和凛子关系直线升温的时候。莫非从那时候开始凛子夫妻关系就岌岌可危了？

“那怎么办？就这样下去？”

“你怎么办？”

给凛子反过来一问，久木不由得屏住呼吸。

当场给对方以满意回答固然不大可能，但不用说，两人的关系早已到了别无退路的最后关头。

沉默当中，久木再次回想被困在中禅寺湖之后回到家里时的情形。

那天夜里，久木回到家也十一点过了。妻子还没睡。

虽然没睡，但妻子没有像往常那样出来相迎。于是自己直接走进兼做书房的自己的房间，脱去上衣，边换宽松的睡衣边左思右想。

马上去客厅同妻子见面，昨晚的事难免造成尴尬气氛，争吵起来也说不定。与其那样，莫如索性就这么做出疲惫的样子休息？实际上性事后也累了。况且这就解释为何没回来也实在上不来情绪。

可是，就算现在佯装无事，到了明天也还是要面对面。把问题拖下去只能招致麻烦。相比之下，还是今晚就说忙什么的道个歉，反倒可能化险为夷。

久木打起精神，起身看了眼镜子，确认没什么特别之处，然后走去客厅。

不出所料，妻子坐在沙发上看电视。看见久木，小声说“你回来了”。久木一边点头作答，一边为妻子意外平和而放下心来，坐在旁边椅子上，说道好累，伸了个懒腰。

“昨晚本来打算回来的，但工作怎么也完不了，连今天都耗掉了。”

他告诉妻子到京都的寺院和博物馆找资料去了。

不过他有些心虚，毕竟以这一名目同凛子短途旅行好几次了。

“昨天想联系来着，奈何喝醉睡了过去……”

说到这里，久木再次轻轻伸了个懒腰，伸手去拿茶几上的香烟。这时，妻子关掉电视，回过头来：

“不那么勉强也可以吧？”

“勉强？”

妻子缓缓点头，双手捧起茶几上的茶碗：

“我们分手吧！还是分手好吧？”

所谓睡觉时有水灌耳[①]，正是此时此事。全然始料未及的话从妻子口中透露出来。

“现在分手，我好受，你也痛快，是吧？”

听妻子这么说，久木仍以为开玩笑或调侃。但妻子继续下文：

“都到这把年纪了，没必要互相勉强。”

妻子平时就不大吵大闹。即使有所不满，也只是三言两语说明要点，说完就一副漠不关心的态度。

久木以为妻子生来宽宏大度。但今晚多少有些不同。

说得比以往更冷静、更平和，其中似乎含有深思熟虑后做出的艰难决断。

“但是，为什么……”久木忘了给手中的香烟点火，反问妻子，“忽然给你这么说，这可不好办。”

“没什么不好办的吧？缘由你再清楚不过。”

妻子定定注视。久木不由得背过脸去。

本来心存侥幸，而妻子到底知道了凛子不成？反正这以前完全没有类似反应，而始终采取淡泊态度，仿佛在说“你是你，我是我”。久木就以为这也未尝不好。而若一切都被妻子看在眼里，那么就等于说自己太天真了。

“可是，何苦这么风风火火……”

“不是风风火火，而是太晚了。如果现在不分手让你和她在一起，她也怪可怜的。”

“她？”

“你着迷到这个程度，应该相当喜欢的吧？”

妻子的语声平和镇静得令人气恼。

“我这方面你别担心，不要紧的。”

久木此前也不是没有考虑过同妻子离婚。结婚过了七八年，差不多到了倦怠期。后来和别的女性要好时也曾想过假如同妻子离婚而落得孤身一人……尤其认识凛子后考虑得就更具体了，甚至在脑海里勾勒出和她结婚的情景。

然而一旦真要离婚，就有各种各样的问题挡在面前。首先，如何向并没有说得出口的缺点的妻子提出离婚呢？其次，如何能取得独生女知佳的理解呢？再次，自己有足够的精力彻底摧毁迄今构筑的家庭和从零建立新家吗？而且年龄是不是也有些过大了？对眼下的生活是不是过于习惯了？何况，凛子肯离婚跟自己在一起吗？这点再重要不过。

想到这些，一时的冲动也就冷却下来，觉得最好还是背负现有家庭这个枷锁，想幽会时幽会为好。这样也不至于给周围人添麻烦。

结果，这半年时间里，恨不得离婚和凛子在一起的冲动、不可像小孩子那样轻率的冷静——二者总是僵持不下，总有一方来而复去，去而复来。

但是，在这种僵持状态中自己忘记了妻子的心情这一最大因素。不，准确说来，较之忘记，莫如说不以为意，以为她的心情一如从前，一成未变。

不错，细想之下，迄今自己之所以未能向妻子提出分手和认为离婚困难，也是因为自己坚信“妻子爱着自己不愿分手”，坚信惟独这点始终如一。

然而，这样的妻子口中居然说出“分手吧”。这彻底颠覆了久木迄今为止的想法。

久木做梦也没想到妻子会主动提出分手。

“可以吧……”

敦促离婚的妻子的语声是那样爽朗，全然没有迟疑没有荫翳。

作为妻子或许是深思熟虑后的结论，但对于久木则过于突如其来，无法即刻回答。

总之这天夜里就那样不了了之休息了。第二天早上略微早起打量妻子的表情：表情一如平日，平平静静准备早餐。

没准昨晚说的是用开玩笑来劝诫玩过火的丈夫？这么想着吃完早餐。刚一起身准备上班，妻子低声提醒：

“昨晚的事，可别忘了！”

久木马上回头。妻子则若无其事地把餐具拿去洗碗槽。

久木刚想叮问是不是真心话，但妻子已经拧开水龙头开始洗餐具了。于是作罢走去门口。在那里穿好鞋回头一看，妻子没有出来相送的动静，只好开门走到外面。

天空一片晴朗，但空气微微带有潮气，令人联想伴随冒芽的枝头临近的春天脚步。

在这样的清晨空气中，久木慢慢向私营地铁站走去。一边走，一边再次想起自己正被逼离婚。

老实说，自己一向认为离婚与己无关。而回过神时却不知不觉成了当事人。久木为自身处境的急转直下感到狼狈，心中自言自语：

“话虽这么说，可那是妻子的真心话吗……”

半信半疑之间被地铁车厢摇晃着赶往出版社。久木越想越不明白，到站下车后，决定用公共电话往女儿那里打电话。

女儿知佳结婚两年了，没出去工作，这个时间应该在家。

走进电话亭，平静一下心情后按下号码。女儿声音当即传来：

“怎么回事，这么早？”

“哎呀，有点儿事的。”久木随口应付一句，而后突然想起似的试着说道，“对了，你妈妈提出分手。”

“妈妈到底说了？”

本以为女儿会吃惊，而女儿声音意外平静。何止平静，还说“到底”——由此听来，女儿恐怕已经听妻子说过了。

久木觉得惟独自己被当成了局外人，反问：

“你知道的？”

“当然。从妈妈那里这个那个听了不少。那么，爸爸，你怎么办？”

“什么怎么办？”

“妈妈可是真心想分手的哟！”

听女儿说得这么轻松，久木更慌了：

“你是说，妈妈和爸爸分手也无所谓？”

“当然希望你们永远好下去喽！可是，爸爸不爱妈妈了吧？外面有了相好，其实是想和那个人在一起的吧？”

得知妻子对女儿说到这个程度，久木再次惊诧不已。

“不爱了还在一起，不好的嘛！”

知佳说的当然明白。但现实中的所有夫妻既不相爱，又不相悦。其中应有相当多一部分已经相当腻烦或冷漠。然而并不能因此而马上分手，这也就是所谓夫妻。

“那么，你也赞成？”

“还是那样对双方都有利吧？”

“可是，毕竟一起这么长时间了……”

“话是那么说，问题是爸爸你不好，有什么办法呢？”

这么一说，久木就没了反驳余地。

“妈妈已经累了。”

“可是，往下她打算一个人过下去？”

“当然是妈妈一个人。要尽可能把房子、钱留下来哟！”

虽说理所当然，但久木还是生出一种被出卖感：到了这种事态，女儿到底向着母亲啊！于是说道：

“本以为你要反对的。”

“那毕竟是爸爸妈妈的事吧？”

确实，对于嫁出去的女儿，父母的事基本没多少关系了。

“我嘛，只管放心，没什么的。”

自己忘了家庭四处游耍当中，无论妻子还是女儿都好像变得强大起来了。

凛子和久木听罢对方的告白，两人不由得相对苦笑。

实际上，时至如今，叹息也好悲伤也好都已无从谈起，大声笑就更笑不出了。

总之，此刻两人都似乎处于全然始料未及的岔路口。然而微妙而奇异的是，两人的处境截然相反。

说到底，久木本来猜想凛子回家后很可能受到丈夫大声呵斥甚至要求离婚。不但久木，凛子也有此预想并在一定程度上做好了心理准备。

结果却完全相反，丈夫没发火没说分手。不仅如此，还宣称绝不离婚，要把凛子牢牢套在婚姻的枷锁里。

坦率地说，别说久木，就连凛子也没想到会出现这种局面。如此出乎意料，致使凛子狼狈不堪。这点在久木身上也如出一辙。

晚归时乐观地猜想今晚妻子也至多大发脾气大吵一顿。结果别说吵，反倒极为温和而又坚定地提出离婚。惊慌的是久木这方面。久木以为不至于，怀疑是开玩笑。然而回过神时，提出离婚已是既成事实，无论妻子还是女儿都直言不讳。

“不过奇怪啊……”此刻久木只能如此表示，“两人正相反，好像。”

估计丈夫提出离婚的凛子被套进结婚这个枷锁，以为很难离婚的久木反过来被要求离婚。

“莫名其妙……”

听得久木喃喃有声，凛子静静询问：

“你、莫不是后悔了？”

“从何讲起……”

被凛子问“莫不是后悔了”，不可能回答“正是”。

两人的关系已经这么深了，示弱是使不得的。

可是，由此后退一步叩问自己的心情，多少灰心丧气也是事实。

对离婚那一状态原本是那般渴望，而一旦可以自由了，却又马上不知所措犹豫不决。这是为什么呢？

说千道万，莫非是为脱离婚姻这一被社会认同的框架而感到不安，还是由对方而不是自己突然提出致使自己没有心理准备的结果呢？

凛子似乎察觉出了久木内心的动摇，小声说道：

“如果你后悔了，返回也可以的。”

“返回？回哪里？”

“家、回家……”

“这就？”

“你不是觉得对不住太太的吗？”

“家已不再留恋。”

“当真？”凛子叮问。

久木慌忙点头：

“决不回家。”

“我也不回。”

久木点头。同时想起凛子仍被紧紧束缚在婚姻的框框里：

“可你……”

“我就这样了，回家也无法可想。”

“但是离不了婚。”

“那怎么都无所谓。即使离不了，身体也是自由的！”

“周围人如果说三道四？”

“谁怎么说都不在乎。”

凛子毅然决然。在她的影响下，久木也鼓励自己：

“那是那是。”

二月末至三月间，久木一天天在不安中度过。

妻子提出离婚后久木也时而回家。回家也没怎么争执和吵骂。表面上平平淡淡，一如既往。有时甚至忘了对方的离婚要求。

这种时候，久木倏然心想：妻子固然提出了离婚，可现在后悔了也说不定。

可是，即使表面上风平浪静，妻子的心情也好像没有改变。三月初刚回到家就发现桌面放着离婚协议书。

协议书大概是妻子自己特意从区政府取来的。离婚协议书的一角写有自己的姓名“久木文枝”，盖了印章。久木只要在旁边写上自己的姓名盖上印章，离婚即告成立。

事情竟如此简单，久木惊惑不已。

如果只要在此签名即可分手，那么二十五年来孜孜不倦营造出来的一切算是什么呢？

相对于久木迟迟拿不定主意，妻子依然干脆利落，一副事务性态度：

“喏，放在桌子上了，请签名好了！”

第二天早上又在临出门时听得妻子淡淡说道，久木受到新的冲击。

妻子究竟有没有类似留恋的心情呢？看这样子，岂不成了冰一样毫无温情可言的女人？

久木忍不住给女儿知佳打去电话。女儿同情妻子方面：

“不过在下决心之前，妈妈可是一直纠结的哟！”

情况似乎是妻子苦闷期间自己一直到处寻花问柳，而觉察到时妻子已然下定决心。哪怕在她苦闷时朝她走近一点点，情况也不至于如此。而现在恐已错过时机，修复起来太迟了。

想来想去，久木到底没能产生按妻子要求签字的心情，而将离婚协议书收进抽屉，一天天得过且过。

妻子拿出离婚协议书的事还没讲给凛子听。这种得过且过的心情很可能同罪犯无异：明知早晚要被收刑，却日复一日能拖就拖。而另一方面，久木也觉得这样拖着毕竟让人心神不宁，对工作也可能有影响，索性签字了结算了。

老大不小的男人被逼迫离婚却总是恋恋不舍，总是不置可否，这实在算不得好汉——久木固然这样说给自己听，可是一旦把离婚协议拿在手里准备签字，又每每心想再拖延一天也并不碍事。

同这种摇摆不定的心情相反，离婚说法出现以来，现实生活发生了实实在在的变化。例如，即使两人在涩谷套间幽会并直接住下之时，以往难免要琢磨种种理由，总像有罪孽深重之感，而现在则不怎么在意了，转而心想反正要分手，无所谓！

理所当然，随着在外面留宿次数增多，久木本人的内衣、袜子以至衬衫、领带等随身衣物也渐渐从家里转来涩谷这边。

这一变化同样表现在凛子身上。替换衣服越来越多，要有地方收纳才行，于是新买了立柜。进而添置了洗衣机、微波炉等家用电器。

从社里回来时，久木的脚步不知不觉迈往涩谷这边。蓦然回神，已经开门进入两人空间。

凛子还没来，自己一个人坐在家具什物日益增多的房间里，既有恬适之感，又有某种似乎无可排遣的无奈，不由得自言自语：

“往下如何是好……”

瞻念前程，心中隐隐不安，却又沉溺于近乎自暴自弃的心情：听之任之吧，车到山前必有路。如此又过了一些时日。

三月过去一半，久木心里七上八下的状态也没见转机。

这固然同妻子要求离婚而自己仍下不了决心的暧昧态度有关，但另一方面，同春天特有的阴沉天气也似乎不无关联。进一步说来，探视卧病在床的水口一事也可能有影响。

久木探视水口，是在三月中旬一个日历上标为“桃始笑”的日子。一如“桃花开始绽笑”含义所示，正是桃花开始绽放时节。水口所住医院的门口，红梅白梅交相绽放。

午后三时，按照水口妻子指定的时间来到医院。对方已站在走廊等候，当即把久木领去旁边的休息室。

久木很早就说想去探视。但由于水口妻子希望等等，就没再坚持。

“手术总算做完了，有了精神。”水口妻子这样解释让久木等待的缘由，但表情黯淡。

久木有一种不祥预感。再问病情，得知医生说做的是肺癌手术。由于已经转移，最多能活半年。

“本人知道吗？”

“没能说到那个程度。只说不好的部位已经摘除了，不要紧了。”

水口妻子把久木叫来休息室，想必就是想在探视前交代一下个中情由。

“拜托了！”

久木对水口妻子点了下头，走进病房。水口显得比预想的精神，点头道：

“来得好啊，好久没见了！”

水口现出微笑的脸庞，除了看上去约略苍白，和以前几乎没有不同。

“本想早来的，听说做手术就没敢来。”

“哎呀，真是不幸！不过不要紧了，放心就是！”

在水口劝说下，久木又往枕边靠了靠。

“不是蛮精神的嘛！”

“光是手术倒没有什么。问题是抗癌药弄得我没多少食欲。原以为下个月就能出院……”

久木顿时想起水口妻子说的转移了顶多能活半年的话来，但马上若无其事地说：

“快快回来才行！你不在，MALON 社怕也不好办。”

“哪里，无所谓好办不好办。公司嘛，本来就是少了一两个人也不至于不好办的玩意儿。”水口的说法意外清醒，然后说道，“不过病这东西也真是不可思议，总是在情绪消沉的时候找上门来。”

“去年年底……”

“那时也跟你说了，老实讲，万念俱灰，觉得自己的一切都被否定了。就在闷闷不乐的时间里身体情况不妙，到医院一查，癌！”

水口从总社董事下到分社，是去年十二月的事。转年正式成为分社的社长——正是在当口儿发病的。

“很可能因为下派才得上这种病的。”

"不至于吧？"

"毕竟那以前哪里都好好儿的。"

果真那样，莫不是对工作的热情和紧张感阻止了癌的发展？

"不过你还好，看上去总是春风满面。"

水口从床上用深切的眼神向上看着久木。

"我也像你那样玩玩就好了，敢说敢做就好了！"

"现在开始也不晚的。"

"都这个样子了，晚了。人反正都要老要死的，一定要在想做的时候做自己想做的事才行啊！"

细看之下，水口皱纹约略增多的眼角隐隐沁出泪水。

三十分钟左右结束探视走出病房的久木仿佛被某种迫切的、燃烧般的感触俘虏了。

所谓迫切，来自面对和自己同代之人得了癌症、死期临近这一事实。当然，迄今为止并非没有目睹和自己同龄或比自己年轻之人的死。但刚才这位毕竟是早有交往且入社以来和自己同路走过来的朋友，所受冲击也就格外强烈。

想到自己也到了那样的年龄，也已不再年轻，就有一种迫切感油然泛起。

另一点，自己之所以心中涌起一股燃烧感，是因为对水口说的人一定要在能做的时候赶快做那句话感同身受。

就在刚才，水口面对自己的死后悔以往的人生。至少在旁人眼里，他送走的算是一路拼搏的充实人生。尽管如此，似乎仍有未尽之念挥之不去。

至于那是工作上的还是同女性爱情上的，内容另当别论，但感到后悔是确切无疑的。

人的一生，纵使看上去波澜壮阔，而若从终点回头看，或者意外平庸亦未可知。在这个意义上，无论怎么活都可能留下懊悔。话虽这么说，但还是不想在临终之际哀叹失败或后悔该做的没做。

眼下，同凛子的情恋对久木恰恰是最大且惟一的生存价值。也许有人说自己像女人那样一往情深，可是工作也好情恋也好，对人的一生同样重要，同样值得付出整个生涯。而现在自己正在为热恋和独占一个女性这桩大事业倾注全部精力。想到这里，一股热血自然而然从体内涌起，一颗心不由自主地飞向凛子等待的套间。

樱花时节一个天空微阴、约略抑郁的午后，莫非这就是所谓“春阴”？

开花还为时尚早。但由于天气暖和，樱花的花蕾看上去更加胀鼓鼓的了。

在如此气氛的街头风景中，久木抓着电车吊环赶往凛子等待的涩谷套间。

时间才四点半，但离开社里时说下午去看水口，没必要再返回社里。今天早上这样告诉凛子时，她说她也顺便去横滨娘家，大约五点来涩谷套间。虽是太阳还高时候的幽会，但无需顾忌谁，毕竟有两人单独的房间。

下得电车，久木走到公寓。他以沿着走廊欢呼雀跃的感觉来到套间前开门。凛子不在。

五点已经到了，也许多少晚来一会儿。

久木拉开窗帘，打开暖气，坐进沙发。

社里几乎所有人还都在工作，单单自己一人从兵荒马乱中溜了出来，在全然无人知晓的房间里等她。

久木对这种私密氛围感到心满意足。打开电视,里面正重播电视剧。如此时间里有男女私情剧这点也让久木觉得新鲜。

半看不看之间,时间到了五点半,又到了五点四十五。

凛子怎么回事呢?她很少迟到的。路上买晚饭食材了?

久木一边这么想像着,一边考虑凛子进房间时如何处置。

看这情形,要晚三十分钟到一个小时,该给她来点惩罚才是。

她进门时自己躲在门后,猛一下子吻她的嘴唇,或者不由分说地把手插进胸襟一把抓住她的乳房,还是直接按倒在沙发上好呢?

正独自想入非非,门铃响了,传来拧动门拉手的声音。

凛子总算出现了。晚了将近一个小时。

本想一见面就来个种种惩罚,但真见了,就没了焦躁。只用话语敲打一下:

“姗姗来迟嘛!”

“对不起,娘家这个那个的……”

今天的凛子穿的是带有春天气息的淡黄色西式套裙,领口围一条印花围巾,手臂搭着白色风衣,提一个大些的纸袋。

“晚饭怎么办?出去吃吧!”久木提议。

凛子打开纸袋:

“在车站商店买了一点儿回来,在这里对付一顿好了。”

久木自然没有异议。同匆忙外出相比,还是在这里舒心,又能同凛子调笑。

久木正要从背后一把搂过站在厨房的凛子。凛子用手制止:

“给猫找地方来着。”

“你母亲那里?”

凛子点头,从纸袋里拿东西出来:

“给母亲训了。”

“因为猫？”

凛子说近来离家时候多了，猫孤苦伶仃怪可怜的，而又不乐意求丈夫，就想寄养在横滨母亲家里。

“母亲也喜欢猫，寄养是没有问题的。可是问我为什么要这样……”

“这里地方小，禁止养宠物的吧？”

“不是那样，是问我为什么离家离到了必须寄养猫的程度。”

的确，自己有家却要寄养猫是不自然的。

“母亲知道我时不时离家。说前两三天晚上还往家里打电话，可我不在。问我那么忙去哪里了……”

看来，问题已经波及凛子娘家，到了相当严重的地步。

“几次都想跟母亲说来着，却一直没说……”

想必因为父亲去世还没过去多长时间，凛子毕竟不好说夫妻不和的事。

“不过母亲知道的。”

“知道？知道我们的事？”

“好像从去年秋天开始就觉得有什么不对头。正月见你之后也提醒我来着。”

“怎么说的？”

“说总不至于另有喜欢的人了吧？”

“那么？”

“我当然说没有。可母亲是直觉敏锐的人……”

久木还没见过凛子的母亲。但从话中听来，似乎是一位有旧式商家教养的、优雅而有主见的女性。

“上次不是没参加侄女的婚宴嘛，那以后也这个那个说了不少。三天前夜里往我那里打电话我也不在……”

说起三天前的夜晚，是两人仍住在涩谷套间的时候。

“说晴彦替我接起电话……”

“晴彦？”

“那个人的名字。”

久木这才知道凛子丈夫的名字，觉得颇有些不可思议。

“那个人对我母亲说今晚也可能很晚。”

“很晚？”

“在外留宿倒好像没说，但母亲好像从他的说法明白了什么……”

凛子从碗橱里拿出茶叶和茶壶。

“母亲对那个人是相当中意的。说万一我在外面做出莫名其妙的事来，没脸见父亲……”

“可是……”久木无言以对，重新折回沙发，“不可能永远瞒着母亲吧？虽然不好受，但说了，也许能得到理解。”

“说了。”

“那么，已经明确了？”

凛子大大点了下头：

“让刚刚失去丈夫的母亲伤心是很不好受，但今天全都说了。”

“怎么样？”

“母亲起初平静地听着，后来发了脾气，哭了起来……”

从断断续续的话语中，久木不难想像凛子母亲的狼狈面影。

“母亲原本只是怀疑，听我一一交待后，受到极大打击，说自己没养过这么不检点的女儿……”

久木什么也说不出来，只是一味低头听着。

“母亲说这么伤风败俗的事，对哥哥也好亲戚也好，对谁都说不出口,父亲肯定在墓里面伤心。说到这里,母亲哭了起来,问我对那个人哪里不中意……”凛子略一停顿,“可那种理由,对母亲说也不可能得到理解,就没有吭声。又问我对方是谁是哪里的……”

“那么?”

“你的事也说了。这种事,隐瞒也隐瞒不下去的吧?”回过头来的凛子眼睛里闪着泪花,“这样,我什么都失去了。”

听得此言,久木情不自禁地搂紧凛子。

凛子早已失去了可回的家失去了丈夫,现在又失去了娘家母亲这个最后堡垒,能依靠的只有自己。这么想的一瞬间,久木心中涌起滚烫的情思:为保护这个女人,死也在所不惜!

凛子也坚信现在惟此一人可以依靠,主动把整个身子投向久木。

在这种连带感中紧紧拥抱的两人脚步踉跄地移去仅此一处的卧室,像跳水一样弓身往床上栽了进去。

男人随着轻度反弹最先捕捉的是女方嘴唇,却又马上转念,擒住刚才沁出泪水的眼睑,嘴唇径直压在上面。女方一时像遭遇偷袭似的转过脸去。男人犹然劈头盖脸。少顷,颤抖的睫毛收敛下来,刚流出的眼泪稍稍带着咸味传进男人的嘴唇。

久木吮吸着女方积在眼睛里的泪水,打算以此冲淡凛子的悲伤。

纵然不具有足以改变现实困境的力量,也会在治愈心底潜伏的悲伤和苦闷方面显现足够的效果。

徐缓而精确地吸泪吸了几分钟后,男人的嘴唇摸到女方的鼻端,整个扣了上去。女方这时也像怕痒似的扭动身体,但在卷起的舌尖触进鼻孔时很快安静下来,泪滴也从那里流淌下来。

嘴唇、眼睛、鼻子三处接受唇吻,眼泪被吸得毫无痕迹之后,凛子终于从抛弃丈夫和母亲的悲伤中解脱出来，一直埋伏在体内的奔放的情欲似乎正在复苏。

凛子配合久木手的动作——时而急不可耐地——自行脱去裙子，除掉内裤，以刚降生时的裸体低声说道：

“糟蹋我……”

即使是作为逃离一时痛苦的手段，女人整个献身于男人这点也并无不同。

听得对方恳求糟蹋自己，男人马上开始构思方案。

首先，希望糟蹋即意味着女方彻底颠覆和摧毁迄今怀有的常识和既成概念。

如此想罢，男人立时变成野兽，一把拉掉遮蔽全裸女体的薄被，趁女方露怯的一瞬间猛然高高抬起她的双腿，进而左右大大分开。

虽然房间没有灯光，但六点刚过的窗边仍飘忽着夕阳的余晖。在这片微明之中，凛子白皙优美的双腿凌空而起。

“做什么？”

女方惊慌失措，但男人置若罔闻，搂住女方张开的大腿一下子拖到窗前。女方这才察觉自己的私处正对着窗口。

“给人看见……”

女方担心被人看见，但在公寓套间里上演的床上戏，外面不可能一一窥见。

不过，这与平日不同的异常设定，似乎更加激活了女方的羞耻心和兴奋点。

一边呼叫“住手”一边拼命挣扎的女体、不管三七二十一席卷而来的男人——双方推搡着、撕打着，时而扭作一团，时而两相分开，纯然一场短兵相接的悲壮的肉搏战。两人气喘吁吁，大汗淋漓。

然而这无疑是为通往糟蹋目的地的重要步骤。

不久，女方体力不支，就好像已经习惯了对方反复强迫的色情体位，颤抖着在双腿微微张开的位置自行止住不动。

毫无疑问，女方的道德感和羞耻感已被彻底摧毁。莫如说，甚至对可能被看见的姿势开始产生受虐快感。

男人见此反应，终于坚定侵入女方体内的决心，开始朝最后糟蹋阶段长驱直入。

女人的身体虽然弱不禁风，但她的性却多姿多彩鲜活生猛。相反，男人尽管身强体壮，但他的性单一而脆弱。

理所当然，久木并非没有这方面的预感。不，正因为有此预感才事先让女方备受羞辱，使之疲惫不堪，在其被彻底伤害的当口儿不失时机地乘虚而入。

然而，一旦结为一体，如此程度的障碍非但无效，反而激活女方情绪，在结果上适得其反。

不管怎样，男人开始全力发起冲锋。一边在女方颈项和耳畔施以几乎留下齿痕的热辣辣的唇吻，一边持续抽动不止。女方因之逐渐涨潮，不久伴随尾音长长的瞬间呻吟达到高潮。至于是不是她起初希望的被糟蹋状态则是疑问。至少，既然说是糟蹋，那么理应身心受到彻头彻尾的毁坏。

但是，此刻凛子的状态，全然谈不上惨遭糟蹋，反而全身化为一团欲火球，为追求性快感蜜糖而一路狂奔。

目睹这全然不存在迷惘、乐此不疲的贪婪身姿，不用说，男女处境已完全颠倒过来。起初，男人为糟蹋女方而奋勇出击，在女方屈辱中将其据为己有。然而回过神时，男人已经彻底变成一头全力效命的雄兽。

这一瞬间，男人不仅没将女方据为己有，反被女体整个包围，沦为想休息也休息不成的做苦役的阶下囚。

话虽这么说，可是一再冲顶、反复冲顶的凛子表情是何等妩媚动人啊！

本来就不是多么棱角分明的脸庞。眼睛鼻子嘴巴都那么小巧玲珑，而又端庄秀丽。那刺激男人好奇心的甜美表情，时而如泣如诉，时而如笑如歌，时而如死如活，如此千变万化着熊熊燃烧。

可以说，男人正是为了目睹这柔和、凄切、淫荡的表情而竭尽全力而孤注一掷而成就事业。

但是，一如任何好戏都要落幕，如醉如狂的性事也要迎来尾声。

不过，尾声不是女方带来的，而是来自男人有限的性结构。倘任凭女方畅游其间，让她在无限的性结构中无限沉溺下去，那么男人难免被逼入死亡深渊。

笼罩此刻两人的静寂也纯然是男人弹尽粮绝所使然，而不是女方自行走下欢愉阶梯生成的。

现在一切都已结束。看，樯倾楫摧折戟沉沙的是男方，女方则因心满意足的性事而更加活色生香，横陈圆润丰腴的玉体荡舟于快乐的大海。

假如别人瞧见此刻两人的状态，若问最初提出糟蹋要求的是谁，至少谁也不会想到是女方提出而由男方趁机胡作非为。

不管怎样，现在可以断言的是，性事之初和性事之后，惨遭糟蹋这一状态颠倒过来了，当下在最后阶段苟延残喘的，必是男方无疑。

坦率说来，对这一过程，久木已经切身体验过好几次了，早已不以为奇不以为惊，倒不如说是明知最后必然如此而又决意挑战的。这次也不例外，自己不过是言听计从乖乖就范而已——意识到这点，多少有些惧怵。

长此以往，自己会不会迟早有一天听任女方摆布而迷失在性快感世界中，最后被带进死亡深渊？

始而不可一世继而偃旗息鼓再而陷于新的不安漩涡——此刻踌躇满志的凛子对这样的久木悄声低语：

“妙极了！”接着又嘀咕一句，“就那么杀了我……”

在性爱顶点但求一死，乃是成熟女性独有的梦幻特权。男人快乐到那个地步的可能性近乎零。纵然偶尔有之，也仅限于熟知某种变态性爱快乐的场合。正常男人几乎不可能冲入如此程度的性快乐之中。

久木一向这么认为，现在也是这么认为。倏尔觉得性与死意外接近，在某种情况下几乎难解难分。

例如，同女性交合一泻而出之后，或者不具备那种条件而极端说来甚至自慰之后，继之以瞬间射精快感的，也是无可名状的倦怠以及灵魂被吸走般的虚脱感。

刚才因为射精了，自然了然于心。或者那是接续死的第一幕也未可知。

从年轻时他就一直模模糊糊地想：那般气势汹汹的物件，为什么射精后顿时变得垂头丧气一蹶不振了呢？

也有时为之焦躁不安并自我激励自我鞭策。不过那种肉体性萎缩和精神性堕落感，的的确确同死亡意象难分彼此。

那种针对射精后的男人袭来的虚脱感，莫不是意在暗示其连接死亡的自然法则？如此想着环视自然界，但见绝大部分雄性都伴随着射精而变得奄奄一息，徘徊在生死临界线，不久趋于死亡。从射精到致死的时间，尽管因物种的不同而略有差异，但其背后无不投有死亡阴影这点是无由避免的。

尽管如此，相比于女方在恍若天旋地转的快乐顶点梦见死亡，男人则在难以自拔的虚脱感中被死亡纠缠不已，二者的差异是何等之大啊！

莫非这就是无限与有限的性之差异，抑或是协助新生命诞生的女性和通过射精来结束关乎生殖的所有劳作的男性的差异？

久木正在如此沉思，凛子再次从背后把仍带余热的肌肤贴上来小声说：

“我、好怕的！”

“以前你就说过可怕。”

凛子痛快点头：

“不过，现在的怕又不一样的。这么不动，就好像真要死掉……”

“自然而然……”

“嗯。已经怎么都无所谓了，便是这么再好不过。死一点儿也不可怕，怕的是这样的自己……”

凛子说的多少自相矛盾。不过在性爱高潮受到死亡诱惑这点似乎千真万确。

“死了可不好办。”

“可我、已经可以了，活到这里足够了。”如此说罢，凛子以唱歌的调调说道，“我、现在最幸福。人生途中，现在最最幸福！”

久木还没完全反应过来，又听得凛子继续下文：

“还不是？我、我是这么爱你，从身体里边感受着你——知道了这个，心想死也可以了。”

“可你才三十八吧？”

“所以说现在这个年纪可以了，足够了。”

凛子以前就执著于年龄，说三十八岁够老了，死也无所谓了。

但在年过五十的久木眼里，她还相当相当年轻，人生刚刚开始。而凛子本人或许别有感慨。这么想着，久木说：

“上年纪自有上年纪的好处。”

凛子断然摇头：

“也有那么说的人，可我认为这个年龄到顶了。再多活也不外乎走下坡路罢了。”

“不仅仅是外表问题吧？”

“那倒是。不过上了年纪，对于女人到底不是滋味。哪怕再挖空心思，也总有一天掩饰不住。可现在总还是能掩饰的——千钧一发的年龄。”

“没必要想得那么严重吧？”

“当然我也不愿意那么想的。可是天天要照镜子的吧？照一次，哦，眼角皱纹就多一条，皮肤松弛，化妆不好化。自己比谁都清楚，只是不愿意说出口来。尤其面对喜欢的人，就更难说出口了。”

“可你在说。”

“我当然也不情愿说，但我希望你知道我现在是好到顶了的。”

说得久木回过头去。凛子略略出示胸部：

“这种话自己说是不大合适，可我的确觉得自己现在是最漂亮的。由于你的关系，头发和皮肤光艳艳的，胸也还问题不大……”

确实，这段时间凛子皮肤更白了，滑溜溜软乎乎的，洋溢着二三十岁女性所没有的甘美和冶艳。

“在你怀里变了。”

久木不由自主地把手放在她胀鼓鼓的胸部。凛子像早已等待似的低声说：

“所以希望你不要忘记。”

凛子的话既像一语中的，又似乎哪里自相矛盾。

例如，一边说自己当下最为漂亮、正值人生顶峰，一边说死也无妨。一边说皱纹日益增多，皮肤日渐松弛，一边说现在再好不过，希望久木看在眼里别忘记。

刚刚强调如何如何好，而下一瞬间就说出否定性话语。

既然认为当下最好、最漂亮，那么岂不应该考虑如何支撑和保持才对？

“为什么只在意当下呢？”久木询问。

凛子以不无倦怠的语气答道：

“倒也不是多么有意，莫不是所谓刹那性？”

久木在脑海里推出“刹那性”字样。

“虽说有那样的感觉……”

“可对我来说，当下太宝贵了。如果当下这一瞬间不好，往下好了也没用。人生就是这么个东西吧？”

“那或许是的，不过我不认为你是那么刹那性的。”

“那也是因了你。”

“因了我？”

“还不是？因了你，身体也才变成这样子，后来就都变了。”

“就是说只要当下好就行了？”

“正是。性爱嘛，就是为当下这一瞬间而燃尽所有能量的，所以只有当下宝贵，当下就是一切，是吧？”

如此说来，凛子的刹那主义是性爱深化的结果，是由此产生的不成？久木正在思索，凛子继续喃喃低语：

“丢开当下，谈明天如何来年如何，可能就什么都做不成了。我可不愿意为这个后悔。”

听凛子的话当中，久木想起水口。

从当下、现在最宝贵这种凛子式刹那主义来看，只知闷头工作的水口的活法算怎么回事呢?

久木简单介绍水口病情之后说道:

"探望他的时候,他后悔没有好好寻欢作乐。"

"那种心情,实在太能理解了。"凛子把脸轻轻贴在久木胸口,"你、后悔了?"

"哪里,没那回事……"

"那就好!"凛子又把额头蹭了上来,"我们不后悔。"

"当然。"

"还是当下宝贵啊!"

久木一边点头一边想自己的年龄。

不错,自己已年过五十,比凛子大不少。作为男人,这个年龄段怕是最后的舞台。

往下纵使地位和收入上升,空间也可想而知,不至于多么开心。

较之作为一个男人,还是要作为一只雄兽追逐爱情、品味热恋人生的真正滋味才对。而当下无疑是留给自己的最后机会。

"我也变了……"

"什么变了?"

"啊,这个那个的。"

在同自己恋爱之后,凛子或许变了。

比如性方面,她原本不是这么纵欲的女人。她说过,以前对性几乎漠不关心,同现在比几乎淡泊、清纯得难以置信。因了你才变成这个样子——凛子半是羞赧半是懊恼地抱怨。

是的,在性方面凛子变得判若两人。这是事实。清纯这一说法是否得当另当别论,但以前确是淡泊的,性还不成熟,不开窍。

如果说让如此女人的身体盛开怒放、得知性的快乐奥秘是"因了你”，那么情愿接受。

可是，现在稍深一些回顾自己的内心，似乎自己本身也受到了凛子很大影响。以性为例，久木原本打算主导凛子让她有此自觉，不料意识到时，自己也陷于性中难以自拔。当初的出发点固然是指教，而半路上却被其魅力所吸引，如今已被逼入有进无退的地步。

而且不止于性爱天地，从工作到家庭都已受到连累。同妻子的关系所以岌岌可危，说是被凛子吸引造成的也未尝不可。凛子越是投注于她同自己的爱，自己越是割舍不下而尽可能予以满足。如此一来二去，蓦然回神，已然堕入同一深渊。

不仅如此，在生活态度上倾向于惟有当下宝贵、应全力活在当下的这种刹那主义，也完完全全是凛子影响的结果。

本来以为自己年长，一切由自己主导，及至有所觉察，角度已然颠倒，被主导的反成了自己。

“是吗……”久木叹息一声。

凛子责备似的问：

“怎么了？”

怎么也不怎么。只是，两人正一步步同周围环境疏离开来，陷入走投无路的困境。本以为自己是在这种实感中拖曳对方，而意识到时，自己反被对方拖曳——久木为这样的自己感到惊讶，不由得叹息一声，但并非哀叹。

事到如今，早已无能为力，只能听之任之。久木为如此自我放弃、自甘堕落的自己半是愕然半是认同。

“怎么说呢？心情好得很！”

到夜深还有些许时间。从黄昏开始的性事余温未退，两人在床上紧挨紧靠。不知何故，这一无拘无束的非建设性状态也让人觉得舒心惬意。

这时间里，久木捏弄凛子的乳头，凛子的手轻轻触摸久木的阳具。正这么委身于嬉戏感觉，电话铃突然响了。

凛子一下子扑在久木身上不动。

知道这套间电话号码的，只有久木凛子两人。家里自不用说，朋友也没告诉。

电话为什么响个不停？

莫不是谁知道两人在这里而打过来的？

久木想起刚才曾在窗前观赏凛子裸体，但外边不可能看到。

铃声仍在响。响到第六遍时久木起身。凛子拽住他的胳膊：

“别接……”

“谁呢？”

“不知道……”

久木一边嘟囔一边考虑家里的情况。

妻子不至于知道这个套间的存在。莫非家里发生什么不测之事了？

自己不在的时间里，家人会不会有病？会不会发生遭遇交通事故等不测？当然，就算夜不归宿，而只要明确告知去处也没问题。但自从和凛子一起外出之后，往往隐瞒去处，酒店名称也每每随口谎报。

这么着，万一发生事故时也联系不上，就可能出大乱子。

这种情况下，手机最便利不过。但同凛子幽会时几乎都关机。

他不愿意妻子或社里把电话打到两人一起在的地方惹麻烦。

因为不用手机，所以只要自己不主动打过去，那么家里情况就无由得知。而有刚才这样的电话打进来，到底让人放心不下。

这里的电话号码没有告诉妻子，她不可能打进来。想虽然这么想，但还是担心有什么急事。

这样的担心，凛子也是同样。

已经彻底冷却的丈夫倒也罢了，而若是娘家母亲那边万一有什么，只要凛子不打过去也照样无从确认。

这种对方全然无法联系而只能由自己联系的单行道方式，是不告知去向而在外留宿的男女最为放心不下的。

既然抛弃家庭了，那么本应怎么都无所谓才是。而现在仍耿耿于怀，难道是因为尚未完全了断？

等电话不再响了，久木试着问凛子：

“这里的电话，可告诉谁了？”

“跟谁也没说。”

既然这样，那么很可能仅仅打错了。

久木这么说服自己来消除担忧。但是不能否认，电话铃声稀释了一直沉浸其中的性事余韵。

“起来吧？”

听久木一说，凛子现出依恋的眼神：

“嗳，想再去哪里啊！”

自二月中旬两人去雪天的中禅寺湖以来，两人一直在涩谷套间里见面。作为两人幽会的地点固然再合适不过，可是一旦有刚才这样的电话进来，就觉得好像被人监视，变得心神不定。

“那么，樱花快开了，去看樱花，住樱花酒店！”

“好啊，太高兴了！”凛子啪哒啪哒拍着久木胸口表达欣喜，随即一下子把手伸到久木喉头，“说了不算就卡脖子的哟！”

“被你卡死，死而无憾。”

“那、卡喽！”凛子双手比画着要卡久木脖子，却又马上作罢，收回手问，“那么说来，是叫阿部定吧？那本书还没给我看呢！”

归纳她对审讯刑警讲述的内容的那本书，在调查室也很受欢迎，现在正被一位同事带回家里看。

“这回去看樱花时带去好了！”久木转而说道，“不过，我也有个要求。”

“什么要求？”凛子回问。

久木在凛子耳语：

“准备一件红色贴身长衫带去。”

“我穿？”

“是的，颜色要鲜红鲜红的……”久木下令似的对困惑不解的凛子说，“这是领你去的条件！”

“明白了……”

凛子略一沉吟点头道。语声总好像有些懒洋洋的，嘴唇微微张开，宛如春日微阴的天气中飘零的樱花瓣。

①睡觉时有水灌耳：寝耳に水。日语惯用说法，类似汉语“晴天霹雳”。

落花

らっか

想来，恐怕再没有比樱花更幸运的花了。

早在平安时期樱花就是百花之王，千家流传集也记载说“樱花乃花中第一”。

阳春三月，盛开怒放争奇斗艳的樱花不折不扣是花中的王者。不仅华丽，而且飘零之际的毅然决然也分外引人入胜，撩拨人们的惜花之情。

一如“七日樱花”所说，樱花生命短暂，至多一个星期。但作为花的表现力实在非同一般。作为插花使用时也被高看一眼：“壁龛仅置此一瓶为宜。倘有其他花相伴，则应置于上座。”

正因如此，时而也有人讨厌樱花。例如千利休[①]禁止樱花进入茶道：“茶室不插过于娇艳之花。”

茶事不愧以“侘寂”为宗旨，势必认为“不宜过于华丽”。而这也正是千利休特有的不同凡响之处。

不管怎样，樱花培育了日本人的审美意识，激发了丰富多彩的情思。这是毫不含糊的事实。

久木本身对樱花的感受，除了为其美丽所吸引，心田的一隅还有类似忧郁和嫌其吵闹的情绪——开匆匆落匆匆，自己跟随不上，同自身从容的生活大约了不相干。

每年随着樱花时节的临近，都要发布“樱花前线”的消息，电视上也推出哪里樱花开了几分、哪里已经盛开等赏樱景点五彩缤纷的图像。可是迄今为止，久木几乎不曾充分欣赏过那些樱花。

虽然很想去樱花开得正盛的地方悠悠然一饱眼福，但归终因忙于工作而未能成行。仅仅看几眼住处附近路边的樱花和城内樱花草草了事。

正如“了无静心”之语所示，樱花无暇心静，留下的只有匆忙之感，花开完了，反倒让人释然。

或许如此周而复始之间产生了对樱花的焦躁心绪。不过今年较往年略有不同。

看来，由于转为闲职，这个春天似乎可以充分领略樱花之美了——啼笑皆非的因果组合！

提起樱花，最先想起的是京都樱花。如平安神宫的垂枝樱、灯光辉映下的白川沿岸的夜樱，以及醍醐寺、仁和寺、城南宫等以樱花闻名的寺院数不胜数。

久木过去曾利用去关西采访和商量事情等机会匆匆忙忙观赏了几处樱花。

樱花全都那么好看，有时华丽得几乎让人不敢呼吸。但换个角度看，未免觉得有些过于搔首弄姿井然有序。

这也是因为，京都的樱花过于同周围的古寺和庭园等打成一片了，何况背后还有苍翠的山峦列阵以待。樱花诚然好看，但也有其背景提供绝妙支撑的因素。这方面，不妨说同以附加值吸引眼球的牌子货有些类似。

这种使得大家心悦诚服赞不绝口的樱花诚然可观，而仅以樱花自身之美凛然挺立的樱花也让人依依不舍。进而言之，没多少人围观的静静独处的樱花也别具风情。

想来想去，久木最后想到的是伊豆的修善寺。若去那里，一来离东京不很远，二来毕竟是群山环绕的温泉古镇，樱花也好旅馆也好，都足够安然静谧。

久木如此决定后同凛子一道出发，是在四月第二周的周日夜晚。

以往年赏樱佳期来看，多少有些迟了。但今年进入四月后的寒潮延长了花期，伊豆一带眼下似乎开得正盛。正可谓春深时节。不过同样春深，也有“酣”“阑”之分，时下更是近乎“阑”的烂熟春光了。

久木在这样的一天同凛子一起离开涩谷套间。他轻装上阵，身穿浅褐色开领衫和同一色调而稍深一些的夹克。凛子一身淡粉色的西式套裙，领口加了一条印花围巾，头戴灰色帽子，手提略微大些的提包。

动身前一天凛子去家里取春季衣物，应该见到了丈夫。但她还是只字未提。

凛子的家庭后来究竟怎么样了呢？

从计划这次旅行时开始，久木就放心不下。但没有主动过问。凛子也沉默不语。由此看来，估计是不大想说。

只是，四月初去横滨娘家之后，凛子曾凄然告以母亲让她明确下来。

不言而喻，指的是凛子同丈夫的关系。

凛子母亲早已知晓女儿同丈夫关系不好。凛子一再出轨这点也应有所了解。为此大发脾气，严厉斥责凛子说使得她无法见人——见亲戚就更不用说——这是三月中旬的事。

自那以来，凛子母亲似乎认为不能对女儿的一再出轨坐视不理，而要求她尽快了结。

可是，据久木从凛子口中听得的情况，拒绝离婚的莫如说是凛子丈夫一方。而用意似乎是对妻子的报复——凛子母亲对此是怎么看的呢？

问起这点，凛子只回答跟母亲说也得不到理解。全然不得要领。

确实，凛子传统式的母亲恐怕很难理解世间居然存在明知妻子有外遇而又不肯离婚这样的丈夫。

“三人见面好好谈谈，母亲这么说来着。”

所谓三人，想必是凛子及其丈夫、凛子母亲三人。

“母亲是中意他的，见面谈谈，估计总会有个结果。可我做不到。”如此说罢，凛子补充一句，“总不至于在那样的场合提起性生活吧？”

凛子对丈夫的不满，归根结底，由性格不合发展到了性问题。凛子指的即是这个。而她的本意似乎是，即使最后同意分手，也不愿意把话说到这个地步。

久木这边则相反，是妻子方面逼他离婚。但他尚未明确响应。既然同凛子关系如此之深，响应似也并无不可。但是，一旦真要离婚，心里总有顾忌。那当然不是简单事。其中有对自己一意孤行导致离婚的愧疚，也有向社里和亲朋故友告知和解释的郁闷。进一步说来，也有对凛子尚未利利索索分手而自己提前分手的不安。更主要的，彻底颠覆差不多持续三十年之久的生活形态这点也让他提不起精神，或者莫如说望而却步。

总之离婚是最终手段，无需操之过急。这样的心情使得他在进入决定性状态的最后一道门前止步不前。而妻子的心情是怎样的呢？

近来即使回家也几乎不跟妻子说话。说话也仅限于当务之急，说完就匆忙离开，并没有怎么争执。莫非人一旦进入相应的环境，就相应习以为常了？这么着，两人的关系在彻底僵冷之中保持着奇妙的平和。

话虽这么说，但并不意味着妻子的态度有所软化。作为证据，四月初久木回家时妻子还是再次叮问：

“那个、你是没忘的吧？”

久木当即意识到是指离婚协议书签字的事，但只是“啊……”一声轻轻点头，没有回答什么时候签。

正要直接出门，妻子追赶似的说：

“明天开始我也不在的。”

“去哪里？”

脱口问罢，这才发觉自己并不处于足以追问妻子行踪的立场。

“和你没什么关系吧？”

不出所料，妻子的态度斩钉截铁，冷若冰霜，无法继续下文。

什么时候都是女方态度果断。这点在要分手时表现得尤其突出。凛子也好妻子文枝也好，一旦决定分手，就绝对坚定不移。

相比之下，男人是何等模棱两可优柔寡断啊！这不限于久木，而是所有男性的共通点，总好像拖泥带水犹豫不决。

到了这个阶段，同妻子之间，或许也还是一了百了为好。

久木一边这么思忖着，一边赶来东京站，同凛子并排而坐。

电车是新干线“回声”号，先去三岛，在那里换乘伊豆箱根铁道去修善寺。虽是赏樱时节，但也许因为是周日午后，车厢里空空荡荡。

以前大多是周六出门周日返回。这次为避开人多的周末，就周日出门周一返回。得以享受这么优雅的旅行，也是工作清闲之故。近来的久木，与其说为身居闲职而唉声叹气，莫如说为有余暇暗自庆幸。

三岛始发的电车也很空，经长冈、大仁向中伊豆腹地一路驶去。人家减少，山峦逼近，樱花在山坡上盛开怒放。似乎多是染井吉野樱，但因为正值花期，看上去好像只有开花那一处从绿色山体跃然而出，俨然粉红色花冠。

“很想坐这样的电车来着！”

如凛子所说，电车凡站皆停，有时停下错车，听站务员的哨声启动。一条同悠闲的春日午后正相符合的地方线路。

电车继续与山边河流平行前进。汇集天成山脉水流注入骏河湾的狩野川上，点点处处有钓鱼人垂钓。钓香鱼估计为时还早，但河水清澈，难怪这一带作为辣根的产地也很有名。

山峦、樱花、清溪——正看着这些城里没有的风景忘乎所以，电车到了终点站修善寺，所用时间不出三十分钟。

据说一千多年前由弘法大师[2]发现的这座古老的温泉之乡，亦以《修禅寺物语》闻名，也是同源氏有渊源的土地。想必是温泉的关系，樱花早早谢了，花瓣翩然飘落在久木和凛子两人的肩上。

提起修善寺，不少人以为是伊豆的温泉之乡。这诚然不错，但与此同时，这里还有修善寺这座由空海开创的历史悠久的寺院。

寺院位于从车站往西南方向驱车只需几分钟的地方，同朱红色虎溪桥一路之隔。登上正面陡峭的石阶，钻过山门，就能看见竹林掩映的院内前面的正殿。

距今八百年前，源范赖被兄长赖朝幽禁在这座寺院，后来受到梶原景时偷袭而自杀绝命。接着，赖朝之子赖家也被北条时政杀死在虎溪桥畔。冈本绮堂[3]的《修禅寺物语》即据此悲剧创作而成。后来北条政子哀悼亲生儿子赖家之死，在附近山麓建造了指月殿。

同关于修禅寺的这种血腥事件形成鲜明对比的是，寺院那颇有纵深的正殿缓缓起伏的顶脊同后山树林相得益彰，自有一种仿佛高贵女性立姿般妙不可言的优雅与妩媚。

久木和凛子在此参拜之后，又过桥参拜了山麓的指月殿和赖家墓，然后回到车上。

五点已过，天色黯淡下来，但春日明亮的天光仍未退去。

沿河边狭长的温泉街行驶之间，路面很快开阔起来，前面闪出今天要住的酒店。

入口有敦敦实实的大宅门，里面现出带有山形封檐板的宽阔门厅。

车在门前停下，出迎的女领班当即把两人领进门去。

门厅足够大，放着刻意表现木纹之美的茶几和藤椅。

凛子小声赞叹“好漂亮”是在她看见浮在水池上的能剧舞台的时候。面积有五六百坪[4]，朝左右伸展的水池的另一端映出歇山顶建筑风格的能剧舞台那幽深迷离的姿影，其尽头处的山崖上林木郁郁葱葱。

对于穿山溯流之后眼前豁然出现的另一天地，凛子目不转睛看得忘乎所以。

女领班领入的是二楼尽头拐角的房间。迎门是四张半榻榻米大小的客厅，里面是铺有十张榻榻米的和室。再往里是隔离开来的临窗木板房间，地面明显低了下去。从这里可以俯视水池的一部分。

"嗳，看啊，樱花全都开了！"

凛子招呼久木来到窗前。左侧盛开的樱花和眼睛一般高，几乎伸手可触。

"我说想看樱花，大概就给留了这个房间。"

这家酒店久木也是第一次来。听说修善寺有一家附带能剧场的幽静的酒店，就请出版部时代的一个朋友介绍过来。

"喏，花瓣飘落了哟！"

大约傍晚有了微风，一片花瓣落在凛子伸出的手上，而后落入眼前的水池。

"好静……"

到了这里，工作也罢家庭也罢离婚也罢，都好像是遥远的另一世界的事了。

久木吸了一口山谷的空气，从背后轻轻抱住看樱花看得出神的凛子。

也许怕人看见，凛子转过脸去。但眼前有的只是盛开的樱花和寂无声息的池面。

久木轻吻一下，耳语道：

"那东西、带来了？"

"带来什么？"

"红长衫嘛！"

"遵命带来了。"

如此说罢，凛子即离开窗前，消失在浴室里。

久木一人留在窗外樱花飘落的房间，点燃一支烟。

窗开着，但没觉得冷。

樱花时节的阳光余热似乎还在打开的窗口内外低回流连。

心旷神怡，却又有莫名的倦怠感。久木随口吟道：

“但愿春樱花下死，正是二月望月时。”

这是自行辞官、在大自然漂泊当中终了一生的西行[5]的和歌[6]。

两人在房间啜着女领班泡好的茶，休息片刻。而后一起走去温泉浴场。

下到一楼，走廊旁边好像有男女分开的浴场。久木看了一眼前面的露天浴池。

晚上六点过了，暮色上来的天空由蓝变青，不过尚未黑尽——正是入夜前的瞬间，露天浴池里一个人也没有。

毕竟周日夜晚，留宿客人想必也少。静悄悄的浴池只有顺着石岩流淌的泉水声单调地回响着。

“进吧！”久木劝道。

凛子现出困惑的表情。

“没关系的！”

即使有谁来，看见两人在里面，也可能客气地走开。

久木又劝了一次，凛子这才好像下了决心，开始在稍稍离开的位置背对着这边脱衣服。

浴池的面积估计有十坪，椭圆形，岩石结构，天花板覆以网眼状苇编，四周围着苇帘。似乎漫不经心地遮挡人的视线，而又保留了自然风情，令人怡然自得。

久木刚刚背靠岩石伸展四肢，凛子就手拿毛巾进来了。一步步慢慢把脚尖浸入水中，小心翼翼。

久木等凛子全身泡进池里，把她叫来池边：

“看！”

身体斜倚露天浴池边缘往上一看，由于那里没有苇编天花板，可以直接望见夜空。刚才盛开的樱花在正上方花枝招展，浩瀚的夜空往花枝上投下一抹淡蓝。

“这样颜色的天空，还是第一次看！”

樱花从星月皆无的夜空翩然落下。

凛子伸手要抓那花瓣，很快又有另一枚花瓣飘来。夜色姗姗来迟的天空下，凛子追逐花瓣那白嫩的腰肢宛如夜空中飞舞的蝴蝶一样妖艳迷人。

从浴池上来，很快要在房间里吃饭。

多少有些寒意，久木和凛子都在浴衣外披了短褂。关上窗扇，灯光辉映的樱花从一端探出脸来。

樱花相伴的晚餐！菜式也洋溢着季节感：清煮蜂斗叶、芝麻凉拌土当归等等，一切显得自然而然。

久木一开始要来啤酒，紧接着换成烫过的当地偏辣清酒。

女服务员只斟了第一杯就离开了，往下凛子表现得很乖觉，久木喝干一杯就赶紧斟上。带鱼芹菜火锅上来后，凛子注意火候，热得恰到好处后及时夹到碗里。

看着凛子勤快得体的一举一动，久木不由得想起在家里吃饭的情形。

再往前倒也罢了，而最近几年，即使和妻子吃饭，对方也不曾如此勤快得体地用心照料。虽说是经年累月的倦怠和感情相左的结果，但差异竟如此之大？

久木现在才恍然大悟似的觉出有爱与无爱的不同。那么凛子的家庭情况如何呢？

同丈夫两人吃饭时，凛子也同样冷冷对待丈夫？不，大概比这更严重——凛子已不再同丈夫一起吃饭。是这样的吧?

久木一边漫无边际地想着,一边给凛子斟酒。

“两人吃,饭也好吃。”

“我也是。哪怕东西再丰盛,去的地方再好,而若是不跟喜欢的人在一起也没意思。”

久木再次深感移情别恋的可怕。

对妻子满怀激情和向往的时候也曾有过,然而现在两人关系已降到冰点,就差没离。想必凛子也曾以自己的方式相信丈夫,也曾海誓山盟,现在却分道扬镳。

这么想来,眼下两人的婚姻状况可谓彼此彼此,一个是醉中醒来的男人,一个是醉中醒来的女人。

如此这般,两人在对斟对饮当中逐渐堕入新醉之中。

虽然只喝了一瓶啤酒,几壶清酒,但久木已有微醉之感。

醉得这么快,恐怕到底是和凛子在一起心情放松的缘故。

看窗外,窗口左端仍有盛开的樱花探头探脑。

“去下面看看?”

去楼下大厅,应该可以隔池看见能剧舞台。

等女服务员撤去餐具,两人拿起毛巾走出房间。

走下楼梯,走过刚才经过的通往露天浴池的门口,沿地面更低的走廊前行不远,正面就是大厅。

右边的门扇已大敞四开,水池上的木板舞台突了出来。

久木和凛子并坐在露台椅子上,情不自禁地叹了口气。

刚到酒店时看见从大厅浮现在池面的能乐堂就叹了口气,但此时和那时又有不同。

入夜后,露台栏杆的边边角角都被照得一片雪亮。舞台为三进方形,地板宛如镜面粲然生辉,里面大幅木板墙上画一棵老松。

能剧舞台的左侧有同是歇山顶风格、围有白色木格纸拉窗的中国式房间，浮在水池上的桥式通道将二者联系起来。而这一切都上下对称地映在池面。

纯然一幅绘画。不过，这能剧舞台原本在加贺前田家的院子里，大约明治末年经由富冈八幡宫移建到现在这里。

自那以来，这里就在环绕水池的篝火照耀下，以能剧为主表演传统舞蹈、琵琶、新内节等许多节目。今晚虽然没有节目表演，但安安静静的舞台在山间清冷的大气中愈发显出幽玄之趣。

久木和凛子肩靠肩一个劲儿注视舞台。注视之间竟至陷入错觉之中，仿佛舞台黑漆漆的深处即将有戴着狂人面具的男女赫然闪出。

两人看薪能是在去年秋天。

去镰仓时看了大塔宫院内表演的能剧，之后在七里滨附近的酒店住了一晚。

当时两人恰如干柴烈火。不过老实说，处境还没有如此窘迫。幽会完后，凛子还返回家里，久木也回去了，尽管对妻子的反应忐忑不安。

那以来仅仅过了半年，而两人的家庭却已濒临崩溃。

"那时戴的是天狗面具。"

久木提起在镰仓看的狂言剧。当时还有一起说笑助兴的余地。

"不过这里好像不大适合演狂言剧。"

这深山老林幽玄的舞台，似乎适合表演更能深入肺腑和发掘心底情念那样的剧目。

"不过，真是不可思议……"久木望着池面摇曳不定的露台灯光说，"难道古人到了这里就以为再也不会被谁发现了？"

“也有两人一起逃来的吧？”

“男人和女人……”说着，久木眼望能剧舞台后头黑魆魆静悄悄的山峦，“就算和你单独住在那里，怕也是一回事。”

“你是说迟早会厌倦的？”

“一男一女相守，一开始就有怠惰这种病偷偷染上身来的。”

实不相瞒，久木现在对爱持怀疑态度。至少不像年轻时那么单纯——那时深信只要相爱，两人的爱就会天长地久。

“或者爱情燃烧期间没那么长也说不定。”

“我也那么想。”

得到凛子认可，久木反倒感到尴尬：

“你也那么想？”

“所以想在燃烧时了结。”

大约受灯光中矗立的能剧舞台气氛的影响，凛子说出的话带有些许妖气，令人有些惧怵。

久木倏然觉得皮肤发冷，把手插进怀里。大概是所谓花冷[7]吧，入夜后多少冷了下来。

“走吧……”

这么待下去，说不定被舞台的妖气俘虏不放，被拖进远古世界。

久木站起身，像要告别舞台似的又一次回头看了看，然后离开露台。

折回房间，暖融融恰到好处，被褥已经靠里面窗前铺好。

久木暂且在铺好的被褥上仰面躺倒。蓦地向上一看，窗口的樱花仿佛正看着这边。

久木觉得，没准今夜的事都要被樱花一一看在眼里。叫凛子，没有回音。

轻合双眼继续仰卧的时间里，凛子从浴室出来了。短褂脱掉了，只穿浴衣。向上卷起的头发像松开发髻一样左右纷披下来。

“长衫没穿？”久木问。

问得凛子站住不动。

“真要穿？”

“不是带来了吗？”

凛子似有所悟，默默消失在休息室。久木只留枕边台灯，再次眼望夜幕下的窗口。

在深山酒店里看罢气氛幽玄的能剧舞台，此刻正静等女方换穿红色贴身长衫。

表面上似乎在追求幽玄与淫秽这种毫不相容的悖反，而实际上又觉得二者之间有意外共通的因素。例如，能剧有所谓“神”“男”“女”“狂”“鬼”五种角色，其中自然隐含男女情欲。

就在刚才，久木目睹舞台还油然生出庄严心境。而后来被激起某种诡异的色情感觉也是事实。

万物皆有一表一里。庄严里面潜伏的淫荡，静谧之中隐秘的痴态，道德背后栖息的背叛——这才是人生至高无上的恬适与快乐。

久木的思绪正在信马由缰，纸隔扇开了，身裹绯红色贴身长衫的凛子出现了。

刹那间，久木从被褥上立起，瞠目结舌。

此刻打开纸隔扇现身的凛子，穿的固然是一色绯红的贴身长衫，但其脸庞带有童女般的天真无邪。

被低位置台灯淡淡照出的凛子身影变得高大起来，高达天花板。一瞬间，久木恍惚觉得女主角出现在能剧舞台。

久木心生诧异，进而定睛细看：凛子的脸庞逐渐变得像女面具孙次郎那样含有成熟女性的娇美、忧郁和妖冶。

久木就那样欲言不得地怔怔看着——身穿绯红色贴身长衫、戴着面具的女人缓步走到这样的久木跟前，伸出双手要搂他的脖子。

久木不由得缩起身子，左右摇头。这才像清醒过来似的大大吸了口气：

“吓我一跳……”

听得久木喃喃自语，戴着能剧面具的凛子浅浅一笑，平日凛子柔和的表情终于失而复回。

“感觉像是看见了能剧中登台的女子。”

“因为刚才看舞台了嘛！”

“不过也太像了。”

久木以前在画上看过出现在黑底色上的名为孙次郎的女人面具，觉得那娴雅柔和的表情下潜伏着汹涌的情欲和淫念。而现在的凛子面庞也与之两相仿佛。

“娴静、内敛而又淫荡。”

“说谁呢？”

“面具嘛……”说罢，久木猛地搂过凛子。

事出意外，凛子向前扑倒。久木不予理会，从上面整个压上身去，在她耳边悄声道：

“剥掉你的面具！”

男人现在成了恶魔，要把女方贴身长衫下潜藏的淫念挖掘出来。

不过绯红色的确是不可思议的颜色。诚然是鲜艳浓郁的朱色，但同时又是血色，致使看的人产生一种异样的亢奋。

其中尤以绯红色贴身长衫特别，皮肤白皙、娴雅矜持的女子穿在身上，具有雄性动物性癖的男人们无不两眼放光跃跃欲试。

此刻，久木把身着绯红色贴身长衫的凛子从上面紧紧压住，以扑食鲜红嫩肉的野兽凶相死死搂住不放。

这固然有看见绯红色的亢奋，但同时又含有对接受男人好色要求而乖乖做一件贴身长衫带来的女人的感谢之情。

久木就这样受用皮肤接触绯红色绉绸的舒适感，而后渐渐减缓力度，把手伸进凌乱不堪的领口时隐时现的乳沟。

“等等……”

虽然明知迟早要被剥光，但操之过急还是使得凛子闪身，按住他伸进来的手，缓过一口气说道：

“这东西，可麻烦大了！”

久木一只手仍在凛子胸部游弋，反问凛子：

“制作麻烦？”

“和服店做好了送到家里时，我不在，那个人收取的……”

凛子近来把丈夫叫“那个人”。

“看出来了？”

“无意中觑了一眼，原来是红色贴身长衫——我想那个人吃了一惊。就一个劲儿问我干什么用。”

“平时也穿的吧，在和服下面？”

“可那个人好像看出来了——是要穿这东西跟别的男人上床……”

凛子说已有几年时间同丈夫完全没有性关系了，而丈夫看见妻子的绯色长衫还是会暴跳如雷？

“那么？”

“说我是淫妇。”

一瞬间，久木觉得骂声朝自己头上落来，不由得把手从凛子胸部抽出。

的确，红色贴身长衫是妓女穿的东西。卖身女为了引起男人注意和使之兴奋，才身穿深红色贴身长衫卖弄风骚。

在这点上，说是下流衣服也情有可原。尽管如此，说“淫妇”也够过分的。

但是，站在凛子丈夫位置看，想那么说的心情并非不能理解。

长时间回避丈夫、不愿意发生性关系的妻子为了满足其他男人的要求而定做红色贴身长衫——也难怪丈夫在如此察觉的刹那间大发雷霆。

“那么……”久木以类似越怕越想看的心情问道，“打你了？”

“打倒没打，只是突然说要撕开……”

“撕这长衫？”

“我说住手！这回他一把抓住我绑我的两手……”说到这里，凛子不胜厌恶地左右摇头，“实在说不出口的。”

“直说好了！”久木求她说下去。

凛子轻咬嘴唇，然后说道：

“硬把我脱光……”

“要你了？”

“那个人不做那种事的。不可能对说成淫妇的女人做那种事的吧？另一方面，就以那样的姿势……”

久木屏息敛气，等待凛子下文。

“说这么惩罚淫乱的女人好了，就拿来照相机……”

“拍照了？”

看见凛子点头，久木仿佛看见了色情图像。场面的确够异常够凄惨的，但也似乎沁出了妒火中烧的男人的憎恶和情欲。

“我、受够了！”凛子突然叫道，“我决不回家了！”

凛子断然说罢，紧闭的眼睑间细细渗出泪来。

虽然察觉妻子的不贞，但丈夫绑起妻子双手剥光也非比寻常。尤其，并不直接触及身体而仅仅拍摄下来加以侮辱的做法，分明是冷酷的科学工作者才会施行的报复。

这样一来，凛子再不回家也在情理之中。绝不应该返回那种男人身边，绝不！

这么想着听凛子讲述时间里，久木心间涌起某种淫念也不能否认。他固然认为凛子丈夫的做法惨无人道，但一想到凛子的受惩形象，脑袋又无端地一阵发热。

久木重新抚摸遮蔽凛子身体的丝绸贴身长衫，边摸边想：这件薄薄的长衫，居然会激起凛子丈夫和自己这两个男人的憎恶和执著，为之一路狂奔。

说不定，绯红色是将男人引入疯狂世界的一件凶器。

想着想着，或许受了凛子丈夫所作所为的刺激，久木体内燃起新的欲火。

既然凛子被丈夫施以那种惩罚，那么自己要做得有过之而无不及才是道理。

久木在心里对自己如此说罢，缓缓起身，看了一会儿绯红色贴身长衫，然后将领口左右分开。

一切说完的凛子仰面躺着，温顺地闭起双眼。在丈夫面前那般拼命挣扎，而现在则听任所爱男人为所欲为，毫无反抗表示。

久木于是心怀释然，甚至产生些许优越感。他进而把手放在腰带上解开，往两边轻轻分开底襟。

倏然，久木脑海浮现出手举照相机的凛子丈夫。

此刻，白嫩嫩匀称的双腿从绯红色贴身长衫的开缝中躲躲闪闪。就连藏在大腿根那隐秘的部位也被丈夫用照相机蹂躏了不成?

如此想的一瞬间,欲火陡然燃起,久木以雪崩之势一头栽进胯间。

一如施虐与受虐相辅相成,爱与折磨大概也难解难分。

现在,久木把脸伏在凛子胯间,嘴唇直上直下按在对方私处喘息的粉色花蕾上。话虽这么说,其实只是以柔软的舌尖在最紧要的花蕾顶端若即若离轻轻接触着,左右移动。

这和暴力、强迫全然无涉,只是舌尖无比温柔的爱抚。然而这可能反倒不好忍受,凛子开始一点点啜泣和扭动。

一开始只是如游丝般小声细气地呜咽,不久变成喘息。此刻上肢正伴随着微微颤抖向上拱起,被舌头围拢的花蕾热辣辣膨胀开来,随时可能炸裂。

明知女方已垂死挣扎,而男人的两手仍牢牢抓着女方的双腿,嘴唇稳稳擒住私处不放。女方说“不行了”,让他“住嘴”,哀求“放过我”,然而一度吸附的嘴唇根本不肯离开。

原本就是为了惩罚而开始的。

因一时疏忽被丈夫发现了绯红色贴身长衫,被蹂躏了要紧部位——男人正是为了就此惩罚女方而在采取如此措施。即使哭泣、哀求、挣扎,也不可能饶恕。

男人得知女方的感觉集中于胯间一点,欲火越烧越旺且已达到忍无可忍的极限之时,陡然想起什么似的中止舌头动作。

就这样使之冲顶,就不成其为惩罚。与其那样,莫如更残酷些,一定要看着女方一再苟延残喘、久久痛苦不堪、持续哭泣不止才叫痛快。

由于男人的舌头动作戛然而止,女方心生诧异,旋即追问其故,扭动腰肢,正在火头上的裸体上下起伏。

而在突然中止使得即将冲顶的女方的亢奋稍稍平复之际，男人的舌头卷土重来，女方惊慌失措。

已经烈焰升腾的花蕾当即火势大增，女方一再朝着冲顶彼岸扑打而又退回，如此周而复始之间，在无可挣脱的无间地狱拷打中东奔西蹿而不知其所止。

便是这样，凛子不知有多少次接近冲顶，多少次原地踏步，多少次踏步后重新发起冲击。漫说凛子，久木也不计其数。

只是，当最后从长久拷打中挣脱出来而终于允许冲顶时，凛子随着远方雾笛般低沉而凄切的声音犹如一根竹竿直挺挺痉挛着一跃而上。

一瞬间，久木担心凛子一口气上不来，不由得察其颜观其色，见得闭合的眼睑微微颤动，见得从凌乱得几乎自动脱掉的绯红色贴身长衫间裸露的胸部正在轻轻起伏，这才放下心来。

看样子，刚才的惩罚手段在凛子身上的效果可谓淋漓尽致。

这种惩罚手段的最大好处在于，比之女方的痛苦挣扎，男人的消耗适可而止。若是这一形式，男人可以数次乐此不疲地进攻女方。

"够受的？"久木此刻以炫耀胜利的心情询问凛子，"受不了了？"

再问之下，凛子忽然挥舞拳头，不管脸不管胸地胡乱捶打久木，而后劈头盖脸骑上身来。

"快……"

以命令语气催促的凛子正可谓披头散发，俨然母夜叉。一点花蕾由于长时间不怀好意的接吻固然异乎寻常地燃烧一尽，但关键的花蕊仍热辣辣剩在那里，欲罢不能。

女方变本加厉。久木刚要响应，却又觉得若即刻在此深入腹地，刚才一再拷打的价值将荡然无存。

最后交合之前，还应施加另一项更重要的惩罚。

如此打定主意，男人双手搂紧火桶般的女方腰肢，无论是嘴巴还是耳朵，大凡接触到的部位无不吻下去。进而从喉到肩，最后由胸至乳。

这么着，时而用力吮吸，时而咬得几乎留下齿痕——久木打算在凛子全身按下性事无可磨灭的印记。

攻击女方娇柔的花蕾，进而从喉到胸普降热吻暴雨之后，久木这才与凛子合为一体。而合为一体之前，仍然追逐凛子丈夫的身影。

当然没有见过他什么样，而仅仅是根据凛子的述说推想出来的，但他仍陷入错觉，觉得是通过凛子这一媒介与之短兵相接。

话虽这么说，但战况一开始就已见分晓。总之他是败者自己是胜者，这点毫无疑问。尽管如此，还是要把凛子体内所剩无几的其丈夫的残渣扫荡一空。

明知获胜，明知对方无力反击而又与之交战——再没有比这更让人快意和踌躇满志的了。尤其在性方面，认为自己处于优势这点会使男人信心倍增，愈发势不可挡。

久木的斗志分明感染了凛子。交合之后凛子也数次冲顶，时而低语“不行了”，时而央求“别别”。男人不折不扣作为雄兽君临女体之上，百般摧残戏弄，而后男人也一泻而尽，狂欢就此结束。

由始而终将这场狂欢一一看在眼里的，惟有窗口盛开的樱花。

然而无论久木还是凛子都把樱花忘得一干二净，只管在一片狼藉的被褥上横躺竖卧。

从性事余韵中最先醒来的是男方久木。

他从轻伏的位置缓慢支起上身，仔细看罢就在旁边躺着的凛子，从背后贴上去轻声耳语：

“可好？”

听得久木问，凛子眼睛也没睁地点了下头：

“好得不得了……”

由前半段吻花蕾，经近乎咬噬的爱抚而最后结为一体——久木问的是这一过程的结果。凛子也心知肚明，点头说：

“都说不行了也不停下……”

“惩罚嘛！”

“近来，叫你停下你也不停下，是吧？我可能渐渐习惯了那种做法。”

凛子的说法总好像有些倦怠，而倦怠中又略含邀宠意味。

久木听着，再次思索女人的莫名其妙。

就在刚才凛子还痛苦不堪，时而气息奄奄梦呓似的不断央求“别别”。

然而现在性事完了回头一看，那根本不是怨恨，反倒为之心神荡漾，即使要求停下，也无非装模作样，实则为没停下而庆幸。

“可我不明白。”久木再次叹息一声，“你好像说再折腾下去就没命了。”

“是的，是那个意思。”

“可你不是觉得好吗？”

“那是因为是你，给你怎么着都好！”

给女人这么说，自然洋洋得意。不过，那般深不可测的女人身体本身到底让人不寒而栗。

说千道万，反正现在凛子对性已经无所不知，别无顾忌。那种浩瀚几乎同大海无异。严刑拷打也好施虐也好献身也好，全都在整个体验的瞬间融入欢愉的大海。

久木慢慢欠起上身，额头放在凛子胸口。

与此同时，一只手探到凛子肩头，触摸早已敞开的贴身长衫。往自己这边轻轻一拉，发现从腋下到袖口有条裂缝，端头有红线脱出。

“坏了！”

久木从裂缝插进手去，凛子把手挡了回来：

“不，那、是那个人撕的。”

“他？”

“发怒的时候撕的。就急忙缝了带来……”

又一次触摸绯红色贴身长衫的裂缝当中，久木觉得那似乎是凛子夫妻之间出现的红色伤口。

或许贴身长衫破了这点触动了凛子，她起身走去浴室。

不出几分钟就慌忙折回：

“不得了，糟了！”

久木以为出什么事了，回头一看，见凛子双手捂着贴身长衫领口。

“好厉害的伤啊，你咬的吧？”

确实，交合前一边吻着，一边轻咬和使劲吮吸来着。

“喏，你看！”

凛子坐在久木面前，扒开衣襟，露出胸口。

“这里也有，那里也有，是吧？”

凛子说得不错，脖子左侧、前胸锁骨那里，还有乳头四周，全都有红红渗出血迹的伤痕。

“这样子，我再也回不去了。”

“你不是说不再回家了吗？”

“家当然不回，可这么多伤痕，出门也出不了吧？”

“那不要紧！”久木用手指摸着凛子脖颈上的伤痕说，“很快会消失的。”

“很快，什么时候？”

“两三天或四五天。”

“那就麻烦了。我、明天一定要去娘家的。”

“打打粉底什么的遮掩一下！”

“那会马上看出来的吧？何苦搞这名堂?！”

不用问，由颈到胸留下谁都能一眼看出的激吻痕迹的目的，无非是为了不让凛子返回丈夫身边，同时也是出于对凛子贪婪地一连几次冲顶的嫉妒。

仅就这方面来说，久木确实正中下怀——当他又一次从凛子口中听得不回家时，不能不深感事态已经发展到有进无退的地步。

“我、明天就不见母亲了。”

“不是已经定好了吗？”

“母亲本来要我再同那个人谈一次的。明天我明确拒绝母亲就是。”

看来，凛子现已彻底切断同丈夫之间仍多少存续的纽带。

“嗳，你怎么办？”这回矛头朝久木指来，“你也不回去的吧？”

“当然不回去。”

“可你不是时不时回去的吗？”

“那只是去取替换衣服和寄到家里的邮件什么的……”

“那也不成，不允许！”

说着，凛子把脸凑到久木胸口，猛一下子咬在乳头那里。

“痛……”

久木慌忙后退。凛子又扑了上来：

“也要让你不能回去！”

“即使不那样，也不回去的。”

“不，男人的心情说变就变。”

凛子的嘴唇又贴了上来，还用牙咬。

久木一边忍耐轻微的痛感，一边在心里告诉自己只能和凛子一起走到哪里算哪里了。

少顷，凛子嘴唇从久木胸口慢慢离开，用指尖静静摩挲齿痕：

“本来我咬得那么用力……”

似乎是在抱怨同她自己柔嫩的肌肤相比，留在久木身上的痕迹相对浅淡。可是细看之下，乳头上还是红红渗出齿痕。

“喂，老实听我的！”

久木按她的吩咐仰面躺倒。凛子手拿贴身长衫的红带，从久木脖子下穿过。

“就那样一动别动哟！”

凛子哄劝似的说罢，这回从两侧慢慢拉紧缠在脖子上的红带。

“喂喂……”

久木仍以为是开玩笑，不料凛子不管不顾地越拉越紧。

“松开，那不是要死人的吗?!”

“别怕，死不了的。”

凛子忽一下子骑在久木身上，紧握红带的两端逼问：

“听着，真不回家了?”

“刚才说了吧，不回。”

久木把指尖勉强插进脖颈和红带之间以防继续勒紧。

“要是胆敢瞒着我回去，真就把你勒死！”

“不回去、不回去……”久木拼命发誓，最后竟透不过气来，咳个不止，“放手，可别像阿部定那样！”

凛子马上不再勒了，就那样打了个结。

“那本书，该给我看了吧？”

“没失约，带来了。”

“那么，这就给我看！”

“就这么看？”

“当然！”

无可奈何，久木只好脖拴红带爬去皮包那里，从中拿出那本书，折回铺位。

“脖子上的带子解掉可以了吧？”

“不成，就这么念！”

凛子手攥红带端头，继续以惩罚者那样的口气下令：

“躺下，念你最兴奋的地方！”

这样子总有些莫名其妙。

深更半夜在修善寺一家酒店的一室，一对男女隔一本书面对面躺着。男的脖子上缠着红带手拿书念，女的攥着红带一端侧耳倾听。

书的内容是审讯记录：女的因沉溺于性爱难以自拔而将男的勒脖子勒死，又切割掉那条关键物件逃走。于是女的接受刑警审讯。

“够长的，只念一开始那部分。”

审讯记录多达五万六千字。最出彩的地方，较之阿部定老老实实不害羞的供述，不用说，更是关于阿部定这个女子活生生的内容以及对于爱之深切之沉重的生动描写。

“那、可以念了？”

久木侧身翻开书页，凛子贴近久木胸口。

审讯记录首先是检察官将如此事实作为杀人及尸体损坏案件

对被告提起诉讼。讯问被告对这一事实有无陈述事项。被告回答事实一如宣读内容，概无出入。下面是由此开始的一问一答：

问：为什么产生杀死吉藏的念头？

答：我喜欢那个人喜欢得不得了，就一门心思地想据为己有。可那个人和我不是夫妻，所以只要他活着，就难免接触别的女人。如果杀了他，别的女人就一根指头也碰不着了，所以杀了。

问：吉藏也喜欢被告吗？

答：还是喜欢的。如果放在天平上，那么就是四比六，喜欢我的分量更多一些。石田（吉藏）总是说家庭是家庭、你是你。家里有两个小孩，我也年龄大了，时至如今不可能跟你私奔。还说哪怕再穷也要让你有个家，或者开个酒馆什么的，永远快快乐乐。可是我忍受不了那种温暾水似的许诺。

久木尽可能淡淡地念，但凛子似乎听得大气不敢出。看她这样子，久木继续按照刑警的审讯记录念阿部定对石田吉藏一往情深的过程。

问：被告为什么如此爱慕石田？

答：你问石田哪里好，我也答不出好在哪里。不过无论长相还是心地，我从未见过像石田这样无可挑剔的情种。看上去无论如何都不像四十二，至多二十七八。心地也非常单纯，为一点点小事就乐不可支。而且感情丰富，有什么马上表现出来，像小孩一样天真烂漫。不管我做什么，他都高兴，百依百顺。还有，石田在卧室里手段高超。做那种事时非常了解女方的心情，自己久久忍耐，让我情绪充分上来。精力也充沛，交合一次后很快就能变大。我试过石田一次，看他是不是真的因为迷上我才跟我做那种事而不是单单玩弄技巧。说出来真是失礼不好意思，四月二十三日我离开吉田家时因月经身上不太干净。可是石田并不嫌弃，还是又摸又舔。大约二十七八日在“田川”酒店的时候，我准备了香菇汤汁。我对他说：“听说如果真心相爱，就把香菇和生鱼片塞在那里吃掉。”石田说：“我也给你那么做就是！”于是他就从汤汁里取出香菇用筷子塞进那个地方，又蘸了汤汁放在矮脚桌上摆弄了一会儿，然后石田吃一半，我吃一半。我觉得这样的石田真是可爱，一把搂住他说：“我想杀了你，好让你跟谁也做不成好事。”石田说：“为了你，死也情愿。”

问：那期间一直在酒店里了？

答：五月四五日那时候在“满佐喜”来着，但因为钱接续不上了得回家。我说要把他的那个东西拿掉。石田说：“回家也不做的，只和你做。”分开后剩下我一个人，又是嫉妒又是焦躁差点儿发疯，十日晚上去了石田开店的中野见他，用他带出来的二十元钱在车站附近的“关东煮”餐馆喝完去了“满佐喜”，又住了下来。

读着读着，久木觉得身上有些发热，凛子也好像同样。

起始只是相对而卧，却不知何时，凛子紧紧贴在久木胸口，用有些含糊的语音喃喃有声：

“真是活灵活现啊！”

的确，阿部定的供述说是老实也好什么也好，反正没有羞羞答答的地方，使得案件更加跃然纸上。

“不过，这个女子怕是个十分聪明的人。”

虽说已是事发之后，但讲述两人性事和当时的心情讲得一气呵成，而且冷静客观。

“原来是做什么的？”

“神田出身，本来是个早熟的时尚少女，可惜经营榻榻米的娘家家道中落，就出来当艺伎，好像东南西北转了好多地方。进石田开的小餐馆是作为女招待进去的，名字叫加代。”

“嗳，想看那人的照片。”

久木翻开书前面有阿部定照片那页。似乎是事发后不久照的，梳着圆发髻，椭圆脸，眉清目秀。沉静的眼神中透出一丝凄寂。

“够好看的啊！”

“像你。”

久木本意是开玩笑，不过就绵柔中含带让男人心动的甜美这点来说，和凛子不无相像。

“我可没有这么美貌！”

“你当然更优雅。”久木赶紧补充一句。说不定美貌里面隐藏着女人的魔性，“案件发生时阿部定三十一岁。”

久木一只手再次拿书念了起来。刑警的讯问开始逼近案件的核心。

问：讲一下五月十六日勒着石田脖颈发生关系的情形。

答：之前十二三日那时候，石田说：“听说勒脖子蛮好玩的。”我说:“那好,勒我好了!”就让他勒。他说你怪可怜的算了。这回由我在上面勒石田脖子。他说痒痒的别勒了。十六日晚上给石田搂在怀里时,觉得他可爱得实在让人不知怎么好,我就咬他。咬着咬着,想起搂得几乎透不过气来发生关系的事。我说:“这回可是用带子勒的哟!”就把枕头下的我的腰带缠在石田脖子上,一边交合一边勒,紧一下松一下的。起初石田觉得有意思,做出伸舌头那样的鬼脸吓唬我。再一使劲勒,肚子挺起来了,那个东西一挺一挺的怪好玩的——我这么一说,石田说只要你觉得好玩,自己就算痛苦点也忍着就是。可是石田很快累了,睡眼惺忪,我就问:“烦了吧?”石田说:“不烦。我的身体,随你怎么样!”往下又用带子时紧时松勒着玩了两个小时,已是十七日凌晨二点了。我只顾看着下面不觉之间加了力气,脖子一下子勒紧了,石田“呜——”一声,那东西忽然变小了。于是慌忙松开带子,石田叫了声“加代”抱住我,有点儿像哭的样子。我就给他擦胸。可是石田脖子上仍有带子发红的痕迹,眼睛多少肿了,说“脖子发烫”。我把他领去浴池,洗他的脖子。当时脸也又红又肿。不过石田照镜子也只是说“事情麻烦了”,没有发脾气。

问:找医生看了?

答:想去看来着。但石田说:“弄不好会报警的,算了!”就给他用冷毛巾敷脸、揉身子,可是一点也不见好。傍晚去了药店,说:“客人吵架卡了喉咙,脖子红了。”药店给了溴米那镇静片,告诉一次服量不能超过三片。

凛子突然伸出手，开始解久木脖子上的红带结。可能是因为听阿部定供述把心上人脖子勒过头以致脸都红肿而心里害怕起来。

久木等她解开带结，继续下文。

问：事发前一天夜里也一直在酒店了？

答：石田脸肿出不了门，早上只吃了柳川[8]。晚上出去买药时顺便买西瓜回来让他吃了。之后给他要了素汤面，我要了紫菜卷寿司。药马上给他吃了三片溴米那镇静片。他说三片不管用，就让他吃了六片。石田倒是睡眼惺忪，却还是不睡，说“钱没了，只能回去了”。我说不愿意回去。他说：“留在这里给女佣瞧见这张肿脸难为情，无论如何都得回去。你在下谷或哪里待着！”我说反正不愿意回去。他说：“什么都不愿意可不好办。一开始你就知道我是有孩子的人，不可能总和你在一起。为了将来两人长久快乐相守，这点事儿都不忍耐是不好办的。”想到石田打定主意要暂时分开，我就低声哭出声来。石田也眼泪汪汪这个那个对我说了很多好话。问题是，他越说好话越让人来气，脑袋里想的全是怎样才能同石田一起，对他说的话一多半听得心不在焉。

问：那天晚上归终也住下了？

答：因为这个磨磨蹭蹭的时间里，女佣把要的鸡汤端来了。我就让石田喝了，十二点左右两人钻进被窝。石田脸还肿着无精打采，但看我仍不大高兴，就舔我那里讨我欢心，稍稍干了一会儿那种事。不过石田很快就说“困，睡了”，让我别睡，看他的脸。我说“看着就是，好好睡吧”，我把脸颊蹭在石田脸上，他开始迷糊起来。

久木忽然想碰凛子，一只手相互握着，继续念审讯报告。

问：下决心杀他是什么时候？

答：五月七日到十日，一个人独处当中总是想石田，心里很不好受，就开始想索性杀了他算了。不过那时马上打消了这个念头。石田说一来要治脖子，二来即使将来两人能在一起也要分开一段时间。那往下看石田睡相的时间里，心想石田回到家，老板娘一定会像自己这样照料他。这次一别，一两个月都见不着。就连眼下都这么难受，一两个月肯定忍受不了，无论如何都不愿意放石田回去。这以前即使我说一块死了或逃去哪里，他也不真正当回事，只是说开个酒馆什么的长远快乐下去。于是我下了决心：只有杀了石田才能把他永远据为己有。

问：说一下十七日夜你用被告的腰带勒紧熟睡当中的石田脖子的经过。

答：石田迷迷糊糊的时候，我用左手捧着石田脑袋，就以那样的姿势看他的睡相。石田一下子睁开眼睛，见我在，又放心地闭起眼睛，说：“加代，我睡着了，你又要勒我了吧？”我“嗯”一声笑笑。“要是勒，中间可别松手哟，不然往下很痛苦的。”听他这么说，我猜想没准这个人盼望我把他杀了。但我很快转念认为是开玩笑。一来二去，看样子石田睡着了，我就伸出右手拿起枕边我的腰带塞到他脖子下面，缠了两圈，然后攥着两端使劲一勒，石田猛地睁开眼睛，叫一声“加代”，稍稍欠身往我身上扑。我用自己的脸蹭着石田胸口，一边哭着说“原谅我吧”，一边拼出浑身力气勒腰带两端。石田“呜——”一声呻吟，双手急速颤抖不止，但很快瘫软了。我松开腰带。这回轮到我发抖了，我一大口喝干桌子上酒壶里剩的酒，又勒了勒防止石田活过来，然后把剩下的腰带藏在枕头下面。接下去我去察看楼下动静，账台静悄悄的，那里的挂钟刚过后半夜两点。

蓦地，凛子长叹一声。想必在听阿部定勒杀心爱男人那逼真场景当中心情亢奋起来。久木略一停顿，继续往下念。

问：其后被告切掉石田的阴茎阴囊，在他左臂刻写自己的名字、在尸体和垫褥上血书“满佐喜”后逃走——讲一下这个情形。

答：勒死石田后，我彻底放下心来，感觉如释重负，心情豁然开朗。我马上喝光一瓶啤酒躺在石田身旁。见他嘴唇好像发干，就用舌头舔湿，或擦拭他的脸。我没觉得是守在死尸旁边。石田比活着时候还可爱，就一起躺到早上。有时摆弄他的那件东西，有时还往自己那里贴了贴。这当中我心想既然勒死了石田，那么自己也必须死掉才对。反正得离开这里。边想边摸石田那件东西的时间里，忽然心生一念：切掉带走好了！以前说要切石田那件东西时给他看的牛刀还藏在画框后面，就拿了下来贴在根上试试。但一下子切不下来，花了相当长时间。切的当中牛刀滑落在大腿根那里划出了伤口。接着想切睾丸。这更难切，阴囊好像还剩了一点儿。我把切下的鸡鸡和睾丸放在卫生纸上。但伤口流出好多血,就一边用卫生纸捂着一边用左手食指蘸血抹在自己穿的贴身长衫袖口和领口上,又在石田左腿写下“只定吉两人”,床单上也写了。然后用牛刀割下“定”这个自己的名字,在窗台铁盆里洗了手,撕下枕边一本杂志的封皮包了那宝贝物件。又把脱在衣篓里的石田六尺兜裆布缠在腰间,把那宝贝包好塞进里面。之后穿上石田的衬衫和内裤,外面穿上自己的衣服,扎上腰带,收拾好房间,沾血的卫生纸什么的扔进二楼厕所。准备妥当后,只把牛刀用报纸包了带在身上,吻别石田,尸体搭上毛毯,脸用手帕盖上。上午八点左右,下楼对女佣说“出去买点儿东西,不到中午别叫醒他”,自己叫了辆出租车钻了进去。

阿部定绞杀心爱男人又切割其局部,这点在两人困在雪天中禅寺湖时对凛子讲过。多少有所重复,但久木还是照念审讯记录给她听。

问:为什么要把石田的阴茎和阴囊切掉带走呢?

答:作为原因,一是那是再宝贝不过的物件,留在他身上,入殓擦洗尸体时老板娘肯定要碰的,而我不想让任何人碰;二是反正要把石田的尸体留在那里逃跑,若是有石田的鸡鸡在自己身上,就会觉得仍和石田在一起,不会孤单。至于为什么在石田腿上和床单上写“只要定吉两人”,意思是说我通过勒死石田而得以把他完全据为己有。我觉得应该把这点告诉世人,就从我和石田名字中各取一字写了“只要定吉两人”。

问：为什么在石田左臂也刻写“定”字？

答：我想让石田身体带着我，所以把自己的名字刻上了。

问：为什么把石田的兜裆布和内衣穿在里面？

答：因为兜裆布和内衣有男人的气味，我可以闻得石田味儿，也算是把石田的纪念物带在身上。

问：讲一下作案后逃跑的路线。

答：五月十八日上午八时左右离开“满佐喜”酒店时身上有五十来元钱。我决定先换衣服，就把一直穿着的衣服在上野一家旧衣店卖了，卖完买了单和服，又买了包袱皮，把纸包里的牛刀包了。木屐也换成新的桐木屐。之后给“满佐喜”打电话，告诉接电话的女佣中午回去，自己回去前请别叫醒石田。女佣应道“好的”。于是我知道杀人事还没被发现，放下心来。还给以前关照过我的大宫先生（原中京商业高中校长，如今在神田万代馆）打了电话。在日本桥见他时，眼泪“刷”一下子出来了。我说“无论发生什么，都跟老师您没有关系”，说完和他告别。还有，在上野买的单和服太薄，就在新宿买了另一件斜纹哔叽单和服和名古屋腰带，坐一元出租车⑨去到滨町一座公园。心想反正一死，就考虑去曾经待过的大阪，从生驹山跳到深谷里。

审讯记录即将迫近阿部定被捕前的状况。

问：杀害石田那天晚上住哪里了？

答：想在大阪死来着，但没有马上死的勇气，打算留些时间想想石田，就在夜里十点去了浅草名叫上野屋的以前住过的旅店。在那里洗了澡——带着宝贝纸包一起去了浴池——然后在二楼房间躺下。在被窝里打开纸包看石田的鸡鸡和睾丸。看着看着就吻在上面，或放在自己那个地方。这个那个想了很多，边想边哭，觉没睡好。第二天一早借来账台的报纸一看，满佐喜的事连同我年轻时的照片大大报道出来。我心想若是被旅店的人知道了可就麻烦了，赶紧付账。因为下雨，就借了木屐和洋伞走出旅店。

问：说一下十九日到被捕时的情况。

答：由于下雨，即使去大阪也要坐夜班车。去浅草看完《夏清十郎》电影，去品川站买了三等车的车票。到发车还有将近两个小时，就在车站小卖店买了五份报纸，放进包里打算过一会儿看。在站前饮食店喝酒喝困了，五点多去附近名叫品川馆的旅店做了按摩。那当中梦见石田，担心他说什么，但什么也没说，就放下心来。把按摩打发走后，吃饭，看晚报。一看，把我叫作高桥阿传[10]，写得触目惊心，还说每个车站都有刑警监守。这么着，大阪看来也去不成了，决心在这里死掉。可栏杆低，估计吊不死，就索性宁肯被捕，直到后半夜一点也没睡。但警察没来。只好第二天早上让女佣把房间换去厢房，认为在那里上吊时只要把腿伸到院子里就能死掉。我借来自来水笔和纸，给大宫老师、黑川先生和死了的石田写了三封遗书。打算半夜吊死，喝完两瓶啤酒躺下了。结果下午四点左右警察来了。我说“我是阿部定”，就被捕了。

久木一直躺着念，有点儿念累了。但审讯记录正要进入高潮：阿部定谈被捕后的心境。

问：被告对本次案件是怎么想的？

答：在警视厅时我还乐意谈石田的事。到了晚间我盼望梦见石田，梦见了就觉得他很可爱，心情好像很高兴。可是，随着一天天过去，心情也一点点发生变化。近来开始后悔，后悔不该做那样的事。现在想尽快忘掉石田。所以，往后不想再提这件事了。如果可能，希望最好别在大庭广众面前问这个问那个，请尽可能和上司商量一下决定怎么判刑好了。不抗诉，甘愿受刑，律师好像也不需要。

问：其他有想说明的事项吗？

答：这件事让我最遗憾的，是我被世人误解为色情狂。关于这点请允许我解释一下。我是不是变态性欲者，只要调查我的过去，我想是不难明白的。以往我从未对别的男人做过和石田同样的事。如果认准对方是自己喜欢的人，不要钱和他玩的时候也是有的，但发生关系当中也从未忘掉自己，考虑到时间场合，都轻易分手了。做得这么理性，致使男人目瞪口呆的时候都曾有过。可是单单石田无可挑剔，勉强说来是有点儿品位不够，而我反倒喜欢他这种无拘无束的地方，全副身心都投了进去。我的事情已经大白于天下，人们好像多半当笑话津津乐道。可我认为女人喜欢男人那件东西是理所当然的。说白了，就算自己讨厌生鱼片，而若夫君喜欢，那么自己也不知不觉喜欢起来，一闻夫君棉外褂的气味就满心欢喜。喝自己喜欢的男人喝剩下的茶水也觉得好喝，即使嘴对嘴吃自己喜欢的男人咬过的东西也觉得幸福。男人让艺伎脱籍也是因为想自己独占。由于对男人太痴情了，想做我这回做的这种事的女人世上肯定有，只是不做罢了。当然，女人也各种各样，同恋爱相比更看重物质的人固然也有，但就算由于太喜欢了而欲罢不能而闹出我闹出的这种事来，那也并不全都是色情狂。

久木念完审讯记录回头一看，凛子脸上微微泛红。大概对阿部定活生生的供述感到有些兴奋。

久木也觉得喉咙发干，起身从冰箱拿出啤酒，凛子也爬起来和久木面对面坐在桌前。

“怎么样？”久木边往杯里倒啤酒边问。

“不得了啊！”凛子嘀咕一句后说道，“我、完全误解了阿部定这个人。在这以前听你说把男人那个地方切掉了，觉得她是个相当低级趣味的怪人。可根本不是那样。非常正直、可爱，一个好人！”

听凛子这么评价，久木觉得念给她听也真是值得。

“不过，居然有这样的资料！”

“我怎么都想看看，起初去法务省相求，但被拒绝了。理由是隐私性案件，除了用于学术性研究，不能出示。”

“你要搞的不是学术性的？”

“因为策划从人物方面回溯昭和史，所以我想是没有问题的。但不管怎么相求都不给看。”

“这种事情，还是好好公开对阿部定名誉有好处吧？”

“本来是那样的。但这方面属于衙门特有的秘密主义吧。左找右找当中，原来这种审讯记录早已出版了。”

“在哪里来着？”

“有一种所谓秘本，专门收集这种很难公开的藏在黑暗里的东西，就在那里来着。”

“那么说，有谁看见了，是吧？”

“大概是负责审讯的刑警或做记录的书记员等什么人拿走了副本，后来私下流传开来。”

“那一来，再隐藏岂不也没意思了？”

“不过，隐藏什么才更像是衙门的嘛！”

不觉之间久木开始发泄取材过程当中的不满。

凛子也好像有点儿渴了，喝了一口久木倒的啤酒，然后把载有阿部定审讯记录的书拿在手里。

翻开前面几页，有事发后立即刊登在报纸上的阿部定和吉藏两人的照片，接下去是阿部定被捕时的照片。奇异的是，无论被捕的阿部定还是逮捕她的警察，抑或所辖警察署的署员们，全都笑眯眯的，活像庆贺什么的纪念照。

“可能因为逮捕得太容易了，又是美女，警察们也够开心的。”

“可那时候不是警察和军人耀武扬威的恐怖时期吗？”

“昭和十一年⑪，往前一点点有二・二六事件，日本一步步跨入军国主义，正是黑暗动荡的年代。想必人们对那种时候还能贯彻一己之爱的阿部定的行为产生了共鸣，一时有了获救般的心情。”

凛子点头。继续翻动书页：

“感觉上倒像是极不一般的猎奇事件，不过那个人的所作所为，并不是什么变态。‘想做我这回做的这种事的女人世上肯定有，只是不做罢了’——说得不错。”

“心情可以理解？”久木半开玩笑地问。

凛子当即点头：

“当然理解。喜欢到那个地步，产生那样的心情，莫如说是自然而然的。”

“不过，我觉得杀死倒也好像不必……”

“那方面，属于爱到什么程度的问题。如果喜欢那个人喜欢得不得了，而要想完全独占，怕也别无选择吧？”

听得凛子寻求自己认同，久木一下子有些狼狈：

“实行不实行怕是另当别论。”

“的确另当别论。但要是真喜欢了，那可是很难说的。我想女人身上总有那样的心情。”

久木倏然觉得闷热，站起身来。

不知是念阿部定审讯记录当中兴奋了，还是房间温度多少升高了，反正久木轻轻打开窗扇来凉爽一下。

春夜的凉风倏然掠过脸颊，让人神清气爽。

“过来看啊！”

久木招呼凛子，并立窗前。

紧挨两人左侧有一棵盛开的樱花树，树下可以看见灯光照亮的水池。池水绕过露天浴池的前端，同映出幽玄的能乐堂的夜间池面连在一起。

“好静……”

久木大大吸了口气，似乎想让自己从刚才念的阿部定那让人仿佛身临其境的供述书中逃脱出来。

置身于这深山老林中万籁俱寂的酒店，阿部定案件恍若发生在极其遥远的另一世界。久木抬起眼睛，仰望正面耸立的黑魆魆的山峦棱线远方横陈的夜空。正望着，凛子悄声低语：

“樱花……”

应声回头，但见盛开的樱花树枝有花瓣忽有所思地飘落下来。

其中一瓣落在眼下的池面，另一瓣随着徐来的夜风飘来窗前。

“夜里樱花也落的啊！”

凛子此言，听得久木觉得有了意外发现。

毫无疑问，两人一起进露天浴池时也好，随后共同沉溺于性事时也好，再后来念审讯记录时也好，樱花都在持续飘落。

“我们就这么休息时，樱花大概也不休息，落个不停。”

“那么，由我们守护着好了！”

凛子的心情固然理解，但久木觉得有点儿累了。

不知这是过于剧烈的性事的关系还是由于念阿部定供述书带来的亢奋，抑或是二者混合而成的倦怠之故，反正只有樱花在这深夜黑暗中无声无息地翩然飘落。

久木把手悄然搭在凛子肩头小声说：

“休息吧……”

返回两人刚才弄乱的铺位，多少有些难为情。这次只管静静安睡就是。

久木先钻进被窝，凛子仍站在窗前喃喃自语：

“窗多少留一点缝吧！”

确实，那样会有夜晚凉气进来让人感觉舒适。

久木闭着眼睛点头。凛子熄掉房间灯钻了进来。

久木伸出手去，想亲近柔润的肌肤。凛子阻挡似的轻轻按住他的手，悄声说道：

“可那一来，女人够可怜的啊！”

久木一时不解其意，随即明白过来凛子说的是阿部定。

“换我，就不做那样的事。哪怕再喜欢，把对方杀掉也没意思，是吧？”

久木也认同：

“就算杀了他把他独占了，她以后的人生是不是幸福也是个疑问。”

刑满释放后，阿部定好像重新在浅草一带一家餐馆做工，但因为有人看见了“阿部定在的餐馆”广告，中意也罢不中意也罢，都好像要暴露在那些人好奇的目光下。

“即使偿了罪，杀人犯也还是杀人犯。”

“还是活下来的人难受啊！”

凛子说得固然不错，而另一方面，被切去那个部位死掉的男人，说可怜也足够可怜。

“对谁都不是好事。”

“是不是呢？”凛子略一停顿，“只一个剩下来是不可取的。”

“只一个人？”

“是的，要死两人一起死。那样，就能永远在一起，也不至于寂寞。”

久木有些觉得透不过气，稍稍背过身去。

听得凛子说一起死，久木颇为困惑，透不过气想必也是因为这个。但凛子并没有明确说死，只是嘀咕与其闹出阿部定那样的事件，莫如一起死去。

久木转念似的回过头，脸颊贴上仰面躺着的凛子胸部。

被阿部定勒死时，男人同样把脸颊贴在女子胸部。以与之相同的姿势接触凛子柔润肌肤过程中，久木的心情逐渐缓和下来。少顷，忽然想起似的捏弄凛子乳头。

嘴唇越过坡势徐缓的山丘噙住乳头后，整个吞入口中，慢慢挪动舌头。左，右，时而画圆之间缠了上去。久木此刻什么也不想，就好像母与子从出生时就以乳头和嘴唇连在一起，女人和男人也是通过乳头和舌头永远密不可分。

在夜的静寂中半是做梦半是舌缠乳头当中，久木倏然觉得有什么轻碰嘴唇，宛如薄薄的薄膜。正感到诧异，嬉戏中又有一个轻触过来。

是什么呢？久木缓缓把脸凑近纸罩提灯一看，原来是两枚淡粉色的花瓣贴在乳头周边。

“樱花……”久木低语。

凛子也诧异地往这边看着。

“你的嘴唇也……”

听凛子一说，久木这才发觉自己嘴唇也沾着花瓣。于是取下来放在凛子胸部——花瓣多了一枚。

“从那里飘来的。”久木眼望稍稍开着的夜幕下的窗口。

“要整整飘落一夜的吧？”

看这光景，樱花不出一两天就要收尾了。

“就这样别动……”

久木按住从红色贴身长衫露出的凛子的肩头。一枚、又一枚花瓣随风翩然飘来，凛子雪白柔润的肌肤渐渐被樱花瓣染成了樱花色。

①千利休：1522—1591，日本千家流茶道的创始人，“侘寂茶”（わび茶）之集大成者。

②弘法大师：774—835，本名空海，谥号弘法大师。日本真言宗创始人。曾入唐留学，尤工书法。

③冈本绮堂：1872—1939，日本剧作家，小说家。

④坪：日本传统面积单位。1坪约合3.306平方米。

⑤西行：1118—1190，日本镰仓初期歌僧。俗名佐藤义清，法号圆位，又称大宝号等。工和歌。

⑥和歌：日本传统诗歌形式，五句三十一字（音）。

⑦花冷：はなびえ。樱花时节的低温。

⑧柳川：亦称柳川锅。一种日本菜式。将去骨泥鳅和薄牛蒡片入锅炖熟后加入鸡蛋。

⑨一元出租车：円タク，一日元出租车。上世纪二三十年代东京、大阪一带的出租车，车费均为一日元。

⑩高桥阿传：1850—1879，日本明治时期有名的毒妇。卖淫时为谋财两次杀死嫖客，后被捕处死。

⑪昭和十一年：一九三六年。

小满

しょうまん

无论何年何月，樱花都像行色匆匆的行人那样倏忽而逝，惹人生发怜惜之情。再没有花事阑珊时节看落花更凄寂的事了。季节像同樱花交替一样转向初夏，带来了日久天长，同时带来了百花齐放。

例如，紫藤、杜鹃、郁金香、虞美人草、牡丹、石楠花等等，数不胜数，争奇斗艳。树木全都披上了青翠欲滴的新装。万象更新，生机勃勃。理所当然，人们把盛极一时而又弱不禁风、装模作样的樱花忘去一边，仿佛那已是前尘往事。

由此往下，人们再不会像四月初那样只对樱花患得患失，可以在铺天盖地的花海中尽情徜徉。

不折不扣，继樱花而来的五月，漫山遍野无处不花。

现在，久木也以整个身心感受着绚丽多彩的初夏时节。同时心中犹如随风摇曳的虞美人草微妙地摇颤不止。

事情发生在今年初租的涩谷那个套间。

在修善寺双方决定再不回家以来，两人就把那里作为自己的家住了下来——现在只有这里是栖身之所。但一室一厅，空间未免局促。再说家具和日常用品也都是急就章临时凑起来的，多是又小又便宜的东西，到底感到不便。

如果可能，很想搬去宽敞些的地方。可是，一来花费不是小数，二来为了一起放心居住，在户籍上也需要一清二楚。

近来也许因为在一起的时候多了，公寓管理员和周围的人似乎把两人看成了夫妇。但也好像有人觉得两人关系蹊跷。

理所当然，房子的事久木也对凛子说了。

和久木不同，凛子一整天都在房间里，理应深感狭窄的不便：做家务转不开身。衣服因小箱里放不下，一部分塞进了塑料箱。那般喜欢的书法倒好像每天都在练，但纸是铺在吃饭用的矮桌上的。久木见了，感觉总有些穷困潦倒，令人不忍。

何况这一切都是因了离家跟自己在一起。想到这里，久木就想哪怕多花些钱，也要租多少大些的房间才是。可是凛子反对：别勉强，就在这儿好了。

心情不难理解，想必不想让本是一介工薪族的久木过于勉强。但不管怎么说，从她不积极这点看来，也有可能对这里相当中意。

“房子大小无所谓，只要你每天都回这里就可以了。”

听凛子说得这么大度，久木觉得她更可爱了，不由得紧紧搂在怀里。

即使说房子，说来说去也还是为了两人相守。而意识到时，又已经双双贴在一起。

阿部定审讯记录上说两人住酒店期间，只要有空闲就紧贴紧靠，恨不得把对方吞进肚里——两人与此完全接近。

话虽这么说，但并非总是做爱。更多时候仅仅是胳膊腿相互接触。即使久木碰凛子的胸，凛子碰久木的阳具，也只是看着或轻轻抚摸、相互嬉戏而已。就势交合的时候也有，但一般说来，觉察到时已迷迷糊糊睡了过去。

休息日午后等大白天做这样的事，两人每每觉得仿佛成了被关在狭小地窖里的性囚犯。

凛子所以不愿意离开这里，说不定是因为整个身心都已被房间中潜伏的这种淫荡氛围彻底感染的缘故。

总之有一点可以断定：这段时间凛子对性的好奇心更加强烈了。

例如五月初星期日的傍晚，两人外出购物回来路上顺便走进一家小家具店。久木进来本来是想为凛子买一张练书法的稍大些的桌子，但东看西看时间里发现有镜子。既有带牢牢实实的底座的穿衣镜，又有只带简易四框的镜子。看着看着，久木忽然心神荡漾，随口说了一句：

“那东西放在床边可好？”

久木想起年初在横滨那家酒店幽会时让凛子在镜前脱衣服时的情景，就半开玩笑地提议。不料凛子马上来了兴致，问道：

“旁边放得下？”

床的一侧是墙壁，不可能靠墙放。如果要，贴在墙上倒还可以。

“放那么大的家伙，两人整个都照进去了哟！”

久木意在威胁。而凛子当即小声赞成：

“买好了！”

归终，让店里当天送货上门。夜里送到后，即刻放在床旁。两人双双迫不及待地上床躺下。又拿来台灯把光打在镜子上，再把镜子稍稍倾斜，结果两人的下半身闪现出来。

尤其镜子里的凛子，从雪白的肌肤到胯间的毛丛全都一览无余。久木一看就兴奋不已。

凛子所受到的刺激也差不多。纳入久木的物件之后，一边快活地呻吟，一边一次次拱起上身窥看镜子，梦呓似的连声叫道："不得了！可不得了！"

对这样的凛子，久木诚然觉得可爱，但另一方面又多少有些害怕。

如果天天如此，凛子会沉溺到什么地步呢？虽说自己也有责任，但一发不可遏止的凛子这个女人仿佛成了不同于以往的另一个生命体。况且床边放了镜子，使得两人房间更像是淫秽不堪的密室了。

外出购物，还有个两人第一次去的地方。

那就是位于涩谷繁华大街旁边一条小路深处的所谓成人用品店。

当时并不是一开始就打定主意去那里的，而是漫不经心在小路闲逛时偶然碰上的。

劝诱的当然是久木。

"进去看看？"久木问。

凛子好像还不大明白是什么店。

默默跟进去一看，里面挂满花花绿绿俗不可耐的三角裤和皮枷具皮鞭子等等。凛子这才好像意识到不是普通商店。再看形形色色的震动管和环状物，凛子似乎察觉这不是女性来的地方。

她拉住久木的袖口，说了声"讨厌！"，随即低下眼睛。但好像无意回去。反而躲在久木背后细看。看着看着，大概来了兴致，指着震动管问：

“那、是干什么的？”

“这是那个地方，这东西触上去。”久木拿在手里解释。

凛子轻“哦”一声。少顷，手指战战兢兢碰在那黑乎乎隆起的东西上面。

久木半是恶作剧地拿在手上对准凛子的胯间。凛子慌忙用双手挡住，摇头道：

“别别……”

“不过，或者相当可心也不一定。”

久木很想寻背过脸去的凛子开心，就出不少钱买了下来。但返回住处，当即一个人看着苦笑。

“你们男的、买这东西觉得好玩儿？”

“其实那店里差不多所有东西都是为讨女性欢心用的。”

“跟这东西相比，绝对是你那个东西好！”

听凛子这么说自是舒了口气。可这样一来，小房间更加成了两人的私密天地。

说清楚些，该说久木现在被凛子拖着才对。

镜子也罢成人用品也罢，久木不过半开玩笑地说买回来给她看看罢了。但回过神一看，沉浸在淫荡中尽情享用的，莫如说更是凛子。

两人嬉戏交合时，也是凛子方面不知厌战为何物，直到久木弹尽粮绝疲惫不堪以致再也无力应战时，一再拖延的淫戏才好歹告终。

在性方面，女性本来就咄咄逼人英勇善战。或者莫如说，女性一旦得知性快感，就像无底洞一样深不可测，无尽无休。相比之下，男人的冲锋陷阵之类，不过像在池沼水面打挺的鱼一样浅尝辄止，稍纵即逝。

就好比有限与无限之争，无论快感的深度还是获取快感的后续力，男人都根本不是女性的对手。

近来久木再次对此深有感触，心服口服。

到了这个地步，像最初那样主导和开导女性早已没了意义。不错，久木是耐心而卖力气地引导了凛子，但觉察到时，自己的学生早已成长起来，成了就连调教者都已束手无策的强大对手。

丈夫之所以为教不教给妻子性快乐而犹豫，就是因为惧怕这强大对手的出现。

一旦把妻子领去那里，丈夫就必须不断鞭策自己，以便半永久性地让妻子心满意足。

男人一边想让所爱女性变成荡妇，一边迟迟不肯付诸实施，无非是因为担心那成为自己日复一日的负担而重重压在自己头上。

但是，若是对外遇女性，就能够断然实施。纵使一起知道了无尽快乐，而只要止于外遇，就不至于成为每天的功课而压在头上。何况可以酌情逃之夭夭。

然而，眼下的久木已被在外面认识、本来可以摆脱的女性死死擒住不放，一如粘在蜘蛛网上的小飞虫，无论怎么挣扎都无济于事。

尽管如此，同凛子相好已有一年多时间过去了，而自己仍被如此吸引，这是为什么呢？

有的恋人，不出一年就烦了各奔东西。然而两人不仅没各奔东西，反倒愈发一往情深。或者莫如说正在堕入看不见出口的热恋地狱。

最主要的理由，还是在于两人都碰上了性爱潜在的深不见底的世界。

不用说，这是认识凛子这个女性之后才得以抵达的世界——此外无论同妻子还是同其他女性都未能抵达的深渊，在得到凛子这个伙伴之后终于得以抵达。

这点就凛子来说也是同样。通过认识久木这个男性，凛子才似乎意识到天旋地转的性爱世界。

不过，凛子的一个吸引力，在于从不把这一切显露于外。

迄今见过凛子的几乎所有男性都似乎认为凛子优雅娴静，是一位对性无甚兴致的严肃女性。其实完全相反。表面上中规中矩凛然难犯，而一旦进入性爱世界，就淫荡得难以置信。这种对比的深度和悖德意味撩拨着男人的好奇心。

不料，隐藏在体内的淫荡近来好像有所外现，两人一起走时，男人们时不时向凛子投以飞眼。不仅如此，据凛子说，她一个人在公园路上等地方行走时经常有人打招呼。就在前几天还有两个年轻男性接连引诱说："跟我玩玩好吗？"

"我、真有魅力不成？"

久木不中意这种装糊涂的说法：

"男人是可以凭直觉嗅出淫荡女人的。"

"都怪你，把人家弄成这种女人。"凛子诿过于人。

"下次出门时得用铁链把你拴好才行！"久木开玩笑道。

而实际上被铁链锁牢的，莫如说是久木。

毫无疑问，久木现在被凛子纵横交错的蜘蛛网彻底围拢起来。

当初本应是久木拉出的蜘蛛网，如今反而成了缠住久木本人的网，死死缠住不放。

久木不时为处于如此状态的自己感到可怜和窝囊。既然是自己好不容易笼络住的心爱女性，那么就不能多少以自己的步调主导吗？如此下去，岂不等于彻底就范，任其随意摆弄不成？

然而不可思议的是，堕入这个地步自有这个地步的快活。

事已至此，再绞尽脑汁也纯属徒劳，往下听之任之好了，只管堕落好了！这既是一种豁达，又是一种无奈，一种委身于主动放荡和堕落的本能。

久木的心思，似乎微妙传导给了凛子。每次叹气，凛子都劝他别想太多，把他拉进更加隐秘的两人世界中。

的确，如果认真考虑两人前程和生计什么的，就不可能一味沉溺于眼下怠惰的日日夜夜，总要在哪里做个了结，对双方的家庭也该有个交代。

可是，现在的久木几乎没有心绪面对现实中的郁闷。

按理，同妻子离婚的事及其相关的种种问题本应尽快处理，但时至如今，就连这个也打不起精神。如果妻子再提一次分手，自己是打算分手的。但她不提，就这样也未尝不可。

这点凛子也好像一样，任由同丈夫处于绝缘状态，自己无意积极推动离婚进程。

说到底，除了一味沉溺于两人世界，两人眼下什么都不想。逃避责任这点心知肚明，可是时至现在，两人即便幡然悔悟返回家中也于事无补。

打比方说，两人现在恐怕已彻底陷入无明长夜的黑暗中。那黑暗也是不知所终的名为淫荡的地狱。

从旁人眼里，那分明是令人瞠目结舌的颓废行为，但两个当事者并不认为多么不好。就算是黑暗，也已在肉欲河中随波逐流，时而陶醉于头晕目眩的快感之中。若只看这点，说是在极乐花园中玩耍也并无不可。

两人追求的，早已是挑战肉体极限的欢愉顶点。

但是，几乎不出房间的凛子倒也罢了，而对于天天上班的久木，现实与梦幻生活之间势必出现破绽。

白天来社里跟同事们见面、伏案工作是现实，而两人世界中的糜烂生活则近乎似梦非梦的幻觉。

往来于这两种截然不同的世界而使之浑融无间几乎是不可能的。

实际上，涩谷糜烂生活的气息在来办公室后也难免流露出来。女秘书试探道："近来好像有点儿疲惫嘛！"

倘再打盹，又冷嘲热讽说："最好别太勉强哟！"

男同事到底没说到那个程度，但也好像看出了久木的无精打采和荒废感，要好的村松担忧地问："身体不要紧的？"

久木每次都搪塞了事。但到了五月中旬，连续留宿在外这点终于瞒不住了。

起因是村松有急事找久木往久木家里打电话时妻子的答话：

"那个人，已经好久不住这边了，什么都不知道。"

语气那般冷淡，全然不加掩饰。

"只是吵了几句嘴，没什么的。"

当场倒是好歹应付过去，但久木外面有女人并且难以自拔一事，完全成了公开秘密。

作为工薪族，通过工作从公司领薪水。从这点来说，个人生活哪怕多少出格一些，而只要工作圆满完成，就应该没有问题。

但实际上，如果私事上面有了麻烦，也还是免不了给本人在单位的处境带来微妙影响。比如，如果由于同妻子和另一女性有三角关系，而要好的那个女性闹到公司来，或夫人找上司投诉，那么就有相当不小的负面影响。虽说出版社在男女问题上比银行宽容，但讨厌这类麻烦事的倾向也肯定是有的。

当然，久木是闲职，并没有承担多么重要的工作，而且麻烦事也没有表面化，只是同伴从妻子偶尔接电话时的回应中得知他可能和别的女性在一起。

但此后不出几天，当办公室里偏巧只剩两人时，算是室长的铃木漫不经心地搭话道：

“这个那个、怕是够受的吧？”

久木当即意识到是在说自己和凛子的事，但作为自己无法应答。

“啊、这个……”久木含糊其词。

“不过，精力充沛让人羡慕啊！”铃木不无挖苦地接了一句。

铃木的话只说到这里，也并没有再提醒什么。似乎只是想把自己也听了传闻这点告诉他。可是毫无疑问，调查室里已经无人不晓了。

到了这个时候，就算无人不晓，也无需惊慌失措了。因为离家一事迟早要被知道的。此时知道反倒了却一桩心事——久木这么自言自语。但另一方面，自己在社里被大家怎么看，到底让人耿耿于怀。

归根结底，降职加上家庭失和——显而易见，重新出阵的可能性已彻底消失。

单位有了烦心事，自然闷在家里不动。而久木并非在社里有了什么不妙的事，不外乎离家同别的女性同居这件事被大家知道罢了。可是每当调查室同伴们小声说什么，他就觉得是在说自己，心里一阵不安。即使碰见室外同事，也开始觉得好像是在议论自己。

正所谓疑心生暗鬼，致使自己的处境愈发变得局促不安。而冲淡这种不安和提供慰藉的，仍然只有凛子。

反正，一回到涩谷小套间同凛子单独相守，什么人世间的常识啦伦理啦就全然与己无关，得以沉浸在两人世界中。而且，只要待在这小套间里，就再也无人说三道四，无人指脊梁骨，得以为所欲为。偷懒耍滑也好疯狂纵欲也好，都没有人指手画脚评头品足。何况旁边总有个女性守护、接受自己，所以闷在房间里也可说是势之所趋。

不过，久木尽管在两人小套间里得以稀释外面的疲劳、休整身心，但有时仍有始料未及的不安倏然掠过心头。

这样日复一日同凛子沉溺于两人世界之间，岂不要疏离社里的同伴以至社会，回过神时只剩两人面面相觑了？虽说这样的生活无可厚非，但是长此以往，自己同社会的距离势必越来越大，复位越来越难。

久木尤其痛感这点的，是在同衣川久别重逢之时。

照例是衣川打来电话，在银座那家熟悉的小餐馆相见。上次直接见面还是去年秋天凛子书法晚会的事，那以来快有半年了。

没联系的时间是够长的了。那期间久木整个心思都放在凛子身上。也是因了这种难为情，久木没有主动联系。衣川也似乎体谅个中情由，避免靠近。

久违的衣川比以前胖了，也更有气度了。说话也咄咄逼人，一开口就问："一向可好？"一副向后辈问候的语气。

"还是老样子。"久木含含糊糊。

衣川一口喝干啤酒：

"和她越来越妙吧？"

久木不喜欢那种试探的眼神，背过脸去。

衣川不予理会：

"反正那么好的女人是不多的，千万别让她跑掉，加油干！"

说法固然是鼓励，可是不言而喻，其中含有揶揄和挖苦成分。

"不过，她居然离家和你在一起，没以为这么有勇气。"

"从谁那里听来的？"

"这个嘛，知道的。我的情报网也小瞧不得的吧？"

衣川说得倒是得意洋洋，但估计是从来文化中心上课的同凛子要好的书法老师口中听得的。

"她还在练书法吧？"

"时不时……"

"她那样的人够可惜的，今春也没送展吧？"

确实，凛子说无论如何也进入不了潜心书法的状态，只好放弃参加春季书法展览会。

"以前倒是说过想离家独立……"

久木不置可否地点着头，想起上次求衣川让她当专任中心讲师的事来。

"不过和你在一起，就用不着工作了。"

久木听的时间里，得知衣川早已没了为凛子工作斡旋的心思。

"可是，那么有才华的人就这样埋没了，也够可惜的。"说到这里，衣川夸张地叹息一声，"果真那样，可是你的责任哟！"

见衣川还不到三十分钟，久木却觉出一种窒息感，或者莫如说觉得如坐针毡。

去年见他时还没有这样的感觉——这种违和感是什么呢？

这半年来自己一直沉溺于同凛子的情恋，衣川则作为健全的正常人生活——到底是二者的感觉差异不成？

衣川不知久木正在思索这个，轻轻探过上半身问道：

“对了,社里那边怎么样?”

“噢,凑合吧。”

听得这也回答得模棱两可,衣川多少现出无奈的神色:

“你的说法总是不清不楚。”

久木听了,想起去年年底衣川劝自己去他以前在的报社出版局的事。那时没能下定决心,说得含糊其词。而衣川后来也没再问过。

“对你,恐怕还是现在这个地方合适。”

听起来,衣川似乎是想把上次的提议委婉地归零。

时至现在,久木当然也无意再动。沉默之间,衣川改变话题:

“怎么样? 不再去中心上上课?”

“啊,算了。”

现在再去文化中心拿一点酬金也没什么意思。

“不过我那里也不是小瞧得了的哟! 近来也许因为增设了新的讲座,听的人多了,在整个东京都也算相当有成绩的!”

“那当然好……”

“这么着,前不久我得了社长奖。七月初可能当统领东京地区的本部长。”

看来,衣川今天是为了说这个来见久木的。

“可喜可贺!”

久木一边给衣川倒啤酒,一边想明白了:刚才的违和感说不定来自即将晋升之人同正在落魄之人的生态差异。

见过衣川,久木多少有些沮丧。不过这并非因为听得衣川即将荣任统领所有文化中心的本部长。纵使他飞黄腾达,也是另一单位的人,同久木没有直接关系。

相比之下，让他在意的是衣川以衣川的形式拼命工作，而自己却不正经工作而沉溺于同凛子的情恋。说夸张些，原因在于自己都为这么我行我素、无颜面对世人的自己感到目瞪口呆，羞愧不已。

这样做到底合适不合适呢？

这也是自从两人入住涩谷小套间以来始终思考的一点，而在见了衣川后想得就更多了。

不料，半个月后，就像等不及六月梅雨时节似的，传来了更加令人沮丧的消息。

一直疗养的水口，于梅雨到来的第三天在城内一家医院病故。

水口虽然年龄大自己一岁，但也是因为是同期进入出版社的，两人关系很好，晋升步调也差不多。可是，在久木由出版部长转去调查室后，两人拉开了距离，水口升为董事。岂料去年年底被突然派去分社。

之后不久升为分社社长。但刚开始施展拳脚就被肺癌击倒了。三月做了手术，久木也去看了。但听他家人说为时已晚。

正当自己犹豫该不该再去看望之间，病情好像进一步恶化了。

“本社董事、MALON 分社社长水口吾郎氏今晨五时二十分去世。”社内通知的后面标以“享年五十四岁”。久木看了，想起三个月前去看望时水口说的话：“反正人总要老，总有一死，所以能干的时候必须干个尽兴才是。”

水口直到去世莫非都在这么想不成？

水口守灵之夜，从去世翌日午后六时开始在位于调布的自家附近的寺院进行。

葬礼准备由社里的年轻人承担。久木稍稍提前去了，一看已经来了许多吊唁的客人，念经即将开始。

灵坛中央鲜花簇拥的水口脸庞是两三年前拍摄的，面带笑意，两眼炯炯有神，令人觉出健康时的雄心壮志。

虽说去了分社，但毕竟是现役社长，从灵坛左右到会场两侧，摆满了各出版社社长及编辑、发行、书店等人士送的花圈。

目睹之间，不知何故，久木想起“夭折”这个字眼。

对于五十四岁去世的人，说夭折也许不自然，但作为同代人的心情，还是觉得为时过早。

不管怎样，水口喜欢工作，是个爱社如家之人。那样的人先死了，而自己这样的多余者却优哉游哉地活着，想来也真是不可思议，甚至啼笑皆非。

少顷开始上香，久木站进队列。认识的人很多，其中同期入社、当营业部长的中泽站在自己旁边，互相以目示意。

随着一步步走近灵坛，久木更加真切地感到水口已经死去，对着遗像双手合十：

“你为什么死去了……”

此刻，久木只能这么说。

在悼念水口的死、为他祈求冥福之前，久木思考的是他为什么这么匆忙踏上死亡之路。这点他到现在也难以理解，无法释怀。虽说病是某一天突然袭来的，但只能说是不小心踩上了癌这个地雷。水口和自己之所以阴阳两隔，差别仅在于是否踩上这个地雷。

如此不释然之间上完香、向其遗留的亲人表示完哀悼之意，正要离场，中泽要他过去一下。

出口旁边有休息室，亲朋故友似乎正在那里集中。

因是为水口守灵之夜，很想在那里和大家谈谈死者。问题是进去后难免遇见社里的老伙伴。

作为久木，对身居闲职这点多少有些在意，但也可能是自己想过头了。

“就一小会儿，没什么吧？”对方再次相劝。

进去一看，里边已经聚集了二三十人，正在喝啤酒。久木同其中认识的人简单寒暄。刚一坐下，中泽马上搭话：

“那家伙可是说羡慕你来着。”

“我？”久木反问。

中泽揩去唇边沾的啤酒沫：

“他从早到晚只知道工作，忙个没完没了。”

“可也是乐在其中的吧？”

“那当然，毕竟是因为喜欢才那样的。但去了分社后，好像终于对自己过去的人生有了疑问：那算什么呢？可就在他想多少活得轻松些的时候，给癌击倒了。”

与此类似的话，久木去看望时也从水口口中听得了。

“说要是能像你就好了。”

“像我这样？”

“用不着隐瞒，是和喜欢的女性在一起的吧？”

这种事居然传到中泽耳朵里了？久木心情沉重起来。

“工作当然好，但也想像你那样来一场恋爱。尤其到了这个年龄……”

“可他是爱着太太的啊……”

“不错，他是下手晚了。不过看这样的死法，就觉得好像被什么追赶似的。长此以往，怎么说呢？总觉得缺点儿什么，或者有些寂寞……”

惟其朋友刚刚去世之时，觉得中泽所说的分外有实感。但要认真爱一个女性，不投入全副身心是不行的，而那就是不得了的负担——个中情况，中泽又知道多少呢？

久木在这里也约略产生了违和感。

中泽设想的，是守护家庭的同时和中意的女性相恋。家庭这个稳定感、情恋这个兴奋点——两个甜头似乎都想尝个够。

想必那是向往情恋的中老年男人们怀有的共同愿望。

老实说，同凛子相识之初，久木也心想要是时不时同此人吃吃饭沉浸在浪漫情调里该有多妙。即使不久推进一步有了深入关系之后，也没想到家庭会因此乱了阵脚。

可眼下如何呢？久木的家庭岂止乱了阵脚，简直濒于崩溃。到底什么时候开始变成这个样子的呢？就连久木本身也稀里糊涂。及至清醒过来，已经发展到了不可挽回的地步。

在如此状态下被中泽说什么“羡慕你”可不好办。羡慕的是对方的自由，而其背后有着只有堕入情网的当事者才知晓的无数痛楚和苦闷。

自不待言，中泽似乎并不知道久木的家庭已经如此分崩离析，久木同凛子两人已经无限堕入情恋地狱之中。

他只是像眼下流行的城市白领电视剧那样，以为争吵几句再互相安慰几句，最后因了诚实啦体谅啦什么的幸福从天而降——假如对这种浅薄的肥皂剧情节执迷不悟，那可就是个问题。

说白了，久木现在没心思沉浸在那种只有甜美气氛的世界中。不，能沉浸还是想沉浸的，但两人的状态，重返那里已经过迟了。浸淫到这个地步，早已是理性或良知所无法控制的了。一切有生命之物，从降生这个世界开始就像原罪一样被身体深处隐藏的本能冲动纠缠不放，为之痛苦挣扎。

由此往下的爱，乃是无关乎体谅和诚实的生命相克，最后只能归于毁坏或毁灭。如此焦头烂额不寒而栗之时被人家说什么羡慕，那已经不止于烦躁,甚至开始气恼了。

休息室的吊唁的客人更多了,好像已有四五十人。

“到底是死于现役期间,葬礼也够盛大。”

如中泽所说,尽管水口去了分社,但毕竟是总社的董事,从出版界到广播电视、广告界,来的人各种各样。

“还年轻就死了当然遗憾,但若是死在退休之后,一半都怕来不上。”

“不过他交际很广。”久木看着灵坛周围排列的花圈嘀咕道。

“光靠交际来不了这么多。”

“未必。”

“人这东西,对没有利用价值的人是冷淡的。”

“可人死后还来的,该是真正的朋友吧!”

“不过你是可以的。”

突如其来这么一句,久木不得其解。中泽现出调皮的神情:

“你嘛,她肯定是会来的吧?可惜我没有那样的女性。”

“哪里……”

否定之后,久木发觉自己从未设想过那样的场景。

“有什么只管跟我说好了。人家特意来了,扔在角落里不管也够可怜的。”

“何至于……”

中泽大约是在想像久木的妻子是丧事主人,而凛子前来吊丧的场面,但那种事根本不可能发生。

“还是说你那时候由现在的她当丧事主人?”

中泽似乎意犹未尽,但那情形自己想都没有想过。

“反正葬礼是人一生的缩影,小心为好。”

“恕我告辞。”

好像又有新客人进来了，久木起身。

“这就去她那里？”

否定也很难让中泽相信，久木默然。

“可你总不至于和那个人结婚吧？”

“我？”

“横山他们担心着呢！”

看来中泽还是从调查室同事那里听得凛子的事的。

“还没想到那里。”

“那就好。因为你这个人，不知会闹出什么来……”

“不知？”

“啊，那是往事了。”

见中泽苦笑，久木想起三年前那场麻烦事。

那时久木是出版部长，反对出一本宗教方面的书。出了能卖出不少这点当然是晓得的，但考虑到主办方宣传味道太浓，于是判断有违出版社形象。但是，也是因为他一向反对销量第一主义，以致同推进派董事之间发生摩擦。归终暂缓出版。

当时中泽在营业部，居中斡旋了此事——他像是想起了那件事。

“啊，那个和这个倒不是一回事……”

久木本想说当然不是一回事，但现在他对工作已没了当时的热情。

“那么，再见……”

久木朝中泽轻轻举起手，走出房间。

直接走到私铁站，从那里乘电车返回涩谷。

并没特别做什么事，只是参加守灵上香，喝了一点点啤酒，却很疲惫。怎么回事呢？

水口之死致使自己黯然神伤固然是个原因,但见了中泽等同事使得自己觉得惟独自己离群索居,独自在另一世界往来彷徨——说不定是这种违和感或孤独感让自己更加疲惫。

晚八点已过,开往城中心的电车空了。久木坐在靠一头的座位上,想起刚才中泽说的话:总不至于和那个人结婚吧?

中泽似乎是随口之言,但也可能真有些放心不下。

一如传闻所说,两人现已双双离家同居,社会体面也好亲子意志也好,统统置之度外,一头扎进两人世界。既然做了如此决断且已付诸行动,那么下一步考虑的就是结婚。周围祝福也罢不祝福也罢,反正要先建立新的家庭,从头做起,此乃事之常理。

然而费解的是,久木至今根本没考虑和凛子结婚一起构筑家庭。尽管想把两人现在住的套间换大一些的,也想有个放书的地方,但没有考虑进入新的生活。

奇异的是,凛子也一样。不曾从她口中听得"想结婚"那一说法,久木本人也没说过。

两人如此难舍难分,却为什么一直没考虑结婚呢?

诚然,凛子的丈夫短时间内不可能同意离婚。在这种状态下结婚,将犯重婚罪。久木这方面即使妻子同意离婚,而一旦落实起来,难免围绕财产分割和家里的事而有很多麻烦。只要这方面没有梳理清楚,就不能轻易再婚。

何况,单单同时离家同居这一点迄今都已焦头烂额,根本没闲工夫进一步考虑结婚。

所以,说忘了自是容易理解,但果真是那样的吗?

两人在一起的时间无限之多,只消有一方提出"结婚"即可水到渠成。然而双双噤若寒蝉。原因何在?

有个语声对思索中的久木说道:

“说不定两人都害怕结婚。”

久木在夜班电车上再次询问自己的心：

“因为害怕什么而不能迈出结婚这步呢？”

现在固然形同分居，但久木同妻子曾经处于恋爱关系。当然没有同当下的凛子之间这般如干柴烈火，可也毕竟相应爱着并且双双认为此人适合做自己的终身伴侣才结婚的。

但是，结婚二十五年过后，已然破绽百出，现已到了无法修复的地步。出破绽的直接原因自然是久木沉溺于凛子。而另一方面，即便没有凛子，也肯定早就有了相当大的裂缝。

尽管如此，那般被大家祝福、两人也深以为牢固的爱还是消失了，消失得轻松之至而又凄惨之至。这是为什么呢？

顺理成章，“日常”和“惰性”这样的字眼浮上脑海。

或许，在婚后埋头于日常这一漩涡中的一瞬间，任何爱都要流于惰性而不断消失。即使同凛子如此刻骨铭心的爱也概莫能外。

或许，久木迄今不提结婚，凛子也不提，是因为各自已经结过一次婚——深知结婚既是安适性的保障，而又是惰性与懒散这一恶魔盘踞的场所。

想到这里，久木蓦然想起阿部定杀石田吉藏是关系深入后仅仅过了三个月的事。

那般疯狂的性爱结果是，女方因爱到极点而杀了男人。也许正因为相识仅仅三个月——第三个月正是激情如盛开怒放的花一样熊熊燃烧之时，所以才起了杀心。

假如两人在半年或一年后结了婚，那般强烈的爱也好占有欲也好就都不会涌出。相反，惟其爱之烈，也就恨之深，迟早分手也未可知。

毫无疑问，爱也有“花季”问题。

如此思来想去之间，久木到了涩谷。已经九点了。

一如往日，车站周围到处是匆匆赶路回家的工薪族和赶往热闹场所的年轻人。穿过这样的人群，从宽阔的路面爬上徐缓的坡路往小路一拐，顿时四下悄然。第一条巷口的拐角，就是久木住的公寓。五层建筑，不很大，一共只入住三十户。租住时说是十五年房龄，但已经相当陈旧了，楼门那里的预制块院墙就那样塌在那里。

不知何故，回到世田谷家时有“回来了”的感觉。但这个小套间，总好像给人以赶来两人偷情的据点之感，进去前需匆匆四下打量。当然，公寓周围冷冷清清一个人也没有。久木看好后走了进去，乘电梯上到四楼，按响拐角第二个房间的门铃。

凛子在里面时总是迫不及待地一跃而出，但今晚有些迟缓。

久木有点纳闷儿，再次按铃。正要用自己的钥匙开门时，门终于从内侧开了，现出凛子的脸。

“您回来了？”

话是同一句话，但语声有些含糊，眼睛也好像没抬。

“怎么了？”久木马上问。

凛子没有应声。

“发生什么了？”

脱下吊唁礼服，又问了一句。凛子边把衣服挂上衣架边说：

“刚才、母亲来电话……”

凛子最近把这小套间的位置和电话号码只告诉了横滨母亲一个人。从其不悦的表情看，猜得出电话内容不会让人欢欣鼓舞。

“那么？”

“又这个那个说了很多，最后说断绝母女关系……”

只说到这里，凛子就手捂眼角。

久木换上家常服，坐在沙发上大大叹了口气。

凛子给娘家母亲训斥了几次这点已经听说了。对擅自离家跟别的男人同居的女儿，母亲严加斥责自是理所当然。

但宣布断绝母女关系，这应该是第一次。

"电话突然打来的？"

"我关在这里连娘家也没联系的吧？结果母亲怕是觉得不能放任不管……"

"真的说断绝关系了？"

"说了。说再也不是母亲不是女儿，再也不要跨进家门一步。"

凛子母亲严厉这点以前就听说了。尽管如此，但也还是说得够重的了。

"那么说，母亲对离婚还是不能理解？"

"啊，对这个好像已经不抱希望了。只是，事情还没说清楚就擅自离家跟别的男人住在一起，这是不可原谅的。还说从未养过这么淫乱的女儿。"

"淫乱……"久木不由得悄声重复。

的确，在这房间里反复进行的，也只能说是淫乱。可是请不要忘记这背后有压倒一切的爱。

"可你解释了吧？"

"解释也解释不通。说我这人老实受骗了，还说我被身体牵着走，'被那东西弄得神魂颠倒，好一个可怜的女人！'"

久木无言以对。凛子叹息一声：

"我说不光是那个，但母亲不明白。也倒是，这种事不实际体验是不可能明白的吧？"

虽说是母女，但这也是很难进行的对话。母亲对耽溺于爱的女儿一再强调是被身体牵着走，女儿对母亲否定说不是那样，断定母亲不曾体验到那个程度。

不可思议的是后来：尽管有那般强烈的抵触情绪，但被宣布“不是母亲不是女儿”，也还是受了打击，哭了起来。到底是女儿！

不管怎样，撕裂一对要好的母女、将其拖进根本性争斗的罪魁祸首是自己。这么一想，久木在感到责任的同时觉得坐立不安。

“我、真是只剩这里了。”

久木把手放在垂头丧气的凛子肩上。

“不要紧，总有一天母亲会理解的。”

“不可能的，她不曾爱一个人爱到那种程度。”

“你爱得深？”

“母亲那人，认为无论什么都是普普通通稳稳当当再好不过。”

现在，想必凛子切切实实感到作为女儿已经完全超越了母亲那个世界。

“不过，母亲即使不理解也没关系，只要你理解……”

“我当然理解。”

突然，凛子主动扑在久木怀里：

“快，抱我，狠狠抱我！”

久木应声紧紧抱住。凛子进而喊道：

“打我、狠狠打……”

“打？”

“打，劈头盖脸地打，我是坏孩子，该打……”

说到这里，凛子霍地站起，扒开胸口似的解开衬衫扣，开始脱衣服。

久木不知如何是好，只管看着凛子，在自行脱去衣服而赤身裸体的凛子身上看出了与自己相通的孤独阴影。

现在，家庭自不必说，和社里的同伴也格格不入，承受着惟独自己一人处于真空状态的孤独感的折磨。而凛子也似乎同样——在自忖有生以来再无二次的深爱的挟裹之下，越是勇往直前越是为世人、为亲人所抛弃，只剩自己形影相吊。

被周围拒绝、疏离的男女，最后赖以寄身之处，只有同样孤立的男方或女方身边。寂寞的男人和寂寞的女人相互靠近，尽情尽兴为所欲为——舍此别无医治各自孤独的办法。

此刻，凛子恰恰甩出整个身子来寻求这种治疗、这种拯救。

“喂，打呀、狠狠地打！”

仿佛地窖黑乎乎下沉的床上，只见凛子一丝不挂趴着不动。

那样子，就好像黑暗的地牢混进一只白色蝴蝶，给久木以有违场合之感。

究竟用什么打这蝴蝶好呢？那家莫名其妙的店里墙壁上挂的尖端分好多叉的鞭子可以的吧？问题是不可能有那玩意儿。

四顾之间，久木陡然想起裤子上有皮带，于是抽出长拖拖拿在右手。

“打真的可以？”

“可以，打……”

再犹豫不决，反倒是对伏地哀求的“蝴蝶”的羞辱。

久木又一次盯视雪白的肌肤，像乞求饶恕似的吞了口唾液。下一瞬间即大大拉开架势，一挥而下。

刹那间，又高又钝吃进皮肤的声音响彻房间，不知是呻吟还是悲鸣的语声从女体泄露出来。

“住手……”

想必主动求打而真正承受鞭打是头一遭，凛子很快怕了想逃。

久木置若罔闻，又接连打了两鞭。凛子在床上来回爬着叫道：

“痛，住手！”

看来是凛子想错了。说是要受鞭打,但她追求的,与其说是被打的痛感,莫如说是对被打自己的形象和瞬间受虐感的想像。

然而果真被打了,发觉比预想的痛,痛不可耐。

“住手!”

听她再次苦求,久木扔下皮带。

“痛?”

“还用说?太狠了!”

只挨了几下,凛子就好像彻底受够了。

“怎么样?没留下伤痕?”

打开床头灯一看,从后背到臀部,几道红红的鞭痕纵横交错。

“有些发红。”

“打得太狠太厉害了。”

“你叫我打的嘛!”

“没以为你那么真打。”

凛子说的颇有些出尔反尔,自相矛盾。

“很快就好的。”

久木把手指按在白色皮肤鼓出的红道道上。凛子小声嘟囔:“就那里麻了,没感觉。”如此说罢,凛子忽然想起似的说,“对了,这回要打你,报仇!”

“不行,男人这东西,打也没什么意思。”

久木说的是被打的样子,凛子好像是说打的效果。

“想看你挨打时怎么四处逃窜。”

话说得有些莫名其妙了。久木于是下床,俯视凛子的背。

“漂亮!”

近乎透明的白嫩皮肤上,鞭痕红红地拐来拐去,好像在看一幅超现实主义绘画。久木把手指按在由脊背通向臀部的一条红痕上面，凛子低声道：

“噢，好热……”想必打出的鞭痕发热了，凛子扭动腰肢，“像烫伤一样火辣辣的。”

久木心想这却是何苦。正在困惑，凛子拉过久木的手：

“抱我，紧紧地！”

久木顺从地重新上床躺下。凛子当即主动扑了上来。

“我、好奇怪的，是奇怪的吧？”凛子发疯似的叫着，断然说道，“快、快给我！”

在凛子的要求下，久木从上面搂紧，以便避开背部的伤痕。

“快，狠狠、狠狠地……”

刚才遭受的鞭打，对凛子好像成了足够充分的前戏。

早已湿润的隐秘处紧紧擒住久木。与其说是久木主导，莫如说是凛子以单方面启动的形式奔跑开来。少顷低语“着火了……”，俄尔又说“烫伤了”——久木忍受不了凛子的语声，很快一泻而出。凛子随之叫道：

“快要死了……”

不知何故，最后的语音掠过虚空的阵风杳然逝去，继之到来的静寂果然同死掉无异。

就势屏息躺着的时间里，久木回想刚刚把自己和凛子席卷而去的风暴的来去过程。

不过也还是不可思议。

凛子主动要求鞭打，是出于狠狠伤害自己身体的愿望。

母亲说她淫乱，甚至说断绝母女关系。说得她惊慌失措，认为原因可能在于自己体内潜伏着淫荡的血液。于是急中生智：要把它揪出冲走，只有用鞭子抽打。

实际挥鞭的久木也在抽打当中陷入错觉，就好像有无数淫虫从凛子浑身上下冒了出来。

然而打完一看，结果截然相反。

鞭打之下，凛子的确痛苦地呻吟、挣扎，不安和羞耻也似乎随之消失，尝到的快感似乎比以前还要强烈。

全身的淫虫不仅没有除掉，反而更强更深地钻进快感的世界。

这样一来，鞭打又有怎样的效果呢？不，漫说效果，莫如说反倒使得她浑身发烫，成了激起新一轮情欲的兴奋剂，仅此而已。

尽管如此，性事结束后的凛子肌肤是多么动人啊！

凛子此刻一如接受鞭打之时，张开双臂伏卧在床。伴随着由背而臀的交错红痕，甚至白色皮肤也熠熠闪烁着玫瑰色的光泽。

“跟你说，好烫的啊……”

难怪凛子脸朝下趴着还喃喃自语。

因了鞭打，所有毛细血管都扩张开来，血流加快。加上性爱的穷追猛打，凛子全身现在仍好像带着余热持续燃烧。

久木摸着那火辣辣的肌体，再次陷入沉思。

女性到达极限时的快感究竟是怎样一个程度呢？

对于未尝体验过女人之性的男人来说，那无非空想而已。不过远比男人强烈、深厚这点似乎毋庸置疑。

当然，男人射精那一瞬间也有强烈快感，但为时极短，可谓近乎一瞬。与此相比，女人的快感要多出几倍或几十倍。有一种说法说是如同射精瞬间的无限延长。果真那样，那可是不得了的快乐。一般煞有介事地用数值说是多少倍——莫非是将那瞬间作为时间性持续计算出来的？

相比之下，作为具体例子，也不是没有肛交这一方法，即所谓男同性恋者。那样或许可以得知与女性快感相近的感觉。

一旦习惯了肛交，几乎所有男性都似乎为其汹涌的快感所俘获，欲罢不能。甚至有人说那正是由插入的性到接受的性的转换，被其魔力挟裹的男人，根本不可能再返回正常的性。

由此看来，不难想见接受一方的性快乐是何等之深。女性则无需使用那种异常部位，而拥有阴道那个实实在在的东西，实际感受有过之而无不及。再没有比这更幸运的性了。何况，女性有相当于男性阳具的花蕾，同男性快感相近的感觉也能够得到，可以说是贪婪而奢侈的性。

话虽这么说，也并非所有女性都能切切实实感受到这所有的快乐。其中有的尚未得到充分开发，即使有感觉也浅尝辄止，甚至有人感觉到的好像只是对性本身的厌恶和屈辱。那么除了这一类人，完全、深入、强烈地达到性高潮的女性有多少呢？正确比率不得而知。不过，能够感觉到的人或可说是性精英才对。

现在，凛子恰恰作为被选中之人躺在床上沉浸在快乐的余韵中。那随波逐流般的形态，似乎洋溢着彻底知晓性高潮女人的丰饶、自信与满足。

“不可思议！”久木嘀咕一句。

凛子轻轻贴近上肢：

“什么不可思议？”

“水口死了，在为他守灵回来的夜晚，我们两个干这种事。”

“不合适？”

“不是那个意思，而是生死就像一纸之隔……”

久木想起灵坛上摆放的还健康时的水口遗像。

“去了那种地方，谁的感觉都好像一样。”

“什么一样？”

“虽说现在活蹦乱跳，但也迟早难免一死。不过是或早或迟之差罢了。”

仍背对久木的凛子点了下头，然后忽然抓住久木的手贴在自己胸口：

“嗳，一起死吧！”

“一起……”

“反正都是一死，那么还是一起死好吧？我、现在就已足够了。”

不知什么时候开始，凛子身上好像有了对死的向往之心。

不过，凛子向往的是在满足顶点的死。相比之下，久木的则是出于参加朋友守灵之夜后的虚无感。同是死，但两人之间似有微妙差异。久木放不下这点，进一步问：

“刚才你说现在就已足够了，是吧？”

“是的，什么时候死都行。”

“就是说想再多活？”

“活着当然也可以。但感觉上现在最为幸福。每天和你这样爱得盆满钵满，是不？”

“不过继续活着，有更好的事也不一定。”

“同样程度的糟糕事也可能有的哟！往下再清楚不过的事，只有上年纪吧？”

“你不要紧，来日方长！”

“没有的事。上次也说了，往下只能一天比一天皮肤松弛、皱纹增多，一天比一天衰老。”

凛子的话固然不无悲观，可是毫无疑问，久木也要老，出版社的工作也要失去，无可避免地成为不为人需要的人。与其那样，索性就这样包拢在凛子这花瓣中永远消失，可能还是幸福的。

“现在应是我们的顶点啊！”

“那还用说，没有哪两个人像我们这样相爱！”

确实如此，久木点头。凛子转过身来：

“嗳，还想去一次哪里。一直守在这里，心情一塌糊涂……”

这点久木也感同身受。

“去轻井泽吧！那里有我父亲建的别墅，两人单独待在那里好了！”

“没有人来？”

“放心！总是空着。若是在那里，做什么都没有人说三道四。”

看样子，凛子的心已经飞向林木森森四下寂寂的轻井泽。

半夏

はんげ

七月的第二个星期，久木为去轻井泽请了两天假。

梅雨终结还要等几天，但已近尾声，正是集中下大雨和雷多的时候。

既然特意去轻井泽，也想梅雨完了才去。但七月中旬开始会议连连，很难休假。而且，在梅雨连绵的天空下闷在涩谷同地窖无异的房间里，只能落得郁郁寡欢，也想早些出去。

何况，凛子“雨中轻井泽也好啊”那句话也让人动心。

不错，梅雨时节的轻井泽树木吸足了水分，一片苍翠。再说到暑期还有些时日，去的人也少。

包括周末在内，这种时候慢慢住三个晚上，身心都可能得到洗涤。

老实说，这段时间，无论久木还是凛子精神都有些萎靡不振。

首先是久木这方面，女儿知佳的话总是响在耳畔：“别老是拖拖拉拉，痛痛快快离了好不好？”

其实不用女儿说，时至现在，久木虽然无意回到妻子身边，却又没心思在离婚协议书上盖章。这一是出于婚姻生活已持续多年之人独有的优柔寡断，二是因为后来妻子也没再就离婚协议说什么。从孩子知佳角度看来，可能觉得父母这方面的做法拖泥带水，让人着急。

总之，就连女儿也逼自己离婚了，久木愈发觉得远离了家庭，或者说更感到孤立了。这点无可否认。

其次，凛子近来也表现得多少有些反常。而这同她相隔许久回了一次丈夫所在的家似乎不无关系。

因为轻井泽别墅的钥匙放在家里，凛子就趁丈夫不在时回去取。结果好像觉察出了意外情况。不，与其说意外，想来，倒不如说理所当然——家里好像有凛子不知道的女性出入。

得知这点是七月初一个工作日的午后。

凛子的丈夫最晚也要八点出门，那时当然不在，家里空无一人。

凛子走进自己一向使用的二楼六张榻榻米大的房间，拿出衣柜抽屉里的别墅钥匙，准备直接返回。这时觉察家里有些反常。

作为男人，丈夫本来就喜欢整洁，对相当琐碎的事也会插嘴。尽管如此，书房和客厅也还是收拾得过于干净了。早上丈夫肯定喝完咖啡出门，而咖啡杯收拾了且不说，厨房抹布也仔细拧好叠放整齐。用过的盆碗也扣着控水。这还不算，书房桌子花瓶里居然插了一朵估计是院子里的绣球花。

凛子以为是家政工或婆婆来打扫的，不料浴室里放着不同于凛子用的另一种花纹的毛巾和红柄牙刷。

有别的女性来了！这么一想，凛子坐也不是站也不是，赶紧逃了回来。

“不开心啊！”

凛子发出既不是感慨又不像叹息的语声，却又并不生气。实际上，既然自己离家飞走，那么有别的女性随后踏进门来，在情理上也是抱怨不得的。

“这回利索了！”凛子虽然嘴上这么说，但仍好像耿耿于怀，“有了相好的人还不快点离婚！”

如果一如凛子推测的，那么莫非是说凛子丈夫尽管有了相处的女性，却又不肯和凛子离婚？

“这样一来，我、就再也没什么好留恋的了。”

凛子微微一笑，但侧脸也还是沁出一丝凄寂。

以为侥幸会晴，但去轻井泽的那天还是雨天。

据天气预报，“梅雨前线”滞留在太平洋南岸，加之受在小笠原群岛附近北上登陆的台风影响，东海、关东一带有降大雨的可能性。

两人在如此状况中吃罢晚饭，早早赶往轻井泽。

从一开始就是久木开自己的车。不过轻井泽周边道路好像还是凛子更熟悉。

开出首都高速之前相当拥堵，而进入关越高速后，开始畅通无阻。

雨既不大下又不小下。久木注视雨刷不停摆动的前窗当中，蓦然产生两人正在逃离东京的心情。

“这样的场面，好像在一部什么电影上看过。”

“不至于是暴力片吧？”

“不是那种杀人犯，而是相爱的两人逃离城市，跑去陌生的地方。”久木解释。

凛子略一沉吟：

“可我们没准和杀人犯一个样。”

“杀了谁？”

“不是杀了谁，可我们是在折磨很多很多人的吧？比如你的太太、小孩，周围人也……”

凛子还是第一次触及久木的家人。

“不过，这点你的家也……”

“是啊，我周围的人也被伤害得不轻啊！”

凛子很少说得这么动情，听得久木反倒想加以安慰：

“因为喜欢一个人是很自私的事。到我们这个年龄，谁也不伤害就获得幸福是很难的。”

“可还是想获得幸福的时候怎么办才好呢？”

“所以，有没有伤害的勇气就成了关键。”

“你有？”

反问之下，久木微微点了下头。凛子看着雨滴淌个不止的前窗悄声低语：

“爱上一个人，是可怕的事啊！”

想必心里不好受，凛子随即默然。

夜间车中交谈中断后，陡然寂寞起来，于是久木塞进盒式音乐带，萨蒂[①]的音乐从中淌出。

凛子看样子听了一会儿。而后忽然想起似的说：

“可是，爱上自己喜欢的人是很自然的吧？”

“当然，爱上讨厌的人怎么可能！”

“问题是，一旦结婚了就不被允许了。爱上丈夫以外的人，马上就被说是不道德啦淫乱啦什么的。”凛子像发泄平日郁闷似的继续说道，“当然，本以为能爱上才结婚的，所以再不能爱了是不应该的。可是，中途心情变了这事也是有的吧？”

“不错，二十多岁以为好的音乐和小说，到了三四十岁，有时就觉得无聊或厌恶起来，何况二十几岁认为好的对象呢！随着年龄的增长而厌恶起来，这事完全可能。”

“若是音乐和小说什么的，即使说觉得无聊了也没人说三道四，反倒夸奖进步了。单单厌恶人的时候说不可以，这是为什么呢？

“想必是因为，既然结婚时已经大体发誓不变心了，那么就应该负起责任。可另一方面，觉得勉强的时候，就只能老老实实道歉，酌情付给慰谢金②什么的两相分手。”

“本来想那样做的，可为什么周围人还是斥责、欺负？”

如此刨根问底，久木也答不上来。

“因为男女或夫妇之间，是不能仅凭好恶来决定的。”

“但是，勉强和不喜欢的人在一起，反倒要欺骗、背叛对方，是吧？与此相比，同喜欢的人在一起才是正理，可一旦这样，这回又要被说是伤害、折磨别人。”

萨蒂低语般的旋律，似乎使得凛子更加闷闷不乐。

车从花园往本庄儿玉和埼玉县北部驶去。雨仍无止息的迹象。

久木一手握着方向盘，一手像是要搅动一下沉闷空气似的碰了碰凛子的手。凛子响应似的靠了上来。

“嗳，你喜欢我哪里？”

刚才谈的都是严峻的现实。或许惟其如此，凛子才想说点轻松浪漫的。

“哪里？全部啊！”

“可总该有特别中意的地方吧？”

“一句话很难概括。”

“说嘛……”

这不无麻烦的提问，使得久木想多少玩点儿坏心眼：

“非常中规中矩，而又给人以钻牛角尖想不开的感觉。一时放心不下凑近一看……”

“那又如何？”

“色情得不得了！”

凛子用拳头咚咚捶打久木膝盖：

“都怪你、怪你！”

“越是中规中矩，越是肆无忌惮。”

“中意的只这个？”

“那，就趁机都说了吧！总是认认真真、勤勤快快，意外大胆，却又是个鼻涕虫。漂亮，却又不平衡，这种地方……”

“我、被人说有不平衡的地方，这可是头一回。”

“两人一起做这种事，肯定要不平衡的嘛！”

凛子手指依然按着车前玻璃说：

“那，说说我喜欢你的地方？”

“能有？”

“也还是偏颇失衡的地方！”

“真的？”

“从第一次见到就觉得你好像不是一般人。因为听说你是大出版社的部长，就心想是个相当严肃正经的人。结果呢，没摆出多大架子。可是一讲起做出的书来，就像少年一样一往情深。刚一讲完就突然央求再次见面。本以为呆头呆脑，却忽然步步紧逼。”

"这就是你……"

"好了好了,听着!"说到这里,凛子往久木嘴里塞了一粒薄荷糖,"我、真的把你看走眼了!"

"看走眼了?"

"还不是?本以为你是规规矩矩正正经经的绅士,可一不小心就给你领酒店去了,是吧?"

和凛子第一次结合,是在最初见面三个月后的夜晚,在青山一家餐馆吃完饭后。

"那时候,餐桌上你打开盐瓶盖使劲一挥,弄得满盘子都是盐,是吧?那样子让我放心不下,就跟到房间。结果你猛地扑了上来。"

"喂喂,别把人家说得活像个无赖汉嘛!"

"对了对了,你就是有无赖汉那样的地方哟!转眼就把我夺走了,就那样成了你的俘虏,死活逃脱不得。"

"不知道的人听了,没准当真。"

"无赖汉是用大麻什么的吧?你倒不用大麻,而是用性把我紧紧捆住不放。绝对一个坏家伙!"

这到底是可喜还是可悲呢?

"无赖汉是蒙骗、利用女性来赚钱的吧?可我这个无赖汉不一样。因为喜欢你,拼命爱你,爱着爱着就很难离开了。同样摆脱不掉,却不是因为大麻,而是因为爱。"

"那么说可不好办哟!大麻是有可能治好的,爱别说治好,反而越陷越深。"

居然有这样的说法,久木相当惊讶。凛子轻轻凑过脸来:

"同是无赖汉,可你是柔性无赖汉。"

车继续沿上信越公路行驶。看样子快到碓冰岭了。

一直下个不停的雨稍微变小了。却又上来了雾,前车灯的光也模糊不清起来。

路拐来拐去攀缘而上。久木不声不响地小心开车。

穿过几条隧道后，雾迅速变薄。轻井泽到了。看表，十点。离开东京是七点半，差不多用了两个半小时。

大概因是距暑期还有些时日的平日夜晚，路面空空荡荡，只有自动售货机在雨天里闪着凄寂的光。

凛子从小就常来轻井泽，路熟。在站前由她开车，从新道开进万平路，开了五六百米右拐。这里算是旧轻井泽的老别墅区。四周全是桦树林，一片岑寂。

"终于到了！"

把车停进柞树林前面停车场出来一看，黑魆魆的林木前闪出三角房脊的洋楼，门灯已经亮了。

想必已经跟管理别墅的名叫笠原的人联系说今晚过去，所以灯被提前打开。

"房子不大，小巧玲珑，是吧？"

如凛子所说，建筑面积并不大，但外面占地有纵深感，四周簇拥着黑黝黝的树木。

"建了快二十年了，很旧了。"

"不过相当潇洒。"

夜晚看不大清楚，但还是看得出外墙是浅驼色砖墙。走进门厅，马上看到彩色玻璃装饰窗。

"父亲说轻井泽也还是西洋风格房子好，就做成了这样子。"

听说凛子的父亲在横滨做进口贸易，想必是按他的喜好建造的。

过了门厅，有一间有木纹感的起居室。约略狭长的房间左端有个火炉，围炉摆着沙发和椅子。往里是厨房。厨房另一侧摆着橡木餐桌。右边一角是家庭酒吧。

凛子接着领久木看其他房间。门厅右侧有一间和室和放两张床的西式房间。二楼有放着大写字台兼做书房的西式房间，还有一间放着立柜和双人床的卧室。

“最近没人，潮乎乎的……”

凛子边说边打开左右窗口，放进夜间空气。

“你母亲不来？”

“母亲有轻度风湿症，梅雨季节不来。”凛子掀掉床罩，“这里没有人打扰的吧？”

的确，躲在这里，谁都不可能知道。

看罢房子的大致情况，折回起居室。凛子马上给炉子点火。虽说七月都已时近中旬，但或许是梅雨寒气的关系，有些凉森森的。

火炉四周堆着一大堆木柴，看样子这也是管理人准备好的。木柴燃烧起来后，马上暖和了，加上火焰摇曳不定，更让人觉得置身避暑胜地。

“嗳，没有替换衣服吧？”说着，凛子拿来她父亲穿的一套西式睡衣，“下回也要把你的准备好才行。”

久木顺从地穿上凛子父亲的睡衣，笑道有点儿大。

“我也换衣服去。”

久木直接坐在沙发上，眼望炉火的时间里，凛子身穿白色丝绸睡袍出现了。

“喝香槟吧！”

凛子从家庭酒吧前的橱里取出酒瓶，往罗贝麦尔玻璃杯里倒酒。

“总算和你一起来了。”说着凛子递过酒杯，“为了两人的轻井泽之夜,干杯!”

“今晚在哪里休息?”

“二楼卧室可以的吧?”

的确,二楼卧室放有黑漆立柜和大双人床。

“那个房间,父亲来时常用来着。但已经有三年没来了,床单、床罩也全都换过了,不是当时的了。不喜欢那里?”

“不是不喜欢。只是,两人躺在一起,不会被你父亲责怪?”

“放心!父亲和母亲不同,他很通达。我结婚的时候就说来着:不愿意,随时回来就是。”

去年年底凛子父亲突然去世时,凛子情绪那么低落,父女之间想必有外人难以想像的特殊亲情。

“我、父亲死的时候很受打击。那以前一直任性得很……”

倏然,久木想起守灵之夜以淫乱的姿势强求凛子的情形。凛子也似乎想了起来。

“那时给你叫去酒店了吧?所以真是对不起父亲。不过,也可能是因为有你,我才能振作起来。”

“你父亲要是知道两人一起来的,会怎么想呢?”

“父亲会理解的。因为他总是说和喜欢的人在一起是最幸福的。我要是说和你单独从东京跑来这里,他很可能说好啊,一直待在这里好了!”

想必回想父亲的时间里难过起来,凛子的声音开始哽咽。

两人就那样看着炉火。凛子嘀咕道:

“火也有各种各样的形状啊!”

确实,即使从同一柴火燃起来的,也有红红的大火焰,又有稍稍泛黄的小火苗。

“我是那大火焰。”凛子用手指着说道。

火焰辉映下的凛子额头，微微带着朱红色闪闪烁烁。

这天夜里，久木梦见了凛子的父亲。

有个人靠在卧室隔壁的书房椅子上，只见得敦敦实实高高大大的背影，看不见脸。

凛子小声告诉说是父亲，于是久木想近前寒暄。不料背影消失不见了。惊诧之间，说已付诸火葬。看见黑洞深处有燃烧的火焰，凛子告以是烧父亲的火。久木听了，赶紧合掌。火焰随之逐渐变小。耳听柴火沉闷声音的时间里，火焰消失不见。

久木随即睁眼醒来。感到身上发凉，说不定同火焰消失有关。目睹床头彩色玻璃灯照出的房间的样子和旁边躺着的凛子，久木这才意识到自己来到了轻井泽，随即追索刚才的梦。

哪一幕看上去都支离破碎，各不相干。但细想之下，又好像同睡前听凛子讲她的父亲、自己穿她父亲穿过的睡衣、一起注视炉火之间有微妙的联系。只有最后焚烧凛子父亲的火焰那个地方有些怵然。四下环顾，并没有梦中见到的死的阴影。

几点了呢？手表放在了楼下，无从得知。估计是下半夜三点。白天下起的雨仍好像连绵不止，传来雨打在床头一侧窗框的声响。

久木还是觉得身上发冷，轻轻凑近稍微俯卧睡着的凛子，从旁边把她搂了过来，紧紧贴在一起。

昨晚休息时两人搂抱来着，但没有结合。久木工作完后开车开到轻井泽有点儿累了，凛子也忙着收拾好久没来的别墅。而往下能够一起在别墅连住三天这种宽释感，大概也使得两人没有操之过急。这点尤其主要。

睡了一觉，久木有点儿想要了，但又不忍心弄醒熟睡的凛子。

还有时间让这种宽释感在这里也发挥效用，使得久木只满足于接触凛子的肌肤，继续堕入梦乡。

久木再次醒来时，凛子仍俯卧躺着，而脑袋似乎多少清醒过来。

久木像要填补睡着时两人拉开的距离似的凑过身子。凛子也好像迫不及待地贴了过来。

两人就那样抱在一起，确认各自的体温。久木低声说几点了，凛子说床头柜上有闹钟。

久木依然搂着凛子的肩，回头看钟：上午八点整。

睡了这么久？不可思议。久木正注视有雨声传来的窗口，凛子问：

“起来？”

“不……”

轻井泽有两三处想去的地方，但用不着现在就动身。

“还在下啊！”

窗口被厚些的窗帘挡着，房间里仍有些幽暗。但听得微弱的风声，得知雨点打在树叶上，又顺着窗玻璃流淌下去。

“继续睡吧！”

到今天雨已下了三天，就算是从东京转来轻井泽的，看情形也晴不了。若是以往，心情早已为这郁闷的天气而一蹶不振，但现在没那么严重。相反，再也没有比在下雨的早晨同柔软的女体肌肤相亲更为奢侈和幸福的了。

“不冷？”

说着，久木又把凛子的肩往自己这边拉了拉，打开丝绸睡袍的前胸。

虽说气温因梅雨而下降，但不冷不热。在只有雨声单调回响的房间里，久木嘴唇吻在雪白丰满的胸部，右手放在胯间的毛丛。

如此不断轻柔爱抚当中，凛子低声问：

“想要？”

“毕竟昨晚直接睡了过去。”

凛子沉默有顷。而后轻扭一下腰肢说：

“提个怪要求可以吗？”

“什么？”

凛子略一停顿：

“做就一直做。”

“一直……”

“嗯，别停下。”

久木止住手指动作细看，凛子在淡淡的晨光下闭目合眼，只嘴唇张开一点点。

久木一边看着那牵牛花般的嘴唇，一边反刍刚才凛子说的话：做就一直做，别停下！

那或许是贪图无限欢愉的女人的直率心情，但从男人方面说来，可是相当苛刻的要求。不，岂止苛刻，几乎等于要求男人“死”于雄性有限的“性”。

但是，久木决定乖乖服从这苛刻的命令。真能坚持到什么地方，固然没有自信，反正只能尽力而为了。既然一见钟情成了俘虏，那么只好死心塌地在女王面前俯首称臣，生命不息，服务不止。这是雄性的宿命。

这么对自己说罢的男人把女子早已挺起的乳头含在嘴里，一边施以热辣辣的呼吸，一边用舌尖围着乳头转动。与此同时，一只手放在其私处的前端，温柔地分开花蕾，若即若离地触摸顶点，左右缓缓摇颤。

如此保持一定节奏周而复始之间，大概乳头与私处像铃铛一样发生了共鸣，愉悦声逐渐升高，女子的两手随之搂紧吮吸乳头的男人的头。

从外表看来，男人的黑脑袋似乎被染了指甲的淡粉色的手指紧紧按住，而男人却只顾反复提供口与指的服务。就在以这种不知是摧残还是服务的状态反复爱抚之间，女子缓缓挺起下肢，低吟"不行不行……"，继而央求"快呀快呀……"，旋即伴随着小幅痉挛冲上绝顶。男人这才被允许休息片刻。

可是，对于追求永恒欢愉的女性来说，这不过是序曲罢了。女子为求取变本加厉的快乐而轻轻挺起上肢，男人相应地大大改变位置，把自己的脸伏在刚刚冲顶的隐秘部位。

男人以这种伏卧的姿势进一步驱使唇舌服务不止，女方再次忍无可忍，用话语明确苦求。男人见火候到了，拉满弓弦，一箭射入。

可谓正中下怀。但男人能驾驭、控制女子的阶段到此为止。

结合之后，男人的献身服务变得更加刻不容缓。

此刻，久木那个物件确实被纳入凛子的深处。那东西一旦被柔软的肉褶包拢起来，无论进退，都需要得到对方的许诺和认可。

男人想到往下漫长的路程，首先以侧身贴附的形式对上胯间，缓慢地合拢腰肢。而后将左手放在女方腰部，右手放在女方仰卧的胸口摩挲她的乳房。亦即采取动用双手双腿的姿势。在保持后续力这点上，这一姿势恰恰是最容易主导、最为恰到好处。

男人那个物件进而退、退而进，周而复始。看上去动作相同，但他时而轻轻抬起女方的腰部，让自己的火柱摩擦敏锐的褶肉上方，女方因近乎疼痛的痒感而呼吸变得粗重起来。男人进一步放松紧贴紧靠的胯间，腰稍稍撤回。于是，柱尖触碰入口附近，女方为其仿佛撤离的焦躁感而更加失态。

自不待言，男人的目标是使女方不断处于潮满冲高状态。

至于真能坚持到什么地步，当事者本人也无由得知，只管竭尽全力。不久，女方伴随着似乎从地底沁出的低低长长的声音冲过临界线。而这一瞬间，男人拼死忍耐，一副垂死挣扎之相。

假如这时一齐冲顶，势必违背女王一直做的命令。而若忘掉这一命令，男人即刻失去作为雄性的立场和自豪，沦为一片褴褛。

总之，得知女方一度冲顶，男人期待女王特赦："你也放放风去吧！"就像一条忠实的狗气喘吁吁匍匐待命。不料无情的女王并不满足这个程度的奉献。

为了进一步寻欢作乐，女王在稍事休息即令男人重振雄风，抗命一概不许。男人于是以无异于奴隶的顺从，鞭策自己那个物件重新上阵。

在这宁静的雨日清晨，回过神时，男人已从幸福的绝顶沦为被迫做苦役的囚人，只能为女方提供快乐。

问题是，就算受命不得停下，男人的性活动也不可能久久持续下去。

虽说雨日清晨的静寂和密室感能分外激起亢奋，但一个小时过后，男人已然弹尽粮绝，折戟沉沙，趴在余温犹存的女方身体上按兵不动，而后黯然撤退。

问题是，女方犹然发出尚未尽兴的困惑声，而这时无疑已是男人的极限。最初之约诚然未能遵守，但女方理应几次腾云驾雾心满意足，倘不给予相应评价可是有失公允。

男人正怀以这样的期待躺着，女方很快醒悟似的贴上身来，摸着男人的物件小声嘀咕：

"没射的吧？"

男人陡然一惊。但关键的物件被握于掌中，全然逃脱不得。

“要是每次都射……”

结合一次就按女方的要求射一次，男人的身体肯定分崩离析。近来久木多少掌握了持之以恒的技巧。

“本来说想要来着……”

“还是慢慢来吧……”

即使不一射而出，男人的精气也在女方一再冲顶过程中渐渐消失。

“还有晚上的吧？”

凛子一度似乎领悟，却又突然换上一本正经的语气：

“你会以为我是色情狂吧？”

“哪里……”

“我自己也觉得下流。可感觉真的上来了，就欲罢不能。”说到这里，凛子忽然想起似的轻摸久木的物件，“你怎么能那么冷静呢？”

急问之下，久木略略撤一下腰身：

“也并不是冷静。”

“可不是忍住了吗？”

“即使这样，我也是尽了最大努力的，为了让你快活……”

“为了我？”

“为了让你尽情尽兴。”

“我也同样啊，想让你快活得死去活来。”

男女快乐的深度是否相同姑且不论，反正和所爱之人在不断做爱当中互增快感是千真万确的。

“如果有什么希望我做的，什么都行，只管说！”

“现在再好不过，没有比你更好的女人了。”

“真的？”

凛子叮问，而这无需久木回答。老实说，久木过去并不讨厌做爱，但如此充实和感受之深的不曾有过。以前的也并不坏，但觉得那只是男人所感觉的极普通的快感。

相比之下，认识凛子后，自己的快感一下子变强了，加深了，也知道久久忍耐了。

在这个意义上完全可以说，久木也在被凛子刺激、开导和大大开发出来。

“再也离不开你了。”

“我也是，没有你活不下去。”

凛子的语声被清晨的雨柔柔地吸了进去。久木听着，轻轻闭起眼睛。

似睡非睡当中躺了一阵子，两人离床时上午已过十点。

“来这里到底不同啊，好像特有感觉……”凛子在镜前边撩头发边说。

的确，在平日的涩谷套间亲昵久了，难免也有多少流于惰性的地方。今早的性事，对久木也很鲜活生猛。

“总是千篇一律，到底不灵啊！”

这不限于性事场所，或许男女关系都是这样。

“我们要总是这么新鲜才好。”

听凛子这么说，久木心想果真能长此以往不成？惰性那个魔怪，不会潜入两人之间？

“先让我洗个淋浴可好？”

凛子说罢，走去楼下浴室。久木仍留在卧室，打开窗扇。

雨依然绵绵不止。不过好像比昨晚变小了。已经快十一点了，周围却那么安静。落在树叶上的雨，又被满是青苔的地表吸了进去。

在这雨日静谧中，久木得知今天自己五十五岁了。

如今已没什么好庆贺的了。说幸运就幸运，说不幸运就不幸运。相比之下，自己感慨的更是自己居然一年年活到了今天。

蓦然，久木想起了家。

假如和凛子的关系没有这么深入而留在家里的话，妻子会说一句生日快乐。女儿如果不忘，一个电话总会打来的。

正这么漫无边际地想着，楼下响起凛子欢快的语声：

“吃面包可以吗？”

久木应声下楼，淋浴，坐在餐桌旁。

早餐是凛子现做的，很简单：加香肠的煎蛋、青菜，加上面包、咖啡。吃完已经十二点了。

凛子手脚麻利地收拾好，穿上淡蓝色的百褶裙套装，准备外出。

在出版部任职的时候，久木也来过几次轻井泽。而近几年压根儿没来过。回想起来，轻井泽也是有自己在第一线工作时的记忆的地方。

“去哪里呢？”

听得凛子问，自然而然地想起同文学有关的场所。

“好像有个地方叫有岛武郎[3]临终地。”久木说。

凛子查看地图。

“那像是在三笠酒店附近。他的别墅应该在盐泽湖畔。”

那边好找。去了一看，湖畔仍剩有一座老式日本风格的别墅。导游指南册上写的是“净月庵”，上面介绍说由于长期无人居住形同弃屋，当地有志人士着手重建，之后移来这里。

现在倒是位于湖畔风景好的位置，不过特意来一次，还是想去建筑物旧址看看。

看着地图折回旧址，沿西侧排列着白桦树的三笠路往北行驶。路上从前田乡前面往右一拐，很快就是一片林木苍翠的斜坡。分开雨中淋湿的小路前行不久，丰茂的杂草丛中竖有一方石碑，勉强看得出“有岛武郎临终之地”字样。

大正十二年④，当时的文坛宠儿有岛武郎，同《妇人公论》漂亮的女记者波多野秋子在这里曾经有的别墅中双双殉情。

那时有岛武郎四十五岁。妻子已经亡故，留下还小的三个孩子。秋子三十岁，没有孩子，但已为人妻。

两人是自缢的，并排吊颈身亡。六月下半月至七月下半月，整整一个月梅雨时节没有被任何人发觉。发觉时两人遗体已彻底腐烂。

发现者说已经全身生蛆，就像两道蛆瀑从天花板流淌下来。

有岛武郎和波多野秋子殉情事件，不仅是当时文坛，而且是整个社会为之哗然的桃色新闻。而其实况却这般凄惨。

发现时全身腐烂生蛆这一说法，似乎让凛子感到惧怵。她惶惶然四下打量，对着石碑合起双手。

的确，在这大白天仍光线昏暗的树林中淋雨而来，感觉上真好像要被直接领去死亡世界。

“这回领你去我喜欢的地方。”凛子说。

凛子开车沿三笠路南下。进入鹿岛林地前方的小径，一泓池水闪了出来。池叫云场池，不很大，但似乎颇有纵深。

“这里嘛，下雨也别有风情！”

如凛子所说，茂林修竹簇拥下的池水，烟雨迷蒙，荡漾着秘沼般的妖气。

“喏，那边有白天鹅！”

凛子指的方向漂浮着几只野鸭，其中混进一只白天鹅。

“总是一只，为什么会在这里呢？想不明白。”

看样子，不是一对这点颇让凛子在意。而白天鹅却以毫不知晓的神情犹如一件放置物浮在水面。

“没有你担心的那么寂寞也不一定。”

久木撑起伞，把凛子罩在里面，沿池畔往里走去。

雨小一些了，但没有停的样子。几乎没有人来看这无声无息的水池。

走到半路，因路湿再不能走了。于是两人折回，走进看得见水池的餐馆喝咖啡。

“不过，死了一个月才被发现，够可怜的了！”凛子好像再次想起了武郎与秋子之死，“那期间就一直死在那么凄清的地方？”

“大概谁也没注意到两人去别墅吧！”

“哪怕再是两人一起，也不愿意上什么吊！”凛子眼望雨中迷离的秘沼悄声自语。

这天夜晚，久木和凛子两人在临近别墅的一家酒店吃晚饭。这家酒店在轻井泽也是有历史的，双层建筑，正面由木框分割开来的白墙同周围林木的绿色相映生辉，自有避暑地酒店特有的典雅。

薄暮时分，两人面对面坐在这里的望得见庭园的餐桌旁边。凛子身穿夏令丝绸罩衫和白色肥腿裤，都是适合避暑地的轻装。

饭前凛子说先喝香槟吧，点了库克香槟。

片刻，酒店服务生为两人斟入浅琥珀色液体。凛子先举起香槟杯同久木碰杯。

“祝你生日快乐！”

久木一瞬间为之困惑，赶紧笑脸相迎：

“知道的？”

“当然！以为我忘了？”

今天早晨想起自己的生日来着，但因凛子什么也没说，就以为她没意识到。

“谢谢！没以为能在这种地方让你祝贺生日。”

“离开东京时就知道是今天。”

接着久木也举起杯，回了一杯。

“不知道什么对你合适……”凛子边说边从手袋里取出一个小纸包，“礼物！”

打开一看，出来一个小黑盒，里边装着白金戒指。

“或许你不中意，可还是希望你戴上。”

久木往左手无名指上一戴，像测试过的一样正相吻合。

“知道你手指粗细，就连同我的订制了一对。”说着，凛子抬起左手，无名指戴着同一款式的戒指，“可得总和我一起戴着才行哟！”

久木第一次戴戒指，有点儿难为情。但这么贵重的礼物不可能摘掉。

菜随意零点。作为饭前下酒菜，凛子要了小牛胸腺冷盘和冷肉汤，主菜要了黄油煎红大麻哈鱼。久木点的是橄榄油金枪鱼切片、汤、香草烤小羊排。

又喝了几杯香槟之后，开始喝葡萄酒。凛子脸颊微微泛起红晕。

“今晚本来想点生日蛋糕来着，可这样的地方你不喜欢的吧？”

当着其他客人的面，做那么时髦的事实在难以承受。

“到了这个年纪，吹灭五十五支蜡烛可不是容易事。”

“你还年轻的嘛，一点也不老！”

“可是指那件事？”久木压低嗓音。

“瞧你！”凛子缩起脖子，“那自然是的。不过脑袋也不像那些老爷子族，你要柔软得多。”

“托你的福！”

“第一次见你就有那种感觉，比那位衣川君年轻多了，谈笑风生……”

的确是表扬话。不过，被人家说年轻，也是不可以得意忘形的。

“以前采访过一位八十八岁的实业家。那时对方叹道都这么一大把年纪了，单单心情不上年纪，够伤脑筋的啊！我好像可以明白那种心情了。”

“总那么年轻是不可以的吗？”

“倒不是说不可以。问题是光是心情年轻而身体跟不上去——说的怕是这种尴尬吧！相比之下，可能还是心情随着身体衰老更好受。”

“那一来，就成了无所事事的人了！”

“实际上眼下在公司也成了无所事事的人喽！”久木不无戏谑地说道。

“那是他们随便安排的，怪不得你的，是吧？和你在出版社的地位没什么关系。”

凛子倒是这样鼓励。但公司里的地位总要在男人身上微妙地投下阴影。久木当然自以为不放在心上，尽管如此，落魄之感也还是难免一点点表露出来。

倏然降临的郁闷也在喝葡萄酒当中忘去一边，食欲重新上来。

久木见凛子要的红大麻哈鱼好吃，就分一点儿过来，又把自己的小羊排分一部分移在凛子盘子里。

“两人在一起，能吃好多东西，真是难得。”

“两人在一起不是和谁在一起都可以的吧？”

“当然是和你嘛！”

男女相互分吃东西，是有肉体关系的证据。这餐厅里恐怕也有人这么看待两人。但时至现在，久木已无意遮掩。

刚认识凛子那阵子，即使乘列车去镰仓也顾忌周围视线。而现在没了那种不安，已经完全想开：看见就看见好了！

这想必也是因为同凛子深度交往已超过一年，胆子壮了。或者莫如说从两人租房时开始，久木心中即已出现明显变化。

时至如今，就算顾忌世间常识和他人视线也是徒然。与此相比，还是随心所欲欢度来日无多的人生为好。如若不成，死了无妨。

这种想得开或者说决心开始催生类似顽强意志的东西。

人，只要改变一下价值观，就怎么都能活下去——多少换个看法，迄今看重的东西就已似乎不再有那么重要，而原来认为无所谓的东西就变得宝贵起来。

“差不多该离开出版社了！”

突然之间，听得凛子现出费解的神情。

久木解释说：

“统统辞掉，落得一身轻，说不定想法也会有变化。”

“怎么变化？”

“只要还在出版社，就还是无法真正自由，我觉得。”

对久木想从出版社辞职的心情，凛子好像还有些费解。而细想之下，这也怕是理所当然——自己不曾有工薪族体验，也就很难想像。

其实即使久木本身，虽然口说辞职，但也并没有明确的理由。

勉强说来，也许应该说是“某种不确定的疲惫感”。

无论谁，工薪族生活持续三十年之久，都要产生相应的疲惫感。而最近特别觉出的与同事间的疏离感，大概也加重了这点。

“我想，如果你想辞，辞也无所谓。”凛子尽管费解，但还是表示理解，“只是，可别莫名其妙地老下去哟，要永远生机勃勃才成！”

“那我明白。”

“你有自信的吧？相信自己一个人也能干下去……”

“自信倒也谈不上，但觉得自己差不多该为自己做自己喜欢的事情了……”

说到底，迄今做的编辑工作总是幕后的。只是躲在幕后把谁写的东西和一时一时的报道归纳起来，自己从不登台亮相，也就是所谓后台人物。

“那种心情，我也明白。”

的确，凛子迄今为止的人生，也是躲在丈夫背后的一种后台活动。

“这么说也许不知天高地厚，我也不愿意就这样下去。”

“也并不是不知天高地厚。”

透明玻璃杯中的红色葡萄酒，或许因为同血色相通，注视当中，自有勇气从体内涌起。

“嗳，两人做一件震撼性事情可好？”

“震撼性……”

“是的，能让大家啊一声惊叫的或惊呼怎么了怎么了不得了那样的……”

觉察到时，凛子也目视手中玻璃杯中的红色葡萄酒，两眼闪闪放光。

同时上来勇气喝干红葡萄酒时，已经九点多了。

之后吃完甜食起身，走去服务台。变小的雨已经停了。

“稍走一会儿吧。”凛子说。

从酒店到别墅，走路也不过二十分钟。久木点头，拿伞，同凛子并肩走到外面。

忽然间，雨后的夜气掠过发烫的脸颊，心里一阵舒坦。

街灯照出的水泥路黑乎乎湿漉漉的。大概夜空仍被厚厚的云层遮掩吧，星月皆无。

穿过酒店前面的广场走上桦树路，凛子悄然挎上胳膊。

夜晚十点，想必因为到盛夏还有几天，四周一片寂静。点点处处，时有灯光忽然想起似的从茂密的林木之间闪出。

莫非那是看中暑期前的静寂而约略提前来到别墅的人们？

久木一边看着，一边把凛子的胳膊拽得更紧。

这时间，根本不会碰见谁。噢，就算碰见，也已无需介意。

"咯噔咯噔"，只有两人走在雨后路上的足音被夜空吸了进去。

不大工夫，桦树路断了，出现一条左拐的小径。那前面也应有别墅区。但现在远处只有街灯一点光亮。

"那两个人，是在这么凄清的地方死的啊！"

听得死，久木马上知道凛子说的是有岛武郎和波多野秋子。

"在那么深的深处的别墅里……"

凛子似乎想起白天看到的被雨淋湿的那片桦树林斜坡。

"应该很冷的吧？"

在鸦雀无声的夜路行走之间，凛子好像对武郎与秋子的殉情越来越放不下。

树林前方又出现一点小小的光亮。凛子问道：

"那里的别墅，本来是他的别墅？"

久木查阅昭和史当中读过同有岛武郎殉情相关的报道，多少记得。

"起初像是他父亲的别墅，后来由他继承下来。"

“那么，两人去的时候谁也没使用，是吧？”

“他的太太已经病故，孩子们都还小，他不去，应该就空在那里。”

前方有车灯出现。车临近驶过的时候，凛子又问：

“死在七月初？”

“遗体被发现是七月六日，所以可能是一个月前的六月九日死的。”

“怎么知道是那天呢？”

“秋子直到前一天的八日还上班来着。而且有人看见九日两人一起从轻井泽站去别墅来着。”

“那么说，是走着去的？”

“车也应该有，但反正有人看见。”

“到那里有四五公里吧？”

的确有那样的距离，走路差不多要一个小时。

“所以，怕是在别墅里住了两三天的吧？”

“那方面详情不清楚。不过，临死是把腰带拴在上门框，下面放椅子，两人悬挂上去后把椅子踢开。”

“不好！”凛子一下扑在久木身上，少顷，慢慢离开身子，低声道，“好厉害的能量啊！”

“能量？”

“喏，到别墅走了一个小时，之后拴腰带、摞椅子、在自己脖子系套，一切都是为了死亡吧？”

自行寻死是需要非同一般的能量的——久木也认同凛子这个见解。倘若病倒也罢了，而两人都很健康，没有说得出的不好的地方。以自己的手将这样的身体置于死地，若不全力以赴，若没有对于死的强烈向往是做不到的。

“可两人为什么死呢？”凛子面向夜空低语，“何苦非死不可呢？”

凛子的语声被吸入夜幕下的落叶松林。

“没有什么非死不可的缘由吧？”

确实，当时有岛武郎是文坛最畅销的作家，波多野秋子才三十岁，美女记者，即使当女演员都不相形见绌。两人十足是为所有人羡慕的一对，无论作为男人女人都处于人生巅峰。可为什么选择一死了之呢？

“若说两人和普通人不同的地方，只有一个。”

“只一个？”

“那时两人都处于幸福的顶点。”久木想起武郎写的遗书的一节，“他在遗嘱中明确写道：‘现在，在欢喜的绝顶迎接死亡’。”

凛子立时止步，凝视黑暗中的某一点。

“因为幸福，所以死了？”

“从遗书上看，只能这么认为。”

雨停后大概起风了，夜风从路两旁的落叶松间掠过。

“是吗？原来是死于幸福！”凛子重新起步。

“或者害怕太幸福了也未可知。”

“那种心情，不难明白。的确，太幸福了，就会担心幸福能持续多久。”

“没准两人是想永远永远持续下去的。”

“那种时候如何是好？”凛子面朝夜空悄声低语，自我点头，“只有一死啊！”

返回别墅后两人又喝了一点白兰地。回来路上说的话都在脑海里挥之不去。

凛子略略弓身看着炉火，边看边点头说“原来如此”，嘟囔：“只有一死啊！”

久木也无意唱反调。幸福至极之时，越是渴望长此以往，越是思忖除了死别无选择。诚然令人惧怵，却又觉得近乎实情。

“该休息了吧？”

再想下去，恐怕更被死亡念头纠缠不放。于是久木先去淋浴。见凛子随后消失在浴室，久木上到二楼卧室。

今天早晨在这房间边听雨边一再做爱。此刻雨声也没了，房间在黑暗中寂无声息。

久木灯也没开，就那样躺着。正躺着，身穿睡袍的凛子开门进来。在门口不无困惑地站了一会儿，而后蹑手蹑脚凑到床边。久木一把搂过，凛子紧紧扑在久木怀里，以这样的姿势小声道：

“只有一死啊！”

听起来似乎是确认刚才说的话，但同时又像是自言自语。

“为了让幸福持续下去，只有那样做的吧？”

“幸福也多种多样。”

“像他俩那样永远深深相爱，绝不变心……”

凛子如此追求的心情自然理解，但发誓永不变心，反倒觉得伪善。

“两人永远永远都不变心，这是不是勉强？”

“倒不是勉强。可人这东西，只要活着，就有种种样样的事情发生，说绝对如何怕是很难的。”

“那么，就是说是不成的了？只要活着就难以做到，是吧？”

凛子的语声渗入夜色之中。

忽然，远处响起大约是鸟叫的声音。深夜还有鸟没睡？是别的活物？久木追随声的去向。凛子嘀咕道：

“那个人的心情，感同身受。”

“那个人？”久木问。

凛子缓缓转身仰卧：

“叫阿部定的那个人，把他杀了吧！”

阿部定杀吉藏那个男人的事，上次去修善寺旅行时讲了。

“那时候，你说阿部定是因为不想把心上人交给任何人才杀了他的。就那么活着，对方还要回到太太身边。如果认定现在深深相爱、不想放弃这幸福的话，那么就只有杀死。对吧？”

“是的，杀了就一命呜呼，再不至于背叛。”

“爱上一个人，爱到极点，势必杀死的啊！”

久木近乎痛切地理解凛子的心情。

一个男人喜欢上一个女人，如果喜欢得发狂，除了杀死别无选择。倘若就那样让她活着，很难说女方不会喜欢上别的男人投怀送抱。为了避免那种放荡而永远作为自己的女人保留下来，杀死是最佳选择。同样，女人要想把所爱男人永远作为自己的男人，也只能杀死他，把他从这世上消除了事。

“爱这种事，好可怕啊！”凛子好像这才意识到爱是怎么回事，“一旦喜欢上对方，就想独占。可是，为了完全独占，光靠同居或结婚是很难做到的吧？”

“若是那个程度，想背弃就能背弃。而为了让对方完全无能为力，恐怕只有一杀了之。”

“爱、爱，爱下去，结果只能是毁灭，是吧？”

凛子这时才似乎得知，爱这一舒心惬意的字眼，其实暗藏一副极为自私、破坏或毁灭的剧毒。

由爱说到死，说这个说那个的过程中，久木居然精神起来。凛子也好像同样，再次转过身，手指顶着久木胸口问：

“你可永不变心?”

“当然!”

“永远爱我、永远只喜欢我一个,绝对不喜欢别的女人?”

刚想再说“当然”的一瞬间,凛子的两支纤细的手指朝喉头卡来。

久木当即憋得透不过气。而凛子在黑暗中瞪着眼睛问:

“是说谎吧?什么永远永远爱我,是在说谎吧?”

“不,不是说谎。”

“刚才不是说很难做到、说勉强的吗?”

确实,及至万劫不变,久木也没自信。

“那么,你怎么样?”

这回久木稍稍沉下身子,手指贴在凛子左侧锁骨上。脖颈纤细而结实的女性,锁骨上面有个小小的凹坑。深度恰好能按入食指尖。裸体时,那个凹坑分外性感。

“你可永不变心?”久木把手指放在凹坑间。

“当然不变!”

“绝对?无论发生什么?”

“绝对,只跟你!”

这回久木把手指按进锁骨上的凹坑。凛子低声呻吟:

“痛!”

“最好别说什么绝对。你也说不定什么时候变心。”

“说得太过分了。那不等于说信赖不得了?”

“只要活着,就不能断言什么永不变心。”

“那么,我们也只有一死,只有在现今这最幸福的时候死去,是吧?”

凛子一口气说罢,沉默下来。

四周万籁俱寂。一个被蓊郁的林木包围着的别墅之夜。

但，一如黑暗中也有白色，寂静中也好像有声音潜入。那可能是夜空云动、院子树叶落地、房间材质缓缓腐蚀等种种动静重合而成的细微声响。

久木在这岑静中侧耳倾听。凛子轻轻扭动身子问：

“想什么呢？”

“没想什么……”

又出现短暂的沉默。凛子小声说：

“可我讨厌。”

久木回头，凛子又低声一句：

“讨厌那么死。”

凛子大约再次想起武郎和秋子两人被发现尸体时，蛆如两道瀑布从上门框流淌下来。

“哪怕再是幸福绝顶，那种死法也太惨了。那个样子被人发现，实在太不忍了……”

“遗书写道‘请不要寻找’。”

“就算说不要寻找，可迟早总要被知道的吧？既然总要被发现，那么还要以多少好看些的形象死去。”

那诚然是理想，但说到底，不过是活在后面的人的愿望罢了。

“要死的人，恐怕不会考虑那么多。”

“可我讨厌，绝对讨厌！”

想必情绪激动起来，凛子从薄被里稍微欠起身体，“我不在乎死，若是和你一起，什么时候都能死。可我讨厌那种死法！”

“可是，发现迟了，谁都要腐烂的吧？”

“腐烂也不至于成蛆吧？至少要在那之前给人发现，发现两人在一起。不对？”

老实说，别说死的样子，久木甚至从未考虑过死。

既然在这个人世活得一回，那么就算明知迟早要死，也不想一门心思考虑到那个地步。而且，那么考虑本身都让人害怕。

可是不知何故，同凛子说起来，原先怀有的对生的执著渐渐淡薄，死也不觉得多么害怕了。莫如说有了亲近感。

这种释然感从何而来呢？而且，为什么和凛子在一起，死也不那么可怕了呢？

久木慢慢脱去凛子的睡袍、内裤，脱得一丝不挂，而后紧紧搂在怀里。

此刻，久木的胸、腹、胯间和凛子的同样部分紧贴紧靠，相互把双手绕到后背和脖颈，双腿紧紧合拢。两人肌肤之间没有一分一毫的空隙，几乎每个汗毛孔都完全对在一起。

"舒服……"

这是从久木全身皮肤中透出的叹息和喜悦。

久木沉浸在体内汩汩涌起的快感中。同时再次察觉这肌肤相亲的感触催生了心灵的恬适，也催生了某种达观。

也许，只要沉浸在这女体光滑柔润、丰腴温馨的感触中，人事不省也好死也好，就都没那么可怕了。

"原来是这样……"久木对着凛子玉骨冰肌自言自语，"这个样子，或许是可以死的。"

"这个样子？"

"这么互相紧紧搂着……"

包拢在女性肌肤中，男人会变得无限安稳和顺从，不知不觉变成母亲怀中的少年，变成胎儿，最后变成一滴精液杳然消失。

"若是现在，就不怕。"

"若是和你在一起，我也不怕。"

久木认同凛子的说法，却又蓦然涌起一阵不安——仿佛如此时间里即将被拉去甘美倦慵的死亡世界。

久木像要把心情从死亡话语中转移开来，再次搂紧凛子。想必凛子被搂得透不过气，很快缩回身子，大口呼吸。

两人就以这种似抱非抱的状态相互接触胸、腹和四肢的一部分。久木同时闭起眼睛：

“好静……”

交谈中断，重新置身于夜的寂静，发觉夜色更浓、更深。

“幸亏来轻井泽，感觉心情受到了洗礼。”

人们大多对轻井泽的梅雨敬而远之，但久木莫如说喜欢上了这一时节的轻井泽。暑期到来之前，人影寥寥，加上被雨中鲜绿拥裹的静寂，为都市生活而疲惫的心灵因此得到滋润。不难得知，即使以为郁闷的雨，也使得缓解夏季酷热的林木生机蓬勃，培育树下遍地的青苔。

不过，连绵的阴雨有时容易让人萎靡不振，思绪内敛。

看完武郎和秋子临终之地后，凛子被死亡阴影缠身，说起各种各样的死，也不能不说同厚重的云层和连日不离的淫雨有关。

“那么，就这么留在这里可好？”

给凛子这么一说，东京和出版社里的生活在久木脑海里缓缓复苏过来。

“那倒是不可能……”

再这样在这雨中轻井泽待上几天，到社里上班的心思都可能没有了。

“夏天人多，想秋天来。”

凛子说罢，重新扑在久木身上。接触凛子柔软丰满的胸部当中，久木想要凛子了。

在就死考虑过多之后，就恨不得马上获取生的证明。伴随着性快感耗尽所有精气的行为——如果任凭这行为一路狂奔，那么对死的不安也肯定消失，惟独现在还活着的实感粲然生辉。

在这阒无声息的夜晚，两人希望如此麻醉自己，于是在这林木簇拥的房间像野兽一样贪婪地需求对方。

①萨蒂：Alfred Erik Saitc（1866—1925），法国作曲家，作品风格以新奇独特闻名。

②慰谢金："慰谢料"。日本法律用语。类似精神补偿费。

③有岛武郎：1878—1923，日本小说家，评论家。

④大正十二年：一九二三年。

空蝉

うつせみ

常言说“梅雨过后十天热”。

梅雨过后接下来的十天，酷暑一举攻上门来，连日晴空万里。从日历上说是七月下旬。从“桐始结花”（桐树开始结花）到“土润溽暑”（土地湿润溽热难耐）之间，正是所谓大暑节气。

这时，到处铺满沥青的东京城一大早就阳光刺眼，中午气温轻松超过三十度。即使到了深夜也不低于二十五度。

此前为梅雨的郁闷长吁短叹的人们，在突如其来的盛夏阳光面前不知所措，气喘吁吁，一边揩拭汗珠一边像蔫花一样低眉垂首。

虽说同是夏天，但居然有梅雨和大暑这两个差异如此之大的时节，说不可思议也是不可思议，难怪人们的心情随之大变。

理所当然，梅雨时节阴雨连绵使得心情也郁郁寡欢。而在梅雨过后太阳光芒四射的一瞬间，人们一扫以前的郁闷，陡然变得欢快好动起来。

不过，心情和行动变化如此明显的只是孩子和年轻人，大人们就算盛夏艳阳高照，也没有变得截然不同。

大部分工薪族换穿半袖衫，一只手拎着西装，一只手用手帕擦着额头汗珠，乘满员电车摇晃着赶往公司。

温度计从上午就已超过三十度。无论通往车站地下街的石阶角落，还是楼顶垂下来的广告幕布，抑或前面行走的无袖衫女性的肩头，酷暑都占据着不容分说的位置。

如此炎热的一天即将结束的傍晚，久木被叫去出版社的董事室。当值常务董事小畑给他看了一封信：

“请你来，是因为这样的东西突然从天而降。”

久木把扔在桌面上的信拿在手上。几页信笺的开头用电子文字处理机打出的黑体字这样写道：

关于久木祥一郎的身世书。

这究竟是什么呢？

所谓身世，即是自身背景——意思莫非是关于久木自身的报告书？

可问题是，为什么现在才非写自己的身世不可呢？匪夷所思。打开一看，“近两年间罪状”字眼最先跳进眼帘。

久木一时屏住呼吸，随即迅速读了起来：

贵社原出版部长久木祥一郎，前年底利用被聘为东日文化中心临时讲师的机会，强行接近当时是该中心书法讲师的松原凛子，尽管明知对方已是人妻，然而仍多次往其家里打电话，花言巧语百般诱惑。

读信当中，久木心跳加速，掌心渗出汗来。

这东西到底是谁写的呢？显然别有用心造谣中伤。

久木慌忙抬起眼睛。小畑常务董事兀自坐在桌前椅子上，佯作不知地喷云吐雾。

越怕越想看。久木继续往下看：

去年正月以来，当事人频繁地找她幽会。同年四月终于将其诱入城内一家酒店，强行发生关系，进而发展为淫乱行为。

看到这里，久木不由得攥紧拳头。

如此寡廉鲜耻的文章实在不忍卒读。如果可能，恨不得当场撕毁烧掉。但一来常务就在眼前，二来后面的内容也放心不下。

其后，当事人利用对方乃纯情人妻这点，倘幽会要求被拒，即以向其丈夫密告相威胁，强行要求本不情愿的对方同自己发生五花八门的性关系。不仅如此，还在今年四月令对方身穿红色贴身长衫做出变态行为，拍摄种种相片，软禁对方不许回家。

到了这个地步，较之中伤，简直成了咄咄逼人的威胁。具体哪个人写的另当别论，反正是对自己深恶痛绝之人写的卑劣至极的挑战书。

一种几乎致使浑身颤抖的愤怒和惊惧朝久木袭来。他继续往下看。

身世书继而写道，久木欺骗胁迫人妻与之同居，现今租得城区公寓一室，扮作夫妻入住其内。又写道，人妻的家庭因之解体，忠厚老实的丈夫蒙受巨大的身心痛苦。

最后以这样的语句结尾：

> 让这种卑鄙无耻之徒居于要职、委以重任的贵社经营姿态亦属疑问，要求明确责任所在。

读毕，久木眼睛从信笺移开。常务董事迫不及待地从桌前移了过来，坐在对面椅子上。

久木见了，首先低下头去：

“对不起！”

不管怎么说，这样的信飞进出版社让常务董事看到，即是自己失德所致。内容如何姑且不说，以无聊私事扰乱常务董事的心情这点就必须道歉。

“毕竟是突然寄到我这里来的。”

常务一开始似乎是在为自己打开信加以辩解。不过信封上的确写道“调查室分管董事收”。

“当然，我也没有就这样相信信上的内容。”常务董事再次点燃一支烟，“我想是哪个对你怀有个人怨恨的人干的事……”

确实，没有寄给久木本人而寄给出版社，而且寄给社里分管董事这点，就别有意味。

“可有什么想得起来的人？”

询问之下，久木想起身边人的面庞。

清楚自己和凛子之事的，只有衣川一人。但很难认为他会做这种事。此外调查室同伴也略有所知，但一来知道得没这么详细，二来追杀已然落魄之人也没多大意思。

“倒也不是没有……”

对自己和凛子的关系了解如此之深并加以中伤的，只有两个人。

妻子，或凛子的丈夫……

久木正在沉思，常务董事低声说道：

“我本人自是认为事情无聊，但既然信寄到社里来，那么也不可能完全置之不理。”

这是什么意思呢？久木不禁抬起脸来。

常务董事略略移开视线：“无需说，这是你的个人隐私问题，不该由我这方面插手。问题是居然追问社里的态度，啰啰嗦嗦……”

“那么，您的意思？”

“想先问一下你对这内容怎么看？”

“当然……”

说罢这两个字，久木开始梳理思绪。

这封信的内容卑劣至极、言过其实且充满恶意，这点毫无疑问，现在即可断然否定，甚至可以和凛子一起否定。

但是，若问这样的事实有还是没有，就不容易解释。像信上写的那样强人所难等等固然全是谎言，而同凛子这个人妻要好却是不折不扣的事实。

“我觉得完全是为了抹黑我而单方面夸大其词、危言耸听……”

“这种东西，目的基本都是为了为难或打击对方。所以你说的也许不差。”

“什么强行啦软禁啦等等，绝对没有那样的事！”

“这我明白。很难认为你有做那种事的勇气。”常务董事现出一丝不无嘲弄的笑意，“不过，和这样的女性要好是实有其事吧？”

突然之间，久木很难点头。常务董事熄掉刚吸的烟：“其实，因为有这样的信从天而降，我也悄悄问了社里的人……”

“问我的事？”

“当然，信上详细内容并没有说。结果，得知你好像到底离家和人同居……”

莫不是调查室里的铃木或谁被常务董事一问，透露出了类似情况？

“是这样的吧？”对方叮问。

久木缄口不语。

同一事实，看法也因人而异，莫衷一是。

久木和凛子两人的爱，已经强烈到马上死也无悔的程度，乃是神明也阻挠不得的纯粹的爱。久木对此深信不疑。

但换个看法，就会被认定为无非偷情罢了，乃是有违社会常识的极不道德的行径。何况信上罗列出诱惑、淫乱、变态等卑劣、夸大之词，就更给人以下流淫秽的印象。

在这点上，或许两人过于考虑自己的立场，而忽略了一般人的看法。

久木正在反省，常务董事苦笑道：

“不过，你蛮有女人缘嘛！”

“哪里……”

“羡慕啊！哪怕一次也好，我也巴不得想接一封这样的信。”常务笑道，不过表情里似乎潜伏着淡淡的嫉妒和揶揄，“反正，这信，还给你好了！”

说着，常务递出装信的信封。看久木放进衣袋，忽然换上郑重其事的口气：

“对了，倒是和这次的事无关，我在想，能不能请你去共荣社那边……”

久木一下子不解其意，于是反问：

“共荣社？”

“九月去来得及，到那边去。”

共荣社是负责总社商品管理和物流部门的分社。

“我去哪里？”久木再次确认。

常务董事缓缓点头：

“事出突然，想必意外。问题是你手上昭和史的出版，有了些难度。”

“这、是真的？”

“工作没了，我想你也多少腾出手来了。”

常务董事的话，恰如晴天霹雳，全然始料未及。

为了让自己的心情镇静下来，久木一度把视线投向窗口飘移的夏云。然后重新转向常务董事。

“那、昭和史策划有了难度，是怎么回事呢？”

“当然，作为社里是想做的。你制订的出版计划也大致研究了。但毕竟是这种形势啊！能卖出多少，文文社也好像焦头烂额，所以是不是最好推迟这样的意见占了上风。”

不错，时值眼下这种疏离文字的时代，出版二十卷本全集确是一场冒险。但久木策划的，是以人物为中心回顾昭和史的，比之其他社内容很不一样。

“中止出版，完全定下来了？”

“遗憾，上次董事会上形成了这种情况，我个人倒是很想保留下来……”

常务董事口气诚然显得遗憾，但究竟坚持到怎样的程度了呢？听着听着，久木渐渐上来火气。

“去共荣社，可是由于昭和史策划归零的关系？”

“啊，倒不是单单因为这个。到了这个阶段，我想学学物流对你也不是什么坏事……”

“那自是明白。但我以前一直做编辑，那方面的事完全没有做过。”

“可是，往下还是什么都见识一下为好。”

对方说的倒是正理，问题是，为什么偏偏把久木一人转去不沾边的地方呢？

“到底还是因为这封信吧？”

“那不是的。咱们社，不会因为私事而把谁怎么样的。”

虽然常务董事否定了，但很难让人照盘全收。

“反正请让我想想好了！”

如此说罢，久木离开常务董事房间，返回调查室。

不可思议的是，室里铃木等所有人都好像在等待久木归来。

久木好像要反抗这静得出奇的气氛，用分外爽朗的语调说道：

“诸位，在下要告辞了！”

刹那间，村松和横山都回过头来，但身为室长的铃木仿佛没有听见，兀自低头不理。

久木径直走到铃木跟前鞠了一躬：

“刚才被叫到常务董事那里，让我九月开始去共荣社。”

铃木缓缓抬起头来，眼睛仍往一边看着。

“理由似乎是董事会决定中止昭和史出版计划……”久木一

边感觉大家视线转向自己，一边静静询问，“您铃木君已经知道了吧？”

“哪里……”铃木一度摇了下头，然后似乎抱歉地说，“计划有可能中止这点倒是听说了，但没想到这么快。反正，既然是董事决定的事……”

久木从衣袋里断然掏出那封信，放在铃木面前：

“这么奇妙的信寄到了社里……”

铃木瞥了一眼，重新收回视线。

“说起来不好意思，私事也好像添了好多麻烦……”

“啊，那我可不知道。”

确实，铃木或许真没看到，但作为调查室的负责人，想必被问到时这个那个回答了不少。

“男女问题以这种形式暴露出来——这次调动，说不定与此有关。”

尽管心想这种事自不必说，但不说心情平复不下来。

这天，久木刚一下班就直奔涩谷。

本来，被告知全然始料未及的人事调动之后，很想马上找要好的同事一起喝喝酒什么的，边喝边泄私愤，同时就以后的事商量一番。

但是，久木现在没有可以推心置腹的朋友。和村松、横山之间，近来也多少疏远了。这种事，同期入社的同事最容易谈，可惜他们不是搞营销就是做总务，编辑里边没有。这一来，水口去世的分量就大了起来——假如他在，情况或许多少不同。但现在再懊悔也没用。

不管怎样，因为有久木本身的女性问题掺和进来，也就更难和同性朋友说了。结果最后能说心里话的只有凛子一人。

久木回到套间,凛子刚要准备晚饭,似乎对他比平日早归感到吃惊:“这就马上做饭。”

久木制止,先把信掏了出来。

“今天常务董事给我看了这个。”

凛子显出费解的样子,就那样站着看起信来,当即大吃一惊:

“什么呀,这……”

“反正看下去就是。”

凛子继续看信,表情逐渐变僵。

少顷看罢。只见她脸色发青,恨恨地说:

“太不像话了……”随即转向久木,“这东西,是谁写的?”

“你看是谁?”

“是对你怀恨在心的人吧?”说到这里,凛子盯视虚空的某一点,“莫不是那个人?”

看来,浮上凛子脑海的也是同一个人。

“是我的……”尽管没说出“丈夫”,但久木已完全领会。

“另一个人也不是没有……”

“你的?”凛子同样没说“太太”,现出远望的眼神,但马上说道,“不,不会吧?”

确实,妻子也怨恨久木。不过,较之怨恨,更多的还是目瞪口呆,已主动提出离婚——这样的妻子即使现在向社里密告丈夫有外遇也一无所得。

可是,凛子的丈夫至今仍好像对凛子情有不舍。惟其如此,笃定对夺走妻子的久木满怀怒火和憎恶之情。

“你去文化中心等等,还有和我要好的起因之类,了解得非常详细。而且,红长衫也只有他才知道。”

“说什么你拍照，本来拍照的是他！”

“从写法和内容来说，我想也是他寄的。”

凛子双手紧握着信说：

“可也太过分了，这么无耻！”

“哪怕寄到这边来也好！”

“那是为了给你找麻烦，狡猾！绝不饶恕！”

不知何故，凛子越是表示愤怒，久木心里越是清醒过来。

一直没人愤怒，以致久木独自愤怒。而现在凛子愤怒了，久木略感宽慰，也有了考虑凛子丈夫心情的余裕。

“我这就问他。不管说什么都绝不原谅！”

久木用手制止就要朝电话扑去的凛子：

“等等……”

时至现在，再向凛子丈夫说什么都为时已晚。

久木让心情激动的凛子坐在沙发上，然后说道：

“今天说让我去分社。”

“你？”

“一个叫共荣社的地方，负责总社的商品管理和物流。”

“为什么去那种地方？现在不是做别的事情的吗？”

“我一直做的昭和史计划中止了，人多余了，就叫我过去，情况似乎是。”

“那是他们独断专行吧？去那里怎么办？”

“完全没有做过的工作，不去不清楚怎么回事。不过怕是够呛的。”

“那就不必去。”凛子盯视久木的神情说，“你不愿意去的吧？讨厌的吧？”

“那还用说……”

“既然那样，就应断然拒绝！”

凛子说得容易，可作为工薪族，拒绝上边决定的人事安排是近乎不可能的事。

“拒绝不了？”说到这里，凛子目光落在信上，“会不会是这封信的关系呢？”

“倒是说不是……”

“真的不是？是的吧？”

“说不清楚。不过我觉得影响是有的。”

“不像话，太不像话了！”这回凛子抓住久木的手来回摇晃，“那一来，那人岂不正中下怀？一如对方所料，你一个人成了牺牲品，这样可以的？”

当然并不是说认可，可那又能怎么样呢？左思右想之间，凛子斩钉截铁地说：

“绝对要拒绝了事！不行辞职也可以的！”

久木迎面盯视凛子，回问：

“真的可以？”

想来，从今天常务董事要自己去分社时开始，就暗暗动了辞职念头。

不，还要早，从转去调查室时就已萌芽。后来随着同凛子越来越难分手而一步步增强，这点无可怀疑。

此刻被凛子毅然决然说辞职也可以的，就一下子有了现实性。

“那就辞职？”

凛子的一句话，似乎给自己心中一直憋着冒烟的木柴点着了火。

“真就辞职！”一度说罢，久木再次向凛子确认，“可以辞职？”

“当然可以！我赞成！”

久木点头。本来他心里某个地方也期待凛子说“别辞”来着。

现在,久木辞职的心情足足有百分之九十。最后的百分之十仍在犹豫不决。假如这时候凛子说“别辞”,反而可能出于逆反心理而咬定非辞不可。

“这样下去也没什么好事。”

“辩解也不行的吗?”

“怎么辩解?”

“即使我去找那位常务董事说明情由……”

“不,不行。”

那一来,反而等于公开自己同凛子的关系非同一般。

“公司这种地方,一旦有了这种事,就不可能重新浮出水面。”

“对不起……”

凛子突然深深低下头去。

“都是因为我才变成这样子的。”

“不不……”

时至如今,再说怪谁也无济于事。相比之下,如果真有导致事情变糟的原因,那么只能是两人爱得太深了。

决定辞职之后,久木的心情仍摇摆不定。

这次的事诚然使得他对社里忍无可忍,上班的心绪也荡然无存,但是,一个工薪族离开工作近三十年的公司,相应的感慨也还是有的。特别是,如果因退休离开倒也罢了,而若五十刚刚过半还差几年就辞职离开,觉得可惜或惋惜那样的心情也并非没有。

整个七月间,久木都处于这种动摇的心情中而没有明确表示辞职。这也是因为心中暗想反正辞职随时可以一辞了之。

但进入八月,去分社的日期越来越近,加之负责人告以具体条件——如此一来二去，久木的心情愈发低落。

要他去共荣社之初，久木以为是以由总社派出的形式前往，但细问之下，不仅完全成为那里的职员，而且工资也要降为现在的七成左右。

受到如此冷遇，难道还要死活赖在这里不成？

心情上固然朝一辞了之的方向倾斜，而之所以尚未迈出最后一步，到底是因为担心今后的生计。

迄今久木有近百万日元的收入，一半送给妻子。但辞职那一瞬间就没了收入。当然，辞职时是有一定的退职金的，但那也是一时性的，迟早了无踪影。

如此状态下，往下真能和凛子生活下去吗？

前思后想之间，辞职的勇气也就失去了。凛子似乎觉察到了，问道：

“是钱让你担心吧？”

一下子被说中心事，久木一时语塞。凛子爽快地说道：

“钱不用担心，我多少有些存款。”

去年年底她父亲去世时，莫非多少分得了若干遗产？

“辞就辞好了，总有办法可想。”

这种时候，凛子表现得远为坚强和有气魄。

虽说不是为凛子拖曳，但凛子的话的确成了支柱。

八月初，在大家即将休暑假之前，久木一咬牙走进常务董事的房间，告知辞职。

“这是因为什么呢？”

常务董事当即现出难以置信的表情。久木见得对方为之吃惊，顿觉原先的郁闷不翼而飞。

“往后继续给社里添麻烦，会让我深感歉疚。”久木分外郑重地说道。

对方慌忙应道：

“那不至于的。你这样有能力的人去了那边，我想一定会在商品管理和物流方面拿出新的方案。对此正满怀期待……”

“恕我顶撞，我这人只能做编辑。去那边，我想只能落得碍手碍脚。”

“我说，你不该这么小看自己的！”

“哪里，我才是被小看的。”

常务董事瞠目结舌。久木不予理会：

“长期以来，多蒙关照。谢谢了！”

“可你、别这么一锤子定音，再冷静地重新考虑一下如何？”

“这已是深思熟虑的结果。再怎么说，我也还是要辞职。”

久木感觉自己相当激动。但事已至此，有进无退。

他说罢起身，致以一礼，随即把目瞪口呆的常务董事撇在眼角，出门而去。

剩得一人，久木在走廊里大大舒了口气。

在迄今漫长的工薪族生活当中，对常务董事粗声大气，这是第一次，想必也是最后一次。

此刻，久木陶醉于爽快感之中，同时心中一角又有一丝悔意，毕竟做的是无可挽回的事。

“啊，也罢……”

如此自语完毕，久木再次回头看一眼董事室。而后朝走廊前面的电梯走去。

在久木向社里提交辞职申请书的同时，凛子身边也发生了很大变异。

凛子首先就寄到久木出版社的信这件事追问了自己的丈夫。但结果似乎不了了之。

凛子当然是打电话严加盘问的，可是凛子的丈夫一口咬定不知。

"明明一清二楚，却一味装糊涂！"

作为感觉，凛子固然火冒三丈，但细想之下，的确没有是他写的证据。不错，无论从动机上看还是从内容上看，明显是他干的。问题是字是用电子文字处理机打印的，无法从字体上断定。当然，如果一路追究到所用信笺和信封，或许可以水落石出。可是这并非刑事案件，做到那个地步未免煞有介事。

何况，就算他是犯人，也无从改变已经决定辞职这一事实。这也是久木不想再追究的一个原因。

"啊，算了！"

现在轮到久木劝凛子了。但凛子看上去怒气难消。

"没想到他是这么卑劣的人！"

凛子越是贬斥丈夫，莫如说久木越是清醒，觉得他的心情也不难理解。

诚然，写信给出版社是够卑劣的，但自己毕竟夺了人家的妻子，甚至与之同居，不放其回家。即使对方恨这样的男人，想把他从出版社抹除也并不奇怪。

凛子断然说道：

"和那个人离婚！"

"可他不应的吧？"

"不应也无所谓。由我寄送离婚协议书就是。"

"不过单单那样……"

"区政府不认可也没关系，反正我是想用来表示两相分手。"

一如往常，凛子的决断总是干脆利落，理由也简洁明快。

理所当然，一旦凛子提出离婚协议书，久木也必须做出决断。

以前是妻子想离婚而久木不应，至今悬而未决。但到了这个时候，是该痛下决心了。

“我也离婚！”久木斩钉截铁。

凛子愕然回头：

“你不必的，你……”

“不，那边已经利索了。”

“那、可当真？”虽然口说不必，但凛子脸上自然绽出笑容，“这一来，两人就回归单身了，是吧？”

“已经不再是外遇不再是不道德！”

“我明天就去区政府领离婚协议书。签名盖章就可以了吧？”

久木见到的离婚协议书，此外有填写两位证人名字的一栏，这在那边填上即算了事。

“反正只要送过去，离婚意志就已表明，是吧？”

一旦定下，凛子雷厉风行。

第二天凛子就去区政府领了两份离婚协议书。

两人分别在上面签名盖章。往下凛子寄给丈夫、久木寄给妻子，手续即告完成。

久木连同离婚协议书附了一封写给妻子的短信。

因为还没把辞职事告诉妻子，久木写明八月底辞职，进而为拖延离婚表示歉意。之后补充一行：

“添了很多麻烦，但不会对不住你。请保重。”

不知为什么，写到这里，同妻子度过的漫长岁月倏然萦回脑际，久木眼角一热。

“反正结束了！”

久木对自己说着，将离婚协议书揣进衣袋。就在这一瞬间，久木涌起一股如释重负的解脱感。

不管怎么说，家庭这一束缚因之排除，丈夫的身份随之消失，得以回归一个单身男人。

也并不是说过去的家庭就是重负、丈夫这一身份多么难以忍受。就算稍微觉得麻烦，但这种程度的事，大家都或多或少有所感觉。

但是，想到现在离婚成为现实，家庭啦妻子啦统统不用再考虑了，就忽然觉出一种如同羽翼已丰的小鸟那样的轻松。

当然，作为解脱感赖以产生的背景，从长年供职的出版社辞职，这点也有很大影响。

从明天开始，再也无需争分夺秒出门上班了。自不待言，无需同讨厌的上司见面，无需对上不来兴致的话语随声附和。往下无论和凛子挎胳膊单独去哪里也都无需顾忌谁。

一种仿佛腾云驾雾的浮游感倏然俘虏了久木，如此轻而易举获得的自由让他惊愕、让他困惑。

说起此前自己做的事，无非对上司说一句辞职和把离婚协议书寄给妻子而已。而这就使得自己从世间桎梏中逃离出来，享受自由与洒脱！

如此容易的事，过去为什么就没意识到呢？

久木如梦初醒地为自己的不智惊诧不已。但下一瞬间，就觉察到一个无比孤独的世界在自己眼前展开。

的确，从今往后，不管几点起床，不管穿多么邋遢的衣服，不管去怎样的地方游逛都无所谓。

可另一方面，可以如此自由自在为所欲为，反过来说，也就意味着失去社里的同事、失去与之相连的所有朋友，进而同妻子孩子各奔东西。

“孤家寡人了！”

久木情不自禁地嘟囔一句。同时深感刚刚获得的自由让自己同社会无限疏离开来而变得孤立无援。

而陷入孤立感的，凛子也好像同样。

在亲手把离婚协议书寄给丈夫并告知娘家母亲之前，凛子表现出其特有的毅然决然，但其反作用也好像马上反映出来。

进入八月不久，凛子原本打算今年在父亲去世后的第一个盂兰盆节返回娘家扫墓。

要什么时候和大家去呢？凛子放心不下，就给娘家打电话。而母亲好像问她：“你也打算来？”

“那种问法，不觉得过分？”

母亲就差没说“你别来”的语气，似乎让凛子深受打击。

“像是为离婚协议书的事生气。但这和给父亲扫墓毫无关系的吧？”

的确，如果仅仅因为交了离婚协议书就连给父亲扫墓都遭到限制，那是够可怜的。

“全都想把我排除在外！”

听凛子说，自从凛子离开丈夫开始同久木一起生活之后，母亲和哥哥自不消说，就连嫂嫂等亲戚也以仿佛看罪人的眼神看她。

“我干了什么坏事不成？”凛子感叹。

久木无法应答。

确实，单方面抛弃丈夫跟其他男人私奔，作为妻子是不被允许的。但从凛子的角度来说，其实是抛弃徒有虚名的婚姻生活而奔向真正之爱和忠于自己内心的行为。

就单纯执著于爱这点而言，凛子是正确的。而从世俗道德和伦理方面看，则或许是有违良俗的淫乱女人。

“这一来，和娘家的缘分也尽了，只剩孤苦伶仃一个人了啊！”

听得凛子喃喃有声，久木不禁攥紧她的手：

“不单单你……”

在形单影只这点上，久木也如出一辙。

从盂兰盆节到八月末，久木在咀嚼自由与孤独两种滋味中度过。

社里决定他八月底退职，除了盂兰盆节假期，还有没用完的带薪假，实质上几乎处于天天休假状态。

盛夏正中，久木过了一段久违的舒心日子。但与此同时，又是同出版社、同家人彻底诀别的孤独日夜。

从早到晚只和凛子两人待在房间里，久木再次觉察自己在漫长的工薪生活中已然心力交瘁。

夜里自不用说，早上也好中午也好，只要想睡，任凭多少都能睡。贪睡当中，有时甚至忘了吃饭时间。尽管如此，早上倏然醒来还是心想得赶快起来去社里了。而下一瞬间就对自己说已经不用去了。

这种时候，自然由衷品味获取自由的喜悦。而下一瞬间就生出仿佛惟独自己一人被社会开除的疏离感。当每天早上从窗口望见工薪族们步履匆匆赶往车站的洪流，这种感慨尤其强烈。

再怎么说三道四，而只要尾随其后上班，一天的生活和家庭的安泰就能得到保障。

如此心动的刹那间，久木再次察觉自己失去的东西的巨大分量。

恬适与不安——两种完全相反的东西在心中纷纭交错，而一天天便在这当中白白流失。

在如此一味内向的日日夜夜里，久木仅仅外出了一次，那就是去见文化中心的衣川的时候。

以前多是衣川打来电话，惟独这次是久木主动叫他出来见面。

从社里辞职的事也好，向妻子寄送离婚协议书也好，久木都还没有告诉衣川。尽管心想迟早要解释，但老实说，又懒得解释。

不可思议的是，一旦决定辞职，就连去上班时常去的餐馆酒吧也不好意思去了。付账固然一分不少付，原本不需顾虑，却总觉得自己好像不受欢迎，没了那份心绪。

这天也一再犹豫，才把衣川叫去以往和衣川一起去过的银座数寄屋街的一家小餐馆，在台前并排坐下。

八月已是月底，盛夏的酷热也似乎告一段落。餐馆里人很多。两人用啤酒干杯后，久木一咬牙开口道：

"这回我从社里辞职了。"

衣川顿时把刚要喝的酒杯放了回去。

久木不予理会，讲了前因后果。

衣川默默听着。久木刚大致讲完，衣川迫不及待地问：

"你这样可以的？"

"可以的。"

"不后悔？"

说不后悔是谎言。可事至如今，后悔也没用。久木微笑点头。衣川陡然压低嗓音：

"往下可有什么地方去？"

"倒也没有……"

"那么你怎么活下去？"

"啊，总有办法可想吧！"

说罢，发觉和凛子说的是同一句台词。

“往下，离婚正式定下，‘慰谢料’也需要的吧？”

“那方面，有世田谷的房子。”

“全都交给太太？”

久木点头。这一个月来，觉得自己对钱和物的执著已淡了许多。

“可是，老大不小的年纪，你也够反常的。”

“怕也是啊！”

“一般来说，到了我们这个年龄，也该多少有个界线才是。不错，是想恋爱，看见女人是想引诱，但是，要是为此血冲头顶，公司和地位都弃之不顾，可就要落得个鸡飞蛋打。那一来，就和发情的狗啦猫啦没什么两样。”

衣川说的诚然不错，可是过于严厉。听他说来，有妻小的男人恋上女性、一头扎进情爱中去，那是天大的蠢货，一如发情的猫狗之类。

久木沉默不语。想必衣川也到底觉得说得过分了，又说：

“哎呀，喜欢上一个人是不碍事的，但要适可而止。”说罢，又点了冷酒，“不过，没想到你这么纯情！”

“纯情？”

“还不是？就因为迷上一个女人，从地位、收入到家庭，统统不要了。”

那和纯情不同，而是身心深深相爱、相吸引的结果——久木本想这么说，又觉得很难用语言说明白，于是默不作声。衣川忽然小声来了一句：

“或者，我是嫉妒你也说不定。”

“嫉妒我？为什么？”

“她的确是个好女人。你不出手，我很可能出手的。感到有些窝囊……”

衣川就此如实相告，这是第一次。

“可是，因为给你抢跑了，也就死了心。”

沉默持续有顷。衣川陡然想起似的说道：

“前几天她到我这里来过。”

“中心？”

“四五天前吧，突然找到我，说如果可能，还想教书法。所以，接得你电话时也以为是说这事。”

凛子一个人去找衣川，久木还真不知道。

“很够意思！你辞职了，她想工作，对吧？”衣川略一停顿，又说出更意外的话来，“当时，还问你太太在哪儿工作来着。”

不错，自己以前曾对凛子说过妻子在一家瓷器厂当顾问。但那时仅此而已。

“因为问了两次，我就说在银座的美装堂。不合适？”

“不，哪里……”

那以后，妻子什么也没再提起，所以很难设想会有什么麻烦。只是，凛子何苦问这个呢？正觉得蹊跷，衣川轻轻凑过上身说：

“跟你这么说也不大好，她可是更漂亮了！”

因为说的是凛子，久木也无法点头，兀自盯视餐台原色木纹。

“反正她变了。不，没准是你把她改变的。起初感觉她绝对不接近什么男人的，但现在变得优雅娴静，有女人味儿了……”

开始喝冷酒后衣川也许有点儿醉了，以注视远处的眼神说：

“你每天都看恐怕感觉不到，胸口也白了。这么说你可能骂我，皮肤像要吸附什么似的。”

凛子究竟穿什么衣服去的呢？平时一般穿素色连衣裙。莫不是因是夏天而穿多少低胸衣服去的不成?

“传达室女孩也说了,与其说是漂亮,倒不如说性感或妩媚什么的,即使女人看了也好像心惊肉跳。”

给衣川这么夸奖是头一次,久木像自己被夸似的低下头。

“不过,好像比以前瘦了。脖子那里细了,那也好!”

确实,也许近来天气热的关系,凛子食欲有点儿下降。

“所谓红颜薄命,恐怕就是这个样子吧!”

“薄命?”

“告别时悄悄低一下头回去的,背影多少有飘忽感,就有点儿介意……”说到这里,衣川拿起冷酒一饮而尽,自暴自弃似的说,“啊,好好珍惜吧!”

在小餐馆吃罢喝完,又转了一家酒吧。回过神时,衣川已讲起自己的工作,久木成了一味倾听的角色。看来,男人没了工作,能交谈的话也少了。久木在这种寂寞心情中走出酒吧。分别时,衣川小声说道:

“多保重……”

和刚才的说法不同,衣川口中这三个字具有奇妙的沁入感。久木点头。衣川伸过手来,轻轻握手告别。久木这才察觉,和他握手还是第一次,觉得很有些不可思议。

这握手到底是怎么回事呢?伸手极为自然,而“多保重”这个说法也分外关切——惟独这个在心底留了下来。

回程车中,久木继续思考不止,但仍然百思莫解。就这样回到涩谷套间时,已经十一点了。

先去浴室,泡进凛子放好的洗澡水,然后换穿睡袍,歪倒在沙发上。电视正在播新闻。久木调低音量,喝了口啤酒,对着站在厨房里的凛子背影小声说:

"刚才和衣川在一起来着。"

凛子顿时回过头来,又很快若无其事地泡茶。

"他说你变得漂亮了,漂亮得不得了。"

"那个人、一开口就说那种话的。"

"求他给事做?"

"上次求过,没有下文,心想不行就不行……"

凛子拿来咖啡,并坐在同一沙发上。

"一说辞职了,衣川马上说我是蠢货。"

"那太过分了!"

"是不好听,可也理解他的意思。"如此说罢,久木看着电视果断地问,"打听了银座的店?"

想必凛子有所预料,凛子淡淡回答:

"见了你的太太。"

"可有什么事?"

"没什么事,只是早想见见……"

去见自己所爱男人的妻子是怎么一种心理呢?出于兴趣这点不是不明白,但直接去见毕竟够大胆的。久木也对凛子的丈夫有兴趣,却不具有主动去见的勇气。

"不过,只是从远处瞥了一眼。"

现在妻子在银座一家瓷器店帮忙,知道名字,长什么样或许是看得到的。

"一个相当好的人!"

给凛子这么一说,久木不知怎么应答好。

"好像明白了你喜欢的缘由了。现在也还那么苗条,工作干脆利落……"

妻子在外面工作以来多少年轻了些,但终究年过五十,和凛子相差一轮，就算年轻，也可想而知。

“和那样的人也分别了啊！”凛子自言自语地低声说，“当然，事情成这个样子，都怪我不好。不过，看你太太的时间里，心里怕了起来……”

“怕？”

“岁月的可怕啊！十年二十年一过，那期间人的心情也要变的吧？结婚之初，想必你也爱着太太，一心构筑好美满家庭来着。然而现在变了。”

何苦现在说起这个呢？久木正感到费解，凛子眼看窗帘挡住夜色的窗口说：

“早早晚晚，我也可能被你嫌弃的。”

“那怎么会？绝对不会！”

“会的。即使你不嫌弃我，我也没准嫌弃你……”

顿时，久木觉得像有一把匕首插进喉头。

的确，一如男人的心情摇摆不定，女人的心情恐怕也不是一成不变的。当下一往情深海誓山盟的爱，也不能保证不会在岁月的腐蚀下迟早崩塌。

“刚遇到太太时你也是这样的吧？”

“这……”

虽然不能同对现在的凛子的心情相比，但在神前发誓相爱则确有其事。

“我也同样。那时没想到会变成这样。”

凛子也好像想起了决心结婚时的情景。

久木哑口无言地抱起双臂。这当口儿，凛子摸着久木左手无名指戴的戒指说：

“嗳，你是迟早要嫌弃我的吧？”

“那不会的。这么喜欢你,不可能嫌弃。”

“就算你不嫌弃,我也要上年纪的。每天每日都在切切实实变老,变成老太婆。”

或许,她嘴上夸久木妻子年轻漂亮,而实际上到底在自己身上感觉出了衰老。

“跟你说,所谓永远不变,那是绝无可能的吧?”

与此同样的话在轻井泽也听她说来着——正想着,凛子扑进久木怀里:

“抱我,死死地抱我!”

由于整个身子扑了上来,久木在沙发上身子一歪。凛子额头继续顶着久木说:

“我、怕的,好怕!”

久木搂紧梦呓般喊叫的凛子。

片刻,凛子在他怀里低语:

“我们,肯定现在是最最幸福的!现在是顶点。往下,哪怕再形影不离,也只能走下坡路!”

“那不会的……”

久木尽管否认,但心中还是涌起一念:说不定现在对两人是最幸福的时候。

“能相信的,只有现在!”

凛子看了久木的妻子,得知爱是流转不居的。并且产生强烈的预感:自己和久木的爱也是当下登峰造极,迟早土崩瓦解。也许是这种不安激起了情欲,或者原本两人心中引而未发的情欲以这一刺激为契机而一举熊熊燃烧。意识到时,两人已在床上赤身裸体紧紧抱在一起。

“说!说永远相爱绝不变心……”

此刻，凛子为了消除对于未来的不安和恐惧而求助于性爱。较之上百种冠冕堂皇的道理和安慰，还是只有委身于、陶醉于全身热血沸腾、瑟瑟发抖爬坡冲顶的性快乐之中才能使得自己从挥之不去的不安中逃离出来。

再没有比躯体更诚实和忘我的了。凛子的肉体礼赞也感染了久木，刚才见衣川而一再抑制的欲望一下子被点燃起火，两人很快配合默契，双双一头扎进一发无可抑勒的淫荡行为中。

不错，起始两人紧紧搂抱着相互贪婪地接吻，但不知不觉间水到渠成地结为一体，早已变得十分敏锐的女体首先迎来高潮。

之后稍事休息，精神这个恶魔就仿佛宣告重开战局，两人当即如胶似漆缠在一起。回过神时，两人位置已上下颠倒，互相爱抚、吮吸对方那个物件。

不久，就像突然发生电流感应一样双方不约而同地返回原来位置。旋即，凛子骑在久木身上前后摇晃。前扑、后仰，再次前扑，同时以口衔下垂发梢的姿态伴随着垂死挣扎的喊叫越过顶点。

盛夏之夜，两副身躯出汗出得滑溜溜光闪闪的。较之肌肤与肌肤，感觉上更是汗珠与汗珠的对撞四溅。男人重新一跃而上，女方从下面牢牢收紧。男人再也忍受不住，叫道“上去”，女方低吟“下来”。刹那间，男人一泻而出。与此同时，凛子披头散发狂喊：

“杀了我，就这么杀了我……”

正在冲顶的久木一瞬间屏息敛气。

此前凛子也曾在冲顶当中低声说“杀了我”。在欢愉的极点但求一死。那一愿望里面，除了想在当下汹涌澎湃的快感中死去，还可能潜伏着贪欲——如果就势死去，即可永远享受这快感。

如此地步，久木也是可以想像的。尽管这样，此时凛子的求爱方式也还是过于剧烈。

那早已越过性快感和性陶醉，而达到浑身热血倒流沸腾的极致。由此产生的，与其说是语声，莫如说是身体本身的呐喊。

“喂，杀了我，快快……”

久木不知如何对待仍在喊叫的凛子，只管狠命抱紧。凛子瑟瑟颤抖着冲顶的过程正在通过肉褶传递给自己。

男女二人就这样像僵尸一样重合着置身于冲顶余韵当中，凛子很快以仿佛从阴界飘回的低沉而倦怠的语声悄然说道：

“嗳，你怎么不杀了我……”

久木无言作答，刚要抬起上身松开搂抱的胳膊，凛子用双臂扑住不放：

“别离开……”

久木顺从地保持趴在她身上的姿势不动。

凛子缓缓睁开眼睛：

“跟你说，不能这样死去。”

从下面往上看的凛子的眼睛里，或许由于过于兴奋，隐隐闪着泪花。

“要和你一起死，胸也好肚也好那里也好，全都连在一起，就那样……”

经她一说，久木察觉自己那个物件仍在凛子里面。

“我、要是这样就能死去，一点也不怕。是吧？”

追问之下，久木一边感受两人的结合一边点头。

“嗳，两人就这样死去吧！”

即使被凛子这么劝诱也没怎么发慌，莫如说想要言听计从——久木对这样的自己一时感到狼狈。而下一瞬间就被那也未尝不可这一念头征服。

莫非是冲顶后的倦怠使心情消极起来不成？难道是自己的物

件仍被凛子擒在里边的感觉缩小了思考范围？总之现在没有反抗的气力。

“能和我一起死？”

“啊……”

对不置可否的久木，凛子进一步叮问：

“真的能？”

“没问题！”

话刚一出口，久木就想起被阿部定切断阳具的吉藏来。

那时，吉藏对“勒死也可以的？”的追问或许也是这样回答的，而且同是处于现在这样的倦怠中。

“真高兴！”

凛子一下子抱住久木。由于这时身体的晃动，凛子里边的久木的阳具“吐噜”滑了出来。

“不行……”

凛子情不自禁地出声抗议，但久木没有理会，从她身上下来，仰面躺着休息。

正以这一姿势回味汹涌澎湃的性事余感，凛子又像小猫一样贴上来问：

“嗳，一起死真的可以？”

“真的。”

回答之间，久木发觉自己迄今为止的人生中，现在是最温存、最顺从的。

“我们、死也死在一起！”

凛子知道自己是引诱男人赴死的恶魔鸟，却又觉得骑在鸟翅上飞往死亡世界也并不坏。

“那么，咬这里作为约定记号！”

凛子挺起仍有余热的乳房，久木在那上面留下几乎渗血的牙印。凛子随后咬在久木胸口。

久木一边忍耐轻微的疼痛，一边对自己说再也无法从凛子身边逃脱了。

“总带着，弄掉可不行哟！”

仰卧当中，胸口牙印隐隐作痛。好像咬得相当用力，但这也只能作为爱的证据接受下来。

久木正闭目合眼，凛子悄声嘀咕：

“我们、到底现在最幸福啊！”

的确，若是现在，久木经济上有余地，年轻活力也还多少剩有一点儿，而且有为凛子这位不可再得的女性无比爱着的自信。

就算再多活下去，也很难认为会有比现在还幸福的辉煌时代。日后必然到来的任何一种死，都不可能比得上同凛子一起死去这般华美壮烈。

“我年轻时就梦想在人生最幸福的时候死去。”

听着凛子唱歌般的语声，久木想起将有岛武郎诱往死路的波多野秋子。和那两人情况固然有别，但在人生最佳时刻被女性拉着赴死这点上，凛子与自己的关系或许与之相似。

“我们一起死了会怎么样呢？”

“怎么样？”

“周围人会怎么说，大家会怎么震惊呢……”

一瞬间，久木想起妻子和女儿。

“单单一想，都怦怦心跳。”

看样子，较之自杀愿望，凛子眼下似乎更从自杀这一行为本身发现了快乐。

“跟你说，两人要紧紧抱在一起，绝不分离！”

“可那怎么才能做到呢……”

“往下两人一起想办法嘛！”凛子这说法，好像两人要去秘密地方找宝，“大家肯定大吃一惊。”

听凛子欢呼雀跃般的语声的时间里，久木心中也萌发出想像令周围人大为震惊的场景那隐秘的快感。

“还没有人知道我们的死！”

久木一边点头，一边觉得同凛子沉浸在床前床后飘浮的死亡快乐中的自己是那般令人怜爱、那般匪夷所思。

至福

しふく

街头比季节抢先一步迎来了秋天。

久木此刻所在的银座街头，女性服饰专卖店的陈列窗内，带有秋日气息的红葡萄酒色和黄褐色基调的服装多了起来。街上行人身上也多了与之相配颜色的衣着。

虽然比街头气息迟了一步，但季节也还是稳扎稳打地向秋季倾斜。阳光再亮丽也好像没了气力。五点刚过的现在，西边已经上来了暮色。

在这样的秋日傍晚，久木走进一家咖啡馆，要了一杯热咖啡。

咖啡馆在二楼，透过玻璃窗，可以俯视渐渐沉入暮色的银座街头。正是五点前后，结束一天工作的工薪族那颜色沉稳的西装群里，点缀着年轻 OL[①]的彩色身影。

正在观望傍晚银座街景，女侍应生忽然从身后闪出，久木慌忙回头。

“让您久等了！”

身穿白色与粉红色制服的女侍应生不过是轻点一下头放下咖啡罢了，而久木不知为何，就好像做了什么坏事似的低眉垂首，对方离开后才舒了口气。

久木坐的是靠窗两人座长椅的一端，前面只有一桌四人和一对客人，很空。

五点刚过，在此等人的客人也很少。久木之所以从女侍应生的动作到周围的客人都很介意，是因为衣袋里藏着重要东西。

今天下午，为了找这东西，久木去了饭田桥一家研究所。

久木想起去那里，是在和凛子相约一起死之后。

怎样才能互相抱着一起死呢？

半个月来，久木和凛子一直在想这个。

看了种种侦探小说，又看了医学书刊，结果发现要想两人一起死，只有这一个办法。

就在两天前才得出这个结论。

决定和凛子走上死亡之旅，久木觉得自己穿过了一堵巨大的屏障。

不言而喻，死是可怕的，但那也可能是一种旅行。大凡在这世上活着的，总有一天要奔赴这样的旅行。既然这样，那么就想和最爱之人以最美的形象出发。

现在，凛子说两人紧紧抱着死去并不可怕。而且是在性爱中冲上快乐顶点那一瞬间一死了之。不错，两人都不曾体验过死。但在全身充盈奔放的巅峰肌肤相亲着停止呼吸，很可能没有多么可怕。

同凛子相约赴死之后，死亡的不安从久木头脑中迅速消失，而对生的渴望则徐徐升温膨胀开来。

华美壮烈而心满意足的死——那是仅仅赋予为相爱而死的两人的无上幸福。

祈求并能够实现如此幸福的两人，这世上为数少而又少。几十万人中才有一对，不，甚至比几百万人中一对还要稀少。惟其如此，两人就更是从屈指可数的男女组合中被特别选中的“爱的精英”。

迄今为止，说起成年人的殉情，被认为是男人为了女方而动了他人的钱或是苦恼于世所不容的恋情而最后失去归宿的结果。

但是，如今不同于近松[②]和西鹤[③]生活的江户时期。贫富差别悬殊、受困于贫穷和债款或因身份差别、情义束缚而进退两难选择死亡的时代早已成为遥远的过去。

久木现在才好像明白了阿部定怀抱心爱男人那个物件被警察逮捕时面带微笑的心情。决定同有岛武郎殉情后秋子在死前一天还到报社上班、一如往常做好工作并给周围人留下平和笑脸离去的心情也肯定与此相同。

人们仅看其绝命地点而以为两人发狂啦凄惨啦，但那是只看表面的结果。而当事人则置身于遥远彼岸的至福之境。

无论留在后面的人说什么，其本人都已皈依爱这一宗教，在幸福的顶点奔赴死这一安息世界。

如此思索和自言自语之间，对于死亡的恐惧逐渐淡薄，或者莫如说但求一死。尽管这样，真要付诸实施，尚有若干困难。

至少，肉体方面健康的两人主动抛弃身上本来具有的求生积极意志而自行了结生命。触犯常识这一伦理还没有什么，但悖于生命伦理则非易事。

尤其是，凛子和久木寻求的死是相当一意孤行的奢侈的死。

倘若仅仅两人一起死去，过去也有几例。例如像有岛武郎和秋子那样并列自缢就是个方法。此外纵身跳崖或一起在充满煤气的房间里睡去也未尝不可。

如果把一起这两个字的含义理解为死在同时，那么并不是很难。问题是凛子寻求的是两人紧紧拥抱着不相分离这一死亡方式。

理所当然，追求殉情的男女，大约都希求紧紧连在一起而不分离。但是，尸体被发现时，几乎全都分离开来。即使用腰带相互系着且手拉手从高处跳下，发现时腰带也已变得七零八落。就算在充满煤气的房间睡了过去，最后也还是两相分离。倘若点火，不仅殃及左邻右舍，而且自己也可能烧黑烧焦。

虽说是活着的人自己寻死，但希求死后形态如此这般，那也肯定是一种僭越、一种奢侈。

而凛子现在寻求的死，更加奢侈和任性。

她想在紧紧搂抱的状态下甚至私处都密不可分地死去。

死于这种形态果真是可能的吗？

如果可能，久木也想那样，更想满足凛子的心愿。但现实当中存在那样的方法吗？

冥思苦索到最后，久木今天决定到老朋友那里看看。

话虽这么说，再没有比思考死法更荒诞、更莫名其妙的了。

迄今为止，关于人生，久木也自以为自己是有所思考的。但无一不是出于如何生的积极意念。

现在则来了个一百八十度转弯，消极考虑如何死。而且不是作为老来有病那种日益临近的死亡对策，而是作为亲手中断生命流程的方法。

写人生活法的书诚然数不胜数，而写自杀的意义和方法的书等于空白。

在那种状态下敢于成就死亡，换个看法，有可能需要比积极活下去多出不知几倍的能量和精神集中力。

久木再次痛感死之艰难。与此同时，也多少理解了自杀者选择自缢或跳崖等在别人眼里很难说多么好看的自杀形式的心情。

或许，归根结底，寻死之人即使到了最后关头也不知具体如何死好，只好优先考虑万无一失而又不痛苦的死法。

正因死之前不曾就死法考虑得多么深入，所以一旦到最后阶段，脑海中浮现出来的，就只有跳崖或从公寓天台、阳台等跳下去的方法。

相比之下，自缢倒是相当精致的手段，但冷静赴死的意志和准备是必不可少的。此外，煤气自杀也需要相应的筹划。至于毒药之类，就更加不易入手，何况效果也不明了。

对于同凛子一起死这件事，久木已无任何异议。但方法仍迟迟定不下来。

九月中下旬，一个姓川端的老朋友漫不经心嘀咕的一句话倏然浮上一味持续考虑死法的久木的心头：

“我这里，有好多氰化钾……”

川端是久木高中时代的同学，大学上的是理学院，如今在饭田桥一家环境分析中心的研究室工作。

回想起来，见到他是在去年秋天的同学会上。自那以来差不多过去了一年。他是高中时代最要好的朋友，现在也以“你这家伙”“俺”相称。

久木想起后打电话过去，对方说下午在研究室，比较得闲。

久木当即讲好前往。没事前往有欠自然，遂说一部小说里有处理毒物的场面，不知从专业角度看是否妥当，想就此请教。

川端的专业似乎是分析化学，现在是主任研究员。久木到了，被领去中心三楼他单独用的房间。

“好久没见了……”

仍一身白大褂的川端轻松地招呼久木。聊了一会儿共同的朋友之后，久木说明来意。

久木问的内容是：用氰化钾毒杀的时候，是放进红茶里让对方喝的。这样，受害人会不会感觉出异常呢？如果感觉得出，那么掺什么合适？

川端以为久木仍在出版社工作，于是毫不怀疑地给予回答。

首先，放入毒物后，会释放出又苦又酸的气味。这样，红茶容易被察觉，所以恐怕最好放在浓咖啡或甜果汁里。

这时久木说想看看氰化钾。川端轻快地点了一下头，从房间一角的药品架上拿来大约十厘米高的小瓶。

也许为遮蔽阳光，瓶是褐色的，外面的标签写着“试剂”。除了Potassium Cyannide，还标明“特级・氰化钾”。

“倒出一点看看？”

川端把纸铺在桌子上，又放上包药纸，戴上橡胶手套，取下瓶盖。然后把小瓶稍一倾斜，两个小豆粒大的和更小的颗粒连同白色粉末倒了出来。

“这够几个人用呢……”

“纯度高，一小匙就足够了。四五个人怕是毒得死的。”

久木重新瞪大眼睛看眼前的白色粉末。

看上去非常普通，说是白砂糖或盐末都看不出异样。然而只消用指尖蘸着舔一点点就会要命。

这美丽的白色粉末的什么地方潜伏着那样的魔力呢？久木正战战兢兢地看着，电话铃响了，川端欠身立起。

房间用屏风隔开。进门就是待客沙发，久木就在这里。川端则在里面有桌子和书架的地方说话。

刹那间，久木脑海冒出偷拿白色粉末的念头。

两三小匙的分量即可，包在纸巾里带走足矣。

机不可失！然而害怕，不敢下手。

犹豫之间，打完电话的川端折了回来：

“要去旁边研究室一下，等等！”

大概有什么急事，川端走出房间。等脚步声消失了，久木打定主意，像川端做的那样戴上橡胶手套。看好房间谁也没在之后，把一部分白色粉末移去旁边的包药纸上折起，又包了好几层纸巾，赶紧揣进内侧衣袋。

正若无其事地吸烟，川端回来了。

“抱歉，久等了！”说罢，川端问，“可以了吧？”随后把白色粉末放回瓶内。

看样子未被发觉。

久木故作镇静地问：

“这东西，多少都能买到？”

“一般人不成。但对我们是工作需要的试剂，一要就会送来。”

标签上标明“二十五克”，制造厂名称也在上面。

“会不会不小心喝了？”

“那不至于。不过过去做研究当中，好像有人没注意到有沾在手上的，一舔死掉了。”

“那么容易就死了？”

“在毒物里边这是最厉害的。损害呼吸中枢，几乎立刻致死或一两分钟就不行了。”

听川端介绍当中，久木再也坐不住了，站起身来。

坐在咖啡馆角落里的久木，手轻轻按了按贴身胸袋。

这件西装的贴身衣袋里揣有刚刚从川端那里偷来的纸包。一伸手，就碰到了那个小纸包。按川端的说法，一小匙就能轻易毒死四五个人。那么这个分量可以毒杀十人。

自己携带如此毒物，久木心里害怕，就想姑且休息一会儿，于是跑到这家咖啡馆。可话又说回来，何苦跑来银座这样人多热闹的地方呢？自己也觉得不可思议。或许是想进入在辉煌的灯光下说说笑笑的人群中求取心安吧。

为了让自己镇静下来，久木喝了口咖啡，却又马上想起刚刚去过的研究室。

把纸包揣进衣袋后，自己匆匆走了出来。川端不会感到蹊跷吗？他把剩下的收回瓶里时什么也没说，很难认为他有所察觉。不过，自己告别往回走的方式可能多少有些不自然。

但毕竟闯了那么大的祸，哪里还有心思和他继续东拉西扯。

老实说，久木现在都对自己如此轻易地把那么危险的东西弄到手感到吃惊。

这当然得益于川端对要好朋友的毫无戒心。只要自己有勇气，再多拿些也应该是可以的。

一来没有人会特意拿这种剧毒物品，二来弄不好自己都难免受害。再说也不可能有多少存心自我寻死的人。所以川端放松警惕也是情有可原。

问题是，假如凛子和自己因此死了，那么川端会不会被问罪呢？

不会。一来他不知道毒物被人拿走，二来自己也无意说出去，所以不至于给他添麻烦。就算死因迟早明了，也可能以毒物来源不明为由而使得获取途径永远沉入黑暗。

想着想着，久木再次不安起来，拿起单据起身。

离开咖啡馆已经六点，街头被各种霓虹灯装点得五彩缤纷，愈发显得美轮美奂。

久木一度走往地铁站，中途转念拦了出租车。

衣袋揣着这么危险的东西坐地铁，一旦和别人冲撞弄坏了纸包可不得了。况且已经决心一死之人，根本用不着节约车费。

转念上了出租车后，路上顺便走进一家超市，买了手套和带盖小容器，然后返回涩谷套间。

“宝贝东西到手了！”

久木郑重其事地说了一句，随后讲了自己去研究所的经过，打开茶几上的纸包。

几天前开始写经的凛子停下手细看白色粉末。

“把这东西掺到果汁里喝了就行。”

凛子没有应声，只是一味注视。少顷以约略沙哑的声音嘀咕道：

“这粉末真能让人死掉？”

“咽下一两分钟就可能彻底断气。”

久木戴上手套，拿起药包，将粉末移进不大的圆形容器。

听川端说，放在光亮和空气中会使纯度降低，所以直接放在暗处保管为好。不要了的包药纸和包装纸也归拢到另一个袋子里，过后烧掉或埋在土里可能更好。

“只要有了这个，就已别无他求。”

“不难受吗？”

“也许稍微难受,但紧紧抱住就不要紧的。”

凛子仍看着容器里的粉末。忽然想起似的说道:

“这个放进葡萄酒里不可以的?”

“什么葡萄酒?”

“当然是红色的、最高档的葡萄酒。”

“我想不碍事。”

“和你一起相互搂着喝!你先把血红的葡萄酒含在嘴里,再转到我嘴里……”

看来,喜欢葡萄酒的凛子打算把血红的葡萄酒作为在这世上最后喝的东西,以此终结人生。

“就这么来!”

既然这是凛子赴死之际的愿望,久木就想全都予以满足。

赴死之旅的方法确定之后,久木的心更加安适、平静下来。

尽管是自己的身体,却又觉得好像成了透明体——整个身心里里外外被彻底净化,除了期待死,别无任何现世欲望。

接下去两人要决定的,就是死的场所——自然而然地一致定为轻井泽。

自不待言,两人激情燃烧并共同发誓不回家的镰仓的酒店也好,幽会过几次的横滨的宾馆也好,雪中万籁俱寂的中禅寺湖畔的酒店也好,或者樱花不断飘落时去的有能剧舞台的修善寺旅馆也好,每一处对两人都是具有深刻记忆和难以忘怀的地方。

但是,死在一般人投宿的酒店,不仅对酒店的人,而且对周围人也是个麻烦。

而若想在不给任何人添麻烦的情况下以自己期望的形态悄然死亡,那么只有轻井泽别墅。

理所当然,两人死在那里,无论凛子的母亲还是哥哥可能都再无心思使用别墅。但那终归是近亲做的事。固然对不住凛子的母亲和哥哥,但这点只好作为最后的任性请求原谅了。

死亡场所定在轻井泽之后,久木脑海再次历历浮现出有岛武郎和秋子两人来。

那两人死的时候是初夏梅雨时节。而自己和凛子往下去的是初秋的轻井泽。话虽这么说,但高原秋来早,说不定秋色已深。

梅雨时节死去的两人尸体因暑热和潮气而很快腐烂,但秋天似可避免那样的悲剧。

“往下只能越来越凉快。”

“即使晴天也凉飕飕的了。到了十月,除了住在轻井泽的人,谁都不会来了。”

久木想像日益色彩斑斓的树林深处那座寂无声息的别墅。

“落叶松林也变黄了。沿那条路走去,感觉就像进入前所未见的遥远世界。”

继续前行,那条路一定通向更加静寂的世界——久木和凛子对此深信不疑。

一切缓慢而又确切地向死亡流移。身心都已向死亡倾斜到这个地步,早已对生不怀有任何执著。

不过,这并不意味着两人的生活一味克制和变得消极内敛。相反,性方面莫如说更加波涌浪翻,更加浓墨重彩。

此后数日,两人仍留在世上清理各自的身边事,准备毫不留恋地走上死亡之旅。

这么一想,久木越想渴求凛子,凛子越想渴求久木。

例如,早上久木醒来发觉身边有凛子,就自然贴身上去。从乳房到全身反复爱抚,水到渠成地结为一体,陪伴凛子几次冲顶之后一起堕入梦乡；时近中午再次醒来，当即重新嬉戏；晚上急不可耐地等待入夜，又一次搂在一起。

正可谓日以继夜做爱不止。陌生人见了，肯定以为荒淫无耻，以为是色情狂。

然而，一旦抛弃积极创造什么来获取财富过好日子那种现世俗欲，那么在这世上应该做的事就几乎没有了。

说起往下剩留的东西，不外乎食欲和性欲。而前者因为大多困守家中，产生不了多少；最后剩下的，就只有同一对男女正相适合的性欲了。

这么说来，难免认为两人是精力充沛的性爱狂。其实较之挑战性的极限，不妨说是对性的专心致志和沉溺其中，以此打消死期临近的不安，同时稀释生命的活力。

特别是，没有宗教信仰的人要想以自然状态迎接死亡，那么只能设法自行消除体内潜伏的生命余力，使之接近死亡状态。作为生存于世的生命体，如果将体内本来具有的所有精力消耗燃烧一尽，那么求生意欲自然淡薄，不久即从忘我境地赶往死亡世界。

久木和凛子日夜周而复始对于性的不倦追求，未尝不可以说是旨在迎来安静有序之死的身心疗愈作业。

清理身边过程中，有一件事仍挂在久木心头。

想见一见妻子和女儿……

那已经超越了单纯的留恋和执著，而是对于迄今为止和自己共同拥有人生最长时间、朝夕相处的伴侣的礼节，亦是爱心。

妻子也好女儿也好，肯定都已厌弃了离家数月不归的丈夫或父亲。但现在见上一次，或许是作为我行我素之人能够表达的最后诚意。

考虑的结果，久木在去轻井泽前一天去了妻子那里。

因为事先打了电话，求妻子把女儿也叫来，所以知佳也来了。和两人相见的地方不是在起居室而是在客厅，这也让久木感到一种生分。

久木心里像到了别人家似的忐忑不安，问道："一切还好？"但妻子没回答，反问他："那件事，已经委托相识的律师了，这样可以的吧？"

久木当即知晓说的是离婚的事。但久木对此早已毫无兴致。就算往下调停财产分割等条件定下来了，自己也已不在人世。只要身后之物全都给妻子和女儿就满足了。

久木点头，喝一口女儿递来的茶，就再也没什么好说的了。

女儿说"好像有点瘦了"，久木只应了一声"你倒还有精神"。交谈又一次中断时，妻子拎了两个大纸袋出来：

"已经秋天了……"

一看，袋里装着叠好的久木的秋令西装和毛衣。

"原来已经准备好了……"

本以为一味憎恨自己的妻子意外给自己归拢好了秋天穿的衣服，这让久木一时感到困惑。

对于这就要返回别的女人身边的男人做到这个程度，不知是由于仍有恋恋不舍之情，还是出于多年来身为妻子的女人单纯的习惯。

"谢谢！"

对于很可能是最后一次的妻子的体贴，久木老老实实地低下头去。

不过，气氛也真是不可思议。

尽管离婚尚未达成，但丈夫已经离家和别的女人同居。妻子尽管怨恨丈夫冷冷相待，但又准备好了丈夫秋天穿的衣服。女儿尽管对一意孤行的父亲怀有怒气，但居中撮合似的忙上忙下。然而，无论妻子还是女儿都未觉察这位父亲已下定了数日后寻死的决心。

虽说三人各自觉得有些尴尬，但都没有破坏现在的气氛，都盼望再保持一会儿。

就这样又喝完一杯茶的时候，久木指一下楼上说“我去一下”，上到二楼自己的书房。

书房和今年初夏离家时一模一样。窗帘就那么拉着，笔筒的位置和不再用的公文盒的位置也都一动未动。桌面上薄薄积了灰尘。

久木觉得亲切，在这里吸了一支烟。然后下楼告辞。

妻子似乎有点儿吃惊，但没有挽留的意思。女儿担忧地交错看着两人。

“那、这个我拿走了。”

说罢，久木拎起装有秋令衣服的纸袋，站在门厅，回头看妻子和女儿。

“那么……”

本来打算接着说“添了那么多麻烦，对不起”，而要出口时，却又陡然觉得话语生分起来，只是目视两人轻声说道：

“保重吧……”

以为是随口之言，结果自己一阵难受，低头开门时，身后响起女儿知佳的喊声：

“别走……”

应声回头，妻子背过脸去，知佳以即将哭出来的神情瞪视父亲。

看清楚那两副脸庞之后，久木再次在心中嘀咕一声再见，走到门外。

直接从门廊走到路面时，再次回头看，但妻子和女儿都没有追来的动静，门口如无人住的房子一样无声无息。

去世田谷家的第二天，久木和凛子一起离开东京。

这是两人的赴死之旅。想到现世所有一切都是看最后一次，就连短暂居住的涩谷小套间和车来人往的嘈杂的东京街头也让人留恋。但毕竟不能总是沉浸在感伤之中。

“好了，走吧！”

听得凛子爽朗的语声，久木离开房间。

季节已是秋季。凛子身穿驼绒西装戴同色帽子，久木身穿从妻子手中接过的浅褐色夹克和褐色长裤，提一个宽底旅行包。

在旁人看来，感觉或许是略有年龄差的相亲相爱的两人出去住一两个晚上。

车由久木驾驶，穿过城中心，进入关越高速。

这样，东京也是最后的告别了！久木一时感慨万千，接过高速入口票，递给凛子。凛子嘀咕道：“单程票啊！”确实，赴死之旅单程足矣。

“开往 Paradise④的吧？”凛子特意调侃，但眼睛直视前方。

久木手握方般盘，口中念道：

“Paradise。”

凛子似乎已经坚信来世就是两人永远相爱的乐园。

曾经在天上的两人因偷食禁果而被逐出乐园。亚当和夏娃现在正要重返乐园。就算是受了蛇的诱惑，一度背叛神而偷食禁果的两人也真能重返乐园吗？久木对此是没有自信的。不过即使重返不了也没有怨气。因为两人之所以身在到处是污泥浊水的现世，即是由于偷食性这个禁果之故。因此，假如是从天上堕落到人世的，那么就想在尽情寻欢作乐后一死了之。

两人已经痛快淋漓地感受了人的最大愿望。

总之，现在凛子但愿在爱的绝顶死去，做着死后玫瑰色的梦。而久木则不知晓死后是不是玫瑰色。

问题是，纵然往下长命百岁，也很难认为有比这更好的人生。

现在，就要在被凛子如此深深爱着的状态中死于欢愉的顶点。而只要这一点是确确实实的，就再也没有任何不安，就能同凛子踏上爱的单程票之旅。

来到秋天的轻井泽，久木无端地想起堀辰雄[5]《起风了》的序曲：

就在那样一天的午后……倏然，不知从哪里刮来一阵风。

在这依稀记得的文章之前，出现保罗·瓦莱里[6]这样一句诗：

起风了，让我们迎风而生！

虽说起风了未必代表秋天，但这句话的感觉非秋日风情莫属。

可是，"让我们迎风而生"，意思即是"好了，让我们活下去吧"，而这对正身在赴死旅途的两人未必相符。不过，同这意思相反，较之生机，这咏叹语词之中蕴含的更是静谧的达观或凝视生死的成熟的秋天气息。

两人到达的轻井泽，正是这样的秋天。寂无声息的树木之间，秋风忽然想起似的一掠而过。

到的时候是午后，太阳还高。于是直接从中轻井泽经千瀑开到鬼押出，尽情领略高原秋色。

天气同七月梅雨时节来的时候完全不同，正可谓快晴。寥廓的天空下，就连喷烟的浅间山也显得很小。山半腰有一部分已经开始染色，山麓铺展的芒草也已抽穗，在秋阳下熠熠生辉。

久木也好凛子也好都很少说话。不过这并非因为不高兴，而是想把中秋所有自然美景都深深收进眼帘。

未几，太阳开始西斜，浅间山的棱线随之变得更加鲜明，其前方的天空亦开始变化。两人正看得出神，暮色开始从山脚爬上来。一瞬间，惟独云的白色格外显眼——入夜了。

莫名其妙的是，心中充满生机时每每为萧瑟的秋日风情所吸引，而在求死的现在，莫如说想从这样的风景逃离出来，两人像被追赶似的跑下山去。

大约一个小时后开到别墅时已是夜间，管理人预先点亮的门厅灯给人以夜色已深之感。

"我回来了……"

凛子招呼道。久木亦随之小声说着走进门内。

两人讲好今天在此度过轻井泽最后一夜。明天夜里两人喝血红的葡萄酒终了此世人生。

这天夜晚，两人在附近酒店的餐厅用餐。明天一天哪里都不打算去，所以这对两人是在外面吃的最后一次晚餐。

七月初也是在这里用餐的。为祝贺久木生日，那时用香槟干杯来着。做梦也没想到，那以来仅仅过了三个月就在同一地方吃最后的晚餐。回想之下，那时说不定就已有了先兆。

例如，当时久木虽然还不知道将被派去分社，但已萌发了想从社里辞职的念头，深深陷入再活下去也是徒劳的虚无情绪之中。与此同时，凛子也由于爱的易变性和对于日后年老的隐约不安而开始梦想在爱的汹涌漩涡中死去。

水口的死、继之而来的怪信，以及降格使用，都使得久木走投无路，直接导致他辞职了事。不过，那以前同凛子过于深入的爱，以及觉得自己已在一定程度上尽了人生职责的想法，也无疑加速了他迈向死亡的心情。

换句话说，春夏之间被充分校准的子弹在秋高气爽的某日射向天空——两人随着一声枪响而永远从这人世上消失。

久木本身正在为这过分的困惑不解，侍应生走来斟葡萄酒。

红色的玛歌堡在又圆又大的葡萄酒杯里一边涌动血一样的朱红色，一边散发着醇香。

“嗳，到底是这个好吧？”

这是凛子决定的。她说最后喝的葡萄酒一定要血红色的、贵得不得了的。

确实，往嘴里一含，但觉一股醇厚圆润、几百年培育而成的欧洲的丰饶和传统及其蕴藏的逸乐魔性沁人心脾。

“这酒，为了明天再来一瓶？”

同此刻开怀畅饮一样，明天只要把杯子稍微一斜，两人即可双双携手动身去玫瑰色的死亡世界。

这天夜里，久木和凛子大睡特睡。

为准备离开东京诚然累得一塌糊涂，但更主要的原因是，反正活到现在这一生当中累积的所有身心疲劳，现在铅一样压上身来，将两人一举逼入深睡之中。

天终究亮了。窗边泻下的钝钝的晨光使得久木睁开眼睛。确认凛子在自己身边后，久木又沉入睡眠。同样，凛子也忽然想起似的时而睁开眼睛，想必得知久木就在自己身旁而放下心来，再次贴近睡了过去。

两人就这样睡个不止。切切实实睁眼醒来时，中午都略略过了。

凛子一如往日淋浴、化淡妆。然后穿上开司米毛衣和栗色长裙，开始拾掇房间。久木走到阳台吸烟。

红叶还不到时候，但一部分树叶已开始着色。几天来飘落的枯叶已经腐烂，在发黑的泥土上重重叠叠。

久木正仰望树梢上方的天空，凛子凑过来问：

“看什么呢？”

“喏，看天……”

久木手指天空。于是两人一起仰望树木前方闪出的较之蓝更近乎青的秋日天空。凛子随即低声道：

“我们得写遗书了……”

这也是久木边看天边思考的事。

“你的心愿？”

“我的心愿只有一个：希望死后两人葬在一起。”

“就这一个？”

“就这一个！”

能否实现另当别论，两人临死最后的心愿仅此一点。

午后很快到了，久木和凛子一起写遗书。

凛子最先用毛笔写道：“请原谅我们最后的任性，请把两人葬在一起！只此一个心愿。”之后写下名字，久木在前，凛子在后。

接下去，久木分别给妻子和女儿写了遗书。凛子也好像给母亲写了。

对妻子和女儿，同样只是为自己的任性表示歉意。但最后补写一句最后离家时未能说出的话："谢谢长期照料，由衷感谢！"

写的过程中，离家时女儿"别走"的叫声在耳畔重新响起。

那是什么意思呢？是仅仅别从家里出走呢，还是察觉出父亲即将赴死而喊"别走"呢？不管怎样，到了明后天，妻子也好女儿也好都会觉察久木的所思所想。

写完遗书，顿时觉得这世上所有的事统统结束了，两人一起在冥想中打发时间。

凛子靠着只有一把的安乐椅，久木轻轻歪倒在旁边的沙发上闭起眼睛。就这样什么也不想地委身于岑寂的时间里，秋阳开始西斜。注意到时，已是薄暮时分。

凛子悄然起身开灯，在厨房里准备最后一顿饭。

食材好像已经备好了。香蕈培根沙拉，一小锅鸭肉水芹加热后摆上餐桌。

"什么也没有……"

凛子把沙拉为久木夹在小盘子里。这世上最后一餐是凛子亲手做的，这让久木感到喜出望外的幸福。

"噢，开葡萄酒吧！"

久木拔出昨晚在酒店分得的玛歌堡瓶塞，慢慢倒进两个杯。

拿起相互碰杯。久木随即低语：

"为了我们的……"

久木一时语塞。凛子接道：

"美好的旅行……"

相互饮酒对视。凛子深有感触地低声说道：

"活着真好……"

马上就要踏上死亡旅途，却又说活着真好，这是怎么回事呢？

久木正为之费解，凛子仍手拿酒杯说道：

“因为活着，才遇见了你，得以知道那么多美好的事情，有那么多宝贵的回忆……”

这在久木也一样。久木满怀谢意点头。

凛子继而两眼闪闪生辉：

“因为喜欢上了你、恋上爱上了你，我才变得十分美丽动人，才明白了每一天活着的意义。当然，苦恼事也有很多，但高兴事要多出几十倍。因为爱得要死要活，浑身上下才变得敏感起来，才无论看什么都能感动，才明白什么都有生命……”

“可是我们要死……”

“是的，全身装满这么多，多得装不进去的美好回忆，已经可以了，再没有任何遗憾的了。是吧？”

正如凛子所说，久木也尽情尽兴地恋了爱了，现在没有任何遗憾。

“活着真好！”

久木也情不自禁地低语一句和凛子同样的话。随后意识到这一年半是绝对充实地活过来的，所以死也并不可怕。

“谢谢！”

凛子再次举杯，久木也碰杯回应。

“谢谢！”

两人相互点头，慢慢对饮。

今晚只要重复与此相同的动作，即可踏上无比幸福的死亡旅途。两人一边确认这点，一边继续倾杯。

吃罢最后一餐，已是晚上六点。

外面已经黑尽，阳台前面的一盏灯照出夜幕下的庭院。进入十月后几乎没有人来别墅，似乎惟独这座房子传出人的动静。

然而，在这座房子里正不慌不忙地做着赴死的准备。

首先，久木把晚饭剩的玛歌堡葡萄酒往新葡萄酒杯倒入四分之一左右，再把藏在白色容器里的氰化钾粉末撒进杯中。

虽然分量只有两小匙，但因为一匙就能彻底夺走四五人的性命，所以这个分量已绰绰有余。

久木正在注视含毒的葡萄酒，凛子悄悄走来身边坐下。

“喝下这个就完了？”

凛子轻轻伸手拿起葡萄酒杯的柄，尝试似的凑上脸去。

“好味道！”

“气味已经给葡萄酒味冲淡了，但一喝可能还会有一点酸味。”

“这话谁说的？”

倒是问了川端。不过，尝过一喝即死的毒物的人如果有的话，那的确够奇怪的。

“误喝极少量而得救的人可能是有的。”

“我们不至于吧？”

“定死无疑。”久木斩钉截铁地说罢，往电话那边看着，“让笠原君明天中午过来这里可好？”

久木就死亡时间做了相应估算。

尸体被发现时，要像凛子希求的那样两人紧紧抱在一起不分不离。以这种形态死去，死后变硬不久表现得最为强烈，必须在死后十几个至二十个小时之间发现才行。

“如果说想要火炉烧柴，他肯定会来的！”

固然对不起管理人，而他来时，应是两人紧紧搂着变僵的时候。

“该走了吧！”

久木这随口之言，乃是赴死之旅的暗号。

凛子应声点头，手拉手爬上二楼。

二楼卧室，白天朝庭院的窗口是开着的，但现在已经关合，空调微微送来暖气。

久木打开枕边台灯，在床头柜上放了一杯斟有葡萄酒的玻璃杯，然后同凛子在床边并肩坐下。

到深夜还有些时间，但四周一片寂静。侧耳倾听，惟有虫声唧唧。

静寂中仍有活物这点，让久木感到释然。继续侧耳倾听，凛子悄声耳语：

“不后悔吗？”

声音像柔板一样轻盈。久木缓缓点头：

“不后悔！”

“你这一生……”

“这个那个有过很多事情，但最后能遇上你这位女性，真是万幸！”

“我也什么遗憾都没有。能遇上你，非常幸福！”

刹那间，对凛子的爱从久木全身像奔流一样鼓涌而出，情不自禁地搂住凛子接吻。嘴唇、鼻子、眼睛、耳朵，凛子大凡一切都那般可爱，接吻的雨从天而降。吻着吻着，久木无论如何都想一睹为快。

“全都脱掉好吗？”

临死之际，他想再好好看看凛子的身体，真真切切烙在眼睛里。

“整个脱光……”

久木像少年一样央求，凛子以母亲那样的眼神点头，轻轻背过身去。脱去毛衣，拉掉长裙，甩掉乳罩三角裤，回过头问：

“这回可以了？”

一丝不挂的凛子站在久木面前。

凛子仍有些害羞，双手护着胸前。但面对死亡的裸体是那样青白，如白瓷一般温润而光艳。

久木像被眼前全裸的女体吸过去似的站在凛子跟前，抓起护胸的双手慢慢放下去。

“太美了……”

在如此光朗的地方仔仔细细注视凛子裸体，这是第一次。

从头顶到趾尖，从趾尖到头顶，几次俯仰之间，久木觉得眼前的女性恍惚成了须弥座上的阿弥陀或者菩萨。

久木这才发觉自己一路追逐到现在的，竟是名之为美艳女体的佛像，竟是宗教。

一如虔诚的信徒用手抚摸佛像所有部位从中感受至福，久木此刻伸出两手抚摸着，从女体纤细的脖颈摸到舒缓的肩头，从丰盈挺实的胸部摸到乳峰。继而顺着苗条的腰肢、形状娇好的突起的臀部摸到丰腴的大腿根。当到达大腿根中间栖息的黑黑小小的毛丛时，久木瘫痪似的跪倒在地，近乎祈祷地恳求：

“让我看这里！”

凛子一时显出困惑神色，而后缓缓仰面躺在床上，微微分开双腿。

如愿以偿的男人愈发两眼放光，高高弯起女方的大腿和膝部，最大限度地分开，把自己的脸慢慢挨了上去。

分开到这个程度，黑毛丛反而稀疏了，淡淡的卷毛之间，只有花蕾若隐若现。久木抑制着恨不得把嘴唇贴上去的冲动，双手放在其下端约略泛黑的厚唇，慢慢左右掰开。从外观无从想像的鲑鱼肉色的花蕊，溢出浓厚的爱液，闪闪发光。

这看上去既优美又淫猥的裂缝，是男人生命诞生之地，又是其绝命之所。毫无疑问，只要从这闪着粉红色光泽的柔软的前庭往里踏进一步，前面即是深不见底的地狱，男人就要被肉壁重重围拢纠缠，再也无法生还。

此刻，久木所以率先一步迈向死亡世界，即是为了赎回曾踏进这丰饶肥沃的花园无限寻欢作乐这以淫荡之名犯下的奢华的重罪。

久木在作为对这个人世的最后留恋心满意足地看完女方的隐秘处之后，仿佛忍无可忍地尾随凛子全部脱光，将自己的嘴唇一下子吻在花蕊上面，如获至宝地来回搅动舌头爱抚不止。就好像为久木真情所感染，凛子也抓住他的那个物件，不胜惋惜地摩挲好几次之后，深深地含进嘴里再不放开。

是这热辣辣的爱物改变了自己的一生，最后致使自己绝命——凛子此刻或许也从中感觉出了类似宿命的东西。

两人往下继续忘我地沉醉其中，双双对女阴、对男根怀有无限依恋和不舍之情。良久，两人归位相对。

这是即将一起赴死之前最后的盛宴。女方仰卧，腰下轻轻塞入枕头使胯间向上隆起，男人从上面像遮盖心爱女体那样趴了上去，相互以此位置紧紧拥抱，以期地老天荒永不分离。

时至现在，早已无所畏惧。往下要做的只是向极乐世界一路迅跑。

久木的意志自行传递给了凛子。早已沸腾的花蕊波涛翻卷，凝缩收敛。最后浑身颤抖，低吟“不行了”，叫喊“要死了……”。

刹那间，久木的阳具被女体的肉褶吸附着缠裹着，最后的精液连同火球迸射四溅。

“妙……”

伴随着凛子仿佛从身体底层渗出的欢叫声，久木的精液被吮吸一尽，耗空所有元气，化为灰烬。

两人深有同感和由衷认可。于是久木的右手朝床头柜边缘缓缓伸去。

在这天旋地转般的快乐余韵中将毒物注入凛子全身致其死去，同时自己也在刚射精后的热浪中吞下毒物。

这正是两人梦寐以求的幸福之旅。

久木毫不迟疑地伸出五指紧紧握住玻璃杯，一下子拿到两人嘴边，看准杯里鲜红的液体卷起一团火焰，而后一气含在口中。

不可思议的是，苦味酸味都没感觉到。不，也许感觉到了，但久木脑袋里考虑的只有吞咽而已。

就势咽下一口，感知其落入喉咙的下一瞬间，把嘴里剩的葡萄酒注入正以别无他求的菩萨表情张开的凛子红唇中。

仰面被久木压在身下的凛子没有任何抗拒反应，只管像婴儿吸乳一样扑住久木，拼命吸着。

由口而口注入的鲜红葡萄酒很快溢出，从凛子嘴唇两端顺着白皙脸颊流淌下来。

以至福之感盯视着的久木，突然，全身陷入上下倒卷般的窒息感漩涡中，发狂似的摇晃脑袋，拼出最后力气叫道：

“凛子……”

“久木……”

这是两人短暂而又如雾笛一样曳着尾声留在这世上的最后的呼喊和绝唱。

① OL：日语英语 office lady 之略，女事务员的美称。

②近松：近松门左卫门（1653—1724），江户前期“净琉璃”（类似中国的评书）、歌舞伎作者。

③西鹤：井原西鹤（1642—1693），江户前期“浮世草子”（类似通俗小说、话本）作者，“俳偕”（一种诗歌体裁）评论家。

④ Paradise：乐园，伊甸园，天国，天堂，极乐世界。

⑤堀辰雄：1904—1953，日本小说家，《起风了》为其代表作。

⑥保罗·瓦莱里：Paul Va é lry(1871—1945)，法国诗人、批评家。

尾声

しゅうしょう

户检报告书　其一

检验日期：平成八年[1]十月六日　午后三时三十分。

检验场所：长野县北佐久郡轻井町大字轻井泽上梨树二一四五〇。

监检官：轻井泽警察署、巡警部长斋藤武。

死者住所、职业、姓名、年龄：

东京都世田谷区樱新町三一二一一五，久木祥一郎，原任职于现代书房，男，五十五岁。

死亡时间：平成八年十月五日午后七时三十分左右。身高一七三厘米，体格偏大。营养中等程度。死后推定：约二十小时。

检验所见：

发现时，本人全裸，同相对女子（记如另纸）相互紧抱，胯间密切贴合，阴茎插入女子阴道。因是死后僵直最强时间段，故难以分离，两名警员勉强使之分开。

皮肤为一般青白色。头发黑色，稍粗，侧头部有部分白发。外阴部阴毛黑色，略密。

因本人以从上面拥抱女子的姿势伏卧，故胸部至腹侧出现死斑。死后僵直度以各关节为强。上肢取拥抱姿势，以臂肘为中心向内侧强烈弯曲。双手达女子背部，部分嵌入皮肤。下肢，股、膝关节强烈弯曲，以拢合女性下腹至股间的姿势处于僵直状态。

面部因伏卧而呈红褐色，强度淤血。眼结膜血管充盈，结膜下可见若干仿佛跳蚤咬痕的溢血点。

背部，整体呈青白色。由肩至背两端疑有女子指尖刮痕，一部分由背部延及腰部。

口唇同女子口唇紧密贴合，即处于接吻状态。口腔有少量血性异液流出。口唇黏膜为红褐色，呈强度糜烂状态。此外，口唇两端有异液吐出。

氰化钾测试反应：阳性。

此外无特别外伤。

死亡原因：毒物（氰化钾）致急性呼吸停止。

死亡种类：自杀。

检验报告结果如上。

警医 平田良介

尸检报告书 其二

检验日期：平成八年十月六日 午后三时三十分。

检验场所：长野县北佐久郡轻井町大字轻井泽上梨树二—

四五〇。

监检官：轻井泽警察署、巡警部长斋藤武。

死者住所、职业、姓名、年龄：

东京都杉并区久我山六一三一十，松原凛子，无职业，三十八岁。

死亡时间：平成八年十月五日午后七时三十分左右。身高一五八厘米，体格中等。营养中等程度。死后推定：约二十小时。

检验所见：

发现时，本人全裸，同相对男子（记如另纸）相互紧抱，局部密切贴合。因是死后僵直最强时间段，故难以分离，两名警察勉强使之分开。

皮肤为一般青白色。头发黑色。外阴部阴毛黑色。阴道仍有男性阴茎滞留。内部及周边有男方精液。

本人以被男子从上面拥抱的姿势仰卧，故背部出现大面积死斑，呈深红褐色。死后僵直度以各关节为强。上肢取拥抱姿势，双臂从男子的肩搂至背部。相应部分疑有指尖刮痕。下肢，股、膝关节强烈弯曲。双腿以拢合男性大腿部位的姿势贴在一起。

背部因仰卧且受男子压迫，后胸及臀部为青白色。其他部位有红褐色死斑。另外，双肩至背部疑有男子手指压痕，青白色。

面部轻度淤血，部分呈红褐色。眼结膜轻度充血，见若干溢血点。

口唇被男子口唇掩住，即保持接吻状态。舌尖位于齿列后方，口腔有少量血性异液流出。口腔黏膜明显糜烂。口唇两端至脸颊有异液流出造成的红色线状糜烂。

氰化钾测试反应：阳性。

此外无特别外伤。

死亡原因：毒物（氰化钾）致急性呼吸停止。

死亡种类：自杀。

检验结果如上。

警医 平田良介

关于久木祥一郎（五十五岁）、松原凛子（三十八岁）死亡前后状况及检验所见的推断

关于两人的死因，从落在床边的葡萄酒杯内的液体有氰化钾反应这点来看，应是氰化钾导致的急性呼吸停止。至于毒物入手途径，现在尚不清楚。但可以认为葡萄酒中混有超过致死量的量相当大的氰化钾。

发现时，二者相互紧抱，难以分离。第一发现者在被特别指定的时间来到别墅，遭遇殉情现场。

亦即，别墅管理人笠原健次前一天接得电话，谓火炉烧柴没了，要他当天午后一时送来。于是他午后一时来访。因无回音，遂进入里边。这才目击异常，当即报警。管理人曾被熟悉的松原凛子语声一再叮嘱——由此看来，死者事先估算好死后僵直反应最强而在两人最难分离的时间段叫管理人到来的。

临死前两人有性关系，死后二者也拥抱着结为一体，如此状态极其罕见。人死后大多因初期弛缓而两相分离。而这两人之所以犹然结合，想必是因为在欢愉顶点吞下毒物，直接忍受着痛苦而十分牢固地相互拥抱之故。并且，女性的表情可见微微笑意。

作为遗物，男女都在左手无名指上戴有同一款式白金戒指。

床上枕边有三通遗书。一通致男子的妻子久木文枝和女儿知佳，一通致女子的母亲江藤邦子。其上有一通记有“写给大家”的遗书。内容如下：

请原谅我们的任性，请把两人葬在一起！只此一个心愿。

字体应是女性笔迹。最后各自署名：久木祥一郎、松原凛子。

根据以上所见，显然是双方同意基础上的殉情。没有作案可能，无需解剖。

警医 平田良介

①平成八年：一九九六年。

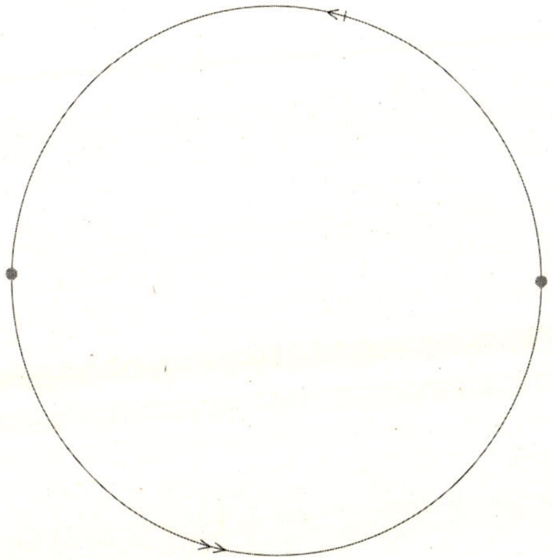

图书在版编目（CIP）数据

失乐园：插图珍藏版 /（日）渡边淳一著；林少华译．— 青岛：青岛出版社，2019.4

ISBN 978-7-5552-8105-4

Ⅰ．①失… Ⅱ．①渡… ②林… Ⅲ．①长篇小说 – 日本 – 现代 Ⅳ．① I313.45

中国版本图书馆 CIP 数据核字（2019）第 047095 号

SHI LE YUAN（CHATU ZHENCANG BAN）

书　名	失乐园（插图珍藏版）
著　者	［日］渡边淳一
译　者	林少华
出版发行	青岛出版社
社　址	青岛市崂山区海尔路 182 号
本社网址	http://www.qdpub.com
邮购电话	0532-68068091
策　划	高继民　刘　咏
责任编辑	杨成舜　初小燕
插　画	慈茹荃
装帧设计	具见之
印　刷	山东临沂新华印刷物流集团有限责任公司
出版日期	2019 年 4 月第 1 版　2023 年 5 月第 5 次印刷
开　本	大 32 开（880mm × 1230mm）
图　数	24 幅
印　张	14.25
字　数	350 千
书　号	ISBN 978-7-5552-8105-4
定　价	69.00 元

编校印装质量、盗版监督服务电话　4006532017　0532-68068638

本书建议陈列类别：日本 · 当代 · 畅销 · 小说

落花

露天浴池

红色长衫

小满

空禅

至福

白色蝴蝶

半夏